eva baronsky

manchmal rot

aufbau

eva baronsky

manchmal rot

roman

aufbau

FSC
www.fsc.org
MIX
Papier aus verantwortungsvollen Quellen
FSC® C083411

ISBN 978-3-351-03416-0

Aufbau ist eine Marke der Aufbau Verlag GmbH & Co. KG

1. Auflage 2015

Einbandgestaltung ZERO Werbeagentur, München
Gesetzt aus der Aldus Roman durch Greiner & Reichel, Köln
Druck und Binden CPI – Clausen & Bosse, Leck
Printed in Germany

www.aufbau-verlag.de

To whom it may concern

*»Die Erinnerung ist das einzige Paradies,
aus dem wir nicht vertrieben werden können.«*

Jean Paul

I

*»I am named Tommy McHugh
but my brain doesn't know Tommy McHugh.«*

Tommy McHugh. Der britische Bauarbeiter war drogenabhängig, kriminell und extrem aggressiv, bis er im Alter von 51 Jahren einen schweren Schlaganfall erlitt, in dessen Folge er von einem Tag auf den anderen zu einem empfindsamen, kreativen und philosophierenden Künstler wurde. Tommy McHugh starb 2012.

••••••••••

Sie wartet, dass der Knopf grün wird. Aber obwohl die Bahn längst stillsteht, leuchtet er immer noch rot. Sie drückt trotzdem. Einmal, zweimal. Presst den Daumen ganz fest auf den Knopf. Tut sich nix. Nur ihre Finger fangen zu zittern an. Scheiße, sagt sie lautlos und guckt durch die Scheibe nach draußen, sieht Leute, die vor der Tür haltmachen und sich dann schnell wegdrehen. Ein Mann mit einer schwarzen Brille sieht ihr kurz ins Gesicht, aber sein Blick sagt nichts, vielleicht hat er sie gar nicht wirklich gesehen. In ihr wird alles eng. So eng, dass sie das Gefühl hat, ihr Herz würde von innen gegen die Haut hämmern. Sie drückt den Knopf wie wild, aber die Tür bleibt zu. Jetzt erst merkt sie, dass an der Scheibe ein Zettel klebt, grellorange, muss irgendwas mit der Tür zu tun haben. Bevor sie zur nächsten rennen kann, fährt die S-Bahn an, und sie muss sich festhalten. Die Haltestelle saust an ihr vorbei, sie spürt, wie sie zittert, ich muss raus hier!

Wo sie gesessen hat, sitzt jetzt ein Typ in einer Lederjacke, er kann höchstens vierzehn sein, kommt ihr aber vor wie ein Mann. Es fühlt sich an, als würde er sie anstarren, sie merkt, wie ihr Tränen in die Augen steigen. Schnell dreht sie sich um und geht in den nächsten Waggon. Kann sie niemand beobachtet haben von hier aus. Die Bahn fährt jetzt oberirdisch, keine Ahnung, wohin, sie ist die Strecke noch nie so weit gefahren. In ihr bebt alles, gleichzeitig ist sie ganz leer im Kopf. Sie hockt sich auf die Kante von einer freien Bank, zwei jungen Frauen gegenüber. Vor dem Fenster fliegen Häuser vorbei, die sie noch nie gesehen hat, sie presst die Lippen fest zusammen. Die Sonne schießt ihr Blitze ins Gesicht, zwischen den Häusern durch. Sie macht die Augen zu, stellt sich vor, sie wäre zu Hause im Bett, aber ihr Herzschlag drückt ihr die Luft weg. Als das Blitzen aufhört, blinzelt sie. Nur Sonne. Wasser glitzert, die Bahn fährt über den Main, und auf einmal sieht sie den Turm, der ganz in der Nähe von der gelben Wohnung ist und der ihr am Anfang immer den Weg gezeigt hat. Sie zwingt sich, tief zu atmen. Sucht das Ufer ab, aber bevor sie das Haus entdecken kann, macht das Gleis eine Kurve, und Turm und Ufer sind weg. Kurz darauf hält die Bahn.

Dann steht sie auf dem Bahnsteig. Gibt vier Gleise, welches ist das richtige? Auf der Anzeigetafel steht was, doch die Nummer von der Bahn, mit der sie normalerweise fährt, ist nicht dabei. Ihr ist zum Heulen. Ganz steif steht sie da, hält die Tasche umklammert, wünscht sich weg hier, mit aller Kraft, aber das hilft natürlich nichts. Sie muss irgendwas tun. Jemand fragen? Da sind bloß zwei Männer mit schwarzen Sweatshirtjacken, einer tritt mit voller Wucht gegen den Fahrkartenautomaten; und die Frau auf dem Gleis gegenüber sieht auf den Boden und redet in ihr Handy rein.

Der Turm. Sie ahnt, in welcher Richtung er sein muss. Und in die geht sie jetzt. Nachdem sie zwei Straßen überquert hat, ist sie am Mainufer und kann ihn tatsächlich sehen. Daneben stehen auch die Glashäuser, das linke muss es sein, denn wenn sie aus ihrer Richtung kommt, ist es das rechte. Da wird ihr klar, dass sie jetzt auf der anderen Mainseite steht; genau an der Stelle, die sie immer sieht, wenn sie in seiner Wohnung aus dem Terrassenfenster guckt. Komisches Gefühl.

Sie ist noch nie in dieser Gegend gewesen. Obwohl ziemlicher Verkehr ist, kommt ihr die Straße unbelebt vor. An der gegenüberliegenden Straßenseite ist das Wasser, auf ihrer Seite stehen riesige alte Häuser, die nicht aussehen, als würde jemand normal drin leben. Die meisten haben Riesentreppen, breit wie die Häuser selbst, und vor dem Eingang Säulen. Sie geht schneller, weil sie dauernd das Gefühl hat, dass sie gleich von jemand gefragt wird, was sie hier will. Dabei klammert sie sich mit ihrem Blick an dem Turm fest, erst als sie endlich auf der Brücke ist, kann sie wieder durchatmen und sich ein bisschen an der Sonne freuen. Nur noch ein oder zwei Straßen, dann müsste sie auf dem richtigen Weg sein. Hat sie eine Dreiviertelstunde gekostet.

Fast stolpert sie über den Ständer. Er steht vor dem Eingang von einem kleinen Wollgeschäft. Auf ein Pappschild ist eine große rote Vier gemalt, untendrunter eine schwarze Acht, durchgestrichen. Sie bleibt stehen. Entdeckt sofort zwei Knäuel, wo die Farben so schön ineinanderübergehen, Blau, Türkis und Petrol. Zögernd streckt sie die Hand aus und drückt eins davon zusammen. Fühlt sich total weich an, wie Seide. Für einen Moment ist sie der kaputten S-Bahn-Tür fast dankbar, an dem Laden wäre sie sonst nie vorbeigekommen. Vorsichtig bohrt sie den Daumen in die Wolle, bis er komplett eingeflauscht ist. Bestimmt was ganz Edles, wenn so ein Knäuel vorher acht Euro gekostet hat. Muss ein Traum sein, die zu verstricken. Könnte sie prima ein Dreieckstuch draus machen oder Socken, sie kann die Nadeln in den Fingern spüren, am liebsten würde sie damit sofort heim und aufs Sofa. Aber vier Euro, und man braucht mehr als ein Knäuel. Beim Aldi kosten vier Knäuel Sockenwolle fünf Euro, und sind noch Nadeln dabei, ist aber kein Vergleich mit der hier. Sie lässt das Knäuel los, sowieso höchstens noch drei Euro im Portemonnaie, trotzdem weiß sie genau, dass sie die Wolle nicht mehr aus dem Kopf kriegt. Vielleicht auf dem Rückweg, dann hätte sie ja den Fünfziger. Aber den muss sie Pit unbedingt ganz geben, der macht sonst wieder ein Gesicht wie neulich, als sie so Lust auf Eis gekriegt hat und ihm dann bloß einen Zwanziger und zwei Zehner in die Hand drücken konnte. Da hat er sie einfach stehengelassen, und sie hat sich vorgenommen, ihm das nächste Mal gar nichts zu geben, es aber dann doch nicht fertiggebracht. Sonst fängt er wieder mit dieser Blonden an, dieser Nadine, an der alles viel besser wäre als an ihr. Wenn sie Glück hat, ist die Wolle am Montag noch da. Wahrscheinlich eher nicht. Besser, sie findet sich gleich damit ab.

Immerhin ist heut der gelbe Schlüssel dran, ihr Lieblingsschlüssel. Ein schönes Gefühl, wenn sie den ins Schloss steckt: wie wenn man den Fernseher anmacht und es kommt was richtig Gutes.

Auf dem Küchentresen liegt wieder ein Zettel. Sieht sie schon beim Reinkommen. Scheiße. Er klemmt, zusammen mit dem Fünfziger, unter der silbernen Schale, wo die Pistazien drin sind, und macht, dass aus dem schönen Gefühl kaltes Herzklopfen wird. War ja klar. Sie guckt erst gar nicht drauf, sondern stellt ihre Handtasche neben dem Zettel ab, zieht die Jacke aus und hängt sie in den Putzschrank. Oben hin, an einen von den Haken für die Besen. Dann holt sie ihr Handy aus der Tasche und hält die Kamera so über den Zettel, dass er ganz aufs Bild passt. Sie drückt auf den Auslöser, danach auf Senden und tippt Mandys Nummer ein. Jetzt hört das Herzklopfen auf, aber das kalte Gefühl bleibt. Da hilft es auch nichts, dass die ganze Riesenwohnung voller Sonne ist. Blendet richtig auf dem spiegelglatten Marmor oder Granit oder was das ist. Auch die Küchenarbeitsplatte ist aus dem Zeug. Wenn man ganz nah rangeht, sieht man in dem Schwarz kleine Goldsprenkel glitzern.

Mit der Küche wird sie schnell fertig heute, da steht nur ein kleiner Kochtopf in der Spüle, milchige Brühe drin, und über dem Rand ist eine Bandnudel festgetrocknet. Als sie dranstößt, kracht sie in zwei Teile. Sie zieht Gummihandschuhe an, kippt den Topf aus und stellt ihn in die Spülmaschine. Lohnt sich eigentlich nicht, sie anzustellen, nur ein paar Gläser, Tassen und Besteck drin. Kein einziger Teller. Sieht aus, als hätt er die Nudeln direkt aus dem Topf gegessen. Bis vor ein paar Wochen hat sie die Maschine meistens zweimal laufen lassen, hat über eine Stunde allein für die Küche gebraucht. Auch sonst findet sie bloß benutzte Gläser, im Schlafzimmer ist eins umgekippt und unters Bett gerollt, da ist jetzt ein Rotweinfleck auf dem hellen Teppichboden. Wein aus Wassergläsern, das ist auch neu, das war vorher auch anders.

Sie zieht das Bett ab, beide Seiten, ist zwar totale Verschwendung, weil eine Seite überhaupt nicht benutzt aussieht, aber irgendwie hat sie das Gefühl, dass es ihn tröstet. Selbst wenn sie ihn gar nicht kennt und keine Ahnung hat, was da überhaupt los ist bei denen, aber das geht sie ja auch nichts an, mit einer Bettseite wird die Waschmaschine eh nicht voll. Sie rafft die Schmutzwäsche zusammen, stopft alles in einen Kissenbezug und fährt mit dem Aufzug in den Keller, wo sie als Erstes Hemden und Unterwäsche in die Maschine steckt.

Als sie wieder raufkommt, merkt sie erst, wie warm es in der Wohnung ist. Kommt von den vielen Fenstern. Bis auf die Seite, wo das Nachbarhaus angebaut ist, sind die Außenwände aus Glas, da knallt die Sonne voll rein, aber an die Schalter für die Jalousien traut sie sich nicht. Also schiebt sie die Terrassentür weit auf, damit kalte Luft in die Wohnung fegt, und sie muss dran denken, wie sie sich beim ersten Mal gefragt hat, ob es hier oben nachts überhaupt dunkel wird. So richtig dunkel. So, dass man stolpern würde, wenn jemand irgendwo was rumliegen gelassen hat. Wie lange ist das jetzt her? Anderthalb Jahre, mindestens. Damals hat auch die Sonne geschienen, als sie das Vorstellungsgespräch gehabt hat. Eigentlich geht immer Mandy mit bei so was, aber da war sie allein. Sie weiß noch, wie sie sich nicht raufgetraut hat. Eine Ewigkeit hat sie im Treppenhaus gestanden und sich gewünscht, sie wäre zu Hause geblieben. Fast wär sie wieder umgekehrt. Hätte sie wahrscheinlich auch gemacht, wenn oben nicht die Tür aufgegangen wäre und jemand sie hochgerufen hätte. Richtig gezittert hat sie, als sie der Frau die Hand gegeben hat, dabei war die eigentlich ganz nett, und als sie dann die Wohnung gesehen hat, hat sie sogar angefangen, sich über den Job zu freuen, weil alles so durcheinander war. Aufräumen tut sie nämlich am liebsten, vor allem, wenn so schöne Sachen wegzuräumen sind, und hier war irgendwie alles schick und elegant, sogar die Unordnung. Und die Frau sowieso. Die hat gar nicht viel gefragt, sondern nur gesagt, was sie alles gemacht haben will und worauf man aufpassen muss und dass sie absolute Zuverlässigkeit erwarten würde, weil sie viel unterwegs wäre und ihr Mann auch. Das war das einzige Mal, dass sie die Frau gesehen hat. Na ja, und wie's aussieht, auch das letzte Mal. Ist schon komisch, wo sie doch so viel von ihr weiß: was sie gern isst, was sie für Unterwäsche anhat, wo sie heimlich Sachen aufhebt und sogar, wann sie ihre Tage hat – logisch, wenn man wem anders seine Wäsche wäscht. Einmal hat sie beim Gießen eine goldene Armbanduhr im Übertopf von der großen Zimmerpflanze gefunden. Hat sich nicht getraut, sie rauszuholen. Ein paar Tage später hat die Frau sie angerufen, mit so einem ganz scharfen Ton, ob sie wüsste, wo ihre Uhr ist. Wie sie gesagt hat, dass die im Blumentopf ist, hat sie keine Antwort gekriegt, sondern nur Schritte durchs Telefon gehört, klack-klack, Pumps mit dünnen Absätzen, dann hat man gehört, wie sie die Uhr aus dem Topf gefischt hat. »Und wieso um Himmels willen haben Sie die Uhr dort drinnen gelassen?«

»Weiß nicht, ich …« Weil das das Schlimmste ist, was passieren kann: dass was mit Schmuck ist, weil man immer schuld ist. »Hab gedacht, die ist extra da drin«, hat sie leise gesagt.

»Na, Sie sind ja drollig.« Und dann hat sie gelacht. »Die hatte ich in Gedanken an einen Zweig gehängt, sie muss heruntergefallen sein. Na, welch ein Glück, dass Sie sie entdeckt haben.«

Als sie das nächste Mal in der Wohnung war, lagen zwanzig Euro extra da. Mit einer Schleife drum, und an der hing ein Schlüsselanhänger mit einer Uhr, Werbegeschenk von einer Bank. Hat sie Mama gegeben.

Eine Tür knallt. Irgendwo ist Durchzug, der Zettel segelt vom Küchentresen und bleibt auf dem Boden liegen. Sie hebt ihn auf und klemmt ihn wieder unter die Silberschale. Dann holt sie ihr Handy raus und guckt aufs Display. Bittebittebitte. Mit dem Zeigefinger durchsucht sie die Pistazien, sammelt die leeren Schalen raus und schmeißt sie in den Mülleimer. Danach ist der Fußboden dran. Sieht nicht so aus, als wäre seit letzter Woche jemand drauf rumgelaufen. Wenn die Gläser und der Topf nicht wären, könnt man denken, dass er übers Wochenende weg gewesen ist. Sie weiß, dass er wirklich oft verreist, meistens liegt dann ein halbausgepackter Koffer auf dem Boden im Schrankzimmer. Daran, was drin ist, merkt sie, ob er privat weg war oder geschäftlich. Das letzte Wochenende war er aber in der Wohnung. Allein. Über zwei Monate geht das jetzt schon so. Hängen zwar immer noch ein paar Kleider und Röcke in dem Schrank ganz links, aber sie hat trotzdem Angst, dass sie hier demnächst nur noch einmal die Woche gebraucht wird. Wenn überhaupt. Sie beißt sich auf die Lippe. Nicht dran denken, dann passiert's auch nicht. Bloß der Flügel, der ist total verschmiert. Überall Fingerabdrücke und Schlieren auf dem schwarzen Lack, sieht aus, als wär jemand stundenlang um das Ding rumgewandert und hätte dabei die ganze Zeit mit seiner Hand drangetatscht. Nur auf den Tasten sieht man nix. War früher genau andersrum.

Nachdem sie das Bad geputzt hat, fährt sie in den Keller und stopft die Wäsche in den Trockner. Als sie später den Fleck aus dem Teppich scheuert, vibriert das Handy in ihrer Jeans.

Mandy klingt genervt. »Du sollst seine Hemden nicht waschen. Die bringt er in die Wäscherei.«

»Scheiße! Die hab ich jetzt grad in den Trockner.«

Mandy schnauft. Fühlt sich an, als würde sie vor ihr stehen, sich mit der Hand an die Stirn schlagen und dabei den Kopf schütteln.

»Was mach ich denn jetzt?« Sie sieht die Hemden vor sich, unten im Keller, wie sie sich durch die Heißluft drehen.

»Mann, weiß ich doch nicht. Was gehen mich dem seine Hemden an?«

»Meinst du, das merkt der, wenn ich die einfach wieder in die Schmutzwäsche tu?«

»Mensch, mach es oder lass es, du warst doch so scharf auf den Job. Ich hab jetzt echt kein Kopf für so 'n Scheiß. Bin ich dein Babysitter oder was?«

Sie fühlt, wie sich ihr Hals verstopft, und weiß, dass sie gleich weinen muss.

»Jetzt flenn auch noch! Mann, mir wird das langsam echt zu viel mit dir. Wenn du mal eine Woche ohne mich zurechtkommst, dann biste doch auf dem Friedhof.«

Es dauert, bis sie Luft holen kann. »Ich komm wohl ohne dich klar«, presst sie leise raus und kriegt von ihren eigenen Worten einen Schreck. »Wirst schon sehen, aber auf dem Friedhof bin ich deswegen noch lange nicht.«

»Glaubste selber nicht.« Dann hört sie's tuten.

Sie wird noch eine Weile still an seinem Schlafzimmerfenster stehen und zusehen, wie die Sonne sich so grellweiß im Fluss spiegelt, dass es in den Augen brennt. Sie wird die Hemden aus dem Keller holen und sie mit noch mehr Sorgfalt bügeln als sonst, damit sie besser aussehen als die aus der Wäscherei, und dabei wird der Fluss immer dunkler werden, und die Sonnenflecken drauf werden erst gelb, dann orange, und zum Schluss wird sie das Licht anschalten müssen. Sie wird den Zettel unter der Schale rausziehen und ratlos damit in der Küche stehen, ehe sie ihn auf die Arbeitsplatte legen und draufpusten wird. So, dass er unter den Toaster flattert. Den Müllbeutel schon in der Hand, wird sie feststellen, dass im Eingang eine Glühbirne kaputt ist. Sie wird auf die Uhr vom Backofen schauen und zögern, aber wenn sie die Birne noch wechselt, ist die S-Bahn weg.

••••••••

Noch während die Economies sich durch den Mittelgang quetschen und mit ihren Koffern gegen seinen Sitz rempeln, spürt er, dass ihm der Schweiß ausbricht. Kalter Schweiß; von der Sorte, die ein jagender Pulsschlag so unvermittelt durch die Poren presst, dass einem übel davon wird. Was ist los mit dir? Zu viel Kaffee? Zu viel Advil? Nein, nichts dergleichen. Einen doppelten Espresso mit einer Portion heißer Milch hat er sich zum Frühstück aufs Zimmer kommen lassen, weil die Engländer das mit der Latte macchiato noch immer nicht auf die Reihe bekommen; ihn nach dem Duschen, vor dem Zähneputzen getrunken, wie immer. Sonst nichts. Er versucht, seinen Atem bis zum Zwerchfell zu zwingen, aber unterhalb des Schlüsselbeins ist Schluss. Umso schneller muss er atmen und lässt die Zeitung sinken, weil das Papier nun unübersehbar zittert, ohnehin hat er den Blick nur noch mechanisch über die Zeilen gleiten lassen, ohne wahrzunehmen, was dort steht. An den Stellen, an denen er das Blatt gehalten hat, ist das Papier klamm geworden. Er knickt es zusammen und stopft es in das Netz am Vordersitz.

Christian spürt, dass sein Sitznachbar ihn beobachtet, mit Glück hält er dich bloß für einen Alkoholiker. Er überlegt, zur Bestätigung gleich nach dem Start einen doppelten Wodka zu bestellen, auch wenn das seinen Prinzipien zuwiderläuft, aber irgendjemand hat gesagt, dass man eine Wodkafahne nicht riecht, und vielleicht ist Alkohol jetzt tatsächlich das Richtige für dich. Tief durchatmen. In seinem Aktenkoffer wartet der Geschäftsbericht von Brownman-Smith, den er bis Frankfurt durchgesehen haben wollte, morgen früh ist Partnersitzung. In der Kanzlei wirst du nicht mehr die Zeit dazu haben, die Maschine hat bereits Verspätung, und womöglich – nein: bestimmt – ist sein Termin schon vor ihm da. Der hat ja nichts anderes mehr zu tun, jetzt.

Er versucht, alles auszublenden und sich vorzustellen, dass sie neben ihm sitzt und wortlos ihre Hand auf seine legt. Ihm einen verständnisvollen Blick zuwirft, ein kleines Lächeln der Verbundenheit; so eines, bei dem die Lippen schmaler werden. Dabei weiß er ganz genau, dass sich stattdessen ihre Augenbrauen heben würden.

Als die Maschine auf die Startbahn rollt und die Beschleunigung ihn in den Sitz presst, verliert er die Kontrolle: Die Hände um die Armlehnen gekrallt, durchfahren ihn Hitze und Kälte gleichzeitig, der Brustkorb vibriert; es ist die Hölle. Durch den halbgeöffneten Mund ringt er nach Luft.

»Keine Sorge, runter geht's immer.«

»Was?« Mehr keuchend als sprechend wendet er den Kopf zu seinem Sitznachbarn, versucht, nicht an ihm vorbei aus dem Fenster zu sehen.

»Sie brauchen sich keine Sorgen zu machen, glauben Sie mir. Ich fliege seit Jahren mindestens zweimal pro Monat, und es ist mir noch nie was passiert.«

»Mir auch nicht«, erwidert er, so scharf er kann. »Und ich fliege mindestens zweimal pro Woche.« Arschloch, fügt er in Gedanken hinzu. Der Horizont kippt schräg zur Seite weg.

»Entschuldigung. War ja bloß gut gemeint.« Kopfschüttelnd wendet der Nachbar sich seinem Computermagazin zu.

Er nimmt die Unterlippe wie ein Beißholz zwischen die Zähne und starrt stur auf die Kopfstütze des Vordersitzes. Im Geist sieht er das startende Flugzeug aus der Entfernung, 18° Steigung, Beschleunigung 350 km/h. Lenk dich ab. Auf der Titelseite des Bordmagazins steht etwas von einem Kiwi. Vogel. Neuseeland. Sein Herz pumpt einen Technobeat. Nie, nie in seinem ganzen Leben hat er Flugangst gehabt, seit Jahren ist er praktisch auf Flughäfen zu Hause. Was zum Teufel ist mit dir los? Mit unkontrolliertem Griff zerrt er das Bordmagazin aus dem Netz, irgendeine Bewegung, in die sich diese Panik hineinschütten lässt, überblättert die Seiten, fixiert das Bild jenes plumpen Tiers, das ihn tatsächlich an eine Frucht erinnert, keine Flügel, keine Krallen, kein Schwanz; Versager, denkt er, dennoch ist ihm dieses Viech irgendwie sympathisch. Dann: Turbulenzen im Steigflug, wie immer auf dieser Strecke, tausendfach erlebt, aber jetzt beißt ihn mit jedem Absacken der Tod, er schließt die Augen, das Wort Luftloch verkeilt sich in seinem Kopf. Erst als der helle Glockenton anzeigt, dass die Flughöhe erreicht ist, wagt er einen vorsichtigen Blick auf die Zuckerwattehaufen vor dem Fenster. Weich leuchtend liegen sie im Sonnenlicht, ein absolut vertrautes Bild. Darunter liegen circa fünfzehn Kilometer freier Fall. Eine absolut neue Sichtweise. Schau nicht raus.

Mit unermesslicher Willensanstrengung öffnet er seinen Aktenkoffer, zieht den Geschäftsbericht heraus und stiert minutenlang auf das Deckblatt, quält sich Absatz für Absatz durch Tabellen, Diagramme und Zahlenkolonnen, einatmen, ausatmen, eine Wahnsinnsbilanz, aber statt der fälligen Euphorie spürt er nur ein schmerzhaftes Klopfen am Hals. Als die Stewardess an seinem Sitz vorüberkommt, macht er ihr ein Zeichen, muss sich räuspern, ehe er mit halbwegs fester Stimme einen Wodka-Lemon ordern kann, kurz darauf verlangt er einen zweiten, was tatsächlich hilft, zumindest bekommt er besser Luft, und sein Puls schaltet einen Gang zurück. Doch sobald das Fahrstuhlgefühl in seinem Bauch den Sinkflug ankündigt, wird ihm wieder flau, und die Sekunden vor dem Aufsetzen machen ihn sicher, nie, nie wieder ein Flugzeug besteigen zu können. Als einer der Ersten hastet er aus dem Flieger:

Das metallische Klopfen seiner Schritte auf der Fluggastbrücke, die vertrauten Gänge in Gelb und Grau, die Security, die Shops; Vehmann, sein Chauffeur, der auf ihn wartet, alles genau wie immer. Er beschließt, diese idiotische Angst zu ignorieren wie einen irgendwann geträumten unnützen Traum. Doch als er in der Limousine sitzt, geht sein Herzschlag, als hätte er gerade einen Tausendmetersprint hinter sich gebracht. Er hält sich die zitternde hohle Hand vor den Mund, haucht hinein, aber alles, was er riecht, ist Limette, die ganze Hand riecht danach, weil er den Limettenschnitz vom Glasrand genommen und hineingebissen hat, gegen die Übelkeit. Sicherheitshalber schiebt er sich zwei Pfefferminzdrops in den Mund.

Die gesamte Fahrt über zerrt die Möglichkeit an ihm, Vehmann umzudirigieren, den lästigen Termin einfach platzen zu lassen. Je konkreter er sich Laßner in seinem Büro vorstellt, desto unvorstellbarer wird ein Gespräch mit ihm. Er nimmt sein Handy hervor, sieht auf die Uhr, ohnehin über eine halbe Stunde Delay, ruf Sylvia an und sag ihr, sie soll ihn abwimmeln, doch ehe er ihre Nummer wählen kann, beginnt das Telefon zu vibrieren, und der Name des Mandanten, den er gerade besucht hat und von dem er dringend eine Entscheidung braucht, erscheint im Display. Das Gespräch dauert bis zum Eintreffen in der Kanzlei.

Das Durchqueren des Vorzimmers folgt einer routinierten Choreografie mit Sylvia aus Kopfbewegungen und vielsagender Mimik. Schließlich tippt Christian an seine Uhr. »Zwanzig, max«, sagt er leise und hält sich die Hand als symbolischen Telefonhörer an die Wange.

Laßner sitzt exakt so da, wie er es sich ausgemalt hat: Mit gebeugtem Rücken, den Kopf gesenkt, pult er an den Fingernägeln herum. Christians Eintreffen scheint er nicht zu bemerken. Erst als die Tür ins Schloss schnappt, fährt Laßner herum und springt auf. »Herr von Söchting! Christian!« Wie ein Patient, kommt es ihm in den Sinn, ein Todkranker, der bereit ist, sich an jede erdenkliche Therapie zu klammern. Ich kann dir nicht helfen.

Er reicht Laßner nur knapp die Hand, als könne er sich anstecken, sucht unwillkürlich in dessen Gesicht nach Spuren jener Glorie, die ihn bis vor kurzem noch umgab: Bankvorstand, eigener Chauffeur, das Jahreseinkommen eines Industrieerben. Vor Jahren, als Griechenland-Anleihen noch Triple-A waren, hat er ihn stolz als einen seiner ersten Mandanten betreut, damals war Laßner on top gewesen, jetzt hält er den Kopf so tief zwischen den Schultern, als achte er darauf, nicht größer als Christian zu wirken. Persönliche Haftung. Laßner befingert die Kante seines Jacketts. Er war es gewesen, der Christian damals an den Herrenschneider in St. James verwiesen hat, mit einem jovialen Lächeln, an das er sich noch genau erinnern kann. *Sie sollten sich mit nichts Geringerem zufriedengeben, von Söchting, man wird Sie daran messen, merken Sie sich das gut.* Mit einem raschen Blick fährt er Laßners Outfit ab. Ob er bereits begonnen hat, seine Anzüge zu verkaufen?

Er setzt sich, sieht dabei demonstrativ auf die Uhr. »Mein Flieger hatte Verspätung. Und ich muss leider in einer halben Stunde wieder los.«

Ein Lächeln der Beherrschung auf Laßners Gesicht, ein Nicken mit kleinen, zittrigen Bewegungen. »Ja, natürlich, kein Problem, ich bin ja froh, dass Sie es überhaupt einrichten konnten.«

»Na, dann erzählen Sie mal.« Und dann lehnt er sich zurück und lässt Laßners Version jener Geschichte über sich ergehen, die er hinreichend aus der Fachpresse kennt, seine Unschuldsbeteuerungen und sein Selbstmitleid: Ihm, ausgerechnet! Dabei habe er doch so viel für die Bank getan, gleichsam sein Leben habe er ihr geopfert, und das sei nun der Dank! »Sie wissen, Christian, dass ich Ihre Hilfe brauche.«

Ich weiß. »Wasser?«

Auf Laßners Nicken greift er nach einer der kleinen Flaschen, die auf einem Tablett bereitstehen, schenkt in zwei Gläser ein, trinkt. Mit der Kohlensäure steigt der Geschmack des Wodkas wieder auf und mit ihm die Panik. Schweigend und mit sinnlos spürbarem Pulsschlag hört er seinem Gegenüber weiter zu, nickt dann und wann mechanisch, es muss Medikamente dagegen geben, aber die Vorstellung, mit diesem Anliegen eine Apotheke zu betreten, erscheint ihm undenkbar.

»Sie kennen mich, Christian.« Laßners Ton wird eindringlicher, beinahe flehend.

»Hm, ich will sehen, was ich tun kann.« Er schaut, so versonnen er kann, auf die Uhrzeitangabe der Telefonanlage. »Hätte da auch schon eine Idee. Einen Mandanten mit einem Geschäftskonzept, der jemanden mit Ihrem Know-how brauchen könnte. Lassen Sie mir ein bisschen Zeit, mich darum zu kümmern.« Ostentativ fährt er mit dem Stift über seinen Schreibblock. Noch während er gedankenlos Worte auf das Papier kritzelt, die ihm gerade einfallen – *Legislaturperiode, Kugelschreiber, Hochdruckzone* –, erlöst ihn das Klingeln des Telefons.

»Ist er schon da? Gut, Sylvia, ich komme sofort.« Mit angedeutetem Bedauern erhebt er sich.

»Ich bin Ihnen zu großem Dank verpflichtet, Christian, ich wusste, dass ich mich auf Sie verlassen kann.«

»Keine Ursache, eine Hand wäscht die andere.« Während der Verabschiedung steigt eine verwirrende Rührung in ihm auf. Dies ist das letzte Mal, dass du diesen Menschen siehst. Noch lange nachdem Laßner verschwunden ist, steht er an der Tür, die Klinke in der Hand, und starrt auf seine Finger: Vollkommen unbewegt umklammern sie das Metall, dabei spürt er ohne jeden Zweifel, dass sie zittern. Jäh lässt er die Klinke los, schaut auf seine Armbanduhr. Wie der verwässerte Rest eines Longdrinks auf Eis steht vor ihm, was vom Arbeitstag übrig ist – zu dürftig, um noch ernsthaft etwas damit anfangen zu können;

zu beträchtlich, um sich bereits in den Feierabend zu verabschieden. Auf dem Schreibtisch wachsen die Aktenstapel, als handele es sich um organisches Material. Dabei kommt ihm das, was da liegt, grau und leblos vor. Er versucht sich vorzustellen, dass zwischen den Schnellhefterdeckeln etwas Lebendiges, Großartiges auf ihn wartet, doch es gelingt ihm nicht, sich damit zu motivieren, wie er das früher einmal gekonnt hat. Noch immer steckt die verdammte Flugangst in ihm wie eine Überdosis Koffein. Und dann ist er wieder da, der Drang, jetzt und sofort aufs Klo zu gehen und sich hastig einen runterzuholen, was er aber sein lässt, stattdessen nimmt er den Hörer und tippt Daniels Durchwahl.

»Any plans for tonight?«

Daniel klingt unschlüssig. »Boris ist nicht da, und Wellert hat Klarinette, aber ich glaube, Phillip wollte mal kurz in den Tower.«

»Wellert hat WAS?«

»Unterricht. Der spielt jetzt Klarinette.«

»Klarinette?« Unfassbar. Er versucht sich in Erinnerung zu rufen, wie eine Klarinette aussieht, bis ihn Zweifel anfallen, ob er über eine derartige Erinnerung verfügt.

»Ja, der ist irgendwie auf der Sinnsuche, seit ihm der Deal mit OO&E geplatzt ist. Also was ist jetzt mit dem Tower? Sollte man machen bei dem Wetter, oder?«

Gleißende Reflexionen auf den Fassaden der umliegenden Gebäude, sie erinnern ihn an die milde Luft, die ihn vorhin, beim Verlassen des Terminals, wie eine Verheißung angeweht hat. Und dann weiß er, dass er genau dorthinein muss: in den letzten, ausglühenden Rest dieses beinahe sommerlichen Tages.

••••••••

Bevor sie heimgeht, bringt sie Mama noch die Einkäufe vorbei. Sie klingelt wie immer dreimal, dann schließt sie die Haustür auf. Im Treppenhaus hört sie Stimmen, zwei junge Frauen kommen ihr entgegen. Sie bleibt an der Wand stehen und tut, als würde sie in der Tüte kramen, bis die beiden vorbeigegangen sind. Dabei presst sie die Beine fest gegeneinander, so nötig muss sie aufs Klo.

Mama sitzt auf dem Sofa und hat den wehen Fuß hochgelegt. »Muss ganz dringend«, ruft sie ihr zu und rennt ins Bad. Schon beim Einkaufen hat sie sich fast in die Hose gemacht, aber sie kann nur zu Hause aufs Klo, oder halt bei Mama, weil die Klotür immer aufbleiben muss. Als kleines Kind hat sie sich mal in der Toilette eingesperrt. Sie kann sich noch genau an den Schlüssel erinnern, damals, wie er in der Tür gesteckt hat und ihre Faust drumrum, die ganz rot geworden ist und gebrannt hat, so sehr hat sie versucht, ihn rumzudrehen. Aber er hat sich kein Stück bewegt. Da hat sie kapiert, dass sie nicht mehr rauskommt aus dem Klo. Vielleicht nie mehr. Tränen sind ihr übers Gesicht gelaufen, und sie hat nach Mama geschrien, obwohl sie gewusst hat, dass die nicht da war. Weggefahren, ins Krankenhaus. *Wann kommst du wieder? Wenn es dunkel wird*. Das Klo hat kein Fenster gehabt. Und der Lichtschalter war außen. Sie weiß noch genau, was für eine Riesenangst sie gehabt hat, dass ein Monster kommt oder ein Dieb und das Licht ausmacht. Und sie findet. Ewig lang muss sie geschrien haben. Irgendwann ist sie vor Erschöpfung auf dem kalten Fliesenboden eingeschlafen.

Sie wäscht sich die Hände, holt sich ein Glas aus der Küche und geht ins Wohnzimmer, gibt Mama einen Kuss und schenkt sich Cola ein. Mama streicht ihr mit der Hand übers Gesicht. »Ich hab zwei Lasagnes rein, bleibst doch, oder?«

Sie guckt auf die Uhr an der Wand. Gleich sechs. Und wenn er kommt, bevor sie daheim ist? Bei dem Gedanken spürt sie wieder dieses Hämmern in ihr drin. Heute kommt er bestimmt, war ja die ganze Woche nicht da. »Muss eigentlich heim.«

»Aber essen tust du doch wenigstens noch?« Mama

sieht so enttäuscht aus, dass sie nicht anders kann, als zu nicken. Sie lächelt Mama an. »Na ja, wenn du extra gekocht hast. Ich räum schnell die Sachen weg.«

Sie geht in die Küche, guckt in den Backofen. Der Käse auf den beiden Aluschalen ist noch nicht mal verlaufen. Braucht mindestens noch eine Viertelstunde. Vor sieben schafft sie es auf keinen Fall. Sie packt die Einkäufe in den Kühlschrank und legt das Restgeld neben Mamas Portemonnaie in den Flur.

»Kannste doch behalten, mein Schatz.«

»Schon gut, ich hab noch.«

Sie hockt sich auf die Vorderkante vom Sessel, trinkt an ihrer Cola, alle paar Minuten steht sie auf und geht zum Backofen. Sie essen vor dem Fernseher, damit Mama nicht aufstehen muss. Nach der halben Lasagne legt sie die Gabel weg. »Hab nicht so viel Hunger heut. Kannste dir ja morgen warmmachen.«

»Bleib doch noch, Kind. Kommt ein schöner Film heut.«

»Nee, muss noch so viel machen.«

»Was denn?«

Sie trägt die Teller in die Küche, spült schnell ab und küsst Mama, bevor sie geht. »Bis Dienstag.«

Fast halb acht, als sie heimkommt. Sie wäscht sich, kämmt sich die Haare und zieht den beigen Pulli an. Den hat sie ein bisschen zu eng gestrickt, aber er findet ihn schön. In ihr drin ist so ein Ziehen, das kommt von der Stunde, die sie bei Mama war und in der er vielleicht geklingelt hat. Sie setzt sich aufs Sofa, zündet Teelichter an und strickt an dem grauen Pullover weiter, das hilft ein bisschen gegen das Ziehen; das Telefon hat sie vor sich auf den Couchtisch gelegt. Halb neun. Im Fernsehen läuft der Spielfilm, den Mama sich auch anguckt. Um zehn sind die Teelichter runtergebrannt, und sie zündet neue an. Sie guckt noch ein Stück vom Spätfilm, um elf macht sie aus. Morgen ist Samstag, da kommt er bestimmt.

•••••••

»Wasser?« Skeptisch betrachtet Phillip das Glas in Christians Hand. Die Icecubes funkeln, als befände man sich in einer Beachbar auf Barbados und nicht im zweiundzwanzigsten Stock eines mitteleuropäischen Wolkenkratzers. Christian stutzt, ehe ihm klar wird, dass es tatsächlich wie Wasser aussieht, wieso bist du da nicht früher drauf gekommen? Und schmeckt nicht mal schlecht. Gleichgültig hebt er die Schultern und trinkt aus, stellt das leere Glas auf den Tresen. »Noch mal dasselbe«, ruft er dem Barkeeper zu. Wodka scheint genau das Richtige zu sein, er spürt, wie sich der Alkohol in seinem Kopf in einen angenehm sentimentalen Optimismus verwandelt. Kleine Neonlämpchen pendeln über dem Tresen, deren Licht man kaum wahrnimmt, so hell scheint die Abendsonne in den rundum verglasten Raum, was ein jetlagartiges Gefühl falscher Uhrzeit hinterlässt. Allmählich füllt sich der Laden, überwiegend Männer, einige haben das Jackett ausgezogen. Er hört Heldberg und Phillip die Relevanz von Autositzkühlungen diskutieren, sieht Daniel am entgegengesetzten Ende der Theke, ins Gespräch vertieft mit einem Fondsmanager von FYS Capital, dessen Name ihm gerade nicht einfällt. An einem der Fenstertische sitzen zwei Frauen, eine davon ziemlich gutaussehend, sie macht jedoch keine Anstalten, sich umzuschauen.

»Aber Söchting hat nie Probleme mit seinem gehabt, oder?« Heldberg sieht fragend in Christians Richtung.

»Womit?«

»Bordelektronik vom 911er.«

Er schüttelt den Kopf. »Mit dem alten niemals. Aber der neue. Schon nach zwei Monaten. Ich, abends aus der Garage raus: kein Mucks mehr. Tot.«

»Und was war?«

»Vollkommen strange. Sie haben zwei Tage gebraucht, um es herauszufinden: liegt an der Uhr. Wenn du die von Sommer- auf Winterzeit umstellst, machst du das gesamte System platt.« Er hat es noch immer nicht richten lassen, der komplette Bordcomputer müsste ausgetauscht werden, und stets kommt ihm etwas dazwischen. Erst gestern hat er, der bevorstehenden Zeitumstellung wegen, daran gedacht, aber auch dieses Mal wird er die Uhr nicht umstellen, sondern so lange eine Stunde zurückrechnen, bis sich das Problem Ende Oktober für ein weiteres halbes Jahr erledigt haben wird.

»Achtzigtausend neu, oder? Unfassbar.«

»Krollmann hat so was Ähnliches bei seinem SLK gehabt, da ist mit der Zündung immer die Hupe losgegangen. Sie haben es nicht repariert gekriegt, irgendwann ist einer draufgekommen, dass es die Kupplung war – wenn man vor dem Starten den Gang rausgenommen hat, ist er problemlos angesprungen. Und wisst ihr, was das Beste war? Der Monteur meinte, er solle sich freuen, wäre doch eine ideale Diebstahlsicherung.«

Das Gespräch tröpfelt in ihn hinein und versickert in seinem Inneren; er sucht nach dem Optimismus, der ihn nach dem ersten Glas überkommen hatte und überlegt, ein drittes zu ordern, aber Daniel zahlt bereits, und wie er Heldberg kennt, muss der nach Hause zu seiner Frau. Mechanisch holt er sein Telefon aus der Tasche: keine Messages, automatisch tippt er den Code ein, checkt seine Mails, aber alles, was einläuft, ist das Sitzungsprotokoll einer Mandantin, der Newsletter einer Weinhandlung und ein Link zur Monatsabrechnung seiner Kreditkarte. Essen, du musst etwas essen, seit dem Sandwich in Heathrow hat er nichts zu sich genommen. Er spießt eine Olive aus einem Schälchen, greift sich ein paar Macadamias und scannt die Bar ab. Die Frau am Fenster hat den Winkel ihres Sessels verändert und schaut sich ab und zu im Lokal um, er sieht eine Weile in ihre Richtung, und tatsächlich streift ihr Blick den seinen, kehrt zu ihm zurück und verharrt für den Bruchteil eines Moments, herausfordernd, und jetzt endlich gerät etwas in Bewegung, als hätte ihm jemand Treibstoff eingefüllt. Während er auf den nächsten

Blick lauert, trifft ihn ein fester Knuff an seinem Oberarm.

»Hey, wieso erfahre ich nichts davon?« Daniel ist aufgetaucht und deutet mit dem Kopf dorthin, wo eben noch der FYS-Typ gestanden hat. Unmöglich zu sagen, ob Missbilligung oder Begeisterung in seinem Gesicht stehen.

»Wovon?«

»Weißt du, wie der mich angesehen hat?« Daniel verzerrt seine Stimme: »O, *leaks in der corporate communication? Oder ist das policy?* He, ich hab dagestanden wie ein Trottel!«

Für einen Augenblick ist Christian ratlos, schließlich beginnt er zu ahnen, worum es geht: Die Fusionspläne der Kanzlei, von denen bisher nur der inner circle weiß und über die, bis zur morgigen Partnersitzung, absolute Diskretion zu wahren ist. Nur mit einer Bewegung der Brauen versucht er, Daniel zum Schweigen zu bringen, doch da hat sich Heldberg schon eingeschaltet: »Hab ich was nicht mitgekriegt?«

»Kann man wohl sagen.« Daniel weist mit dem Kinn zu Christian. »Die planen seit Wochen einen Merger mit Brownman-Smith. Alle Welt weiß Bescheid, nur wir nicht!«

»Mit Brownman-Smith? Wir?« Phillip starrt ihn sekundenlang an, dann geht in seinem Gesicht schlagartig das Licht an. »Wow!«

Irgendwer hat seinen Mund nicht halten können, und er kann sich denken, wer. Wichser. »Wartet es ab, morgen erfahrt ihr alles.«

»Ist das fix?«

Christian atmet tief ein. »Es gab Vorgespräche, das ist alles.«

»Die machen M&A und viel Litigation, oder? Na, dann sehn wir ja goldenen Zeiten entgegen!«

»Der Wahnsinn!« Phillip schlägt mit der Faust einen imaginären Gegner nieder.

Er spürt Heldbergs skeptischen Blick. »Aber was sagt der Alte dazu?«

Der Alte. Christian hebt die Schultern. Sein ehemaliger Mentor Johannes ist längst nicht der älteste Kanzleipartner, doch von Beginn an Senior-Partner und der Einzige, der dieses Wort deutsch ausspricht. Niemals würde er sich mit Amerikanern einlassen. Als Aaron Anfang des Jahres seine Fusionsidee vorgebracht hatte, war Johannes' Reaktion scheinbar gleichgültig ausgefallen. Doch Christian kennt ihn lange genug, um zu wissen, dass seine Ungerührtheit nichts als ein stilles Beobachten ist, ehe er, in einem knappen Akt der Autorität, alle Pläne zunichtemachen wird.

Seine drei Kollegen sehen ihn erwartungsvoll an, und eine jähe Beklemmung überfällt ihn: Die setzen darauf, dass du Johannes umstimmst. Er hebt sein Glas an den Mund, Eiswürfelreste placken gegen seine Lippen, und was er schluckt, ist dieses Mal tatsächlich kaum mehr als Wasser. Seit er, vor Jahren, als Johannes' Mentée in die Kanzlei eingetreten ist, gilt Christian als dessen engster Vertrauter und mittlerweile auch, unausgesprochen, als sein Nachfolger. Vor allem die jüngeren Kanzleipartner verlassen sich auf Christians guten Draht zum *Alten*.

»Abwarten.« Er winkt dem Kellner. »Mehr kann ich euch nicht sagen, morgen in der Sitzung werdet ihr über alles informiert.« Demonstrativ sieht er auf die Uhr. »Ich muss los.« Lächeln. »Charlotte.« Dann reicht er dem Kellner seine Kreditkarte.

In der Wohnung ist es unwirklich warm – verfluchte Rollos, wieso fahren die nicht automatisch herunter? –, dennoch überkommt ihn beim Eintreten ein Gefühl, als hätte jemand die Heizung abgedreht. Er schiebt den Rollkoffer durch die Tür und tastet nach dem Lichtschalter. Mit einem kaum wahrnehmbaren Surren leuchten die Halogenlampen auf. Irritiert schaut er nach oben, spürt das Ziehen im Nacken, das ihn seit einiger Zeit begleitet, du solltest endlich zur Massage gehen. Zwischen Eingang und Küche ist ein Spot dunkel geblieben. Ob das Geräusch daher rührt? Oder war es schon immer da? Er nimmt sich vor, die Glühlampe zu wechseln, wirft Jackett und Aktentasche auf einen Sessel und die Post auf den Küchentresen. Dann öffnet er den Kühlschrank.

Es ist kein Weißwein mehr drin. Shit.

Er durchsucht sämtliche Küchenschränke – neulich erst hat er doch zwei Kisten gekauft, sind die schon leer? –, findet aber nur Rotwein, lauwarm natürlich, trotzdem schenkt er sich ein Glas davon ein, trinkt und nimmt sich vor, einen großzügigen und vor allem gekühlten Weißweinvorrat anzulegen, solange es sonst niemand tut. Während er die Post durchsieht, bricht er ein paar Pistazien auf und wirft die Kerne in den Mund, immer mehrere auf einmal. Normalerweise würde er jetzt auf einen Teller Antipasti zu Gaspare gehen, was er aber nicht fertigbringt, nicht mehr, seit dieser Mensch ihm dort aufgelauert hat. Und dann sieht er den Typen wieder vor sich, wie er sich, unaufgefordert und grußlos, an seinen Tisch setzt. Sein Name tue nichts zur Sache, hat er erklärt und Christian dabei unverwandt angesehen, lediglich der seines Auftraggebers, und den kenne Christian bereits. Da hat ihm gedämmert, mit wem er es zu tun hatte: dem offenbar unter Druck stehenden Verkäufer eines Büroturms, dessen potentiellen Käufer Christian vertritt. Wie es aussah, suchte der Verkäufer den Deal auf seine Weise abzukürzen. Schweigend hat Christian ihm zugehört, wobei sein Blick immer wieder auf dessen abgrundtief hässliche Krawattennadel mit dem Bernstein gerutscht ist. Kein ernstzunehmender Mensch trägt heutzutage Krawattennadeln, aber diesen hier würde er dennoch ernst nehmen müssen. So schnell, wie er aufgetaucht ist, war er wieder verschwunden.

Christian beschließt, sich die Antipasti liefern zu lassen, dabei fällt ihm ein, dass noch immer etliche Dokumente für die Due Dilligence dieses Deals fehlen, den er im Geist nur noch Bernsteindeal nennt, und er setzt eine kurze Nachricht an Sylvia ab, sie möge sich umgehend darum kümmern. Anschließend checkt er seine Mails und zappt dann, am Tresen der offenen Küche lehnend, durch die Fernsehkanäle. Eine Weile bleibt er beim Nachrichtensender und schließlich in einem Footballspiel der NFL hängen, irritiert durch die unpassende Samtigkeit des Weins, die eine Behaglichkeit und Wärme suggeriert, mit der er jetzt nicht klarkommt, weil er spürt, dass eine Stellung aus dem Hinterhalt ihn mit emotionalem Zündstoff zu attackieren versucht. Denk nicht an sie. Er schiebt die Terrassentür auf und tritt hinaus. Während der Himmel im Westen noch leuchtet, hebt sich die Skyline auf der gegenüberliegenden, schon nachtschwarzen Seite des Horizonts nur noch durch flirrende Lichter ab, und die Stadt wird zu einer ausgebreiteten Landkarte. Seine Bezugspunkte darin sind Tiefgaragen, die er im Transit ansteuert wie die Stecknadelfähnchen auf dem Spielbrett der Europareise, die er als Kind so gern gespielt hat: zu Hause – Kanzlei – Supermarkt – Kanzlei – zu Hause. Des schnellstmöglichen Transportmittels hat er sich versichert.

Als es klingelt, geht er zur Tür, zahlt, nimmt den mit Alufolie abgedeckten Porzellanteller und den Brotkorb entgegen, schenkt sich Wein nach und stellt alles auf dem Terrassentisch ab; seine Fingerknöchel wischen helle Streifen in die Dreckschicht, die sich darauf abgelagert hat – seit dem letzten Sommer hat ihn niemand mehr benutzt. Mit einem Zahnstocher schiebt er sich eingelegte Tomaten und luftgetrockneten Schinken in den Mund, während gelegentliches, mit Musikfetzen vermischtes Brummen sich entfernender Autos zu ihm heraufdringt, hie und da hört er auflachende Stimmen: Nachhall jener Verheißungen vom Nachmittag, die ihm nun vorkommen, als hätten sie sich auf der anderen Seite der Erdkugel erfüllt.

Wenn sie jetzt da wäre, würde sie sich an ihn lehnen, ihr Glas leise gegen seines klirren lassen und mit ihm auf den Fluss hinunterschauen. Sie ist aber nicht da, sondern lehnt vermutlich gerade an diesem Kulturwichser, und er braucht noch ein Glas, um wieder davon überzeugt zu sein, dass sie zurückkommen wird. Er gibt der gläsernen Brüstung einen Tritt, spürt, wie ihm der Schmerz in die Zehen fährt, flucht, seine Schuhe hat er vor dem Kühlschrank ausgezogen. Er reibt den Fuß an der Wade. Was soll's. Er wird sich eine CD einlegen und Musik hören. Wein, Lichter, Musik. Jetzterstrecht.

Mit dem frisch gefüllten Glas in der Hand geht er zum Regal, lässt den Blick über die Cover gleiten. Überall klaffen Lücken; planlos, wie es scheint, hat sie ihre Auswahl getroffen, dabei hätte sie genauso gut alles mitnehmen können, schließlich hast du selbst in den letzten Jahren keinerlei Musik mehr gekauft. Er fragt sich, ob sich in dem, was sie zurückgelassen hat, eine Botschaft versteckt, eine letzte, schweigende Demonstration ihrer kulturellen Überlegenheit. Streitlust und Weltschmerz treffen in ihm zusammen wie Luftmassen unterschiedlicher Temperatur; er ahnt, dass es die letzte, noch spürbare Besänftigung des Weines ist, die alles in Schach hält.

Ganz unten im Regal liegt ein Stapel seiner uralten CDs. Die Hüllen sind matt vor Kratzern, damals hatte er sie immer auf dem Beifahrersitz liegen, wie lange ist das her? Er legt eine ein, hört der schmachtenden Stimme einer Popsängerin aus den späten Neunzigern zu. Manchmal läuft der Song noch im Radio, er könnte ihn jederzeit mitsingen, aber jetzt kommt er ihm erbärmlich vor. Wahllos nimmt er etwas aus den oberen Reihen heraus, das Cover sagt ihm nichts, nur das Stück glaubt er schon einmal gehört zu haben: Jazz, von der Sorte, die ihm immer unzugänglich und verworren vorkam, aber nun dreht er laut auf, trinkt und stellt sich hinaus in die Nacht. Und dann vermisst er sie. Plötzlich und absolut, und die Stadtlichter ziehen lange Schlieren vor seinem Blick. Er wischt sich mit dem Handrücken über die Augen, was es nur schlimmer macht. Ausgerechnet jetzt klingelt drinnen das Telefon, er zuckt zusammen wie jedes Mal, weil ihm für einen Sekundenbruchteil möglich scheint, dass sie es sein könnte. Hör auf zu heulen. Er braucht ein Taschentuch, und er braucht mehr Wein. Da ist kein Tuch in seiner Hose, hol Klopapier, das Klingeln hat aufgehört, aber als er das Glas auf den Tresen stellt, findet er dort ein Stück sauberes Küchenkrepp unter der Pistazienschale, exakt zum Dreieck gefaltet. Als er hineinschnäuzt, hört er ein dumpfes Brummen. Er erschrickt, bis er merkt, dass es sein Handy ist, das gegen die Weinflasche vibriert. Der Name seines Vaters leuchtet auf dem Display, er räuspert sich und drückt auf Annehmen, irgendwann musst du ja mal rangehen; den üblichen Vorwürfen, dass er sich nicht melde, wird er mit dem Hinweis auf Arbeitsüberlastung begegnen, dem einzigen Grund, den sein alter Herr für derlei Versäumnisse uneingeschränkt gelten lässt. Dass sie am Samstag rechtzeitig beim Clubhaus erscheinen sollen, mahnt sein Vater, Shotgun um neun. Man wolle sich vorher gemeinsam einspielen.

Shit, denkt er, schenkt Wein nach und bremst mit dem Küchentuch den Tropfen, der am Flaschenhals herabrinnt. Das Golfturnier, das hat er vollkommen vergessen, irgendeine Charity-Geschichte der Rotarier, bei der seine Eltern mit unumstößlicher Selbstverständlichkeit erwarten, dass die Familie vollständig teilnimmt. Einschließlich zukünftiger Schwiegertochter.

»Deine Mutter würde sich übrigens freuen, wenn ihr bis Sonntag bleibt.«

Wir bleiben gar nicht, denkt er, weil es nämlich kein Wir mehr gibt, aber das sagt er nicht, so wie er es seit Wochen nicht sagt, und das Nichtgesagte türmt sich mit jedem Nichtsagen noch höher vor ihm auf und ist längst nicht mehr mit ein paar Worten abzutragen. »Charlotte ist nicht da dieses Wochenende, sie hat in Berlin zu tun.« Das ist wenigstens nicht gelogen.

Im Seufzer seines Vaters schwingt Missbilligung, nach wie vor ist er nicht bereit, seinen Respekt vor den Tüchtigen auch den Frauen entgegenzubringen. Nur ein lautes Ausatmen ist zu hören, doch er kennt sie längst, diese Codierung für: Heirate sie endlich, damit dieser Unfug ein Ende hat. »Das habt ihr doch wirklich rechtzeitig gewusst, Christian.« Er kann das Kopfschütteln seines Vaters durch das Telefon spüren. »Wir haben euch ausdrücklich gemeinsam angekündigt, du weißt genau, wie wichtig ...«

»Ja, ja, ich weiß, es tut mir leid, das war nicht anders machbar.« Natürlich ist es wichtig, wirklich wichtig sogar, letztendlich hat er seine mit Abstand lukrativsten Mandate allesamt auf den heimatlichen Golfplatz angebahnt – und du bräuchtest dringend wieder einen richtig guten Deal. Aber der Gedanke, dass ihn jeder zweite dort auf Charlotte ansprechen wird, ist mehr, als er im Augenblick aushalten kann, zumal er weitaus lieber seine Freeclimbing-Ausrüstung in den Wagen lädt als die Golfschläger.

»Ich erwarte, dass wenigstens du hier erscheinst. Und bis Sonntag bleibst, wir haben schließlich etwas zu besprechen. Es muss jetzt gehandelt werden.«

»Ich habe dir doch erklärt, dass ...«

»Nicht am Telefon«, fällt sein Vater ihm ins Wort. Als könne allein die Wortkombination aus Geld und Schweiz einen Alarm bei der Steuerfahndung auslösen. Kann sie, das weißt du doch selbst am besten.

»Ich werde sehen, was ich tun kann.« Vreede. Vreede macht Private Clients, wenn einer Bescheid weiß, dann er. Aber auch Vreede, so viel ist klar, kennt keine sicheren europäischen Steueroasen mehr. Weil es nämlich keine sicheren europäischen Steueroasen mehr gibt. Wann kapiert er das endlich? Doch wenn er ehrlich ist, kann er es selbst nicht kapieren.

Als er am nächsten Morgen seinen Parkplatz in der

Tiefgarage der Kanzlei ansteuert, sieht er Johannes gerade aus dem Wagen steigen. Der Alte hebt die Hand zum Gruß, stellt seine Aktentasche auf dem Wagendach ab und bleibt wartend stehen. Sie ist aus speckigem dunkelbraunem Leder, Christian vermutet, dass sie ursprünglich einmal hell gewesen ist. Seit er Johannes kennt, also quasi schon immer, gehört diese Tasche zu ihm. Vor Jahren, zu Johannes' Sechzigstem, hat Christian ihm angeboten, sie durch einen angemessenen modernen Lederkoffer zu ersetzen, aber Johannes hat nichts davon wissen wollen, bringt lieber die Tasche zur Reparatur, wenn etwas daran schadhaft ist, und wird sie vermutlich mit ins Grab nehmen. Christian grüßt ihn mit einem Kopfnicken: »Hast du gewusst, dass Brownman-Smith das Mandat für General Mecanics hält?«

Gemeinsam betreten sie den Aufzug. Mindestens drei große deutsche Konzerne fallen ihm ein, die hundertprozentige Töchter von General Mec sind. Goldene Zeiten, oder wie hat es Phillip ausgedrückt? Die Kabine setzt sich in Bewegung. Johannes schaut ihn nicht an, sondern sieht geradeaus auf die geschlossene Tür. »Wir sind uns ja einig, mein Junge«, sagt er, und so, wie er es sagt, ist es keine Frage, sondern eine unumstößliche Feststellung. »Wir verkaufen unsere Werte nicht. Und unsere Seele schon gar nicht.«

Ohne sein Zutun stellt sich ein zustimmendes Kopfschütteln bei ihm ein. »Keinesfalls, Johannes.« Die Türen öffnen sich, er ist erleichtert, Johannes den Vortritt gewähren zu können, weil er ihm so nicht ins Gesicht sehen muss. Wortlos gehen sie den Gang entlang, bis Phillips Sekretärin ihn am Empfangscounter abpasst. Du weißt genau, was sie von dir will, und irgendwo unterhalb seines Halses zieht sich etwas zusammen. »Guten Morgen, Herr Doktor von Söchting. Mir fehlt noch Ihre Anmeldung für die Partnerreise. Ich kann Sie und Frau von Racz doch bestimmt wieder auf die Liste setzen?«

Er vergewissert sich, dass Johannes in sein Büro verschwunden ist. »Wann ist das noch mal?« Er kennt den Termin genau, sein Timer ist mit der Kanzlei vernetzt. Traditionell findet jene Reise, an der sämtliche Kanzleipartner teilnehmen, am letzten Maiwochenende statt, und es wird erwartet, dass die Ehepartner mitreisen. Im vergangenen Jahr ist er zum dritten Mal dabei gewesen, für ein verlängertes Wochenende sind sie in die Karibik geflogen, BVI, British Virgin Islands, um das Angenehme mit dem Nützlichen zu verbinden und Spesen für eine SPV-Company zu dokumentieren, und Christian hat deutlich gespürt, dass an ihrem Familienstand auf Dauer Anstoß genommen würde, auch wenn Charlotte, wie zu erwarten, einen perfekten Eindruck hinterlassen hat. Nichts ist in dieser Branche wichtiger als Seriosität. In jeder Hinsicht. Undenkbar, was geschähe, wenn Charlotte dieses Mal überhaupt nicht dabei wäre.

»Sechsundzwanzigster bis neunundzwanzigster. Ist frei bei Ihnen, Sylvia hat nachgesehen.«

Er nimmt die Unterlippe zwischen die Zähne, als müsse er überlegen, spürt, wie sein Kiefer schon wieder zu zittern droht. Für einen Augenblick durchfährt ihn der Gedanke, sie einfach zu bitten, mitzukommen, doch sofort wird ihm die Absurdität dieser Idee bewusst. »Na wunderbar, dann werden wir wohl teilnehmen.« Zwei Monate. Lange hin. Bis dahin ist sie wieder da. Doch er spürt, dass sich der Gedanke an diese Reise wie eine Eisschicht auf seinen Weg legt.

Sylvia begrüßt ihn mit der Nachricht, dass die fehlenden Mietverträge für die Due Dilligence nun in Zürich bereitstünden.

»Wieso in Zürich? Was zum Teufel soll das heißen? Warum schicken die das Zeug nicht hierher?«

»Es sind drei Umzugskisten.« Sie hebt die Schultern.

»Wie bitte? Sind die etwa nicht digitalisiert?«

»Nur ein ganz kleiner Teil, fürchte ich.«

»Ach du Sch…« Drei Umzugskisten voller Verträge, die noch vor dem Signing durchgesehen werden müssen, wieso kann nicht ein einziges Mal etwas ohne Komplikationen funktionieren? Sylvias Telefon klingelt, sie sieht auf das Display. »Mortensen.«

»O.k.« Er seufzt laut. "Stellen Sie ihn rein, und schicken Sie Linda nach Zürich, gleich am Montag, sie soll sich um diese Verträge kümmern.«

Den Vormittag, den er dringend für anderes benötigt hätte, verbringt er telefonierend und in einer endlosen Videokonferenz, aus der er sich nur mit dem Hinweis auf wichtige Termine retten kann, ein Call folgt auf den nächsten. Als er endlich alle abgewimmelt hat, starrt er minutenlang auf den Telefonhörer in seiner Hand, als müsse der ihm die Erlaubnis erteilen zu wählen. Er weiß, dass niemand abheben wird, trotzdem hat er Herzklopfen, und es durchfährt ihn eine skurrile Mischung aus Enttäuschung und Erleichterung, als er das Annahmegeräusch des Anrufbeantworters hört. Dann, endlich, ihre Stimme! Noch bevor der Pfeifton erklingt, presst er den Finger auf die Gabel, nur um anschließend die Wahlwiederholung zu drücken. Drei-, viermal vollführt er dieses Ritual, saugt ihre Stimme in sich auf, als spräche sie nur für ihn. Sieht sie vor sich, am Regal stehend, wie sie sich über das Mikrofon beugt und mit einer unbewussten Bewegung ihre Haare hinter das Ohr streicht, während sie den Ansagetext aufspricht, wie lange ist das her? *Wir können im Augenblick nicht ans Telefon gehen*, ein Satz, in dem er damals eine Pikanterie mitschwingen hörte, die ihn noch nach ihrem Auszug mit Genugtuung erfüllt hat, bis er eines Tages die Nummer des Kulturprofessors herausfand und feststellen musste, dass ihre Stimme längst auch dessen Bandansage annektiert hat, mit nahezu identischem Text.

Ein Klopfen unterbricht seine Gedanken, und jähes Unbehagen überfällt ihn, als er sieht, dass es Linda ist, die Referendarin, die es nicht fertigbringt, die Tür weit genug zu öffnen, sondern sich stattdessen quer durch einen schmalen Spalt in den Raum quetscht. Sie drückt die Tür wieder ins Schloss, indem sie sich mit dem Rücken gegen das Türblatt lehnt. »Störe ich?«

»Wir haben gleich Partnersitzung.« Das weiß sie doch, zum Teufel.

»Es ist nur wegen Zürich.« Sie rückt von der Tür ab, lächelt provokant und bohrt ihren Blick in seinen. »Ich meine ... wenn ich da jetzt schon früher hin soll, wegen dieser Akten, na ja, dann – könnte ich ja vielleicht schon am Wochenende hinfahren. Oder ...« – jetzt macht sie einen Schritt auf ihn zu, und ihr Blick wird unleugbar kokett – »*WIR* könnten. Soll ja sehr schön sein, Zürich.«

Shit. Christian schließt für einen Moment die Augen, weil die Katastrophe, von der er gehofft hatte, dass sie nicht eintreten würde, mit Wucht auf ihn einprallt. Idiot! Ein paar Sätze oder Worte nur, die er ihr an jenem Abend im Chambers ins Ohr geraunt hat, so viel weiß er noch, aber offenbar waren es doch die falschen gewesen. Was hast du dir da eingebrockt? Mit Mühe zwingt er Gelassenheit in sein Gesicht. Kein Mensch, der bei Verstand ist, prahlt mit illegalen Provisionen, aber an diesem Abend muss der Teufel mit ihm durchgegangen sein; der und ein paar Gläser Wein zu viel müssen alles, was sich in ihm angestaut hatte, aus ihm heraus und in Lindas zugegebenermaßen niedliche Ohrmuschel gepresst haben.

Spät war es geworden, nur ein paar Kollegen noch, die sich allesamt darin überboten hatten, ihre Zweifel an Lindas Intellekt mit Alkohol auszuräumen, und Christian fühlt noch den Triumph, als er allen Balzversuchen der Kollegen den Garaus gemacht hat, mit diesem kleinen, komplizenhaften Hinweis an Linda, auf einen besonders lohnenden Mandanten. Erfolgreich, wie er dachte, denn für den Rest des Abends hatte sie ihre Aufmerksamkeit nur ihm geschenkt. Bis er am Ende doch allein ins Taxi gestiegen ist. Vollidiot. Sein Blick wandert ihre Beine hinab, sie hat scharfe Beine, keine Frage, aber du musst trotzdem raus aus diesem Spiel. Allerdings mit Bedacht, nach allem, was sie über diesen Deal weiß, doch dafür fehlt ihm jetzt die Geduld. Nötigenfalls erledigst du das mit ein paar Scheinen, aber die muss man sich verdienen, weswegen sie zuerst ihren verdammten Job zu erledigen hat. Der darin besteht, sämtliche in Zürich wartenden Mietverträge auf Change of Control Clauses zu prüfen, ehe dieses siedend heiße Signing endlich über die Bühne gebracht werden kann.

»Sehr schön, Linda.« Er lächelt so wohlwollend er kann. »Ich weiß dein Engagement zu schätzen. Ist bei dem Aktenvolumen vielleicht gar keine schlechte Idee, mehr Zeit einzuplanen. Wende dich also bitte an Sylvia, sie wird das organisieren.« Mit Genugtuung sieht er Irritation und einen Schmollmund Lindas Lächeln verkleistern. Im Aufstehen stellt er das Telefon um und kommt hinter seinem Schreibtisch hervor. Als er an Linda vorbeigeht, fährt er sachte mit der Hand über ihren Oberarm und dämpft seine Stimme: »Alles Weitere sehen wir dann.« Dass er Anfang der kommenden Woche weder in der Kanzlei noch in Zürich, sondern erst mal in London sein wird, braucht sie ja nicht zu wissen.

Trotz aller Beklemmung überfällt ihn, wie immer beim Eintreten in den Board Room, die Erinnerung an das erste Mal, als er hier gewesen ist; jenes Mal, da alle Partner sich seinetwegen in diesem Besprechungsraum mit dem riesigen ovalen Tisch versammelt hatten. Er hört noch das Klingen der Gläser, schmeckt das warme, holzige Aroma des Sherrys, mit dem traditionell die Aufnahme eines neuen Partners besiegelt wird. Johannes' Platz am Kopfende des Tisches ist noch frei. Während Christian sich in den Sessel gegenüber setzt, lässt er verbissen ein weiteres Ereignis auftauchen, das er sich in seiner Phantasie so oft ausgemalt hat, dass es ihm so realistisch erscheint wie eine tatsächliche Erinnerung. Wieder wird Sherry im

Spiel sein, wieder werden Hände geschüttelt und Schultern geklopft werden, und irgendwie kommt ihm auch der Lorbeerkranz um seinen Hals, den er in seiner Vorstellung hinzuaddiert, absolut richtig vor. Bleibt nur die Frage, wie lange noch. Seine Kanzleianteile hat Johannes schon vor Jahren begonnen, sukzessive auf ihn zu übertragen, mit der Übertragung von Kompetenzen ist er in geradezu patriarchalischer Weise zurückhaltend. Jetzt lässt er auf sich warten. Ein Zeichen seiner Missbilligung, die er mit Worten nicht effektvoller ausdrücken könnte. Am liebsten würde Christian auch fernbleiben. Er lässt den Blick über die Kollegen schweifen, überlegt, wirklich zu verschwinden, bleibt an Vreede hängen, der konzentriert in sein iPhone tippt, und jäh fällt ihm das Gespräch mit seinem Vater wieder ein. Er wartet, bis Vreede aufsieht, und deutet mit einer Handbewegung an, dass er ihn sprechen müsse, lotst ihn außer Hörweite des Tischs.

»Ich brauche ein bisschen Input. Es geht um einen Mandanten mit einem B-Geld-Problem.«

»Hm. Privatvermögen?«

Christian nickt. »Schweiz.«

»Aha.« Vreedes Gesichtsausdruck gleicht dem eines Hausarztes während einer Schnupfenepidemie. Du bist der Fünfzigste heute. »Hat er es in den letzten Jahren bewegt?«

»Nein, vermutlich nicht.«

»Das ist schon mal sehr gut. Ist wie im Manöver – nur wer die Deckung aufgibt, wird erwischt. Kommt auch auf das Institut an. Welches ist es denn?«

»Keins von denen mit bekannt undichten Stellen. Eins von den kleinen, privaten. Soweit ich weiß«, schickt er hinterher.

»Wenn es inhabergeführt ist, gibt es überhaupt kein Problem, die sind absolut diskret. Hat in der Regel nur der Patron das Dossier, braucht er sich absolut keine Sorgen zu machen.«

»Er möchte dennoch …« Transferieren, will er sagen, doch da tritt Johannes ein, und der abrupt sinkende Geräuschpegel lässt Christian unwillkürlich verstummen. Er spürt Vreedes Hand an seinem Oberarm. »Gib mir nachher Details, dann mache ich mir Gedanken«, raunt er Christian zu, ehe er wieder an seinen Platz geht.

Johannes' Begrüßung fällt knapp aus, und Christian überkommt der Wunsch, der Alte möge die ganze Veranstaltung einfach abblasen, doch kaum dass Johannes sich gesetzt hat, überlässt er Aaron das Wort, dem der Eifer daraufhin wie Schweißglanz auf der Stirn steht. Wichser, denkt er und entsinnt sich des Anrufs vor ein paar Wochen, um 23:47 Uhr, er sieht noch die Zahlen über Aarons Namen auf dem Display. Dass es sich um etwas absolut Dringendes handeln musste, stand außer Frage, kein Kollege ruft um dreiviertel zwölf an, wenn es nicht brennt. Er habe nur schnell Bescheid geben wollen, hat Aaron erklärt, dass mit der Zusage für den Securitisation-Deal alles in Ordnung sei, das Fax aus Boston sei gerade eingetroffen. Du kleiner, fieser Streber, hat Christian da gedacht; ruft bloß an, um zu dokumentieren, dass er sich die Nacht in der Kanzlei um die Ohren schlägt, und er hat sich vorgenommen, bei passender Gelegenheit einen Kommentar dazu abzugeben. Doch dann lag dieses Fusionsangebot auf dem Tisch, über irgendeinen Harvard-Kontakt Aarons zustande gekommen, drei Nummern größer als alles, was jeder andere Partner maximal hätte an Land ziehen können, und Christian hat seinen Mund gehalten. Während Aaron nun die restlichen Partner darüber aufklärt, dass Gespräche stattgefunden haben und der Inner Circle sich entschlossen hat, nähere Sondierungen zuzulassen, die bereits in der kommenden Woche beginnen könnten, sieht Johannes aus dem Fenster, als dächte er an etwas weit Entferntes. Im Raum liegt gedämpfte Unruhe, kaum einer, der die Neuigkeiten nicht gegenüber seinem Sitznachbarn kommentiert. Mit einem Mal sieht

Johannes auf. »Ich darf um Ruhe bitten!« Und so abwesend er gerade noch aus dem Fenster gesehen hat, so konzentriert sieht er nun reihum jeden einzelnen der Partner an. Fünfzehn sind es, darunter eine Frau. »Vielleicht lässt sich die Angelegenheit etwas abkürzen: Ich bitte um Handzeichen, wer von euch diese Brautschau grundsätzlich befürwortet.«

Für Sekunden hakt ihm der Atem aus. Abstimmung. *Wir sind uns ja einig, mein Junge.* Wie in Zeitlupe sieht er Hände in die Luft gehen, allen voran Aaron, lass dir was einfallen, aber sein Hirn steckt im Standby fest, Phillip, Daniel, Gräf, Jauernig, wenn du dafür stimmst, musst du es Johannes als Taktik verkaufen, wenn du die Hand unten lässt, den anderen.

»Danke«, hört er Johannes rufen, »das genügt mir.« Seine Hände, feucht, umklammern noch immer seine Oberschenkel.

»Nächste Woche! Wahnsinn!« Phillip holt ihn auf dem Korridor ein, tanzt singend neben ihm her: »We are going to San Francisco!«

Er quält sich ein Grinsen ab, überlegt, ob der Liedtext so stimmt, ihm ist, als fehle ein Stück Melodie.

Phillips boxt ihm anerkennend gegen die Schulter. »Und den Alten, den biegst du auch noch hin!«

Christian deutet ein Nicken an, duckt sich unter seinen eigenen Gedanken zusammen, London, du musst London vorbereiten, eine ganze Liste von Calls erledigen, drei verdammte legal opinions freigeben. »Selbstverständlich.« Johannes' Zustimmung zu einer Fusion käme einem Plädoyer des Papstes für freie Liebe gleich. Nicht nur Phillip, sondern sämtliche Kollegen setzen darauf, dass du Johannes überzeugst, und er wünscht dieses Fusionsangebot zum Teufel, hey, es läuft doch alles gut, wie es läuft. Verglichen mit den Kollegen dort drüben, hat Aaron gesagt, werden wir bezahlt wie polnische Schwarzarbeiter.

Vor ihm im Gang geht Vreede, gerade noch in Sichtweite, legt im Vorübergehen eine Mappe auf dem Counter der Empfangssekretärin ab und biegt in den Waschraum ein. Vreede, den muss er jetzt sprechen, und die Intimität des Waschraums ist für solche Gespräche der bewährteste Ort, doch da kommt einer der Associates von der anderen Gangseite und öffnet seinerseits die Waschraumtür. Christian stoppt am Empfangscounter, auf dem Vreedes Mappe, ein Schlüsselbund und Vreedes Telefone liegen.

»Kann ich etwas für Sie tun, Herr Doktor von Söchting?« Die Empfangssekretärin trägt ein leeres Tablett aus der Kaffeeküche. Als Christian verneint, geht sie in Richtung Board Room weiter. Vermutlich wird Vreede dir etwas von Transaktionen via Panama oder den Caymans erzählen, obwohl die Caymans auch schon wieder out sind, eher BVI oder Dubai, Singapore, aber das wird nicht weiterhelfen, weil diese Orte in den Ohren seines Vaters so seriös klingen werden wie Warentermingeschäft oder Lotterielos, also solltest du dieses eine Mal auf die Codierung verzichten und Klartext reden, möglicherweise hat Vreede die besseren Ideen, wenn er weiß, worum es wirklich geht.

Klartext.

Nostalgie überkommt ihn, als seine Gedanken ohne Zutun nach Süden rutschen, nach Zürich, ins holzvertäfelte Foyer des Baur au Lac, wo er als kleiner Junge, zum Auftakt jeden Wintersports, mit seiner Mutter so lange beim Romméspiel sitzen und Rivella trinken durfte, bis sein Vater vom Schokoladekaufen zurückkehrte. Als er den Zeitaufwand für diese Aktivität zu hinterfragen begann, hieß es, der Vater lasse Anzüge anmessen. Erst als er bereits eigene Maßanzüge trug, wurde er über den tatsächlichen Anlass aufgeklärt. Auf welche Summe mag das dort wie in Quarantäne festsitzende Geld sich mittlerweile belaufen? Woher es stammt, hat er nie gefragt. Es gibt Dinge, die fragt man nicht.

Der vertraute helle Ton klingenden Glases lässt ihn unwillkürlich an seine Brusttasche greifen, SMS, aber da zieht schon das aufleuchtende Display von Vreedes iPhone seine Aufmerksamkeit an, er stutzt, sieht genauer hin: *Gregor Härtling iMessage* kann er lesen, ehe das Display erlischt. Etwas schneidend Scharfes durchfährt ihn: Gregor! Gregor und Vreede! Ohne nachzudenken dreht er sich um.

••••••••

Am Samstag bügelt sie – Bettwäsche, Unterwäsche, Jeans, Oberteile –, danach putzt sie die Dachfenster, wegen dem schönen Wetter. Die sind total verdreckt, obwohl es tagelang so geregnet hat, dass man nicht mal lüften konnte. Läuft das ganze Wasser in die Wohnung sonst. Ein paar Mal ist sie drauf und dran, Mandy anzurufen, weil es ihr so leidtut, wie sie das letzte Mal miteinander geredet haben, und sie weiß ja, dass Mandy recht hat, aber dann lässt sie's trotzdem sein. Nur noch schnell aufräumen, dann kann sie endlich aufs Sofa und das Strickzeug aus der Tüte holen. Sie breitet es auf ihrem Schoß aus, streicht über die Maschen. Eine wie die andere. So gleichmäßig strickt sie, dass man denken könnte, es wäre gekauft. Sie legt das Handy vor sich auf den Couchtisch, kuschelt sich auf dem Sofa zurecht und nimmt die Nadeln in die Hand, eigentlich gibt es nichts, was sie lieber tut. Hat ihr damals die Oma beigebracht, als sie noch ganz klein war, erst Häkeln, dann Stricken, *was für geschickte Hände, das Kind,* hat die Oma immer gesagt. Sie hat das damals falsch verstanden, weil sie das Wort geschickt noch nicht kannte, hat gedacht, jemand hätte die Hände geschickt, mit der Post, es wären gar nicht ihre. Es tut ihr heute noch weh, wenn sie dran denkt, denn bevor sie das Lob kapiert hat, ist die Oma gestorben. Aber seitdem hat sie immer was zu stricken. Was zu stricken und eine Ecke, in die sie sich damit verziehen kann. Tut halt gut, wenn die Finger was zu tun haben. In der Schule haben sie nur bis zur dritten Klasse Handarbeit gehabt, was echt schade war, weil sie das richtig gut gekonnt hat. Als sie an die Armausschnitte kommt, ist es halb vier. Zwischendrin guckt sie aufs Handy, tut sich aber nix. Vielleicht ist er irgendwo draußen unterwegs, kann sie ja auch verstehen, bei dem Wetter. Sie muss an die Wolle denken, die sie letzte Woche gesehen hat, wenn sie die jetzt hätte! Aber als sie am Montag wieder an dem Laden vorbeigegangen ist, war sie weg. Sie überlegt, was sie machen könnte, wenn der Pulli fertig ist, holt den Karton mit den Wollresten raus und guckt, was zusammenpasst. Ist noch massig Sockenwolle drin, viele kleine Knäuel, kriegt sie locker noch Ringelsocken raus. Für Mandy, die mag es eh gern bunt. Am liebsten würde sie Pit welche stricken, aber der zieht sie garantiert nicht an. Eigentlich müsste sie Milch holen, aber es ist schon fünf, also wischt sie schnell den Kühlschrank aus und geht dann unter die Dusche. Meistens kommt er kurz vor sechs, bevor er in die Halle geht. Sie setzt Wasser für den Reis auf, zieht sich wieder die guten Jeans und den beigen Pulli an und wartet vor dem Fernseher. Um viertel nach acht kommt der zweite Teil von dem Spielfilm von gestern. Der Reis ist kalt jetzt, wenigstens hat sie die Cevapcici nicht aus dem Gefrierfach geholt.

••••••••

Als er am Samstagmorgen aufbricht, fühlt die Luft sich an wie kaltes Wasser, doch die Sonne blendet so stark, dass er trotz Sonnenbrille den Gegenverkehr kaum sieht. Dein alter Herr wird nachfragen, also brauchst du einen triftigen Grund – eine Vernissage vielleicht, mit viel Prominenz, irgend so ein Installationskünstler wird er sagen, da bohrt niemand nach, schon gar nicht heute, nicht auf dem Platz. Das hat sie ihm auch vorgeworfen, dass sich in seinem Umfeld kein Mensch ernsthaft für ihre Arbeit interessiere. Es ist ebenso dein Umfeld, hat er entgegnet, und während er in weitem Bogen auf die Autobahn auffährt, entdeckt er diesen gequälten Zug in ihrem Gesicht, in dem Überlegenheit und Duldsamkeit aufeinander treffen, und ein Unbehagen überkommt ihn, als müsse er sich rechtfertigen für seine Familie, an der sonst niemand etwas auszusetzen hat. Er spürt ihr Knie unter seiner Hand, streicht mit sanftem Druck darüber und nimmt sich vor, am kommenden Wochenende ganz für sie da zu sein. Ein Lächeln, wird schon, sie lächelt zurück. Er sieht sie an der Tür stehen, die Handtasche über der Schulter, den Mantel in der Hand. Der Schlüsselbund klickert, als sie ihn flüchtig auf den Mund küsst, viel Spaß morgen, und grüß deine Eltern, sag deinem Vater, er soll am Wasser aufpassen, sag, nächstes Mal bin ich bestimmt dabei. Während er die Schläger aus dem Kofferraum hievt, winkt Johannes ihm von der anderen Seite des Parkplatzes zu, deutet im Näherkommen auf ein Paar am Rand der Driving-Range, das, gegen die noch tief stehende Sonne, nur als dunkler Schatten zu sehen ist. Christian geht ihm entgegen, mit Johannes hat er überhaupt nicht gerechnet, lass dir nichts anmerken, per Handschlag begrüßt er ihn.

»Bist du allein?« Etwas in Johannes' Tonfall lässt ihn aufhorchen; es wäre nicht das erste Mal, dass Johannes längst Bescheid wüsste, doch vielleicht ist es tatsächlich nur die etwas zu sarkastisch geratene Solidaritätsbekundung eines Mannes, der ein Jahr vor der geplanten Pensionierung seine Frau verloren hat. Krebs, irgendeine Unterleibssache, sechs Wochen von der Diagnose bis zur Beerdigung, in der Kanzlei wurde gemunkelt, sie habe sich angesichts der bevorstehenden Therapien das Leben genommen. Johannes ist nie auf diese Gerüchte eingegangen, aber so, wie Christian sie gekannt hat, kann er sich das durchaus vorstellen. Pensioniert ist Johannes noch immer nicht.

»Charlotte ist in Berlin«, sagt er, schiebt die Sonnenbrille von der Stirn auf die Nase und wendet den Blick zur

Driving-Range, in Richtung seiner Eltern. »Sie ärgert sich natürlich schwarz. Bei so einem Wetter.«

»Komm.« Johannes legt ihm mit einem leichten Klaps die Hand auf den Rücken, wo sie liegen bleibt, während sie ihre Schläger gemeinsam zur Hütte rollen. Der Caddymaster begrüßt sie mit seinem unverkennbaren Akzent, der sich in Jahrzehnten nicht abgeschliffen hat. Er stammt aus dem Norden, irgendwo von der dänischen Grenze, und Christians Name hört sich aus seinem Mund noch immer wie Krüschan an. »Dich sieht man ja gar nicht mehr, hier. Viel Arbeit, hm?« Er duzt ihn, seit Christian seine ersten Kinderschläger bei ihm deponiert hat. Christian nickt ihm zu und setzt die Schläger auf den Caddywagen. Der kleine, drahtige Mann ist faltig geworden, was ihn irritiert, doch dann weist Johannes ihn darauf hin, dass er vergessen hat, die Schuhe zu wechseln. Also geht er zum Parkplatz zurück. Nicht einmal April, aber die Sonne brennt trotz des frühen Morgens so kraftvoll, dass er sich mit geschlossenen Augen an seinen Wagen lehnt, um die erste Wärme zu spüren, wie einen Vorgeschmack auf den Sommer, von dem er sich im gleichen Augenblick fragt, ob er ihn überhaupt will. Sommer. Das sind die Abende, die er mit Charlotte im Freien verbringt, auf Gaspares Terrasse oder seiner eigenen, bei Kerzenschein bis in die späte Nacht. Mit einem Ruck richtet er sich auf und sperrt den Wagen ab. Johannes hat an der Hütte auf ihn gewartet, als sie auf Christians Eltern treffen, wird ihm klar, dass für Johannes nur deswegen Platz in ihrem Flight ist, weil Charlotte fehlt.

»Schöne Grüße von Charlotte, es tut ihr wirklich leid.« Er küsst seine Mutter auf beide Wangen, reicht seinem Vater die Rechte und legt ihm die Linke an den Oberarm. »Sollst beim Elfer am Wasser aufpassen, drei Versenkte sind genug.« Sein Vater verzieht das Gesicht in gespielter Betroffenheit, beim letzten gemeinsamen Spiel hat er am elften – dem zwar schönsten, aber auch trickreichsten, vollends von Wasser umgebenen Loch – nacheinander drei

Bälle in den Teich geschlagen; hat versucht, seine Ehre zu retten, statt aufzugeben, angesichts des fabelhaften Spielkönnens seiner zukünftigen Schwiegertochter. Dieses Mal setzt er ihn beim Elften mit nur einem Schlag aufs Inselgrün und reckt mit einem Ausruf den Schläger nach oben. »Da! Habt ihr's gesehen?« Eine schalkhafte, kindliche Genugtuung liegt in seinem Gesicht, Christian merkt, wie der väterliche Blick Charlottes Reaktion sucht, ehe er ihn an die tatsächlich Anwesenden hängt. Die weiteren Löcher bewältigt der Vater mit einer für ihn seltenen, aufgekratzten Energie, verpflichtet Christian unaufhörlich, ihr zu berichten, so dass die Selbstverständlichkeit, mit der Christian später, bei der Siegerehrung, von allen Seiten weitere Grüße für sie entgegennimmt, sich wieder genau so weich und richtig anfühlt wie der Sekt in seinem Kopf.

••••••••

Am Sonntag ist immer noch schönes Wetter, sie muss dran denken, wie sich der Sonnenschein am Freitag in der Stadt angefühlt hat, und überlegt, ob sie einfach rausgehen soll, aber so ohne Grund ist auch komisch. Am schönsten war die Sonne auf dem Wasser. Wie es geglitzert hat. Irgendwie zieht es sie schon raus, aber am Ende verfährt sie sich wieder. Schon der Gedanke schnürt ihr den Hals zu. Sie macht sich Tee, weil keine Milch für Kaffee mehr da ist, setzt sich vor den Fernseher und legt sich die Kuscheldecke über die Beine. Schade, dass der Pulli bald fertig ist, die graue Wolle strickt sich so flottweg, sie könnte ewig weitermachen, sogar aufs Klo zu gehen, verschiebt sie immer wieder auf die nächste Reihe. Als es dämmert, kriegt sie Hunger und isst ein Toastbrot, den Reis lässt sie lieber im Kühlschrank für die Cevapcici. Um kurz nach sieben klingelt endlich das Telefon: Pit! Noch bevor sie rangeht, fängt sie an zu lächeln.

»Na, Schnecke, wo biste denn?« Im Hintergrund hört man die Automatenmusik.

»Zu Hause. Ich hab …« Auf dich gewartet, aber das sagt sie lieber doch nicht, damit er nicht denkt, sie würde ihm einen Vorwurf machen. »Ich hab Cevapcici. Ich mein, wenn du Lust hast …«

»Hör auf mit den Dingern, die kann ich echt nicht mehr sehen. Komm lieber her.«

»In die Halle?«

»Ey, wohin denn sonst!«

»Jetzt? Wird aber schon dunkel.«

»O Mann, du bist so 'n Schisser. Los, setz dich in die S-Bahn und komm. Ich will dich hier bei mir haben.«

Sie holt tief Luft, als könnte man den Satz einatmen. »O.k., ich hab nur gedacht …« Sie beißt sich auf die Lippe. »Kannst du nicht lieber zu mir?«

»Zu dir? Ey, du hockst doch sowieso nur aufm Sofa und häkelst, was soll ich denn da?«

»Ich häkel nicht, ich stricke.«

»Scheißegal, ist doch dasselbe, beweg lieber deinen Arsch vom Sofa.«

Sie weiß ja, wie er's meint, aber trotzdem. Wenn er wenigstens Hintern gesagt hätte. Mit ihm drüber zu reden hat keinen Sinn, gibt nur Streit, oder er erzählt ihr wieder, wie toll diese Nadine ist.

»Ja, gut«, sagt sie und pustet die Teelichter aus. »Die Einunddreißiger müsst ich schaffen, kannst du mich dann an der Konstabler abholen?«

»Stell dich nicht so an, Schnecke, die hundert Meter schaffste wohl allein. Ich hab grad voll die Freispiele, ich kann jetzt hier nicht weg. He, und bring was mit.« Dann hat er aufgelegt.

Von seinen Kumpels ist keiner in der Halle. Was schön ist, weil er sich dann nur um sie kümmert. Obwohl sie's mag, wenn seine Kumpels mitkriegen, wie er seinen Arm um ihre Hüfte legt. Heute kümmert er sich aber nur um seine Highscores, sie sitzt daneben, trinkt eine Cola und guckt ihm zu, was ziemlich anstrengend ist, weil ihr das

Geflirre in den Augen wehtut, deswegen sieht sie die meiste Zeit einfach nur ihn an, von der Seite. Am liebsten würde sie ihm übers Gesicht streichen. Macht sie natürlich nicht. Aber immer, wenn er ein Freispiel kriegt oder man die Fanfare hört, fährt sie ihm über den Arm oder den Rücken; wenn er verliert, legt sie ihm den Kopf an die Schulter. Er spielt richtig gut, deswegen dauert es ziemlich lange, auch weil sie noch einen Zehner extra mitgebracht hat. Eigentlich weiß sie, dass das Mist ist, aber dafür ist er nachher nur für sie da, und manchmal hält er die ganze Nacht ihre Hand.

••••••••

Der Ledersessel in der Bibliothek seines Vaters besteht aus Erinnerungen, die ihn einhüllen, sobald das Sitzpolster unter seinem Gewicht zusammensackt und sein Finger instinktiv die glatten Erhebungen der Polsternägel ertastet. Ungezählte Abende hat er in diesem Sessel verbracht, den warmen Geruch nach Leder in der Nase, anfangs hatte er sich noch ganz hineinrollen können, als er seine ersten Partien gegen den Vater gespielt hat, die Truhe mit den Schachbrettintarsien zwischen ihnen, erst Apfelsaft, später Rotwein aus den bauchigen Kristallgläsern, von denen er auch jetzt wieder eines in der Hand hält, warum warst du so lange nicht mehr hier?

»Hast du über unser Problem nachgedacht, Christian?« Bedächtig schließt der Vater die Tür, obwohl außer der Mutter niemand zuhören könnte, seit Jahren wohnt kein Personal mehr im Haus.

Dein Problem, nicht unseres. »Ich denke rund um die Uhr an nichts anderes.«

»Christian, bitte!«

»Tut mir leid, aber es ist derart viel zu tun in der Kanzlei, ich komme im Augenblick nicht einmal dazu, mir die Fußnägel zu kürzen.«

»Kein Wunder, dass Charlotte sich von dir fernhält!

Herrgott, Christian, es muss doch Wege und Möglichkeiten geben, unser Geld vor dem Zugriff dieser neuzeitlichen Raubritter zu bewahren.«

»Entspanne dich. Die haben keinen Zugriff.« Das Grauen, Vreede beinahe ins Vertrauen gezogen zu haben, wallt wieder in ihm auf, und mit unbarmherziger Klarheit wird ihm bewusst, dass sie da sind und nur darauf lauern, dir einen Fehler nachzuweisen. Und ausgerechnet Vreede, auf den wäre er nie gekommen.

»Keinen Zugriff! Christian, ich bitte dich: Es vergeht keine Woche, in der nicht irgendein Bankbuchhalter sein Gehalt mit der Preisgabe von Kontoinhabern aufzubessern sucht. Legal! Das widerspricht jeder vernünftigen Rechtsauffassung.« Behutsam, ein Knie beinahe durchgedrückt, lässt der Vater sich in seinen Sessel sinken. »Und da kommst du und erklärst mir, ich solle mich entspannen?«

Christian hebt die Schultern. Was weiß er überhaupt von Vreede? Dass er ein Stiller ist; einer von diesen Strebertypen, hochintelligent, aber weltfremd, und er sieht immer irgendwie fettig aus. Er kann sich nicht erinnern, je ein privates Wort mit ihm gewechselt zu haben, und hätte, bis gestern, geschworen, ihm nie beim Afterwork begegnet zu sein. Aber jetzt glaubt er, ihn tatsächlich mit Gregor gesehen zu haben. Damals. Kurz bevor. Oder bildest du dir das auch wieder nur ein?

»Christian! Ich rede mit dir.«

»Vonaesch ist nicht die UBS oder Credit Suisse. Keiner von den Mitarbeitern dort hat Zugriff auf die Namen der Kontoinhaber, weil sie nicht per EDV erfasst sind, sondern ausschließlich im Dossier, und das hütet Vonaesch persönlich. Er ist Bankier. Kein Banker.«

Stille herrscht, nur der Atem seines Vaters ist zu hören, ein leises Schnaufen, als bereite ihm das Luftholen Mühe.

»Was also sollen wir tun, mein Sohn?«

»Gar nichts.« Er betrachtet die polierte Nussbaumtruhe,

in der er die geschnitzten Schachfiguren aus Holz und Elfenbein weiß, und er spürt, wie viel lieber er jetzt über die Bewegungen dieser Figuren auf dem Brett nachdenken würde als über die noch möglichen Bewegungen etlicher Millionen Schweizer Franken auf einem Spielbrett, dessen Felder wegbröckeln wie die Kanten der Sylter Küste.

»Gar nichts?«

»Genau. Es ist wie im Manöver – bemerkt wird allenfalls, was sich bewegt, und dein Geld liegt seit Jahren reglos dort.«

»Es ist nicht nur mein Geld, Christian.«

Der Ton irritiert ihn. Er sieht seinen Vater fragend an und dessen Gesichtsausdruck lässt ihn jäh ahnen, dass ein Unheil größeren Ausmaßes auf ihn zustrebt.

Der Vater räuspert sich. »Ich habe es vor ein paar Jahren zur Hälfte auf dich umschreiben lassen, um keinerlei Erbschaftsdiskussionen ...«

»Du hast was?« Unwillkürlich schießt Christian in seinem Sessel vor. »Wie viel?« Er haucht es beinahe.

»Mein Gott, Christian, damals hat doch kein Mensch an so etwas gedacht.«

»Wie viel!«

»Knapp dreißig.«

Christian schließt die Augen, lässt die Stirn langsam in seine Hand sinken. »Bist du vollkommen wahnsinnig geworden?« Nur ein Flüstern bringt er zustande, ehe er wieder aufsieht und losschreit: »Ist dir klar, was das bedeutet? Ohne Bewährung! Ab einer Million Zinsgewinn fackelt da keiner mehr!« Und dass er die überschreitet, weiß er, ohne nachzurechnen. »Von meiner Zulassung ganz zu schweigen. Hast du den Verstand komplett verloren?«

»Mäßige dich, Christian! Früher oder später wäre es ohnehin deines geworden.«

Ein Geräusch lässt beide den Kopf wenden. Mit einem Ausdruck unaussprechlichen Entsetzens steht die Mutter in der halbgeöffneten Tür, stumm und reglos, eine Situation wie eingefroren, bis der Vater mit einem Nicken die Hand hebt. »Es ist alles in Ordnung, Renate.« Es klingt wie ein Befehl. Noch einen Augenblick verharrt sie, ehe sie die Tür von außen schließt, so behutsam, als handele es sich um die Tür zu einem Krankenzimmer.

»Und … Wilhelm?«

Mit einer barschen Geste erstickt der Vater jedes denkbare Wort. Eine Weile spricht keiner von beiden.

»Immerhin scheint nun auch dir klar zu sein, dass es gar so einfach nicht ist, mein Sohn. Dort, wo es ist, kann es nicht bleiben. Was schlägst du also vor?«

»Kauf Wein und trink ihn«, antwortet Christian lakonisch und schiebt das Glas eine symbolisch kurze Strecke näher zum Vater, damit der nachschenken kann. »Was weg ist, ist weg.« Aber 30 Millionen versäuft man nicht so schnell, er weiß ja nicht einmal, wohin er mit seiner verdammten Provision soll, und der Vater kann dazu allenfalls eine Braue heben, wir haben unser Geld immer zusammengehalten.

Die zweite Flasche trinken sie gemeinsam mit der Mutter im Kaminzimmer, sehen ins Feuer, dann und wann greift einer nach den Canapées. Nach jedem Bissen schüttelt sie den Kopf und drückt ihr Bedauern darüber aus, dass das Käsegeschäft in der Altstadt den Besitzer gewechselt habe, die Qualität sei einfach nicht mehr dieselbe.

Das Knacken und der Geruch des Holzes sind vertrauter noch als der Sessel in der Bibliothek, warum zündest du deinen Kamin in Frankfurt nie an? Die paar sorgsam ausgewählten, längst übertrockenen Scheite lagern zur Dekoration in der dafür vorgesehenen Wandnische, Charlotte hat armdicke Kerzen in die blitzsaubere Feuerstelle gestellt.

»Ich habe Alexander gar nicht gesehen, heute.« Christian bewegt den Kopf in Richtung der Nachbarvilla. In seiner Erinnerung hat er die von Rogges noch zu jedem Turnier getroffen und mit Alexander ein paar Worte gewechselt. Als Kinder haben sie gelegentlich miteinander gespielt.

Christians Mutter schüttelt wiederum den Kopf, ihre Lippen kräuseln sich. »Er ist fort.«

»Alexander? Wohin?«

»Nicht Alexander. Sein Vater. Auf und davon. Angeblich nach Afrika. Soweit ich weiß, hat Alexander von jetzt auf gleich die Leitung der Fabrik übernehmen müssen, seither wohnt er wieder zu Hause. Mit seiner Verlobten.« Pause. »Man wird sehen, ob das gutgeht, nicht wahr?« Wie auf Bestätigung wartend, schaut sie den Vater an, der mit einem vernehmlichen Ausatmen antwortet, es bleibt unklar, ob sich die Zweifel auf Alexanders Karriere oder auf die Herkunft seiner Freundin beziehen. Gleichzeitig schwingt darin wieder die Anordnung mit, Christian möge endlich seinen Platz einnehmen, seit Jahren steht ein Teil des Anwesens für ihn leer. Für ihn und Charlotte. Samt unausgesprochen reklamierter Kinderschar. Er schaut in die Flammen, deren Licht für Momente einzelne Konturen des Reliefs der Ofenplatte hervortreten lässt. Stundenlang hat er darauf gestarrt als kleiner Junge, überzeugt, dass ihm die geheimnisvollen Erscheinungen etwas mitzuteilen hätten. Und wenn er dann, am anderen Morgen, hinter kalter Asche, das Familienwappen neben einem harmlosen jungen Bauernpärchen sah, glaubte er, allen anderen etwas vorauszuhaben.

Mit dem Stochereisen versetzt der Vater dem letzten, dicken Stamm ein paar Schläge, wie Mosaikstücke brechen Teile aus der verkohlten Kruste heraus und machen dem Feuer Luft. Vertrautes Klirren, als er das Eisen wieder in den Ständer hängt.

»Du bleibst aber?« Christians Mutter deutet auf sein Glas. Es ist keine Frage, sondern in Strenge verpackte Besorgnis, die ihn nicken lässt, am liebsten schliefe er ohnehin hier, auf dem Sofa, direkt am Feuer, dessen Gesichter er die ganze Nacht mit kleinen Scheiten am Leben erhielte. Aber er schläft nicht auf dem Sofa, auch nicht im mittleren der Gästezimmer, das er normalerweise mit Charlotte teilt, sondern fällt auf das Einzelbett in seinem alten Kinderzimmer und dort augenblicklich in einen tiefschwarzen Schlaf. Es ist drei Uhr, als die Wirkung des Weins nachlässt. Die Vorhänge sind nicht zugezogen, blaues Mondlicht fällt in den Raum. Totenstille. Vergeblich versucht er, wieder einzuschlafen, schafft es jedoch lediglich, in einen Zustand zu tauchen, in dem sich alles vermischt: Charlotte und Gregor und Vreede und die Schweizer Franken, die Stapel des im Winter geschlagenen Holzes draußen im elterlichen Wald, früher hat er dort mit Alexander Verstecken gespielt, der Bernsteintyp bei Gaspare, der Flug nach London nächste Woche, steckt Vreede am Ende auch mit diesem Pisser Aaron zusammen –, bis ihm die Überlegung, ob Linda wirklich noch den letzten der Change of Control Clauses ausfindig machen wird, endgültig den Schlaf raubt. Während die Dämmerung ins Zimmer kriecht, quält ihn die Frage, ob er in Sachen Charlotte zumindest eine Andeutung hätte machen sollen, Blut ist dicker als Wasser, und ein bisschen Trost hätte ihm wirklich gutgetan, aber dann hört er die Vorwürfe, du wirst ihr schon einen Grund geliefert haben, so eine wie Charlotte lässt man doch nicht gehen!

LHR – FRA, den Wodka-Lemon nimmt er dieses Mal vor dem Abflug, an der Bar der Lounge, dennoch hat er, beim Passieren der Security-Schleuse, das Gefühl, keinen Schritt weitergehen zu können; als bewege er sich nicht auf ein Abfluggate, sondern auf ein Schlachtfeld zu, und zu allem Überfluss fallen ihm die Alpträume ein, die ihn eine Zeitlang verfolgt haben, damals, während des Studiums: Wie paralysiert inmitten seiner Kommilitonen, die im Laufschritt zum Kampfeinsatz rennen, die Uniform täuscht darüber hinweg, dass du der Erste bist, der zu Boden gehen wird, während alle um dich herum wissen, was zu tun ist, ich bin ein Berliner! Irgendwie schafft er es in die Maschine, schafft es, das Zittern zu kontrollieren, aber dann, als er den Bordcase ins Gepäckfach schiebt, überkommt ihn aus dem Nichts ein Gefühl von Vertrautheit, das ihn so unsagbar rührt, dass er sich wie ein Idiot in seinen Sitz fallen lassen und mit den Tränen kämpfen muss. Kein Taschentuch in seiner Hose, er bittet die Stewardess um ein Tempo, Heuschnupfen, sagt er und könnte flennen wie eine Frau. Immerhin nehmen ihn diese Gefühlswallungen derart in Anspruch, dass er den Start ohne jede Panik übersteht. Als der Getränkewagen durch den Gang geschoben wird, sieht er auf einmal wieder klar. Vorsichtig greift er nach dem Bordmagazin, auf dem noch immer der plumpe Kiwi zu sehen ist, von dem er jetzt erfährt, dass er nachtaktiv ist und sich, anders als andere Vögel, hauptsächlich mittels des Geruchssinns orientiert. Den Rest des Fluges übersteht er wie ein Mann.

Unmittelbar nach der Landung schaltet er sein Telefon an, dieses Mal sind auffällig viele Nachrichten aus der Kanzlei eingegangen; während er sie durchsieht, registriert er mit einer Mischung aus Verdruss und Demütigung, wie zwei der mit ihm sieben Passagiere der Businessclass vorab aus der Maschine gelotst und in einer bereitstehenden Limousine davonchauffiert werden. HON-Circle. Fuck. Noch bevor der Bus, der ihn gleich mitsamt dem Economy-Volk durch das Flughafengelände schaukeln soll, am Gate angekommen sein wird, werden die beiden in ihren Wagen sitzen. Scheiß Senator-Status, und die Lounge ist auch dauernd mit plärrenden Familien vollgestopft. Missmutig tippt er auf die Rückrufbitte seiner Sekretärin, die mit URGENT gekennzeichnet ist.

»Wo brennt's denn, Sylvia, ich bin gerade gelandet.«

»Gott sei Dank, Herr Doktor von Söchting. Es gibt ein Problem mit Zürich, Linda hat offenbar die Beurkundung unterbrochen, und jetzt dreht der Verkäufer durch, ich habe nicht herausfinden können, was da los ist, Linda ist vollkommen aufgelöst, am besten, Sie setzen sich selbst mit ihr in Verbindung.«

Shit, Shit. Er schließt die Augen. Nicht dieser gottverdammte Deal, nicht ausgerechnet dieser! Prompt spürt er den kalten Blick jenes Emissionärs an seinem Restauranttisch, der ihn ohne Umschweife unter Druck gesetzt hat, während Christian diese verdammte Krawattennadel mit dem Bernstein anstarren musste. 1,5 % des Transaktionsvolumens. Das Dreifache deines Jahreseinkommens. *Ich mache Ihnen dieses Angebot nur einmal. Besser, Sie überlegen es sich, mein Auftraggeber kennt keine Freunde.* Wie in einem billigen Kriminalfilm, hat Christian gedacht und genickt, denn billig hat es sich überhaupt nicht angefühlt, sondern verdammt ernst.

»Das werde ich persönlich regeln müssen.« Linda ist die Letzte, auf die er sich in dieser Situation verlassen kann.

»Hab ich mir schon gedacht, ich kann Sie auf Swiss 1065 um 14:10 kriegen, o.k.?«

Er sieht auf die Uhr, gut zwei Stunden, in denen er von der Flughafen-Lounge aus versuchen wird, Linda zu erreichen und die Sache unter Kontrolle zu bringen. »O.k., Sylvia. Ich brauche das Vertragsoriginal. Per Kurier in die Lounge, bitte. Und eine Kopie aller handschriftlichen Notizen, die Sie in dem dunkelgrünen Hefter auf meinem Schreibtisch finden.« Und frische Unterhosen, aber die wird er sich gleich im Airport besorgen. Endlich stehen die Busse bereit. Während seine Schritte auf der Gangway klopfen, sieht er die weiteren Nachrichten auf seinem Handy durch. Johannes hat dreimal versucht, ihn zu erreichen. Entschlossen löscht er die Einträge.

Auf dem Weg zur Lounge spuckt sein Hirn eine vollkommen ungefilterte Liste von Aufgaben aus, die es neu zu sortieren gilt – schnellstens den Käufer kontaktieren und ihn beruhigen, um den Mandantentermin morgen früh kümmert sich Sylvia, hast du die Unterlagen für Warschau parat?, Socken und Unterhosen schneller in

Zürich kaufen oder hier?, Rueggli auf das Steuerproblem ansetzen, Luxemburgerli für Charlo... – abrupt bleibt er stehen, nur für einen Moment, der aber genügt, dass ihm jemand von hinten fluchend ausweichen muss. Mit halber Geschwindigkeit geht er weiter, versucht, ihn abzuschütteln, diesen Gedanken, Charlotte + Zürich = Luxemburgerli. Vorbei. Eine Gleichung, die du aus deinem Hirn radieren musst. Das Klingeln des Telefons.

»Johannes, ich bin unterwegs!«

»Du musst auf der Stelle herkommen, Christian. Sofort.« Johannes klingt gedämpft, als flüstere er, um nicht gehört zu werden.

»Wo steckst du, Johannes? Ist etwas passiert?«

»Das kann man wohl sagen. Ich bin in der Kanzlei. Komm her. Die springen hier mit Videokameras rum, Christian, irgendwelche Hanswürste im Freizeithemd, kannst du mir verraten, was das soll?«

Die Amerikaner. Mit ihnen hat er nicht vor nächster Woche gerechnet, der kleine Streber Aaron scheint ganze Arbeit geleistet zu haben. »Beruhige dich, die wollen sich nur ein Bild von uns machen, damit sie uns da drüben möglichst gut präsentieren können. Lächle einfach.«

»Einen Teufel werde ich tun. Das sind doch keine Manieren. Hier so einzufallen. Komm jetzt bitte ins Büro. Es sind nicht einmal die Geschäftsführer.«

»Die werden genauso beschäftigt sein wie wir.«

»Entweder wir sind ihnen wichtig oder nicht.«

Die Evidenz dieses Gedankens lässt ihn für ein paar Schritte verstummen. Vor ihm zweigt der Gang ab, der zur Lounge führt, und in den wird er jetzt einbiegen. »Ich bin auf dem Weg nach Zürich, Johannes, da brennt es, du wirst schon mit ihnen zurechtkommen, mach einfach deine Tür zu.«

»Christian, dieses Subjekt hier will ein Interview!«

Er schließt die Augen. Da ist etwas Zähes, Dunkles, das unbarmherzig aufquillt, und jetzt hat es eine Größe erreicht, vor der er sich geschlagen geben muss. »O.k.« Er atmet vernehmlich aus. »Sag Sylvia, sie soll Vehmann schicken. Und den Kurier zurückpfeifen, sie weiß schon Bescheid.«

Vehmann, erfährt er zwei Minuten später, sei frühestens in einer halben Stunde verfügbar. Fuck! Während er zum Taxistand hastet, wählt er Lindas Nummer.

»Linda, was zum Teufel ist passiert?«

»Hallo Christian.« Wenn er eins hasst, dann diese Piepsstimme. »Ich ... es tut mir leid, ich ...« Sie klingt, als breche sie gleich in Tränen aus, warum hast du diese Null an einen so heiklen Deal rangelassen? Er sieht ihren Blick, ihre Absätze, ihre Röcke, die immer ein paar Zentimeter zu kurz sind für eine internationale Wirtschaftskanzlei, und muss sich eingestehen, dass er genau weiß, warum. Idiot! Seine Stimme schneidet scharf in ihr Gewimmer. »Reiß dich zusammen, Linda! Ich will wissen, was los ist.« Du weißt es doch längst. »Wieso hast du die Beurkundung unterbrochen?«

»Ich hab ..., also diese ganzen Ordner da, das war wirklich zu viel, ich meine, drei große Umzugskisten, und die haben sie in so eine Kammer gestellt, nur mit einem Tisch drin.« Jetzt hat der Trotz das Gejammer übertönt. »Da gibt's nicht mal ein Fenster!«

»Hast du alle Clauses eruiert oder nicht?«

»Weißt du, wie viel das ist?«

»Hast du, oder hast du nicht?«

»Du könntest schon ein bisschen netter zu mir sein.«

»Hast du, oder hast du nicht?«

»Ich ... bin mir nicht ganz sicher.«

»Linda, in diesen drei Kisten stecken genau die Verträge, auf die es ankommt. Ist dir ansatzweise klar, was das heißt?«

Sie sagt nichts mehr, muss auch nichts sagen, weil er das Szenario genau vor Augen hat. Statt sich durch die

Akten zu quälen, hat sie ihre Sonnenbrille aufgesetzt, ist die Zürcher Bahnhofstraße entlangspaziert und hat im Geist Provisionen ausgegeben. An Konsequenzen hat sie erst gedacht, als der Notar bei der Verlesung das Wort Konsequenz in den Mund genommen hat: *Der Käufer hat verstanden und selbst geprüft, in welchem Umfang COCC in diesem Vertrag vorhanden sind, und ist sich der Konsequenzen bewusst*. So in etwa. Immerhin hat sie zugehört, was auch keine Selbstverständlichkeit darstellt, normalerweise dösen die Referendare, die zu solchen Beurkundungen entsandt werden und sich Hunderte von Seiten lange Verträge anhören müssen, vor sich hin. Also wird er persönlich in diese Aktenkammer gehen und retten, was zu retten ist. Konsequenzen. Nach dem Besuch der Krawattennadel hat er seinem Mandanten mit aller Überzeugungskraft zugesetzt, den Kauf dieses Büroturms ohne weitere Verzögerung abzuschließen: gleich und sofort und noch in diesem Quartal. Nicht auszudenken, was passiert, wenn er ihm nun erklären muss, dass sein Investment unrentabel wird, weil mehr Mietverträge hinfällig sind, als er dachte.

»Hast du wenigstens alle digitalen Verträge überprüft?«

»Ich glaub schon.«

»Ich bin in drei Stunden da. Bis dahin nimmst du dir diese Mietverträge vor. Heute ist verdammt noch mal der Dreißigste.«

Er schaut auf die Uhr des Armaturenbretts. 12:30, auf der Rückfahrt wird er an seiner Wohnung anhalten lassen, rasch den Koffer wechseln, von zwei Stunden bleibt also höchstens eine halbe, und das nur, weil Johannes kein Englisch spricht. Keiner der Partner weiß davon, in all den Jahren hat Christian immer dafür sorgen können, dass niemand es erfährt. Er spürt Wut in sich aufsteigen, die jedoch bei seinem Eintreffen in der Kanzlei sofort von Betriebsamkeit verschluckt wird: Sylvia hat alles vorbereitet, woran er gedacht und was er vergessen hat, er wirft ihr einen Kuss zu und verschwindet für exakt zwölf Minuten in Johannes' Büro, wo er zwei kaum dreißigjährigen Anwälten in Chinos, hellblauen Hemden und Segelschuhen Rede und Antwort steht. Auf die Bitte nach aktuellen Quartalszahlen verspricht er, ihnen das Nötige zukommen zu lassen, grenzenlos erleichtert, diese Aufgabe abgefangen zu haben, bevor sie damit an einen der Kollegen herangetreten wären. Die haben es ja verdammt eilig. Und deine Zahlen sind Scheiße. Er wird improvisieren müssen, Krollmann und Wellert haben ein paar dicke Deals gehabt, wenn er die Bereiche ein bisschen umdeklariert, kann er sich an deren Profite dranhängen. Er führt noch ein kurzes Gespräch mit Zürich, erwirkt einen Aufschub für das Signing um 24 Stunden und setzt sich schließlich wieder ins Taxi. Kaum Zeit mehr, aber es wäre ein Fehler gewesen, nicht noch einmal in die Kanzlei zu fahren. Und Fehler darf er sich keine erlauben. Wirst du dir keine erlauben. Vor seiner Wohnung bittet er den Fahrer zu warten.

Der Fehler liegt ausgestreckt auf dem Fußboden, im Eingangsbereich zwischen Wohnungstür und Küche. Reglos, blutend und aller Wahrscheinlichkeit nach ohne Sozialversicherung. Schach. Er lässt seinen Koffer so abrupt los, dass der umfällt und mit dem Griff gegen die Leiter knallt, die aufgeklappt im Eingang steht.

»Hallo?«

Vorsichtig, mit hochgerafften Hosenbeinen, kniet er sich auf den Boden, muss sich überwinden, ihre Schulter anzustupsen, was tut man in einem solchen Fall? Er greift nach ihrer Hand, die sich anfühlt wie die Hand einer Frau, die leicht friert. Puls fühlen. Wo? Blut hämmert durch seine Finger, wohin er auch tastet, er spürt nur sein eigenes Herz klopfen. »Hallo!« Zögernd bewegt er seinen Handrücken in Richtung ihres Mundes, näher, zieht ihn unwillkürlich zurück. Im Film nehmen sie Spiegel. Er holt seine Sonnenbrille aus der Jacketttasche und hält ihr ein Glas vor die Nase. Es beschlägt leicht. Was wäre besser? Mit Schauder betrachtet er das blutende Bein, die Jeans ist unter dem Knie rotbraun verklebt, Blutgeschmier auch auf dem Fußboden. 110. Oder 112? Nein, das ist die Feuerwehr, Dummkopf. Der Notruf seines Handys, bisher ein absolut irreales Equipment. Als er verbunden wird, ist er glasklar, nennt seinen Namen und die Adresse, bittet um einen Krankenwagen, beschreibt in kurzen, präzisen Sätzen, was er sieht.

Und dann ist es still. Nur sein Atem bewegt den Brustkorb, was ihm irgendwie deplatziert erscheint. Wie paralysiert haftet sein Blick an der jungen Frau, die vor ihm auf dem Steinboden liegt. Sie sieht nicht aus wie eine Türkin oder sonst irgendwie ausländisch, nicht einmal Balkan; eher Polen oder Russland, vermutlich nix verstehen, sie kapiert ja auch die Zettel nicht, die er ihr schreibt. Muss von der Leiter gefallen sein. Scheiße. Und jetzt? Hastig sieht er sich im Eingang um, öffnet den Garderobenschrank, wühlt mit der Hand durch die Mäntel und Jacken, reißt die Küchenschränke und sogar die Schubladen auf. Offenbar ist sie ohne Jacke gekommen. Aber ohne Handtasche? Charlotte macht keinen Schritt ohne Handtasche, aber was bedeutet das für eine so einfache Frau? Ihm fehlt jede Vorstellung. Irgendwo muss sie zumindest seinen Schlüssel verstaut haben, ein Handy, ein Portemonnaie. Er kniet sich wieder hin. Unsicher und mit angehaltenem Atem ertastet er ihre Hosentasche. Die Wärme ihres Körpers trifft ihn unerwartet. Als er ihren Beckenknochen spürt, zieht er rasch die Hand zurück, als könne sie ausgerechnet jetzt die Augen aufschlagen.

Ich kenne sie nicht.
Warum fällt sie dann hier von der Leiter?
Fehler.

Sie ist eine Freundin.
Warum wissen Sie dann ihren Namen nicht?
Fehler. Idiot.

Als es an der Tür klingelt, zuckt er zusammen, springt auf, der Taxifahrer will wissen, ob er noch warten soll, Taxameter läuft, 13:10, natürlich warten, unbedingt, du musst nach Zürich, es brennt. Ein Martinshorn nähert sich, dann geht alles ganz schnell und scheinbar problemlos, ein Sanitäter füllt ein Formular aus und macht Striche, wo Christian keine Antwort weiß; Christian erfragt, in welche Klinik sie gebracht wird, hört noch die gedämpften Anweisungen, mit denen die Sanitäter die Trage durch das Treppenhaus manövrieren, dann ist es wieder still. Noch stiller als zuvor. Und für einen Augenblick durchfährt ihn der surreale Gedanke, einfach nur die Reset-Taste drücken zu müssen.

»Kann man was helfen?«

Die Stimme Verenas, der Nachbarin, überrumpelt ihn, als er aus der Haustür eilt, eine verdrossene, vorwurfsvolle Koketterie liegt darin, die er jetzt überhaupt nicht gebrauchen kann, wie viel hat sie mitgekriegt? Sie steht auf dem Gehsteig, mit ihrem Kleinkind auf dem Arm, als hätte sie auf ihn gewartet; wäre ihr zuzutrauen, dass sie hinter ihm herschnüffelt, klar, was sie von ihm will, und so nötig, wie sie es hat, wäre ihr ein kleines Druckmittel sicher willkommen. Vor ein paar Monaten hat sie an seiner Wohnungstür geklingelt, sie habe eine Paketsendung für ihn entgegengenommen, zwei Kisten Wein, die er aber selbst nach oben tragen müsse, sie könne ihn höchstens um ein, zwei Gläser erleichtern; tiefer Blick, tiefer Ausschnitt, mehr war nicht nötig, ein paar Tage zuvor hatte er herausbekommen, was Charlotte so häufig nach Berlin trieb. Noch in ihrer Küche, im Stehen, hat er sie genommen, mit geschlossenen Augen seine Wut auf Charlotte in diese fremde Frau hineingefickt. Hat danach das versprochene Glas mit ihr getrunken, kommt selten vor, dass ihm der Wein nicht schmeckt, und er war froh, als er wieder in seiner Wohnung war. Jetzt steht sie neben ihm, hat vermutlich dem Rettungswagen hinterhergesehen, als gäbe es keine attraktiveren Zerstreuungen. Er zwingt sich ein Lächeln ab. Wer weiß, wofür du sie noch brauchst.

»Danke, alles gut.« Mit einem knappen Nicken steigt er in sein Taxi. »Sorry, hab's furchtbar eilig.« Tatsächlich hat er das Gefühl, allein das Adrenalin in seinem Körper müsste ausreichen, den Wagen mit Höchstgeschwindigkeit Richtung Flughafen zu katapultieren, aber der Fahrer, dem Aussehen nach Araber, ist nicht einmal gegen Aufpreis bereit, schneller als erlaubt zu fahren; er bremst, lange bevor die Ampel auf Rot gewechselt hat.

»Können Sie nicht ein bisschen zügiger fahren? Meine Maschine geht in 30 Minuten!«, herrscht er ihn an und hegt gleichzeitig die widersinnige Hoffnung, den Flieger zu verpassen. Mit einer Gelassenheit, die Christian als Provokation empfindet, wirft ihm der Fahrer einen Schulterblick zu, wendet sich dann wieder nach vorn, schweigt, bis die Ampel grün wird. »Simmer in Deutschland hier, oder? Verkehrsregeln, Mann! Ich mach mich doch nicht strafbar.«

Strafbar. Christian will leise schnauben, doch aus dem Nichts durchfährt ihn diese Erinnerung: vergangenes Silvester, Charlotte, im langen Kleid auf dem verschneiten Bahnsteig, den hochhackigen Abendschuh in der erhobenen Hand. Sie waren auf der Silvestergala eines Mandanten gewesen, Christian hatte um ein Taxi gebeten, doch in den nächsten Stunden war mit keinem Wagen zu rechnen. Also haben sie sich zu Fuß auf den Weg gemacht, Charlotte fluchend, die Kombination von Streuschotter und Schneematsch verursacht ihrem Schuhwerk anscheinend Probleme, deren Ausmaß ihn so überrascht, dass er geneigt ist, es für weibliche Übertreibung zu halten. Wortlos sind sie nebeneinander hergelaufen, als Charlotte plötzlich das Kleid rafft und losrennt, auf die Unterführung einer S-Bahn-Haltestelle zu, sie hat die Bahn in der Ferne kommen sehen. »Woher weißt du, dass es die Richtige ist?«, schreit er ihr nach, aber sie hört nicht auf ihn, also ist er ihr gefolgt, hat im Laufen seine Brieftasche geöffnet und nach dem Fahrkartenautomaten Ausschau gehalten, während die Bahn gerade zum Halten kam.

»Los, komm schon, was machst du denn da?«

»Fahrkarten«, hat er gerufen und in fliegender Hast versucht, aus den Anweisungen und Zahlenkolonnen, die auf dem Automaten angeschrieben waren, schlau zu werden.

»Spinnst du? Komm, die fährt ab, wir müssen einsteigen!«

»Aber doch nicht ohne Fahrkarte.«

»Christian!« Sie kreischt jetzt, schrill und heiser, wie es nur Frauen können, während die blecherne Stimme aus dem Lautsprecher ein undeutliches »Zurückbleiben!« scheppert. Dann fährt die Bahn an, die erleuchteten Fensterrechtecke rauschen hinter Charlottes Silhouette vorüber, immer schneller, bis nur mehr ein verwischtes, helles Band bleibt, das jäh abreißt.

»Sag mal, hast du sie noch alle? Die ist weg!« Sie balanciert auf einem Bein, schüttelt etwas aus ihrem Schuh, zeigt mit der Schuhspitze auf eine Anzeigentafel über dem Bahnsteig: »Die nächste geht erst um fünf!«

»Ich kann nicht ohne Fahrkarte in eine S-Bahn einsteigen, Charlotte. Das ist strafbar.«

Einen Moment steht sie da, kopfschüttelnd, mit halboffenem Mund, noch immer auf einem Bein, dann berührt ihr nackter Fuß den eisigen Boden. »Du verdammtes, verlogenes Arschloch, du! Ich stehe bei minus sechs Grad auf dem Bahnsteig, aber das ist ja egal, Hauptsache, Monsieur behält seine weiße Weste!«

»Charlotte, ich bin Anwalt, das …«

»O ja, ich weiß! Und Gregor weiß das auch, nicht wahr?

Immer schön sauber bleiben, da kommt es auf ein paar Existenzen mehr oder weniger nicht an. Du mieses kleines Schwein!« Und dann fliegt der Schuh, verfehlt ihn um gut einen halben Meter.

»Terminal eins oder zwei?«

»Was?« Die Autobahn, ein Schild. »Ach so, ja, eins.«

Der Fahrer setzt den Blinker, Christian nimmt sein Telefon hervor, wenigstens keine neuen Nachrichten aus der Kanzlei. Jäh holt ihn das Bild der Frau auf seinem Fußboden ein, du musst sie nachmelden, sofort, aber jetzt sitzt er im Taxi, und außerdem braucht er dazu ihre Daten; was, wenn sie illegal in Deutschland ist? Er tippt den Namen der Klinik ein, speichert die Nummer ab, um später mit einem Klick anrufen zu können, mit Glück bekommt er die Sache in den Griff, ehe etwas passiert, vermutlich ist so eine gewieft genug und weiß, was sie zu sagen hat. Den Fahrer zahlt er auf den Cent aus, Trinkgeld muss man sich verdienen, auf dem Weg zum Gate wird sein Name aufgerufen, Erleichterung durchfährt ihn, die Maschine ist noch nicht weg, aber als er den Flieger besteigt, schnürt sich wieder sein Hals zu, und er ahnt, dass diese Angst ihn künftig verfolgen wird. Doch er wird ihr die Stirn bieten, mit der simplen Formel Fokus + Wille = Ziel hat er bisher alles irgendwie hinbekommen. Oder? Scheuklappen, so hat sie es genannt, du hast so einen Tunnelblick, dass du gar nichts mehr mitkriegst.

Charlotte, es ist Krieg, kapier das endlich.

Ehe er das Telefon zum Start abschaltet, wirft er einen letzten Blick in seine Mailbox, dem Zittern seiner Hände begegnet er mit beharrlicher Ignoranz, denk an etwas anderes. Er nimmt den grünen Hefter aus dem Aktenkoffer, zählt die Mietparteien durch, obwohl er genau weiß, wie viele es sind, überschlägt, während die Maschine abhebt, die wahrscheinliche Anzahl der Klauseln. Jede einzelne würde für seinen Käufer einen Mietausfall bedeuten, weil beim Transfer automatisch Mietverträge enden – eine

Besonderheit des gewerblichen Immobilienrechts. Durchatmen. Schlimmstenfalls wird er die ganze Nacht Verträge kontrollieren, weil das Hauptproblem in der Zeitnot besteht: Das Geschäftsjahr des Käufers endet am letzten Märztag, in – er sieht auf die Uhr – weniger als 34 Stunden. Wenn er eins immer konnte, dann durchhalten; er hat so manches Mal zwei Nächte hintereinander durchgearbeitet, aber jetzt, jetzt hat er das verdammte Gefühl, auf Reserve zu fahren, du musst diesen Scheißdeal über die Bühne bringen, irgendwie. Er sieht auf, als die Stewardess ihn anspricht, lässt sich gleich zwei Becher Kaffee reichen, sie hat lange dunkelblonde Haare und ein schmales Gesicht, und jäh legt sich die Erinnerung an diese Putzfrau um seinen Hals, keine 34 Stunden, bloß nicht auch noch an sie denken, klare Prioritäten sind das, was du jetzt brauchst. Die Sonne knallt auf seiner Seite in die Kabine, Sylvia hat nur noch einen Fensterplatz erwischen können, Christian wischt sich den Schweiß, der wieder aus allen Poren tritt, in die Haare, sie sind zu kurz, als dass er sie sich raufen könnte, aber genau danach wäre ihm jetzt. Sobald er gelandet ist, wird er das Krankenhaus anrufen und mit ihr sprechen, bevor es ein anderer tut. Früher, da wäre es eine Bagatelle gewesen, vor ein paar Jahren noch hätten sich sämtliche Partner geschlossen hinter ihn gestellt, aber jetzt kennt jeder nur noch die eigene Haut. Laßner. Und Gregor. Verdammt. Stell dir vor, Vreede hätte Gregor … Unwillkürlich legt er die Hand über die Stirn, über die Augen, wünscht sich, er könnte dahinter verschwinden, mitsamt dieser Vertragsscheiße, dieser Putzfrau und diesem Dreißigmillionenkloß.

Er findet Linda in einer Abstellkammer von Ruegglis Notariat, deren Wände raumhoch mit Akten vollgestopft sind. Der Tisch, an dem sie sitzt, kann nur von den Schmalseiten aus benutzt werden, weil der Platz an den Längsseiten für einen Stuhl zu eng wäre. Von der Decke hängt eine nackte Glühbirne. Was für eine verdammte Scheiße hast du dir da eingebrockt?

Ein kaum sichtbares Nicken, mehr gesteht er ihr als Begrüßung nicht zu. »Die da?« Fragend zeigt er auf eine geöffnete Umzugskiste mit Ordnern. Linda nickt. Er greift sich einen Ordner, Fokus + Wille = Ziel, und beginnt, den Inhalt mechanisch abzuscannen.

Schweigend arbeiten sie, unterbrochen nur vom Rascheln der Seiten, dem Klirren der Kaffeetassen und dem knackenden Geräusch, mit dem Christian die Bananen aufbricht, die in der Mitte des Tisches in einer Obstschale liegen, von Ruegglis Sekretärin gebracht, bevor sie sich in den Feierabend verabschiedet hat. Er schält sie stückweise, beißt das Fruchtfleisch aus der Pelle, um sich die Finger nicht zu verkleben, und stopft die Schalen in die leeren Kaffeetassen, die sich vor ihm aneinanderreihen wie Mülltonnen während eines Streiks der Stadtreinigung.

Linda sieht auf, mit diesem kindischen Trotz im Blick. »Sollten wir nicht vielleicht mal was essen gehen?«

»Ich esse doch.« Zur Bestätigung beißt er ein Drittel der Banane mit einem Biss ab.

»Ich meinte, richtig essen. Mal Pause machen.«

Er kaut. Schluckt. »Pause.« Schließt für einen Atemzug die Augen, legt den Bleistift aus der Hand und sieht demonstrativ erst seine Uhr, dann Linda an. »Es ist jetzt einundzwanzig Uhr. Und das da« – er deutet auf die Aktenkisten – »sind die Verträge. Hast du irgendeine Vorstellung davon, was das im Konnex bedeutet?«

Erst gegen Morgen, auf der Toilette, spürt er einen Anflug von Erschöpfung und lässt im Sitzen den Oberkörper nach vorn fallen. Schließlich stützt er die Ellbogen auf die Knie und nimmt sein Handy aus der Tasche, um einen kurzen Blick auf die Welt dort draußen zu richten. Noch während er seine Maileingänge hochlädt, holt ihn das Bild wieder ein: Die Putzfrau auf dem Boden, die Sanitäter, du hast vergessen, in der verfluchten Klinik anzurufen!

Er spürt, dass dieses Versäumnis dabei ist, sich in seinem Kopf festzufressen. Er sieht die Mails durch, nichts Akutes, entschlossen schaltet er das Handy aus, obwohl das ein absolutes No-Go ist, einer seiner Kollegen hat seinen Job aufs Spiel gesetzt, indem er sich während seiner einwöchigen Hochzeitsreise geweigert hat, erreichbar zu sein. Ehe er zum Aktenraum zurückkehrt, schaufelt er sich am Waschbecken kaltes Wasser ins Gesicht. Warum hast du sie nicht angemeldet, Idiot? Die Antwort ist einfach: Er hat nie darüber nachgedacht, weil Charlotte sich um solche Sachen gekümmert hat, ohnehin war er davon ausgegangen, dass das Putzen zum Hausservice gehört. Bei ihrem Auszug hat Charlotte ihm die Notwendigkeit erläutert, zweimal wöchentlich fünfzig Euro für die Wohnungsreinigung auf dem Tresen zu deponieren, worüber er auch nicht nachgedacht hat, schon weil sein Nachdenken in jenen Tagen ausschließlich das Problem Charlotte fokussiert hat. Was, wenn sie angibt, seit Jahren bei ihm zu arbeiten? Für den Bruchteil einer Sekunde geistert die Möglichkeit, sich auf Charlotte herauszureden, durch sein Hirn, aber auf Charlottes Loyalität kann er nichts mehr geben. Geld, es geht wie immer nur mit Geld. Er wird in der Klinik anrufen und mit dieser Putze reden, ein paar Scheine, und der Fall ist erledigt. Er fährt sich durch die Haare. Ein paar Scheine, mehr hast du nicht zu verlieren. Und Scheine, denkt er bitter, hast du ja mehr als genug.

•••••••

Rot.

Rot.
Rot.
Rot.
Rot.

•••••••

Ganz allmählich fressen die Geräusche des herannahenden Tages Löcher in die Abgeschiedenheit des menschenleeren, bis auf den Aktenraum noch nachtdunklen Notariats, in dem er sich während der vergangenen Stunden vorkam wie in einer Raumblase. Linda ist mehrmals mit dem Kopf auf einen Aktenordner gesackt und eingeschlafen, so dass er sie zu guter Letzt ins Hotel geschickt hat. Kurz vor halb acht ist es, als er die eingespeicherte Nummer der Klinik drückt, besser du erledigst das, solange du hier noch allein bist.

»Wen?«

»Eine junge Frau, sie ist gestern gegen Mittag bei Ihnen eingeliefert worden.«

»Ich brauche den Namen, bitte.«

»Um die dreißig, ziemlich schlank, dunkelblond.« Du hörst dich wie ein Trottel an.

»Guter Mann, wir haben fast vierhundert Patienten, wenn Sie nicht wissen, wie die Dame heißt, kann ich Ihnen auch nicht weiterhelfen.«

»Sie hatte einen Unfall, eine Verletzung am Bein, ich bin derjenige, der sie gefunden hat.«

Die Stimme wird ungeduldig. »Tut mir leid, selbst wenn ich wüsste, wohin ich Sie durchstellen sollte – wenn Sie nicht mit der Patientin verwandt sind, dürfen die auf Station Ihnen sowieso keine telefonische Auskunft geben, da müssen Sie schon zu den Besuchszeiten vorbeikommen.«

»Hören Sie, ich befinde mich im Ausland, ich habe doch ein berechtigtes Interesse zu wissen, wie es ihr geht.« Hast du nicht. Volltrottel.

»Tut mir leid, da kann ich Ihnen nicht weiterhelfen.«

Vorbeikommen. Shit. Selbst wenn sie im bisherigen Tempo weitermachen, das Signing am Nachmittag über die Bühne gehen und er die Abendmaschine nach Frankfurt erwischen würde, bliebe keine Zeit, zu dieser Klinik zu fahren, er muss spätestens morgen früh nach WAW, und vermutlich hat Sylvia ihn ohnehin auf einen Direktflug von ZRH aus umgebucht. Vor Donnerstag kommt er nicht nach Hause, du musst jemanden finden, der an deiner Stelle in dieses verdammte Krankenhaus fährt, jemanden, dem du bedingungslos vertrauen kannst. Er scrollt durch die Adresskartei des Telefons. Thomas. Ja, der würde ihm sicher helfen, aber Christian hat sich seit fast einem Jahr nicht mehr bei ihm gemeldet, seit dieser seltsamen Offenbarung. Thomas, der meint, jetzt Marc heißen zu müssen, weil Thomas nicht mehr zu ihm passe, was er zwischen Amuse Bouche und Vorspeise erklärt und dabei sein Glas gehoben hat, als sei so etwas vollkommen normal. Nein, Thomas kommt nicht in Frage. Er schiebt den Finger weiter über die Liste, bleibt an Gregors Namen hängen, und jäh fährt ihm Beklemmung in die Brust. Verdammte Scheiße, dich trifft keine Schuld! Er hat sich das ganz allein eingebrockt. Wer schlampt, muss die Konsequenzen tragen, und wer gut 573 Millionen in den Sand gesetzte Dollar bloß mit seinem Job bezahlt, braucht von Konsequenzen kaum zu sprechen, oder? Aber daran will er nicht auch noch denken, vielleicht solltest du einfach Gregors Kontakteintrag löschen. Dann, ganz unten: Hubertus. Yes! Niemand geht ran, also hinterlässt er eine kurze Rückruf-Bitte und schickt noch ein Mail hinterher, müht seinem Wortlaut den Spagat zwischen Unverfänglichkeit und Dringlichkeit ab. Jetzt keinen Fehler, wer weiß, wer Hubertus' Mails sonst noch checkt. Er muss an das abhörsichere Telefon denken, dass er seit Monaten zu besorgen versucht. Bevor er in den Archivraum zurückkehrt, startet er einen zweiten Anruf, aber Hubertus nimmt noch immer nicht ab.

••••••••

Rot.
Rot.
Rot.
Das Rot piept. Wird heller, wenn's wegrutscht. Heller, und weg.

Heller, und weg.
Heller, und weg.

Kurz die Augen auf, alles verschwommen.
Heller, und weg.

••••••••

Die Thermoskanne, die Ruegglis Sekretärin bereitgestellt hat, ist seit Stunden leer. Wo bleibt Linda? Wenigstens Kaffee könnte sie kochen. Sein Blick wandert durch die unsägliche Aktenkammer, du bist Top-Anwalt, was um alles in der Welt tust du hier? Deinen Arsch retten, denkt er, während er über den noch dämmrigen Korridor geht. Er findet die Kaffeeküche, steht ratlos vor einer monströsen Kaffeemaschine – o nein, so weit wirst du es nicht kommen lassen! – und stellt die leere Kanne neben der Maschine ab. Und plötzlich, wie aus dem Nichts, ist er da. Steht hinter ihm, dass ihn ein Zittern überkommt – du spinnst doch –, er fährt herum, natürlich ist da niemand, aber das Gefühl war für einen Moment so idiotisch real, als stünden sie wie früher beieinander, damals, im Studium, wie lange ist das her? Von dem Augenblick an, da er zum ersten Mal den Hörsaal betreten hatte – *Einführung in das BGB* –, waren sie ein Team gewesen. Als er, nach einem freien Platz suchend, die Reihen entlanggegangen ist und Gregor, dem er nie zuvor begegnet war, mit einem selbstverständlichen Nicken auf den Sitz neben sich gezeigt hat, als hätte er ihn für Christian reserviert. Ein Verständnis, das über die Jahre anhielt, worum auch immer es sich handelte, auch in den ersten Jahren in der Kanzlei, in die Gregor kurz nach ihm eingetreten war – ein Wort zu Johannes hatte genügt, ihm diese Stelle zu verschaffen. Seite an Seite haben sie gearbeitet, und vielleicht war das der Fehler gewesen, vielleicht hätte er Gregor von Anfang an klarmachen sollen, dass es eben immer nur Einen geben kann. Und dass dieser Eine Christian sein würde, stand von vornherein fest. Gregor hat sich nicht an die Regel gehalten, also hat er seinerseits Zeichen gesetzt. Glasklar taucht der Morgen vor ihm auf, an dem er, in aller Herrgottsfrühe, von einem Anruf jener Bank geweckt wurde, deren amerikanische Muttergesellschaft in der Nacht zuvor gecrasht war und dabei die Tagesüberweisung der deutschen Tochter, einer Mandantin der Kanzlei, mit sich gerissen hatte. Sämtliche Einnahmen, die, zum Ausgleich der Bargeldbestände, wie üblich an jedem Tagesende aus Frankfurt nach New York überwiesen worden waren, dort über Nacht hätten arbeiten und am nächsten Tag – zumindest teilweise – wieder zurückkommen sollen. Stattdessen war das Geld mit der einstürzenden Mutterbank auf Nimmerwiedersehen verschwunden. Rechtmäßig, wie Christian kurz darauf herausfand, weil die Verträge kein Cash-Pool-Agreement enthielten. Ein übler Fehler, den Gregor zu verantworten hatte, der seinerzeit die Verträge ausgearbeitet hatte. In Sekundenbruchteilen hatte Christian die Umstände analysiert und seine Entscheidung getroffen: Wenn Gregor aus dem Laden fliegt, bist du derjenige, der das lukrative Mandat der Bank retten wird – und der Nächste, den die Kanzlei zum Partner befördert. Gregor oder Christian – so einfach war das. Christians Rechnung ist aufgegangen und Gregor seither von der Bildfläche verschwunden. Christian hat keine Ahnung, was er jetzt tut oder womit er seine Kinder füttert, von den großen Kanzleien hat ihn jedenfalls keine eingestellt.

Von irgendwo ist das Surren eines Servers zu hören. Er greift in einen halb leergegessenen Teller mit Schokoladenkeksen, stopft sich ein paar davon in den Mund und kehrt, begleitet von Schluckauf, in seine Rumpelkammer zurück.

Linda kommt nach neun in das Notariat gestöckelt, Christian spürt abgrundtiefen Zorn in sich aufwallen, wobei er nicht sagen könnte, ob es ihre Ignoranz ist oder der Umstand, ihr ausgeliefert zu sein, der ihn so in Rage bringt. Vermutlich beides. Jedes Mal, wenn sie ihn ansieht, spürt er das Mitwissen in ihrem Blick. Parteiverrat. Ein größeres Vergehen erscheint ihm kaum denkbar, und auch zu diesem, so hätte er geschworen, wäre er niemals fähig gewesen, aber was hättest du, mit einer Weigerung, das Geld anzunehmen, denn erreicht? Einen berechenbaren Mandanten verloren und einen unberechenbaren Gegner aufgestellt. Es ist Krieg, also steht das außer Frage.

••••••••

Rot.
Rot. Weg.
Rot – weg, rot – weg. Und kalt.
Sie liegt.
Wo?
Bett? Sie kriegt die Augen nicht auf.
Schulter kalt. Das Rot nervt.
Decke hochziehn. Über die Schulter.
Decke klemmt. Fester ziehen, da explodiert das Rot und jault auf. Sie krallt die Finger in den Stoff. In den Fingern hämmert es, wie wenn jemand klopft. Das Rot dröhnt. Schritte. Stille.

••••••••

Nach der Landung in WAW findet er endlich Hubertus' Namen in der Liste der Maileingänge. *Sorry, dass ich mich nicht asap gemeldet habe, aber die Kapitalmärkte halten mich busy. Bin bis 17th in HKG, hilft dir vermutlich nicht viel, H.*

Nein, hilft überhaupt nichts, Hongkong, Shit, es gibt tatsächlich niemanden, der dich aus diesem Schlamassel herausholt. Shit. Shit. Bullshit.

Charlotte. Er wird Charlotte anrufen, sie muss den Namen dieser Frau kennen, sie hat sie schließlich eingestellt. Und selbst wenn sie ihn nicht weiß, wird er ihre Stimme hören, nicht vom Band, sondern echte Worte, Sätze vielleicht, dann malt sein Hirn sich im Alleingang aus, was sie sagen würde, warum kannst du niemanden hinschicken, wo ist das Problem? Dass er Angst hat, müsste er zugeben, alles potentielle Verräter, jeder denkt doch nur noch an sich. Du ja nicht, würde sie sagen und Gregor meinen, und die Erkenntnis, dass sie tatsächlich kein Mitleid mit ihm hätte, nimmt ihrer Stimme jäh die Verlockung.

•••••••

»Hallo. Können Sie mich hören?«

Die meint mich. Nicken. Klappt aber nicht.

»Wie geht es Ihnen? Haben Sie Schmerzen?«

Schmerzen.

Was?

Arme, Beine, Bauch, alles da, aber weit weg. Bein drückt. Schmerzen? Nein.

»Sie hatten einen Unfall, Sie sind jetzt im Krankenhaus. Keine Angst, alles o.k.«

Was Hellblaues steht neben ihr, macht an ihrer Hand rum. »Können Sie sprechen?«

Kann ich nicht. Also Augen wieder zu.

Unfall. Krankenhaus. Es ist was passiert. Um sie rum Nebel. Dann: Stimme aus dem Nebel. Ein Mann. Will wissen, wie's mir geht.

»Weißnich«, sagt sie. »Wasdenn los?« Jemand legt ihr warme Finger ums Handgelenk. Der Mann.

»Ich bin der Stationsarzt. Können Sie mich verstehen?«

Arzt. Doktor. Krankenhaus. Ein Gesicht mit einer Brille drin, drumherum graubraune Stoppeln.

»Wissen Sie, wo Sie sind?«

Es ist schwer, aber sie kriegt den Kopf bewegt. »Krankenhaus.«

»Richtig. Können Sie mir Ihren Namen sagen?«

Mein Name. Sie klammert ihren Blick an das Stoppelgesicht, aber das Gesicht gibt keine Antwort.

»Erinnern Sie sich, was passiert ist?«

»Binso müde.«

»Sie sind gestürzt«, sagt das Gesicht. »Von einer Leiter. Haben Glück gehabt, nur leichte Verletzung am Bein, aber Sie waren verdammt lange bewusstlos. Wir verlegen Sie jetzt auf Station. Müssen ein paar Untersuchungen machen, wird schon wieder.« Sie hört, wie er aufsteht. »Erst mal schlafen. Und Bein ruhig halten, o.k.?«

Sie macht den Mund auf. Es sind Wörter drin, aber die wollen nicht raus, wie in einem Alptraum. Höchste Zeit, aufzuwachen, aber der Traum ist auf saublöde Weise mit der Wirklichkeit verklebt.

II

*»Wow, this is easy! Just eight notes …
all you need to do is play them in the right
order and the right time.«*

Matt Savage. Autist. Mit anderthalb Jahren konnte er lesen, war jedoch außerstande, Geräusche oder die Berührungen seiner Mutter zu ertragen. Die Ärzte rieten, ihn in ein Heim zu geben. Matt aber wuchs zu Hause auf. Mit sechs Jahren erhielt er ein Spielzeugklavier, das über acht Töne der C-Dur-Tonleiter verfügte. Bald darauf brachte er sich in kürzester Zeit selbst das Spiel auf einem richtigen Klavier bei. Mit elf Jahren hatte er seinen ersten Auftritt in einem der renommiertesten New Yorker Jazzclubs und tritt seither mit so berühmten Musikern wie Chick Corea, Chaka Khan und Wynton Marsalis auf.

••••••••••

Der Schlaf ist schön, wie warmer Nebel. Manchmal taucht sie draus auf, und dann sind die Wörter da und gucken sie komisch an. Unfall. Leiter. Bein. Bewusstlos. Krankenhaus. Einmal klappert was, jemand redet von Essen, aber sie dreht den Kopf weg, und die Geräusche verfärben sich, bis sie nur noch ganz blass knistern, dann fliegt auch das Knistern weg.

Als sie wach wird, ist es dunkel. Dunkel und still, nur manchmal hört sie, wie wer atmet. Vorsichtig fasst sie über den Stoff, auf dem sie liegt. Die Kante von einer Matratze und was Kaltes, Glattes. Das Metallrohr vom Bettgestell. Sie hält sich dran fest. Um sie rum Schwarz. Helles und dunkles Schwarz. Je länger sie guckt, umso heller wird das Helle und umso dunkler das Dunkle, bis aus den Strichen an der Wand Schränke werden, irgendwann kann man die Griffe sehen.

Sie stützt sich auf die Ellbogen. Ein Raum, drei Betten, sie hat das mittlere. Im Bett links neben mir liegt jemand. Vor dem Fenster bewegen sich Äste, Schwarz auf Dunkelblau, rechts davon leuchten Vierecke. Auf der anderen Seite zusammengeklumpte Glitzerhaufen und Flackerlinien. Stadtlichter. Vom Draufgucken kriegt sie ein traurigschönes Gefühl und legt sich wieder aufs Kissen. Macht die Augen zu, und dann sieht sie die Stadt vor sich, wie sich Lichter im Fluss spiegeln. Sie geht durch die große Fenstertür auf die Terrasse und zieht sich die Jacke fester um die Schultern.

Sie zuckt zusammen. Irgendwas Türkises, Spitzes hat

sie aus dem Schlafnebel geschubst. Geschirrklappern? Sie versucht, genauer hinzuhören, aber das Klappern ist weg, und die anderen Geräusche verlaufen zu grauem Brei und lullen sie ein, bis sie wieder wegdämmert. Irgendwann eine Frauenstimme, hellorange, und so nah, dass sie endgültig wach wird. Bloß die Augen kriegt sie kaum auf, und es dauert, bis sie kapiert, dass das Zimmer, in dem sie liegt, dasselbe ist wie der schwarze Raum aus der Nacht. Jetzt fühlt er sich ganz anders an. An der Wand hängt ein Fernseher, aus dem kommt der Geräuschbrei, und am Bett nebenan steht ein hellblauer Kittel, dem gehört die Frauenstimme. Er dreht sich um und bringt ihr ein Lächeln ans Bett.

»Na, guten Morgen. Und? Wie geht es Ihnen denn heute?«

»Ja«, sagt sie und merkt, dass was nicht passt, aber ein Lächeln kriegt sie hin und schickt es hinterher.

»Sie haben aber lange geschlafen«, sagt der Kittel und legt ihr Finger ums Handgelenk. Hände scheinen wichtig zu sein, dauernd greift jemand danach.

»Wer sind Sie?« Sie guckt der Hand nach, die raufwandert zu einem Metallgestell. Da hängt eine Flasche dran, aus der tropft es in einen dünnen Schlauch. Eins, zwei, drei, tropf, eins, zwei, drei, tropf, sie tippt mit der Zunge den Takt gegen den Gaumen, eins, zwei, drei, tropf, eins, zwei, drei.

»Ich bin immer noch die Schwester Marion.«

Marion. Schwester. Wieso immer noch? Der Schlauch endet in dem weißen Wulst, der um meine Hand gewickelt ist. »Was läuft da rein?« Vorsichtig tastet sie drüber.

»Spezialcocktail. Schmerzmittel und ein Antibiotikum. Damit nichts weh tut und Ihr Bein schnell heilt.«

»Medizin?« Oben am Schlauch ist ein Plastikrädchen, an dem dreht die Schwester jetzt. »Und warum da rein?«

»Na, Sie sind aber neugierig!« Schwester Marion lacht leise. »Da ist es am praktischsten, weil wir da schnell rankommen und für Sie die geringste Bewegungseinschränkung besteht.« Sie sieht, wie die Schwester ihr zunickt und aus dem Zimmer verschwindet. Eins, zwei, drei, vier, fünf, tropf, eins zwei, drei, vier, fünf, tropf. Später kommt jemand und bringt ein Tablett. Kartoffelbrei, Vanilleeis. Nach ein paar Löffeln fallen ihr die Augen zu. Sie taucht in den Schlaf rein und wieder raus, und an den Rändern zwischen Schlafen und Wachsein verlaufen die Gedanken, nur die Geräusche sickern in sie rein. Erst überall Grün, helles Grün, bis Blau drüberläuft: Dunkelblau, Knallblau, Himmelblau. Silbergrau, mit weißen Zacken. Irgendwann ist es wieder still und dunkel, und die Lichter draußen fallen ihr ein, aus der letzten Nacht, sie nimmt sich vor, sich aufzusetzen und sich die Lichter noch mal anzugucken, dann weiß ich wieder, wer ich bin und woher ich komme, aber als sie wach wird, hängt bloß der Geruch von Kaffee im Raum.

••••••••

Das Schlimmste ist der Geruch. Kein einzelner, bestimmbarer Geruch, sondern eine so widerwärtige Kombination aus Sauberkeit und Ausdünstungen, dass er sich vor dem Atmen ekelt. Als er an der Cafeteria vorübergeht, wehen ihn zusätzlich Schwaden von Filterkaffee und Automatensandwiches an. Fast eine Viertelstunde hat er an der Empfangstheke des Krankenhauses warten müssen, während der ihn die Frau hinter dem Schalter mit ihrer Unfähigkeit zum Wahnsinn getrieben hat. Am liebsten hätte er ihr den Telefonhörer aus der Hand gerissen, den sie bei jedem Klingeln mechanisch aufgenommen hat, statt sich endlich durchgängig seinem Anliegen zu widmen. In jedem vernünftigen Unternehmen wäre sie längst rausgeflogen. »Das kann doch nicht so schwer sein, eine Patientin ausfindig zu machen, die am Dienstagmittag eingeliefert wurde!« Hat sie keinen Computer?

Sie schaut ihn strafend an. »Doch, kann es, weil am Dienstag früh ein Riesenunfall auf der A 5 war. Melden Sie sich auf Station vier, zweiter Stock, Aufzug ist da vorn.« Bevor er etwas erwidern kann, nimmt sie erneut das Telefon ab.

Der Aufzug ist vollgestopft, mit aufgesetzter Höflichkeit verzichtet er darauf, sich auch noch hineinzuquetschen in diesen Herd olfaktorischer Zumutung, der halbe Nachmittag wird für diesen Besuch draufgehen, er hat Sylvia sogar bitten müssen, einen Termin umzulegen, hat etwas von einem Arztbesuch genuschelt, für den du dir nun auch noch eine harmlose Legende einfallen lassen musst.

Die Stationsschwester, auf die er wiederum minutenlang wartet, entspricht seinem Bild einer Kindergärtnerin: übertrieben sanftmütig und dennoch resolut; trotz der Gutmütigkeit in ihrer Stimme hört man ihr an, dass die Erfahrung sie gelehrt hat, jeden Widerspruch von vornherein auszuschließen. Als er sein Anliegen vorbringt, nimmt er verwundert die offenkundige Erleichterung zur Kenntnis, die in ihrem Gesicht aufscheint. »Sie sind mit der Patientin verwandt?«

Er verneint kopfschüttelnd, wickelt das Papier von dem im Krankenhauskiosk gekauften Blumenstrauß ab. Sie darf dir nichts sagen, aber daran hat er ohnehin kein Interesse, solange er endlich mit dieser Putze reden kann. Allein.

»Näher bekannt?« Kopfschütteln. »Kontakt zu Verwandten oder Bekannten von ihr?«

»Nein, ich habe sie lediglich gefunden, ich kenne nicht einmal ihren Namen.«

Die Schwester bewegt die Lippen, es sieht aus, als würde sie sich einen Kraftausdruck verkneifen.

»Gibt es ein Problem?«

Sie zögert. »Kann man so sagen.« Mit dem Kopf bedeutet sie ihm, ihr zu folgen, bleibt schließlich vor der Tür zu einem Krankenzimmer stehen, neben der ein Namensschild mit auswechselbaren, schief eingesetzten Buchstaben hängt, R. Felzer steht darauf, die beiden Reihen darunter sind leer.

»Wir können ihre Identität nicht klären.«

»Das bedeutet …?« Vage keimt Hoffnung in ihm auf.

»Wir haben keine Angaben zu ihrer Person, und die Patientin kann sich nicht erinnern.«

»Sich nicht erinnern?«

Die Schwester sieht ihn eindringlich an. »Nein, sie weiß nicht, wer sie ist. Und sie wird auch nicht wissen, wer Sie sind.«

Er spürt die Worte wie Morgenlicht in sein Bewusstsein sickern und sich dort als kühle, glasklare Erleichterung ausbreiten. Reset! Er zwingt Bestürzung in sein Gesicht und lässt sich von ihr in das Krankenzimmer führen.

Der Raum sieht aus, wie das Haus riecht: hässlich im Detail, Übelkeit erregend in der Zusammenstellung. Er wünschte, es gäbe eine Möglichkeit, hindurchzugehen, ohne ihn im Geringsten zu berühren, nicht einmal mit den Schuhsohlen. Sie liegt im mittleren von drei Betten, eine blasse, unscheinbare Person, die er in jeder anderen, weniger schicksalhaften Situation fraglos übersehen hätte. Strähnige mausbraune Haare, ihre Augen sind geschlossen.

»Sie schläft noch sehr viel, im Augenblick.« Es klingt, als spräche sie von einem Neugeborenen.

»Aha, ja.« Ehe die Schwester sich dem Bett nähern kann, hält Christian sie mit einer Geste zurück. »Nicht wecken, bitte. Ich komme ein andermal wieder.«

Mit Schwung steigt er in seinen Wagen, wirft den Blumenstrauß, den er vergessen hat, der Schwester in die Hand zu drücken, auf den Beifahrersitz. Ihm ist nach Singen oder Pfeifen, du bist immer ein Champion gewesen, und daran, das schwört er sich jetzt, wird er in Zukunft nie wieder zweifeln. Er sieht auf die Uhr. Von der Stunde, die er veranschlagt hat, ist eine halbe übrig. Mit einem nur kleinen Umweg käme er an dem Weinladen vorbei, in dem er schon häufiger eingekauft hat, der Gedanke vitalisiert ihn, doch je mehr er sich dem Zentrum nähert, desto dichter wird der Verkehr, und die halbe Stunde bleibt fetzenweise an den roten Ampeln der Frankfurter Innenstadt hängen.

Zuckende Lichter durchpflügen seinen Traum, Geräusche wie Frühvogelstimmen; widerstrebend rutscht er durch die hauchfeine Membran zwischen Wachsein und Schlaf, merkt, dass es für Vogelgezwitscher noch zu früh ist und dass das kaltblaue Zucken aus dem Fernseher kommt, vor dem er offenbar eingeschlafen ist. Sitzend, wie er glaubt, er muss also später mit dem Oberkörper zur Seite gesackt sein, sein Nacken schmerzt. Er kneift die Lider zusammen, um die Digitalanzeige der Stereoanlage erkennen zu können, 2:40, gottseidank, da schläfst du noch mal ein. Im Aufstehen hört er eine Flasche zuerst gegen das Bein des Couchtischs, dann auf den Boden klirren, aber die war sowieso leer, daran erinnert er sich. Er lässt seine Kleider auf den Teppich fallen und legt sich in Boxershorts und T-Shirt ins Bett; es ist kalt unter der Decke, und die Kälte macht ihn auf eine Weise munter, die ihn ärgert, was ihn wiederum noch wacher macht. Er angelt nach den Socken, die seit Tagen vor dem Bett liegen, sinnlos, du bist über die Schwelle, jetzt wird er bis zum frühen Morgen mit sinnlosen Gedanken kämpfen und auf die Uhr sehen, um dann doch noch einzuschlafen, knapp bevor der Wecker klingelt. Entschlossen packt er seinen Schwanz, bewegt die Hand mechanisch, Erleichterung und Erschöpfung, danach schläfst du immer ein, was aber dieses Mal nicht funktioniert, weil Mondlicht auch auf Charlottes verödete Bettseite fällt und sich etwas in ihm zusammenballt, irgendwo im Brustkasten, zu einem dunklen, festen Klumpen. Er springt auf, presst Charlottes Bettzeug zu einem Bündel zusammen, das er ins Ankleidezimmer trägt und in Charlottes Kleiderschrank stopft, wo es sofort wieder herausquillt. Mehrmals tritt er mit den Sockenfüßen dagegen, versucht, es durch Schließen der Schiebetür zu bändigen, woraufhin sich der Bezug in die Führung frisst. Fluchend zerrt er daran, bis das Geräusch reißenden Stoffs ihn innehalten lässt, begleitet vom langsam verebbenden Glockenspiel gegeneinanderschlagender leerer Kleiderbügel. Sekundenlang steht er da, mit der Entscheidung in der Hand: zusammenreißen oder hineinfallen lassen, sei kein Weichei, dann lässt er sich fallen in den Daunenberg, vergräbt sein Gesicht, los, heul!, doch der Schrank riecht nach leerem Schrank, und die Decke riecht nach Waschpulver, du kniest vor einem Kleiderschrank, und wie lächerlich kann man sein?

Auf dem Weg zum Kühlschrank nimmt er aus den Augenwinkeln eine dunkle Silhouette wahr, und Schreck durchfährt ihn, bis er erkennt, dass es die Klappleiter ist, die er gegen die Wand gelehnt hat, weil er keine Ahnung hat, wohin sie gehört. Keller? Und während er, mit zurückgelegtem Kopf, Mineralwasser aus der Flasche trinkt, sieht er sie wieder vor sich, in ihrer Blutlache, die er mit Ekel, Latexhandschuhen aus dem Verbandskasten und der vollständigen Küchenrolle erst aufgeweicht und dann weggewischt hat. Und wenn sie bei seinem Besuch in der Klinik wach gewesen wäre? Wie, zum Teufel, hättest du ihr die Situation erklärt? Sie hätte Bescheid wissen wollen, wer nichts weiß, der fragt. Sofern er geistig auf der Höhe ist. Und falls nicht? Was, wenn sie invalide und tatsächlich nicht versichert ist? Verschaff dir Klarheit. Als er die halbleere Wasserflasche zurück in den Kühlschrank stellt, weiß er auch, wer ihm dabei helfen kann.

••••••••

Licht brennt, obwohl draußen die Sonne scheint und die Blätter am Fensterbaum flimmern lässt. Giftgrün, Weiß, ganz grelles Gelb. Dazwischen dunkle Schattenflecken. An irgendwas erinnert mich das.

Das Bett neben ihr ist leer, aber ungemacht, ein Brillenetui auf dem Nachttisch, daneben ein Tablett mit einem verkrümelten Teller und einem leeren Marmeladenpäckchen. Das Stanniol steht aufrecht, eine Kirsche ist draufgedruckt. Sie kriegt Lust auf Marmeladenbrötchen, aber nicht Kirsche, auf keinen Fall Kirsche. Aprikose wär gut. Was muss man tun, wenn man Frühstück will? Muss ich überhaupt was tun? Auf einmal hat sie das Gefühl, in einem Spiel mitzuspielen. Sie ist dran, hat aber keine Ahnung, wie die Regeln gehn. Obwohl sie allein ist, ist sie sicher, dass ihr jemand zuguckt, und bei dem Gedanken fängt das Zimmer an zu wachsen, wird immer riesiger, ich immer kleiner. Sie kriegt die Luft nicht runter, der Hals ist zu, ich muss doch atmen! Sie reißt den Mund auf, aber Schreien geht auch nicht. Also doch Traum, immer noch. Aufwachen! Schnell! Ich muss raus hier, aber aus der Hand kommt ein Schlauch, und der Schlauch gehört in den Raum. Häng ich da dran? Weg. Der muss weg! Sie zerrt an ihm, da geht die Tür auf, und drei Leute in Kitteln kommen rein, heller Schmerz zuckt durch ihre Hand, und endlich kriegt sie den Schrei raus.

»Ach du liebes bisschen, was ist denn mit Ihnen los?« Eine Frau im hellblauen Kittel, die sie von irgendwo kennt, rennt auf sie zu und greift nach ihrer Hand, reibt über ihren Arm. Sie hört sich keuchen.

»Ist Ihnen schlecht? Haben Sie Schmerzen?«

Sie schüttelt den Kopf, ihr Blick fällt auf das leere Tablett. »Kann ich lieber Aprikose haben?«

Die Frau sieht sie komisch an, irgendwas war falsch, verdammte Spielregeln. Da ist noch eine Frau, aber die hat einen weißen Kittel an und redet mit einem Mann. Er sagt was von Durchgangssyndrom und Dissoziation. Sie zieht die Decke bis ans Kinn, am liebsten würde sie sich an den Arm von der Hellblauen klammern. Der Mann schlägt die untere Hälfte von der Bettdecke zur Seite. Automatisch zieht sie die Beine an, jetzt rast der Schmerz durch den Unterschenkel, und sie schreit wieder auf.

»Vorsicht, Vorsicht!« Der Mann drückt seine Hand so auf das Knie, dass sie das Bein ausstrecken muss. Ein weißer Verband ist drumgewickelt, den der Mann aufmacht, eine blutige Wunde zieht sich die Wade entlang. Sie merkt, dass sie zittert. »Halb so schlimm«, sagt er, »gibt nur eine kleine Narbe.«

Sie lässt sich zurücksinken. Die Hand von der Hellblauen tätschelt über ihre Schulter. Schwester.

»Alles gut«, sagt der Mann schließlich und deckt das Bein zu. »Wird schon.«

Die weiße Frau lächelt. »Ich komme später wieder, Sie können frühstücken, dann machen wir ein paar Tests. Einverstanden?«

Sie nickt. Frühstück. Aber auf die Frage, ob sie Kaffee oder Tee will, hat sie keine Antwort. Vor dem Fenster flirren noch immer die Blätter, als die Schwester ein Tablett mit Kaffee und zwei Brötchen bringt. Und ein Marmeladenpäckchen mit einer Kirsche drauf.

Butter aufs Brötchen. Geht o.k. Dann Kaffee. Schwarz? Schmeckt ekelhaft, lieber Milch rein. Ja, besser, noch mehr Milch. Zucker auch? Sie wickelt die zwei Zuckerstückchen aus dem Papier, dreht eins davon zwischen den Fingern. Jeder normale Mensch weiß, wie Zucker schmeckt. Wenn einer also nicht weiß, wie Kaffee mit Zucker schmeckt, trinkt er seinen Kaffee wahrscheinlich ohne, oder? Vielleicht kriegt sie es raus, bevor sie eins davon in die Tasse schmeißt, sie leckt dran, aber der Zucker gibt keine Antwort, also fliegt er in den Kaffee, sie rührt um, probiert. Versaut. Also kein Kaffee. Sie schiebt den zweiten Zuckerwürfel genau in die Mitte vom Einwickelpapier und schlägt die Ecken säuberlich um, damit es aussieht wie neu, weißes Papier mit blauem Aufdruck. Sie starrt auf die Zeichen, Scheiße, Scheiße, Scheiße, und in ihr drin tut sich ein Loch auf. Sie holt Luft, zerknäult, ohne hinzugucken, das Zuckerpäckchen zwischen beiden Handflächen und versteckt es unter dem Rand von der Untertasse.

Nachdem sie das Butterbrötchen gegessen hat, kommt die weiße Frau wieder rein. Sie hat eine Mappe mit einem Schreibblock dabei und ein eckiges Etui und setzt sich auf den Hocker neben dem Bett. »Geht es Ihnen besser?«

»Geht schon.«

»Ich habe mich vorhin nicht vorgestellt, mein Name ist Ziegler, ich bin die Neurologin hier im Haus.«

»Was ist das?«

»Was denn?«

»Eine Neurologin.«

»Das ist eine Ärztin, die sich mit dem menschlichen Nervensystem befasst. Ich bin hier, um sicherzustellen, dass Ihre Gedächtnisstörungen keine organische Ursache haben.«

Organisch. Das Wort hakt. Aber schon wieder fragen? Nein, peinlich, lieber lässt sie die Ärztin reden, bis sie mitkriegt, was es heißt: Die will wissen, ob es an meinem Gehirn liegt, dass ich mich an nichts erinnern kann. Neurologin. Organe, organisch. Klar. Sie nickt. Streicht über die Wörter wie über frischgebügelte Wäsche, faltet und stapelt sie, oben in ihrem Kopf, wo es also offenbar ein Problem gibt. Die Tür klappt, und eine Frau im lila Bademantel, den Falten nach Mitte fünfzig, sie riecht nach Zigarettenqualm, nuschelt einen Gruß, legt sich in das Nachbarbett und fängt an, mit einer Illustrierten zu rascheln.

Die Ärztin macht das Etui auf und holt Karten raus, keine Spielkarten, aber genauso groß. »Wie möchten Sie, dass ich Sie anspreche?«

Es dauert, bis sie kapiert, was gemeint ist. Sie hebt die Schultern. »Weiß ich ja nicht.«

»Nun, solange wir Ihren Namen nicht wissen, könnten Sie sich doch einen aussuchen. Einen, der Ihnen gut gefällt.«

Aussuchen. Aber das ist doch dann gar nicht meiner. Oder doch? Quatsch. Wie eine Hose anziehen, die einem nicht gehört. Auf keinen Fall.

»Denken Sie mal darüber nach.« Die Ärztin lächelt, dann legt sie Karten auf die Bettdecke, mit Farben drauf, jede Karte eine andere. »Können Sie mir zeigen, welche davon die grüne ist?«

»Ja klar, die da.«

»Und welche ist rot?«

»Die.« Ganz einfach, trotzdem ist sie jedes Mal erleichtert, wenn die Ärztin nickt. Danach muss sie Wörter und Sätze nachsprechen und Zahlen erkennen, zusammenrechnen und abziehen, zwei plus vier, dreizehn minus elf, klappt ohne Probleme, auch bei den lachenden, traurigen und nachdenklichen Gesichtern und den Strichmännchen, zu denen sie Wörter suchen muss.

»Und welcher Buchstabe ist das?«

Sie starrt auf das geschwungene Zeichen. »Ich …« Sie zuckt mit den Schultern und guckt kurz zum Nachbarbett, aber die Frau blättert in ihren Zeitschriften.

»Ein S«, sagt Frau Doktor Ziegler und hebt eine neue Karte hoch.

»A?«

»Gut. Und das hier?«

»Das …«

Frau Doktor Ziegler kippt den Kopf zur Seite. »Ja?«

»Ich weiß nicht, es ist so … weg. Wie mein Name. Und alles andere.«

»O.k. Das war ein E. Und können Sie mir das hier vorlesen?« Eine Karte mit vier Buchstaben. Ein A ist dabei und ein S. Sie kneift die Lippen zusammen, das MUSS gehen, man muss bloß wollen, aber etwas in ihrem Kopf macht nicht mit, als hätte mir jemand die Batterie rausgenommen, und dass sie nicht dagegen ankommt, treibt ihr Tränen in die Augen.

»Sie sind sehr tapfer«, sagt Frau Doktor Ziegler und legt ihr eine Hand auf den Arm. »Nicht verzweifeln, das wird schon. Und nun klatschen Sie bitte mal in die Hände.«

Sie klatscht und Frau Doktor Ziegler schreibt etwas auf ihren Block.

»Wieso?«

»Warum Sie klatschen sollten? Damit ich feststellen kann, ob Sie Rechts- oder Linkshänderin sind. Das gibt Aufschluss darüber, wie ihr Gehirn arbeitet. Die Region, die für das Lesen verantwortlich ist, ist normalerweise auf der linken Seite, auch bei Ihnen. Bei Linkshändern wäre das anders.« Die Ärztin sammelt die Kärtchen zu einem Stapel. Sie muss die Kanten ein paarmal zusammendrücken, damit sie ihn ins Etui reinkriegt. »Ich versuche heute oder morgen noch einen Termin beim CT für Sie zu bekommen. Dann sehen wir weiter.«

»Wer ist der CT?«

»Computertomografie. Wir müssen Ihren Kopf noch mal anschauen, nur zur Sicherheit.«

»Tut das weh?«

»Nein, Sie müssen nur eine Weile stillliegen, und es macht ein bisschen Krach.«

»Und was passiert da genau?«

»Das erklärt Ihnen Schwester Marion, ich muss jetzt dringend los.«

Sie sieht der Ärztin nach, wie sie aus dem Zimmer geht, mit einem Klack fällt die Tür ins Schloss. Aus dem Nachbarbett hört sie ein Geräusch und klappt automatisch die Augen zu, damit die Frau sie nicht anspricht, damit überhaupt nichts mehr an sie ran kann, am liebsten würde sie auch die Gedanken aussperren, weil die nur noch um ihr Hirn kreisen und sich dabei alles in ihr zusammenzieht.

••••••••

»Alles in Ordnung?« In Sylvias Stimme schwingt Besorgnis. Oder ist es Argwohn?

»Alles bestens, weshalb?«

»Ach, ich meine nur, weil Sie gestern beim Arzt waren.« Sie legt ihm mehrere Faxe und die Tagespost auf den Schreibtisch, zwischen die Papierstapel, derer er sich dringend annehmen müsste, nächste Woche wieder nur zwei Tage im Büro. Mechanisch blättert er in der Postmappe; brummt jedes Mal, wenn Sylvias Stimme sich hebt, automatisch einen Ton, der ebenso Ja wie Nein bedeuten könnte. Sein Blick fixiert die Kante eines Hängeregisters vor ihm, aus dessen Öffnung die rote Schrift eines Briefkopfs herausschaut. Er versucht, sich zu erinnern, wessen Corporate Identity das ist, will das Papier gerade weiter aus der Mappe ziehen, als er den Namen Vreede hört. Unvermittelt sieht er auf.

»… noch irgendwelche Informationen von ihm brauchen.«

»Was? Von wem?«

»Von Herrn Doktor Vreede.« Dieses Mal steht tatsächlich Argwohn in Sylvias Gesicht. »Er meinte, Sie hätten ihn um Unterstützung gebeten.«

Informationen. Das könnte Vreede gefallen. Er unterdrückt ein Schnauben. »Nein, nein, das hat sich erledigt, vielen Dank.« Vergeblich versucht er, seine Gedanken an diesen Scheißfranken vorbeizumanövrieren, die ihm anhängen wie eine gefährliche Infektion, und die anderthalb, die er heute Abend entgegennehmen wird, sind ein verdammter Schnupfen dagegen. Geld. Hat es je daran gefehlt? Nicht, dass er sich erinnern könnte. Es war wie Wasser oder Luft oder Essen: da. Selbstverständlich und unerschöpflich, und jetzt?

Nur eine Uhrzeit hat er sich für den Abend notiert, doch auch ohne diesen Eintrag wüsste er, dass er zu Hause zu sein und auf den Überbringer zu warten hat, der ihm einen Karton oder eine Tasche oder was auch immer durch die Wohnungstür schieben wird, wie viel Platz beanspruchen anderthalb Millionen? Und wo schaffst du die verdammte Kohle hin? Für einen Augenblick spinnt er sich an der Vorstellung entlang, dankend abzulehnen, aber ändern würde es nichts, du hast dich drauf eingelassen, Parteiverrat, Straftatbestand erfüllt, ob er das Zeug nun annimmt oder nicht.

Er greift nach der Postmappe, setzt seine Unterschrift auf die von Sylvia vorbereitete Korrespondenz, legt einige Dokumente auf den Stapel, der sich voraussichtlich irgendwann von selbst erledigt. Gegen zwölf ein Call von Johannes, mit dem er am Nachmittag in Klausur gehen will, der geplante Börsengang einer verzwickten Gesellschaftskonstruktion, vier Augen sehen mehr als zwei, doch der Mandant hat neue Einfälle, weswegen sich Johannes zunächst allein mit ihm treffen muss, lass uns das anschließend klären. Christian nickt ins Telefon, erleichtert, endlich seine eigene Arbeit in Angriff nehmen zu können, aber dann folgt ein Call dem nächsten, und der Rest des Tages rinnt ihm davon. Kurz bevor er das Büro verlassen will, meldet sich Albrecht, dem er, nach dem Besuch in der Klinik, ein Mail geschickt hat. Albrecht ist zwar Zahnarzt, aber Arzt ist Arzt, sie sind weitläufig miteinander verwandt und konsultieren sich bei Bedarf gegenseitig, und so, wie er Albrecht kennt, wird er weder nachdenken noch nachfragen.

»Christian! Tut mir leid, dass es so lange gedauert hat, ich komme gerade erst von einem Kongress. Wo tut es denn weh?«

Christian lacht pflichtschuldig. »Nirgendwo, Albrecht, glücklicherweise. Aber ich brauche dringend eine medizinische Auskunft.« Und dann erklärt er ihm, dass einer seiner Mandanten nach einem Unfall sein Gedächtnis verloren hat. »Daraus ergeben sich gerade ein paar Probleme, wie du dir vorstellen kannst.«

»Allerdings. Amnesie, hm. Retrograd?«

»Könnte ich dir vielleicht sagen, wenn ich wüsste, was es bedeutet.«

»Vermutlich retrograd. Kommt gelegentlich vor nach Unfällen. Bedeutet, dass ihm, ab dem Zeitpunkt des Unfalls, rückwärts ein Stück Erinnerung fehlt. Was sagen die Ärzte?«

Christian antwortet mit einem abfälligen Schnaufen.

»Wie alt ist er?«

»Um die dreißig.«

»Ansonsten gute Konstitution?«

»Denke schon.«

»Dann würde ich mir an deiner Stelle keine allzu großen Sorgen machen, das kommt meist schnell zurück, ist sozusagen eine Schutzfunktion des Körpers, dauert oft nur ein paar Stunden oder Tage, bis er sich wieder erinnert. Wie geht's dir denn sonst so?«

Christian antwortet mechanisch, vielleicht sieht man sich, ja, wäre schön, Familientreffen bei Konstantin, im September, grüß deine Frau, ja, du deine auch. Nachdem er aufgelegt hat, bleibt seine Hand auf dem Hörer liegen, während sein Blick über die Fassaden der Hochhäuser gleitet, die in der Abendsonne liegen, als wäre schon Sommer.

••••••••

Dröhnen, Hämmern, still. Rostbraunes Brummen. Dröhnen, Hämmern, still. Wenn es dröhnt, soll sie den Atem anhalten. Sie hat gefragt, wieso, aber aus der Antwort sind noch mehr Fragen rausgewachsen, über die sie jetzt nachdenken muss, während sie liegt und atmet oder nicht atmet, je nachdem. Was sind das für Strahlen, wie gehen die durch meinen Kopf, sind die wirklich nicht gefährlich oder sagen die das bloß? Und schließlich: Können jetzt alle sehen, wie ich ticke? Die Decke über ihr, die eigentlich keine Decke ist, sondern die obere Hälfte von der Röhre, in der sie liegt, ist beige und hat Punkte. Winzig kleine silberne Punkte. Wozu sind die gut? Damit man sich hier drin wohl fühlt? Die Schwester hat gesagt, dass sie auf einen Knopf drücken soll, wenn sie Angst kriegt, es könnte sein, dass sie Angst kriegt, weil es so eng ist, manche kriegen Angst. Sie kriegt keine. Sie guckt die Punkte an, ist fast gemütlich in diesem Tunnel, sie ist allein und gut eingepackt, nur der Krach ist ein bisschen nervig. Nach einer Ewigkeit wird sie wieder rausgeholt und durch lange Gänge geschoben, und als man sie ins Zimmer rollt, wird ihr klar, dass es der einzige Ort ist, den sie kennt, obwohl in ihrem Kopf Bilder von Straßen sind und von Häusern, von Himmel und Bäumen, und wenn sie die Augen zumacht, kann sie sich vorstellen, durch eine Stadt zu gehen. Aber es bleibt eine fremde Stadt.

»Die Frau Doktor sieht sich das Ergebnis an, sie kommt dann später zu Ihnen.«

Sie stellt sich die Ärztin vor, wie sie auf das Kopfbild guckt, und dabei fühlt sie sich ganz nackt. Hätten die sie am Bauch oder sonstwo durchleuchtet, hätte sie sich nicht geschämt. Ist der Kopf kein Teil vom Körper? Nein, stellt sie fest, das sind zwei Sachen, Kopf und Körper, was davon bin ich? Sie zieht sich die Bettdecke ans Kinn, macht die Augen zu und legt sich die Hand auf den Bauch. Warmes, weiches Fleisch, was langsam hoch und runter geht. Wenn sie die Arme ausstreckt, kommt sie sich vor wie ein Stern mit fünf Zacken: Kopf, zwei Arme, zwei Beine. Vorsichtig wackelt sie mit dem rechten Fuß, in den die Ärztin mit einem Kugelschreiber reingepikst hat. War das heute oder gestern oder wann? Zwischen den Zehen ziept was. Rechts, links, sie weiß genau, wo was ist, warum weiß ich das, aber meinen eigenen Namen nicht? Logisch, dass zu ihr ein Name gehört wie zu jedem Fuß ein Schuh, aber wieso kriegt sie weder ihren Namen noch ihre Schuhe auf die Reihe? Braune? Schwarze? Turnschuhe? Wieso kennt sie den Unterschied zwischen Turnschuhen und Sandalen, hat aber keine Ahnung, was für welche sie selber trägt? Wieder tut sich ein Loch auf, will sie verschlucken, atemlos reißt sie die Augen auf.

Mattgelb liegt die Wand vor ihr.

Unter der Decke ein Streifen Weiß.

Ein Kreuz aus Holz. Jesus.

Daneben der Fernseher.

Gardinen, Fensterrahmen.

Der Baum draußen, das Haus gegenüber. Lichter in der Nacht. Stadtlichter. Wasserlichter. Bilder kommen hoch wie aus einem Traum, sie versucht, ihn festzuhalten, aber die Bilder rutschen weg, bis nur noch schwarzer Stein bleibt. Schwarzer Stein mit Goldsprenkeln drin. Sie streckt die Hand aus. Wenn die Sonne scheint, sieht man jede Schliere drauf, manchmal sind es aber bloß die Schatten von den Wolken, die wie Flecken aussehen.

•••••••

Und dann sitzt er da. Auf der Vorderkante des schwarzen Ledersessels neben der Eingangstür, in einem der wenigen toten Winkel der Wohnung. Er kennt sie alle, weiß, wo man ihn nicht einmal mit einem Fernrohr von der anderen Mainseite aus aufspüren könnte, weil sie sich damals, nach dem Einzug, durch jede einzelne dieser unsichtbaren Ecken gevögelt haben, viele waren es wirklich nicht gewesen.

Am Boden, zwischen Tür und Sessel, die Tasche, dunkelblau, aus Nylon, mit dem Logo eines Sportartikelherstellers, er widersteht der Versuchung, sie anzuheben, stößt sie nur mit der Schuhspitze an, bewegt sie dabei kein Stück. Schwer.

Hunderter, ausschließlich. Wieder der grässliche Clip auf dem Schlips, nachzählen, nein danke, das Geräusch des Reißverschlusses, der sich wieder schließt, aber Hunderter, wenigstens das, man bringt ja schon Zweihunderter kaum unter die Leute. Beim Öffnen der Weinflasche sieht er, dass er zittert, obwohl sich seine Hände dieses Mal ganz ruhig anfühlen. Es ist so still in der Wohnung, als trüge er Watte in den Ohren, eine eigenartige, provozierende Stille, die ihm vorkommt wie eine Verschwörung der Möbel und Wände. Stell das Radio an, doch die

Fernbedienung ist unauffindbar, er muss am Gerät selbst einschalten, mustert auf dem Weg dorthin die Tasche, die neben dem Eingang verharrt wie eine gewöhnliche Sporttasche, wie seine eigene, die er nach dem Training meistens genau dort deponiert, wo sie oft tagelang stehenbleibt, bis die Putzfrau sie ausräumt und den Inhalt wäscht. Die Putzfrau, er sieht sie am Boden, sich aufrappeln aus ihrer Blutlache, die Tasche öffnen, resolut Scheine in den Wäschekorb laden, Geldwäsche, unwillkürlich verzerrt er das Gesicht. Fuck.

Nach endloser Suche stellt er einen Popsender ein. Fast zwanzigmal dein Auto kriegt man dafür, neu; oder diese Wohnung; ein Chalet am Genfer See, wie Laßner eines hatte; Südfrankreich, Charlotte steht auf Südfrankreich, aber in Wirklichkeit kriegst du gar nichts, nicht einmal ordentlich einkaufen gehen kannst du damit, weil sie mittlerweile schon die privaten Ausgaben prüfen, dieses ganze verdammte Papier ist einen Scheißdreck wert. Mit dem Glas in der Hand steht er inmitten des Raums, die einzige Bewegung geht von seiner Hand aus, die den Wein an die Lippen hebt. In den Fensterflächen spiegelt sich die Wohnungseinrichtung, von rechts schweben im Minutentakt blinkende Punkte über die Armlehne der Ledercouch und sinken hinter dem Flügel auf einen unsichtbaren Horizont. Er geht darauf zu, seine Fingerspitzen streifen im Vorübergehen die glatte Politur. Ganz nah muss er an die Scheibe treten, um hinter den Reflexionen den Main zu erkennen; ein dunkles Band, als hätte jemand in die Stadtlichter radiert. Du musst es wegschaffen, irgendwohin, für einen Augenblick zieht er in Erwägung, die Tasche einfach in den Papiercontainer zu kippen, von dem aus es direkt in den Schredder gelangt, zu Schnipseln wird, zu Papierbrei, zu Klopapier, nicht mehr und nicht weniger. Er trinkt aus, schenkt nach, lässt das Glas bei der Flasche stehen und geht neben der Eingangstür in die Knie, gebündelte Scheine in drei Schuhkartons, Geruch nach Druckerfarbe, die Stapel sind auseinandergerutscht, im Film passiert das nie, da liegen sie in Reih und Glied, noch nach einer Verfolgungsjagd mit Überschlag. Er nimmt ein Bündel heraus, zieht die Banderole ab, du hast 150 davon, wenn sie dich nicht beschissen haben, aber was machte das für einen Unterschied? Die Überwindung, die es ihn kostet, den obersten der Scheine zu zerreißen, in kleine Fetzchen, ist winzig, eher ein Kitzel, und er lässt die grünen Fetzen auf den Steinboden rieseln, kehrt sie mit der hohlen Handfläche wieder auf, wohin damit? Klo, Mülleimer, am besten verbrennen, was überhaupt eine Idee ist. Mit dem frischgefüllten Weinglas hockt er sich vor die blanke Feuerstelle, das Glas klirrt leise, als er es auf den Steinboden stellt. Er räumt die dicken Altarkerzen zur Seite, einmal nur sind sie angezündet worden, eine Staubschicht klebt rund um die schwarzen harten Dochte, von denen einer abbricht, als er ihn berührt. Er häuft die Geldschnipsel auf einen zweiten Schein, hält ein brennendes Streichholz daran, ohne Widerstand und ohne Aufhebens brennt er an, schnell und sanft, verbreitet einen warmen, weichen, sehr angenehmen Geruch, den er nicht einordnen kann, der ihm aber vertraut vorkommt; das letzte Drittel lässt er los, schwebend sinkt es, ist verschwunden, ehe es den Boden erreicht. Einen nach dem anderen lässt er in Flammen aufgehen, schaut dabei zu, als wäre es das Kaminfeuer in seinem Elternhaus, saugt den Geruch in sich auf, wenn du so weitermachst, sitzt du morgen früh noch hier. Als er den achten Schein ansteckt, klingelt es. Jäh spürt er seinen Puls und lässt den brennenden Hunderter fallen. Neben der Eingangstür leuchtet das kalte Monitorlicht der Gegensprechanlage, rasch steht er auf, erkennt Johannes, die Aktenmappe in der einen, eine Weinflasche in der anderen Hand. Steif bleibt er stehen, sieht Johannes' Zeigefinger näher kommen, riesig werden, wieder der schrille Klingelton, Johannes' Kopf, der sich hebt und an der Fassade emporsieht, Licht in deiner Wohnung, nicht zu leugnen, noch eine Weile stehen sie sich gegenüber, Auge in Auge, dann wird der Bildschirm schwarz.

••••••••

Die Tür vom Badezimmer klappt auf, man hört die Klospülung lauter. Der lila Bademantel schlurft durchs Zimmer. Die Frau bleibt stehen, guckt wie eine Krankenschwester, ihre Haare sind rötlichbraun, beißt sich ätzend mit dem Lila vom Bademantel.

»Hallo. Wie geht's? Die Schwester war da, aber da haben Sie ja geschlafen.« Die Frau streckt ihr die Hand entgegen. »Ich bin übrigens die Rosemarie.«

Sie nimmt die Hand, ihr Mund ist wie zugepappt.

Rosemarie winkt mit der anderen Hand ab. »Ich weiß schon.« Sie guckt sie dabei aber nicht an, sondern zeigt auf den dreieckigen Griff über dem Bett, von dem eine Klingel baumelt. »Wenn Sie was brauchen, können Sie hier nach der Schwester klingeln«, sagt sie schnell. »Das können Sie wegklappen.« Sie wackelt am Klapptisch vom Nachtschrank. »Die Schublade kann man auch hinten aufmachen, haben Sie gesehen? Das ist extra so, damit man den Schrank von zwei Seiten benutzen kann, ist ja jede Klinik anders, manchmal stehen die Betten ja andersrum. Im Josefshospital, zum Beispiel, da stehen sie mit den Füßen zum Fenster, eigentlich nicht schlecht, gibt halt bloß nicht so viel zu sehen im St. Josef, liegt ja nicht so toll.« Rosemarie legt sich mit Bademantel ins Bett und zieht die Decke über die Beine. »Ist doch viel schöner hier als im St. Josef. Ich komme lieber hierher, das vierte Mal jetzt, letztes Mal im Herbst, da ist der Dr. Herder noch Oberarzt gewesen. Ist ja ziemlich jung, der Neue, aber na ja.«

Sie guckt an Rosemarie vorbei aus dem Fenster. Erst als es klopft und eine kleine schwarzhaarige Frau einen Wischmopp ins Zimmer schiebt, zieht Rosemarie ein paar Illustrierte aus ihrem Nachttisch, danach ist Ruhe, bloß der Mopp gibt bei jedem Wisch ein mattblaues Plastikklickern von sich. Ein schönes Geräusch, sie macht die Augen zu und stellt sich schlafend. Irgendwann hört sie kein Klickern mehr, nur noch Blau. Fast lila. Es leuchtet richtig, wird heller, grüner, dann türkis, dann fängt es an, sich zu drehen. Gelb wäre gut jetzt, kommt aber nicht, dafür dunkelrot, immer dunkler, bis es lila wird, und wieder von vorn, heller, grün, türkis, dunkelrot, dann plötzlich weißes Geraschel von der Illustrierten, »ssschht«, sagt sie und wartet, dass das Grün und das Türkis verlaufen, auf einmal doch Gelb! Gelbe Linien malen ein Muster aufs Grün, leuchten so grell, dass man am Schluss das Grün nicht mehr hört.

•••••••

In dem Augenblick, in dem er am Gate eintrifft, wird die Verspätung seines Fluges durchgegeben. Fluchend sieht er auf die Anzeigetafel, holt sein Handy aus der Brusttasche und scrollt durch die Mail- und SMS-Eingänge, das haben die doch vorher gewusst, warum hat er keine Benachrichtigung bekommen? Der Wartebereich ist brechend voll, aber für zwanzig Minuten lohnt der Weg in die Lounge nicht. Aufgebracht stoppt er am Counter, wo er seinen Ärger in eine deutliche Beschwerde konvertiert, es tut uns sehr leid, Fehler in der Technik, aber dafür kann er sich nichts kaufen, und das Handelsblatt ist auch weg, der ganze Zeitungsständer leergeräumt, er sieht sich um, nirgendwo ein ruhiger Platz zum Telefonieren, lediglich einen freien Sitz kann er ergattern, als er sich hinsetzt und seinen Aktenkoffer auf den Schoß hebt, hört er seinen Namen.

Es dauert einen Moment, bis er ihn erkennt, und einen zweiten, ehe ihm einfällt, wie er heißt: Jan-Carsten, der Rest ist weg, sie haben zusammen studiert, Examen gemacht, Jan-Carsten als Bester des Jahrgangs, mit Auszeichnung ohne Anstrengung, er hat sofort eine Stelle bei einer der Top-Kanzleien bekommen, ist später zu einer

Schweizer Großbank gewechselt, ein- oder zweimal haben sie sich beim Alumnitreffen gesehen, aber seitdem ist er von der Bildfläche verschwunden, es heißt, er hätte es doch nicht gebracht. Jetzt sitzt er neben ihm, in Jeans, Pullover und Freizeitjacke und streckt ihm lächelnd die Hand entgegen.

»Christian! Wie schön, dich zu sehen. Und? Immer noch auf der Überholspur?«

Nie, niemals ist er um eine Antwort verlegen, aber auf einen so dämlichen Spruch fällt ihm wirklich keine ein. »Und du?« Mit einem Blick kommentiert er Jan-Carstens Garderobe. »Urlaub?«

Doch der versteht die Spitze vermutlich nicht einmal. »So ungefähr.« Er lacht. »Nein, nein, Arbeit. Ich bin auf dem Weg nach Hause. Bin vor ein paar Jahren runtergezogen.« Er macht eine Kopfbewegung in Richtung des Fliegers draußen am Gate, der längst in der Luft sein sollte. »Am Bodensee. Meine Frau ist Schweizerin. Herrlich dort. Kommt mir tatsächlich oft wie Urlaub vor.«

»Aha. Pendelst nach Zürich?«

»Um Gottes willen, nein, schon lange nicht mehr, ich hab mich selbständig gemacht.« Er greift in seine Jacke und reicht Christian eine Karte. »Wenn du mal in der Nähe bist … Komm vorbei, wir würden uns freuen.«

Christian wirft einen knappen Blick darauf, Röttgen, genau, Dr. Jan-Carsten Röttgen, um sie dann in die Jacketttasche zu schieben. »Am Bodensee?« Er gibt sich Mühe, den Spott in seiner Stimme zu verstecken; reine Höflichkeit, dass er überhaupt fragt; wenn er auf etwas verzichten kann, dann auf die Ausführungen eines Landanwalts, der seine Tage mit Straßenverkehrsdelikten und Nebenkostenabrechnungen herumbringt. Waste of talent, aber offenkundig ist es damit ja doch nicht so weit her.

»Ja, ist eine ganz andere Lebensqualität.«

Christian überlegt, ob er seinen Koffer einfach aufklappen und Jan-Carsten ignorieren soll, aber die Stimme aus dem Lautsprecher, die endlich das Boarding ankündigt, nimmt ihm die Entscheidung ab. »Schön, schön. Na dann: guten Flug.« Mit einem Ruck erhebt er sich, registriert die Gemächlichkeit, mit der Jan-Carsten seine Zeitung faltet. Noch ein kurzer Gruß, dann hält Christian sein iPhone über den Scanner.

••••••••

Negativ heißt gut. Ohne Befund. Also normal. Kann aber nicht sein, garantiert haben die was verwechselt oder falsch gemacht; aber damit die Schwester keinen Verdacht schöpft, nickt sie und lächelt dazu, guckt in die Illustrierte, die Rosemarie ihr ungefragt aufs Bett geworfen hat, als würd ich kapieren, was drinsteht. Drei mal zwölf ist sechsunddreißig, fünf mal zwölf ist sechzig, wieso ausgerechnet die Buchstaben, wieso nicht irgendwas anderes, was keiner braucht? Lieber Gott, denkt sie und guckt zu dem Holzkreuz an der Wand, lass es ein Alptraum sein. Aber Jesus sieht bloß leidend auf den Fußboden. Total schlapp hängt er da, nur mit zwei Nägeln festgepinnt. Hält das überhaupt? Sie betastet ihre Hand, die rechte, weil links immer noch der Verband um die Infusionsnadel gewickelt ist, spürt viele kleine Knochen, alle in Längsrichtung, dazwischen nur Haut, also müsste der Nagel doch alles aufreißen und durchrutschen, wie viel wiegt so ein Gottessohn? Je länger sie ihn anguckt, desto mehr nervt sie die Jammerlappigkeit in seinem Blick. Auf dem Schild über seinem Kopf stehen Buchstaben.

Entschlossen hievt sie sich höher, guckt in die Illustrierte. Überall Buchstaben, große und kleine, und eins von den Wörtern fängt mit S an. Sie starrt darauf, bis ihr die Tränen kommen. Als sie sich ins Kissen fallen lässt, rutscht die Zeitschrift auf den Boden.

»Ist Ihnen nicht gut?« Sie hört Papiergeraschel, wahrscheinlich hebt Rosemarie die Illustrierte auf. »Soll ich die Schwester rufen?«

Sie schüttelt den Kopf, dreht sich weg, damit Rosemarie nicht sieht, dass ich geheult hab.

»Bestimmt nicht? Ich geh jetzt runter, ich kann Ihnen was aus der Cafeteria mitbringen, wenn Sie wollen. Was Süßes oder so.«

»Danke. Nein.« Lass mich in Ruhe. Sie wirft sich auf die Seite, greller Schmerz, weil sie mit der Ferse an den Verband gekommen ist. Der Schmerz zieht das ganze Bein rauf, macht es riesengroß, aber das fühlt sich gar nicht mal schlecht an. Sie liegt ganz still und fühlt, wie der Schmerz kleiner wird und dabei pocht. Tiefe Schnittwunde, hat der Arzt gesagt, vorsichtig legt sie die Hand auf den rauen Verband. Bleibt eine Narbe, hat er gesagt, einen schönen Menschen kann nichts entstellen. Blödmann.

Sie hebt den Kopf, Rosemarie ist weg, das Zimmer fühlt sich komisch an, wahrscheinlich, weil die Sonne so hell scheint und Baulärm durchs gekippte Fenster kommt. Als wäre draußen das Leben und würde sich nicht reintrauen.

Ich bin eine Frau mit einer Narbe am Bein. Seit neuestem. Ist aber nichts Neues, weil ich gar nicht weiß, wie es vorher war, weil es nämlich gar kein Vorher gibt. Auf jeden Fall keins, mit dem ich was zu tun hab, andere haben was damit zu tun, und als ihr das klar wird, ist es, als würde ihr einer das Bett wegziehen und den Fußboden auch und alles, was drunterliegt. Schwarzes Loch. Sie krallt sich am Bettrahmen fest. Und dann rasen die Gedanken in ihrem Kopf wie Raumschiffe in einem Videospiel: Wieso hab ich den Arzt nicht gefragt, wo ich von dieser Leiter gefallen bin? Zu Hause? Jemand muss mich gesehen oder gefunden haben, jemand aus dem Vorher, der was weiß und mich kennt. Ich muss was angehabt haben, Kleider, eine Hose, Schuhe, eine Uhr vielleicht, wo ist das hin? Sie beugt sich zur Seite und zieht die Tür vom Nachtschränkchen auf. Nichts, auch die Schublade ist leer, bis auf einen Kugelschreiber und ein Buch mit dunkelblauem Plastikeinband und goldener Schrift. Mit S. Ohne A. Und da müssen Menschen sein im Vorher. Wieso kommt mich niemand besuchen? Freunde, Eltern, ein Mann? Sie fasst ihre Fingergelenke an. Kein Ring. Und Kinder? Nein, das wüsst ich, oder? Spürt man, ob man Kinder hat? Sie spürt nichts. Aber eine Mutter muss ich haben und einen Vater, logisch, aber auch dabei spürt sie nichts. Sie lässt die Beine aus dem Bett rutschen, die Füße berühren den Boden, Füße in weißen Tennissocken, wieder das Ziepen zwischen den Zehen. Meine Füße, meine Beine, mein Bauch, meine Arme, nur darauf ist Verlass. Mein Kopf? Sie stemmt sich aus dem Bett hoch, zwei Schritte, dann bleibt sie stehen und hält sich am Fußende fest, wartet, ob ihr schwindlig wird und sie sich setzen muss wie beim letzten Mal. Nichts mehr da jetzt zum Festhalten, weil das leere Bett auf der Schrankseite weg ist. Aber sie kann stehen bleiben ohne Probleme. Das Nachthemd ist hinten offen wie eine Schürze. Praktisch, wenn man aufs Klo muss, aber aufstehen tut sie deswegen nur, wenn niemand im Zimmer ist. Zögernd steht sie vor dem Waschbecken, zwei Seifenspender, aber nur in einem ist Seife drin, aus dem anderen kommt Desinfektionsmittel, war das der rote oder der grüne? Sie guckt auf das Etikett, Scheißbuchstaben, dann sieht sie, dass unter dem rechten Spender eine kleine Pfütze aus rosa Seife klebt.

Vor dem Spiegel stehen Rosemaries Kulturbeutel und zwei Plastikbecher, der weiße ist meiner, den hat sie von der Klinik gekriegt, mit einer Zahnbürste und einer Tube Zahnpasta drin. Von dem Plastikkamm, der mit in der Tüte war, sind schon vier Zinken abgebrochen, ihre Haare sind total verfilzt. Eine richtige Bürste wär gut und ein Haargummi. Sie streicht über Rosemaries Waschbeutel, weinrot, ein goldener Anhänger am Reißverschluss, sie hält ihn zwischen Daumen und Zeigefinger. Was ist meine Lieblingsfarbe? Er macht ein sirrendes Geräusch, als sie ihn aufzieht. Cremetuben, Bürste, ein Deoroller, Lidschatten in Hell- und Dunkelblau, Parfüm. Bevor sie den Stöpsel abmachen und dran riechen kann, klappt draußen die Zimmertür. Blitzschnell zieht sie den Reißverschluss zu.

Mit der Hand hält sie die Rückseite von ihrem Kittel zusammen und legt sich von der Wandseite aus ins Bett zurück. Rosemarie kaut. Neue Heftchen hat sie mitgebracht und streckt ihr eine offene Tüte Joghurt-Weingummi hin. Sie schüttelt den Kopf, schmecken mir nicht, dann zieht sie sich die Decke ans Kinn.

Weißer Kittel ist Arzt, blauer Kittel Schwester, jetzt steht also eine Ärztin am Bett, redet von einem Betreuer. Es ist die mit dem Klemmbrett, bloß der Name fällt ihr nicht ein, irgendwas mit einem Tier.

»Was für ein Betreuer?«

»Ein amtlich bestellter Betreuer, der Ihnen dabei hilft, sich nach Ihrer Entlassung zurechtzufinden. Wir können Sie ja nur für eine begrenzte Zeit hierbehalten, zumal keine weitere medizinische Indikation gegeben ist.«

Hierbehalten. Wo denn sonst? Da draußen? Sie guckt aus dem Fenster, und woher weiß so ein Betreuer, wohin? »Ist das jemand von vorher?« In dem Moment, wo sie's ausspricht, kapiert sie, dass sie Unsinn redet, der weiß doch genau so wenig wie ich.

»Wie meinen Sie das, von vorher?«

»Ach nix, schon gut.« Betreuer. Bestimmt der über mich? Sie zieht die Nase hoch.

Die Ärztin holt ein Päckchen Taschentücher aus ihrer Kitteltasche und reicht ihr eins. »Das ist alles nicht so einfach, ich weiß. Aber eine Weile sind Sie auf jeden Fall noch bei uns, ich bin sicher, dass sich bald jemand meldet.«

Und wenn nicht?

»Und falls nicht …« – wieso kann die sehen, was ich denke? –, »dann bringe ich Sie erst einmal in einer Reha-Einrichtung unter, wenn Sie das möchten.« Sie lächelt. »O.k.?«

Reha. Sie kennt das Wort, aber wenn sie drüber nachdenkt, hat sie keine Ahnung, was es wirklich bedeutet. »Und was mache ich da?«

»Da werden Therapien angeboten, die in Fällen wie Ihrem hilfreich sein können.«

»Sie meinen, weil ich alles vergessen hab?«

»Auch deswegen, ja.«

»Aber …, was ich nicht versteh, wieso kann ich mich nicht mehr erinnern? Weil, ich weiß ja Sachen. Also zum Beispiel bei fünf mal fünf brauch ich nicht zu überlegen, von mir aus auch fünftausend mal dreiundzwanzig, egal, Sie können mich alles rechnen lassen. Und ich weiß auch, was grün ist und was rot, aber wieso nicht, wie ich heiße oder wo ich wohne? Oder was ich mache, so als Beruf.« Was mit Zahlen vielleicht, hundertfünfzehntausend.

Man kann sehen, wie die Ärztin tief ein- und ausatmet. Dann guckt sie auf ihre Armbanduhr aus blau-weiß gestreiftem Plastik und setzt sich auf den Hocker. Ihr fällt ein, dass sie nach ihren Sachen fragen muss: Klamotten, Schuhe, Tasche.

»Also: Dass Ihre Erinnerung derart selektiv funktioniert, ist in gewisser Weise normal und lässt sich damit erklären, dass es sich um verschiedene Arten von Erinnerung handelt.«

Selektiv. Schon wieder so ein ein Wort.

»Es ist einfach so, dass Ihr Gehirn klare Trennungen macht, es speichert die verschiedenen Eindrücke an verschiedenen Stellen ab. Es schafft sozusagen Ordnung. Ihr autobiographisches Gedächtnis, also das, was Sie über sich selbst wissen, wird an einer anderen Stelle aufbewahrt als beispielsweise Ihr gelerntes Faktenwissen oder die Bewegungsabläufe wie Gehen, Treppensteigen, Seilspringen, Fahrradfahren. Irgendetwas blockiert nun Teile Ihrer Erinnerungen. Sie können eine Vier von einer Fünf unterscheiden und problemlos Ihre Zähne putzen. Oder schwimmen, falls Sie es je gelernt haben. In Ihrem Fall ist nur das autobiographische Gedächtnis und ein Teil Ihres

Faktenwissens betroffen. Es gibt Patienten, die können sich nach einem derartigen Unfall nicht mehr bewegen. So gesehen, haben Sie großes Glück gehabt.«

Später bringt die Schwester einen Stapel grünen Stoff. Was zum Anziehen, das hat ihr die Ärztin versprochen, dazu frische Socken und diese komischen Unterhosen, die man nach dem Tragen wegschmeißt. Ihre eigenen Kleider sind nicht mehr da. Entsorgt, hat Frau Dr. Ziegler gesagt, bei der Rettung beschädigt worden. Was heißt beschädigt? Dreckig? Sie denkt an ihr Bein. Voller Blut? Zorn steigt in ihr hoch, das waren meine, die hätten sie ihr doch geben können, egal, wie die ausgesehen haben. Sie nimmt ein Paar frische Socken und eine Unterhose und geht damit ins Bad, um sich zu waschen. Als sie die rechte Socke ausziehen will, pikst ein heller Schmerz zwischen den Zehen, der Stoff bleibt an der Socke kleben. Sie setzt sich auf den Badhocker, hebt den Fuß und findet eine kleine Wunde, die in der Mitte ganz schwarz ist. Sie nässt ein bisschen und sieht eklig aus, also wäscht sie den Fuß nur vorsichtig in der Duschwanne und zieht den frischen Strumpf drüber; wenn die Schwester kommt, muss ich sie nach einem Pflaster fragen.

»Stört Sie nicht, wenn ich den Fernseher anmache, oder?«

Fernseher. Stört mich der? Kommt drauf an, müsste sie sagen, aber Rosemarie ist schneller: »Gibt ja leider keine Kopfhörer hier, aber dafür ist es umsonst, im St. Josef muss man's bezahlen, übers Telefon.«

»Egal. Bin eh wach.«

Rosemarie fängt an, durch die Kanäle zu schalten. Und wenn ich nein gesagt hätte?

Jemand redet. Ein Mann mit einer Frau. Stress. Irgendwas mit Urlaub, ein saublödes Gespräch, kein Mensch redet so. Wenn das meiner wäre, würde ich lieber allein in Urlaub fahren. Sie guckt sich den Typen an, braune Haare mit Gel, viel zu enges T-Shirt und Bodybuilder-Muskeln, das wär ganz bestimmt nicht meiner. Eine aufgedrehte Ansagerin mit Toupierfrisur redet, dann wird das Logo vom Sender eingeblendet und gleichzeitig gesungen, drei Buchstaben, schlagartig ist sie hellwach. Drei Buchstaben. Von wie vielen? Auch weg. Wie war das, Abezehdeejefgeh, geht doch. Den Rest vom Abend starrt sie auf den Bildschirm, Werbung ist am besten, auch wenn alles rasend schnell geht, Getränkeflaschen, Zitrone, Limette, Orange, Farben blitzen grell auf, ein Mädchen verrenkt sich im Rhythmus, www.de, na klar, noch drei Buchstaben, macht sechs, R, T, L, w, d, e. Und das S, das auch noch, A sowieso. Später Nachrichten: Fotos von irgendwelchen Politikern, die Namen und die Wörter bleiben viel länger stehen, drei fangen mit Bunde an: Bundeswehr, Bundesgerichtshof, Bundeskanzlerin, aber weiter als bis B-U-N-D-E kommt sie nicht, überall nur Bruchstücke, dann, endlich: W-E-T-T-E-R, alles da, und der Holzjesus in der Ecke kriegt die Zunge rausgestreckt.

Atemlos rennt sie in den nächsten Gang, aber der sieht aus wie alle anderen, durch die sie schon gelaufen ist: Feste braune Erde, sogar die Wand ist aus Erde und die Decke und der Boden unter ihren Füßen. In den Ecken, wo Decke, Wand und Boden zusammenstoßen, sind dicke Holzbalken, die sind auch braun, das weiß sie, selbst wenn sie jetzt grau aussehen, weil gerade alles nur schwarz-weiß ist, bloß die Schlüssel in ihrer Hand, riesige Plastikschlüssel an einem weißen Plastikring, sind schreibunt.

In manchen Gängen sind Türen, aber es sind die falschen, die Schlüssel passen nicht, sie muss die richtige Tür finden, unbedingt, darf nicht zu spät kommen, rennt immer weiter, es ist so dunkel, dass sie kaum was erkennen kann, und je weiter sie rennt, desto mehr Sachen fallen ihr ein, die sie nicht gemacht hat: den Fernseher nicht ausgemacht, die Spülmaschine nicht ausgeräumt und den Eimer nicht ausgeleert, wenn ich's nicht rechtzeitig schaffe, merken die das, bestimmt merken die das. Im Zug ist es hell, da kann sie auf ihre Armbanduhr gucken, die ist aus Plastik, blau-weiß gestreift. Draußen rasen die Schilder vorbei, sie kann nicht erkennen, was draufsteht, aber sie fährt in die falsche Richtung, in Panik zieht sie die Notbremse, hört ihre Schritte durch den Schacht hallen, es rumpelt hinter ihr, sie dreht sich um, sieht die Decke einstürzen, die Erde fällt in Brocken auf den Boden, schneidet den Weg ab, umdrehen, wegrennen, aber die Beine kleben fest, ein Balken kracht runter und sperrt sie ein, für alle Ewigkeit, noch mehr Erde, begräbt sie unter sich. Sie fühlt die Schläge auf ihrem Kopf, ihrem Rücken, ihrer Schulter und schreit auf. Ihr Herz rast. Im Wachwerden spürt sie ihren Puls.

Nachdem die Morgenvisite durch und Rosemarie mit ihrer Zigarettenschachtel abgezogen ist, holt sie das blaue Buch aus dem Nachttisch. Die letzten Seiten waren leer; als Rosemarie gestern Abend im Bad war, hat sie alle Buchstaben, die sie bisher zusammengekriegt hat, mit Kugelschreiber reingemalt, außerdem noch: B-U-N-D, W-E-T-T-E-R, www.de. Ein ziemliches Gekrakel. Es gibt Patienten, die können sich nicht mehr bewegen. Jetzt nimmt sie sich Buchstaben für Buchstaben vor, am liebsten würde sie alle einzeln ausschneiden und hin und her schieben, neu anordnen und ausprobieren, was dabei rauskommt. Es dauert, aber dann kommt UND raus. Und SANT. Macht Spaß, sie kommt richtig in Fahrt: BAU, BLAU, WAU, BAT, BUDE, WUT, LUST, eine halbe Seite kriegt sie voll, dann schnappt sie sich zuversichtlich eines von Rosemaries Heftchen, das mit der roten Überschrift, aber die sagt ihr immer noch nichts. Mist. Trotzdem fängst sie an, nach Wörtern zu suchen, jetzt erst recht, nur ein paar kriegt sie zusammen, ABER immerhin. Eine ganze Weile blättert sie durch das Heft, als sie merkt, wie sehr sie das anstrengt, bekommt sie Angst. Was, wenn ich's nicht auf die Reihe kriege? Wenn ich nie wieder so werde wie vorher? Sie fühlt sich fertig, bloß keine Buchstaben mehr, nur noch die Fotos guckt sie sich an. Ein Mann mit einem kleinen Jungen auf dem Arm, dem sie einen schwarzen Balken über das Gesicht gedruckt haben, Promi wahrscheinlich, sie betrachtet ihn genauer, aber er ist ihr genauso egal wie seine Schuhe oder der Geländewagen, neben dem er steht. Eine schwangere Frau im Badeanzug, die an einem Eis leckt. Sie sieht sich das Eis an, den Anzug, die Tasche, die ihr über der Schulter hängt, die Palme im Hintergrund, die Reklameseiten, Hautcreme, Sekt, Margarine, sagt mir das irgendwas? Sie muss an den Delfin denken: Wenn man Erinnerungen wecken will, hat die Ärztin nämlich gesagt, muss man nach Gefühlen suchen. Weil alles, was man im Kopf abgespeichert hat, zusammen mit einem Gefühl abgespeichert worden ist. Immer. Und je mehr Gefühl beim Abspeichern dabei war, umso besser erinnert man sich später dran. Das Gedächtnis, hat sie gesagt, funktioniert wie die Konturenbilder für Kinder, bei denen man Zahlen der Reihe nach verbinden muss, damit am Ende ein Delfin rauskommt. Delfin. Sobald man ein paar Gedächtnispunkte verbunden hat, kriegt man den Rest oft ganz von selbst hin, weil das Gehirn das Bild schon kennt.

Fernsehen. Hat doch gestern auch geklappt, vielleicht kriegt sie da noch ein paar Buchstaben her. Delfine. Sie kann die Fernbedienung nirgendwo entdecken, weder auf den Nachttischen noch auf dem Tisch beim Fernseher, nicht einmal unter Rosemaries Bettdecke, die sie vorsichtig anhebt. Erst in Rosemaries Nachttischschublade findet sie das Ding, und als sie den Fernseher anmacht, kommt ihr das verboten vor, als hätte ich kein Recht, es aus der Schublade zu holen. Hab ich aber doch, oder? Als sie drüber nachdenkt, wird ihr klar, dass es umgekehrt ist: Rosemarie hat kein Recht, es da reinzutun.

Obwohl keine Werbung kommt und keine Schrift, bleibt sie gleich im ersten Kanal hängen, weil die Erklärung, wieso die Vorderreifen von einem Traktor viel kleiner sein müssen als die Hinterräder, so schön logisch klingt, dass sie sich alles über Reifenprofile, Auflagefläche und Lenkung anhört und am Schluss ganz begeistert zuguckt, wie leicht sich der schwere Traktor, sechseinhalb Tonnen, durch den Morast lenken lässt. Klasse, nur leider kein Delfin. Als die Sendung rum ist, kommt Schrift, aber zu schnell und zu klein. Sie zappt ein bisschen weiter, landet in einer Natursendung: Wiesen, Bäume, Felder voller Mohnblumen, eigentlich richtig schön, bloß dass der Mohn rot ist und die Musik dazu grün-braun mit Türkis drin, wie Erdbeerkuchen mit Senf, sie verzieht das Gesicht und schaltet weiter. Ein paar Werbespots ohne Buchstaben, eine Talkshow, sie will schon ausmachen, da landet sie plötzlich bei einem knallbunten Kirchenfenster mit einem riesengroßen roten Stern. Musik läuft drüber, und alles geht so wildbunt durcheinander, dass sie die Augen zumachen muss, damit sie nur die Musik sieht: Lange Bänder in Grün und Blau, die kennt sie, hat sie schon mal gehört, aber jetzt wachsen Punkte mit fedrigen Spitzen raus, fliegen zu Blüten zusammen und tanzen herum. Jede Blüte hat acht Töne, das weiß ich, ohne zu zählen, und obwohl alle grün und blau sind, hat jede eine andere Farbe. Als sie die Augen aufmacht, sieht sie im Fernseher die Tasten. Schwarz und weiß, sie braucht gar nicht hinzugucken, um zu wissen, dass es immer abwechselnd Zweier- und Dreierpacks sind, damit kenn ich mich aus, dazwischen weiße, also eigentlich fünf und sieben, macht zwölf, zwei Hände, die drauf spielen, ganz groß im Bild. Sobald ein Ton da ist, weiß sie genau, welche Taste als Nächstes kommt.

»Ach, die Schwester Benedicta. Ist schon Gottesdienst?«

Sie erschrickt. Neben der Tür steht Rosemarie und guckt auch auf den Fernseher. Seit wann steht die schon da?

»Dass Sie sich so was ansehen …«

»Wieso nicht? Die Blüten sind so schön.«

»Blüten? Auf dem Fenster? Sind doch gar keine.«

In der Musik, müsste sie antworten, aber irgendwas sagt ihr, dass es besser ist, wenn sie den Mund hält. Die Augen zuzumachen, traut sie sich trotzdem nicht mehr.

»Waren Sie an meiner Schublade?« Rosemarie ist näher gekommen und guckt auf die Fernbedienung, als wär das ihre.

»Musste ich ja wohl, wenn ich Fernsehn gucken will«, sagt sie und zuckt nur mit den Schultern. Eine blöde Scham überkommt sie, dabei kann mir die Frau doch echt egal sein. Ohne dass sie es will, drückt sie auf den roten Knopf und schmeißt die Fernbedienung auf Rosemaries Bett. Sofort ärgert sie sich über sich selbst, weil bestimmt noch mehr Blüten gekommen wären. Sie hört Rosemarie irgendwas nuscheln, versteckt das blaue Buch unterm Kopfkissen, dreht sich weg und macht die Augen zu. Stille. Trotzdem kann sie die Blüten hören, die sind wie einprogrammiert in meinem Kopf. Gehören die jetzt zu meiner Erinnerung? Ein bisschen ist es, als wären die schon immer da gewesen. Aus was sind Erinnerungen eigentlich gemacht? Hab ich Erinnerungen, weil ich mir was denke, oder denk ich mir das, weil ich mich an was erinnere? Und wenn man sich was denkt, was gar nicht da ist? Erinnert man sich dann daran, dass man sich's ausgedacht hat, oder glaubt man, dass es echt da gewesen ist? Was ist mit Träumen? Denkt man sich die auch aus? Denkt man, wenn man träumt? Träumt man Erinnerungen? Wenn sie an die unterirdischen Schächte denkt, rennt ihr der Puls, und komischerweise hat sie das Gefühl, als hätte sie Erdgeruch in der Nase. Sie atmet tief ein, aber die Wirklichkeit riecht nur nach Krankenhausbettwäsche und Rosemaries verqualmtem Bademantel. Wie hinterfotzig sind Erinnerungen? Etwas rumst gegen die Tür, Geräusche vom Gang, sie hebt den Kopf und sieht, wie zwei Pfleger ein Bett ins Zimmer schieben und neben ihres stellen, auf die freie Wandseite. Eine alte Frau liegt drin, sieht aus wie hundert. Alles an ihr ist weiß, oder eher durchsichtig: Die Haare, das Gesicht, das altmodische Spitzennachthemd. Sogar das Lächeln. Sie ist sich nicht mal sicher, ob die alte Frau ihr wirklich zugelächelt hat, vielleicht hat sie nur die Lippen ein bisschen verzogen, weil ihr bei dem Geschiebe irgendwas weh getan hat. Aber genickt hat sie, ein ganz kleines bisschen und die Augen sofort wieder zugemacht. Die hätt auch lieber ein Zimmer für sich allein, und irgendwie bin ich froh, dass sie das neue Bett nicht neben das von Rosemarie gestellt haben.

Sie muss dringend aufs Klo, wartet, bis die Pfleger wieder raus sind, und will die Decke zurückschlagen – rechts oder links? Für einen Moment ist sie verblüfft, dass es da eine Entscheidung braucht, und stellt die Füße rechts aus dem Bett, dreht lieber der alten Frau ihr Gesicht und Rosemarie das halbnackte Hinterteil zu als umgekehrt. Erst als sie auf der Bettkante sitzt und mit den Füßen nach den Pantoffeln sucht, muss sie vor sich selber zugeben, dass sie sich deswegen für rechts entschieden hat, weil sie die alte Frau besser angucken kann, ohne dass es auffällt. Sie hat richtig volle Haare, als wäre sie viel jünger und hätte sie bloß weiß gefärbt, ob es Leute gibt, die sich die Haare weiß färben? Heißt es dann überhaupt färben, wenn es gar keine Farbe ist? Ist Weiß eine Farbe? Während sie die Frau betrachtet, stochern ihre Zehen nach dem schwarzen Plüsch, der ihre Hausschuhe innen so kuschelig warm macht, und bei dem Gedanken hat sie das Gefühl, einen Schweißfilm an den Füßen zu spüren. Was, wenn die alte Frau gar nicht schläft, ihre Augen gar nicht richtig zu hat, sondern mitkriegt, wie ich sie angucke? Schnell sieht sie nach unten, zu den Pantoffeln, wo aber gar keine Pantoffeln sind, bloß die grünen Gummilatschen, die sie vom Krankenhaus gekriegt hat. Und plötzlich ist es, als wäre ihr Kopf ein Würfelbecher, den einer schüttelt und dann, peng, umgedreht auf den Tisch knallt. Meine Hausschuhe! Meine eigenen, echt eigenen Hausschuhe. Die überhaupt nicht da sind, obwohl sie im Augenblick mehr da sind als irgendwas anderes. Bei Tchibo hat sie die gekauft, runtergesetzt auf drei Euro. Das Plastikteil, mit dem sie zusammengetackert waren, hat sie mit einer Schere mit rotem Griff durchgeschnitten. Und weiter? Sie hebt den Becher hoch, schüttelt ihn, aber mehr Würfel wollen absolut nicht rausfallen.

•••••••

Dieses Mal hat er eine extragroße Schachtel mitgebracht, hat den Hinweis, dass jene einzigartige Confiseriespezialität ausschließlich zum baldigen Verzehr bestimmt sei, ignoriert und sie in den Kühlschrank gestellt, wo diejenige vom letzten Mal noch liegt, die er nun in den Abfalleimer wirft. Auf seine SMS an Charlotte – *Luxemburgerli* warten auf Dich – ist bislang keine Antwort gekommen, aber er wird den längeren Atem haben, irgendwann treten die Macken des Herrn Professors zutage, die alte Geschichte von der Zahnpastatube, oder er kriegt keinen hoch und dann! Was verdient so einer eigentlich?

Im Eisfach findet er mehrere Pizzabaguettes, von denen er sich zwei in den Ofen schiebt, ehe er sich aufs Sofa setzt, um die Quartalsauswertungen seinen Bedürfnissen anzupassen. Auf dem Couchtisch steht ein Weinglas, darin ein schwarzroter eingetrockneter Rest, die Flasche dazu liegt auf dem Boden, neben einem Paar verknäulter Socken. Er bückt sich, um beides aufzuheben, bringt Glas und Flasche in die Küche und schleudert die Socken in den Flur zum Schlaftrakt, um sie später in den Schmutzwäschekorb zu werfen, der so voll ist, dass der Deckel sich nicht mehr plan auflegen lässt. Längst finden sich keine ineinandergestülpten Socken und keine gefalteten Unterhosen mehr in den Wäscheschubladen, nur die hastig aufgerissenen, leeren Verpackungen des Nachschubs, mit dem er sich bei jeder Flughafendurchquerung eindeckt. Der Alarm des Backofens ruft ihn, mit Hilfe der

Grillzange holt er die Baguettes aus dem Ofen, wird sie im Stehen essen, chilenischen Syrah dazu. Er greift nach einem Baguette und lässt es fluchend fallen, verdammt heiß die Dinger, es klirrt, er springt zur Seite, weil sein Arm das Glas umgestoßen hat, Wein ergießt sich über die Arbeitsplatte, rinnt auf den Boden und droht auf seine Schuhe zu tropfen; hektisch sucht er nach der Küchenrolle, aber es ist keine Rolle da, natürlich nicht, die hast du aufgebraucht, nur nicht daran denken, sonst vergeht ihm der Appetit. Neben der Spüle kein Lappen, auch im Schrank darunter nichts zu finden, ratlos steht er inmitten der Schweinerei, durchforstet die Wohnung im Geist nach möglichen Supplies für Haushaltspapier, an der Gästetoilette bleibt er hängen, hinter der sich, da ist er fast sicher, ein von ihm ungenutzter Wandschrank befindet. Und tatsächlich: Ganz unten, zwischen Besen und einem blauen Putzeimer, den er neulich gut hätte brauchen können, klemmt eine angebrochene Packung mit Küchenkrepprollen. Bingo. Als er sie herauszieht, fällt ihm etwas vor die Füße: eine unförmige schwarze Damenhandtasche. Kunstleder. Am Zugring des Reißverschlusses baumelt ein kleiner neongrüner Plüschteddybär.

Eine gefühlte Viertelsekunde lang spürt er lächerlich surreale Erklärungskombinationen durch sein Hirn hetzen, bis das Wort *Putzfrau* allen voran in die Zielgerade schießt. Er zieht an dem grünen Plüschbären und wirft einen Blick in das Dunkel, in dem, in der spärlichen Beleuchtung des Eingangs, nichts zu erkennen ist; nur ein Geruch ist da, der ihn unvermittelt an das Grüner-Apfel-Shampoo seiner Kindheit denken lässt, du musst endlich die Glühbirne wechseln. Er kippt den Inhalt der Tasche kurzerhand aus, Klappern auf dem Boden, ein grüner Apfel mit einer braunen Druckstelle rollt über den Granit, stoppt an der Toilettentür. Er steht auf, holt sein wieder aufgefülltes Weinglas, kauert sich neben das Sammelsurium, und während er darin die Geldbörse ausfindig macht, registriert er die penible Ordnungsliebe der Besitzerin; wie oft hat er Charlotte fluchend in einer ihrer Handtaschen wühlen, nacheinander Kassenzettel, Mobiltelefone, Lippenstifte, Broschüren, Haarspangen, Kugelschreiber herausholen sehen, ehe sie den Schlüsselbund finden konnte. Jetzt liegt nicht ein einziger Zettel vor ihm, die wenigen Kosmetikartikel sind allesamt in einem durchsichtigen Plastiktäschchen verstaut, ein Handy, ein Portemonnaie, ein MP3-Player in einem Stoffbeutel, das Kabel sorgfältig um das Gerät gewickelt. Er klappt die Geldbörse auseinander: vier Plastikkarten in einem Seitenfach. Der Leihausweis einer Videothek, die Kundenkarte einer Sparkasse, ein deutscher Personalausweis, dahinter, endlich, eine Versichertenkarte der AOK.

••••••••

Stundenlang pickt sie sich Buchstaben und Wörter aus dem Buch mit dem blauen Plastikeinband raus, von dem sie jetzt kapiert hat, dass es eine Bibel ist. *Die Heilige Schrift* steht vorne drauf, war mühsam zu entziffern, aber noch bevor sie alle Buchstaben zusammen hatte, hat es Klick gemacht. Bloß reinschreiben traut sie sich nicht, solange jemand im Zimmer ist. Also praktisch nie. Deswegen lernt sie jedes Wort, was sie findet, auswendig und schreibt es später rein. Rosemarie sieht sie manchmal komisch von der Seite an. Die hält mich bestimmt für total fromm, erst die Kirchenmusik und jetzt die Bibel.

Als es klopft, schrickt sie zusammen. Ein älteres Paar kommt rein. Sie hört, wie sie Guten Tag sagen, kann aber nicht antworten, nicht einmal atmen, sondern die beiden nur anstarren, bis sie merkt, dass die gar nicht zu mir wollen, sondern zu der alten Frau. Die schläft. Rosemarie guckt weg, keiner hat zurückgegrüßt.

Der Mann hat eine helle Stofftasche mitgebracht, so eine, wie man sie in Geschäften kriegt, die stellt er ans Fußende vom Bett und steckt dann die Hände in die Taschen von seiner kurzen grauen Jacke. Er sieht aus, als würde er am liebsten auch den Rest von sich da drin verschwinden lassen.

»Siehste«, sagt er leise, aber ungeduldig. »Hab ich dir doch gesagt, dass die jetzt schläft. Komm, lass das Zeug hier, gehen wir wieder.«

»O nein, dafür fahre ich doch nicht die ganze Strecke.« Die Frau rauscht an ihm vorbei und legt der alten Frau die Hand auf den Arm. »Tante Minchen, wir sind's.«

Die alte Frau klappt die Augen auf wie eine Schlafpuppe, wenn man sie hochnimmt. »Ach, Karin«, sagt sie. »Das ist aber lieb, dass ihr kommt.« Die hat garantiert nicht geschlafen, sondern alles mitgekriegt. Auch bitter.

Der Mann ist am Fußende vom Bett stehen geblieben. Er hat immer noch die Hände in den Taschen, und sein Blick eiert um die alte Frau rum; offenbar traut er sich nirgendwo richtig hinzusehen.

»... aber es muss doch gemacht werden.«

»Aber doch nicht von dir, Minchen, jetzt nimm Vernunft an, du siehst ja, was du dir eingebrockt hast!«

Aus den Augenwinkeln schielt sie zu ihrer Bettnachbarin, die daliegt wie ein ausgeschimpftes Kleinkind, am liebsten würde sie rüberrutschen und ihr den Arm um die Schultern legen, aber dann geht die Tür auf, und es kommen noch mehr Leute rein, Schwester Marion und ein Mann im Anzug, und sofort wird sie wieder ganz starr vor Schreck. Überhaupt sind auf einmal viel zu viele Leute hier drin, sieben, sie muss nach Luft schnappen.

»Aber, aber, was haben wir denn?« Die Schwester streichelt über ihren Rücken. »Haben Sie sich erschreckt?« Sie hat sich zu ihr runtergebeugt, guckt aber den Mann an. »Vielleicht ist es besser, wenn Sie draußen warten.«

»Ich will auch raus«, sagt sie und merkt, dass sie zittert. »Bitte«, sagt sie deshalb ruhiger und sieht den Mann aus der Tür verschwinden.

»Hören Sie ...«

»Ist so voll hier. Bitte.«

Als sie auf den Gang kommen, flattert ihr Atem immer noch, sie zwingt sich, tief durchzuatmen. Der Mann läuft im Korridor auf und ab, in der linken Hand hat er eine schwarze Tasche und einen Blumenstrauß, in der rechten hält er ein Handy und fummelt mit dem Daumen drauf herum.

»Besser?«

Sie kommt sich auf einmal blöd vor, wieso krieg ich Panik wegen ein paar Leuten?

»Sie haben Besuch.« Die Schwester zeigt mit dem Kopf auf den Mann, der sein Handy ans Ohr hält. »Kommen Sie, dort vorne zu den Sesseln, da können Sie sich setzen.«

Besuch. Sie schaut sich den Mann an, auf den sie zugehen, ohne dass er was davon mitkriegen würde. Er redet, englisch wahrscheinlich, jedenfalls kann sie es nicht verstehen. Erst als sie direkt an ihm vorbeigehen, sieht er mich an, mit einem komischen Blick, während er immer weiterredet und der Schwester zunickt, drei Sachen gleichzeitig, aber alles hängt irgendwie schief zusammen. Am liebsten würde sie verschwinden, was aber nicht geht, weil hier gerade was Wichtiges passiert: Wenn der mich besucht, dann weiß er, wer ich bin. Sie lässt sich von der Schwester in den Sessel drücken. Die Schwester setzt sich, gibt ein genervtes Geräusch von sich und guckt nach dem Mann, der mit langsamen Schritten näher kommt und dabei weitertelefoniert; ich weiß, dass er genau dann auflegen wird, wenn er die Sessel erreicht hat. Noch sechs Schritte, seine Schuhe sind so blankpoliert, als hätten sie nie eine Straße berührt. Noch fünf.

»Das ist Herr Doktor von Söchting, er war schon mal da, ich hatte Ihnen von seinem Besuch erzählt, erinnern Sie sich?«

Erinner ich mich? Sie schüttelt den Kopf. Vier. Garantiert sind die ganz neu, sonst müssten doch Kratzer drauf sein. Und wenn die mich alle anlügen?

»Er ist derjenige, der Sie gefunden und die Rettung gerufen hat.«

Sie spürt die Hand von Schwester Marion auf ihrem Arm. »Haben Sie gehört, was ich gesagt habe?«

Noch drei. »Ja, hab ich. Er hat mich gefunden.« Noch zwei. Nur an seinem Tonfall hört sie, dass das Telefongespräch zu Ende geht, das Leder ist an den Nähten mit winzig kleinen Löchern verziert. Und dann hat sie den Strauß in der Hand und die schwarze Tasche auf dem Schoß. Meine? Ein parfümiger Honiggeruch steigt aus den Blumen auf, sie hält kurz ihre Nase dran, danke, dabei würde sie viel lieber wissen, wie die Tasche riecht, den Verschluss aufmachen und reinschnüffeln, aber das wäre peinlich, hier vor der Schwester und dem Mann, Christian von Söchting, nein, keine Ahnung, nie gehört. Sein Gesicht sieht aus wie ausgeleert. Kenn ich den? Kennt der mich? Logisch kennt der mich, er ist einer von vorher, und sie kommt sich vor wie ein Buch: Er weiß, was drinsteht, während ich nicht mal die Buchstaben zusammenkriege. »Also.« Schwester Marion schaut mich ganz eindringlich an. »Ihr Name ist Angelina Niemann.« Pause. »Sie sind zweiunddreißig Jahre alt und wohnen in Eschborn.« Pause. »Rosenbergstraße. Wir haben Ihre Mutter verständigen können, sie heißt Ute, Ute Niemann. Kommt Ihnen etwas davon bekannt vor?«

Niemann. Rosenberg. Ute. Angelina. Sie schüttelt den Kopf. Es brummt. Der Mann greift in seine Brusttasche und zieht sein Handy raus, drückt darauf rum, steckt es wieder weg, glotzt mich aber fast die ganze Zeit dabei an. Die Vierecke auf seiner Krawatte passen kein bisschen zu den Schuhlöchern. Wer sagt mir, dass das alles stimmt?

»Alles o.k. mit Ihnen?«

Sie nickt, nichts ist o.k., aber das war ja schon vorher so.

»Dann kann ich Sie beide jetzt allein lassen? Den stelle ich ins Wasser.« Schwester Marion nimmt ihr den Blumenstrauß ab und gibt dem Mann die Hand. In dem

Moment, wo sie weg ist, scheint bei ihm das Licht anzugehen.

»Würde es Ihnen etwas ausmachen, mit mir nach draußen zu kommen?«

»Wie bitte?« Niemann. Ute. Angelina.

»Ob Sie mit mir nach draußen gehen würden.«

»Sie meinen, runter?« Vom Fenster aus hat sie in den Klinikpark sehen können: helle Kieswege, Büsche, Bäume, Bänke zum Sitzen; aber viel weiter als vor die Zimmertür ist sie bis jetzt nicht gekommen. »Ich weiß den Weg nicht«, sagt sie und fühlt sich dumm dabei, zieht den Gürtel vom Bademantel enger, drunter hat sie nur den Kittel an, der hinten offen ist. »Kein Problem«, sagt er und macht eine Bewegung mit dem Arm, als hätte er ihr beim Aufstehen helfen wollen und sich's dann anders überlegt. Die schwarze Handtasche schlägt beim Gehen gegen ihre Beine, aber sie bringt es nicht fertig, das fremde Ding über die Schulter zu hängen.

Vom Zimmer aus sehen die Parkbänke aus, als wären sie aus Holz, erst beim Draufsetzen merkt sie, dass sie aus braunem Plastik sind. Sie streicht mit der Hand drüber. Rau, mit Rillen.

»Also, Sie wissen ja Bescheid. Dass ich Sie gefunden und die Rettung gerufen habe.«

»Ja, hat die Schwester mir eben gesagt.« Tausend Fragen, ineinanderverknäult wie Wollreste, sie findet keinen Anfang.

»Mehr habe ich denen auch nicht erzählt.« Er redet leise und guckt sich um, dabei ist weit und breit keiner da, der sie hören könnte. »Ich wollte nicht, dass Sie Ärger bekommen.«

»Ärger? Wieso?« Es ist, als würde das Vorher auf einmal eine andere Farbe kriegen: dunkler, kälter, größer.

»Wegen Ihrer Sozialversicherung. Sie haben inoffiziell bei mir gearbeitet. Ich musste Sie schnellstens nachmelden. Rückwirkend seit März sind Sie jetzt korrekt angemeldet. Falls Sie also Arbeitslosengeld beziehen …« Er greift wieder in sein Jackett, holt aber dieses Mal kein Handy, sondern einen Umschlag raus und drückt ihn ihr in die Hand. »Hier. Damit Ihnen keine Nachteile entstehen.«

Sie starrt darauf. Sozialversicherung. Gearbeitet. Nachmelden. »Gearbeitet? Wo denn? Als was denn?«

Er starrt mich an, als hätte ich Punkte im Gesicht. »Na, geputzt. Meine Wohnung saubergemacht.« Immer noch der komische Blick. Hat dem keiner gesagt, was mit mir los ist? »Wenn Sie zum Unfallhergang befragt werden sollten, bleiben Sie bitte bei der Version, dass Sie sich nicht erinnern können, o.k.? Ich denke, das ist für uns beide das Beste. Ich verlasse mich auf Sie.« Gleich steht er auf und geht. Sieht sie daran, wie er an den Kanten von seiner Jacke zieht. Neben seinen Augenwinkeln entdeckt sie auf einmal winzige Fältchen, wie kleine Fächer. Sie strahlen, und sie kriegt Lust, den Finger auszustrecken und sie anzufassen. Leises Surren, der Griff ins Jackett, er nimmt ein Gespräch mit Yes an, dabei springt er auf und läuft beim Reden auf dem Kiesweg hin und her. Und obwohl er heiter klingt, weiß sie auf einmal, dass er Angst hat.

Saubergemacht. Klo, Spiegel, Waschbecken, bis alles glänzt. Boden wischen. Staubsauger. Ganz tief atmet sie ein und aus. Schaut auf ihre freie Hand, spreizt die Finger und ballt sie wieder zusammen. Schöne, bewegliche, kräftige Hände hat sie. Geschickte Hände. Die können das, keine Frage. Und plötzlich ist es, wie wenn Boden unter ihren Füßen wachsen würde, wo vorher keiner war. Saubermachen. Kriegt man locker auch ohne Buchstaben hin. Auf seine Frage, ob er sie noch auf ihr Zimmer begleiten soll, bekommt sie keine Antwort raus, fühlt nur die lauwarme Luft auf ihrer Haut, hört die Vogelstimmen und schüttelt den Kopf.

»Na, dann werden Sie mal schnell wieder gesund. Wenn ich noch etwas für Sie tun kann …« Er drückt ihr eine Karte in die Hand, sie sieht ihm hinterher, noch immer sprachlos, erst als er aus ihrem Blickfeld verschwindet, geht ein Ruck durch sie, und sie packt ihn im Geist an den Schultern und schüttelt die ganzen Antworten aus ihm raus, zu all den Fragen, die plötzlich, ordentlich aufgewickelt, neben ihr auf der Bank liegen. Sie überlegt, ihm nachzurennen und ihn aufzuhalten, aber dann bleibt sie doch zwischen den Vogelstimmen sitzen. Angelina. Sie sagt sich das Wort ein paarmal vor, erst nur mit den Lippen, dann mit Flüsterstimme, aber je öfter sie es ausspricht, desto eindeutiger wird es der Name von einer Frau, die irgendwo da draußen sein muss, hinter der Mauer vom Klinikpark, und aus einem Grund, den ich nicht kenne, steht ihre Tasche neben mir. Ich muss diese Frau finden, muss herausfinden, wer diese Angelina ist, und dann alles ganz genauso machen wie sie.

Sie zieht die Nase hoch, wischt sich mit dem Bademantelärmel über die Augen. Taschentücher. Den giftgrünen Teddy, der an der Tasche hängt, dreht sie zwischen den Fingern und ist sich hundertprozentig sicher, dass sie den noch nie in der Hand gehabt hat. Es kostet Überwindung, den Reißverschluss aufzuziehen, unsicher beugt sie sich mit der Nase runter. Apfel. Und Plastik. Das Erste, was sie rausholt, ist ein Kosmetiktäschchen, durchsichtig mit rosa Rand, sie kann sofort eine Taschentuchpackung und ein paar Haargummis drin entdecken. Haargummis! Die wird sie behalten, wem auch immer die Tasche gehört. Ein Fettstift. Handcreme in einer Tube. Pflaster, zwei Tampons. Kein Lippenstift, keine Wimperntusche, nur praktische Sachen und eine Gratis-Parfümprobe in einem Papierkärtchen. Riecht Angelina danach? Sie versucht, den Plastikstöpsel aufzumachen, was aber schwierig ist, weil der Verband an ihrer linken Hand dabei stört. Als das Röhrchen endlich aufploppt, läuft ihr das ganze Zeug über den Daumen, es riecht blumig und zitronig und brennt total, wie wenn da was wund wäre. Vorsichtig zieht sie den Verband zurück und findet tatsächlich eine kleine, aber eklige schwarze Wunde, wo Daumen und Zeigefinger sich treffen; es blutet ein bisschen, muss von der Bewegung aufgerissen sein. Sieht genauso aus wie die Stelle am Fuß. Behutsam hebt sie den Verband wieder drüber, holt die restlichen Sachen aus der Tasche und legt sie neben sich auf die Bank: ein Portemonnaie, ein Handy, eine blaue Haarbürste, eine Dose mit Bonbons und ein kleiner Stoffbeutel mit einem MP3-Player drin. Ein Schlüsselbund: Sicherheitsschlüssel mit Plastiküberziehern, jeder in einer anderen Farbe, und an jedem hängt ein Schild in der gleichen Farbe, mit Zahlen drauf, 4-3-52 oder 4-9-23. In der Bürste hängen lange hellbraune Haare, sie wickelt eins ab, guckt sich um, bevor sie es an ihren Scheitel hält. Länge stimmt, Farbe auch. Das Handy ist leer, kein Ladekabel dabei. Im Portemonnaie ein 50-Euro-Schein und ein paar Münzen, die wird sie nicht anrühren, Ehrensache. Ein Ausweis und drei Plastikkarten, Bank, AOK und noch irgendwas, der Name, der draufsteht, ist immer derselbe: Angelina Petra Niemann. Und auf dem Bild vom Ausweis ist mein Gesicht.

Als sie zurückkommt, ist das Zimmer leer bis auf die schlafende alte Frau. Ganz leise huscht sie in ihr Bett, rollt sich zusammen und zieht die Decke ans Kinn. Der Parfümgeruch ist so extrem, dass sie die linke Hand tief unter die Decke schiebt. Wenn ich die Augen zumache, sitze ich wieder auf der Bank und höre den Vögeln zu. Dabei ist es im Zimmer ganz still; so still, dass sie aufsteht und das Fenster kippt, damit das Gezwitscher reinkann.

Wenn es stimmen würde, dass es meine Tasche ist – und schließlich ist da das Foto –, dann hätte sie irgendwas fühlen müssen. Wenn das meine Bürste wär, dann hätt ich die hundertmal durch meine Haare gezogen. Und jetzt? Auf einmal kapiert sie, dass sie die ganze Zeit damit gerechnet hat, dass der Spuk vorbei sein würde, sobald was auftaucht, was man in die Hand nehmen kann. So was wie eine Haarbürste oder ein Schlüsselbund.

Und wenn es nicht stimmt? Wenn das gar nicht meine Tasche ist und der Mann ihr vorher nie begegnet ist? Wenn die mir alle was vorspielen? Kann nicht sein, sonst gäbe es keinen Ausweis und sonst wären da nicht die Haare in der Bürste, alles Beweise. Beim Gedanken an diesen Doktor von Söchting kriegt sie Wut auf sich selbst: Wieso hab ich den einfach gehen lassen? Wie ein Depp hat sie ihn angeglotzt und ist hinterher mit noch mehr Fragen sitzen geblieben als vorher. *Wegen Ihrer Sozialversicherung. Schnellstens nachmelden.* Sie kann sein Gesicht wegzoomen und ranzoomen und sich an Kleinigkeiten erinnern, die Fältchen an seinen Augen zum Beispiel, die waren süß, kann man sich auf Erinnerungen nur dann verlassen, wenn man sich auch dran erinnert, dass man sie gemacht hat? *Inoffiziell gearbeitet.* Heißt? Schwarz gearbeitet. Angelina hat schwarz bei diesem Typen geputzt. Sie überlegt, ob er ihr sympathisch oder unsympathisch ist. Weder noch, eigentlich war er gar nichts, als hätten sie durch eine Glasscheibe miteinander geredet, bloß an der Stelle mit den Fächerfältchen war in der Scheibe ein Loch.

In dem Umschlag, den er ihr gegeben hat, sind zweihundert Euro, aber die kann sie in Angelinas Portemonnaie nicht reintun, weil man sein Geld nicht in fremde Geldbörsen steckt, also hat sie's samt Umschlag in die blaue Bibel gelegt und die Bibel in das Seitenfach von der Handtasche. Da greift sie jetzt rein und holt seine Karte raus. Dass er Christian von Söchting heißt, weiß sie schon, jetzt hat sie auch die Buchstaben dazu. Und eine Telefonnummer. Sie könnte ihn anrufen, gleichzeitig ahnt sie, dass das nicht geht. Weil er es ist, der die Glasscheibe zwischen uns gestellt hat, damit sie nicht anruft und nicht nachfragt und überhaupt. Sie lehnt das Kärtchen an die Vase mit den Blumen, die er ihr mitgebracht hat. Wieso schenkt der mir so viel Geld? Höflichkeit. Oder voll das schlechte Gewissen. *Damit Ihnen keine Nachteile entstehen.* Nachteile von was? Anrufen. Aber erstens hat sie kein funktionierendes Telefon, und zweitens ist sie sicher, dass er sowieso nur Sachen sagen würde, die ihr nicht weiterhelfen, sondern sie noch mehr durcheinanderbringen würden. Also schiebt sie das Kärtchen in die Handtasche zurück und hebt die Vase vom Nachttisch, um die Blumen zu betrachten; vorsichtig, damit nichts verschüttet. Sie hält die Nase dran, aber alles riecht nach Parfüm. Ein schicker Strauß, nur grün und weiß und in der Mitte eine riesige Blüte aus tausend kleinen Einzelblüten. Sie streicht über eins von den fleischigen Blättern, die wie ein Rand um den Strauß drumgewickelt sind.

»Angelika!«

Sie erschrickt ein bisschen, dreht sich dann zu der alten Frau im Nachbarbett, die jetzt ein ganz waches Lächeln hat.

»Nein.« Sie schüttelt den Kopf. »Angelina.«

Die alte Frau lächelt weiter. »Sie irren sich. Angelika. Ganz bestimmt, ich kenne mich aus. Man kann auch Engelwurz dazu sagen.«

Erst stutzt sie, dann muss sie ebenfalls lächeln. »Sie meinen die Blumen?«

»Ja sicher, diese große weiße Dolde da. Untypisch für die Jahreszeit, aber schmuck.«

»Ich hab gedacht, Sie meinen mich. Ich …« Sie zögert, es ist ein Versuch, aber schon als sie es ausspricht, hat sie das Gefühl, es abstreiten und zurücknehmen zu müssen: »Ich heiße nämlich Angelina.« Angelina. »Aber Angelika würde mir, glaub ich, besser gefallen.«

»Nun, wer kann sich seinen Namen schon aussuchen? Ich heiße übrigens Wilhelmine.« Sie guckt jetzt geradeaus, als wäre hinter der Wand was zu sehen. Kurz darauf macht sie wieder den Eindruck, als würde sie schlafen, und als der Pfleger Kaffee bringt, reagiert sie nicht.

Angelina Niemann. Das Inani in der Mitte klingt saublöd. Angelika wäre echt besser. Wieso haben die ihr so einen Namen gegeben? Ute war das. Ute Niemann. Jetzt erst merkt sie, dass Angelina wie ihre Mutter heißt. Also eher nicht verheiratet. Kein Mann, keine Kinder. Oder doch? Wieso hab ich nicht gefragt, die Möglichkeiten kreiseln durch ihren Kopf, und über ihre Wange läuft eine feuchtkalte Spur. Sie wischt sie mit dem Mull an ihrer Hand ab. Der Verband stinkt so penetrant, dass ihr der Kaffee nicht schmeckt, obwohl sie extra viel Milch reingetan hat. Sie überlegt, den Stoff selbst abzuwickeln, aber untendrunter steckt die Nadel in ihrer Hand. Sie fragt die Frau, die das Geschirr abholt, doch die spricht kaum Deutsch, also ist der Verband beim Abendessen immer noch dran, und als sie die Bibel weglegt und das Licht ausschaltet, versteckt sie die Hand wieder unter der Decke, inzwischen riecht schon das ganze Bettzeug nach Parfüm.

Die Abendvögel klingen anders als die Morgenvögel, wie wenn die Welt jetzt größer und die Vögel weiter voneinander entfernt wären, so weit, dass sie in verschiedenen Sprachen miteinander reden würden. Nachdenklich klingen sie, als würden sie sich genau zuhören und Denkpausen machen, die immer länger werden, bis nur noch einer redet und man nicht weiß, ob die anderen still zuhören oder längst drüber eingeschlafen sind. Sie ist aufgestanden und hat das Fenster ganz weit aufgemacht, erst wegen der frischen Luft, dann, um die Vögel besser hören zu können. Jetzt dämmert es draußen und drin, und wir liegen beide still, die alte Frau und ich, und sind ein Stück von der Dämmerung. Nur die Vogelstimmen haben noch Farben, der Rest von der Welt ist graublau, sogar die gelbe Wand gegenüber, der Baum vor dem Fenster, die Neonröhren an der Decke. Schön. Und nur, weil Rosemarie am Nachmittag entlassen worden ist. Mindestens das Licht hätte sie jetzt angemacht oder den Fernseher oder mit ihren Zeitungen geraschelt oder telefoniert, auf jeden Fall die blaugraue Ruhe zerhackt. Gelegentlich hört man noch was von dem letzten Dämmervogel, aber weil ihm keiner mehr antwortet, hält auch er irgendwann den Schnabel.

»Sie nennen uns das Leiterzimmer, wussten Sie das?« Die Stimme ist so lebendig, als würde sie gar nicht zu der Nachbarin gehören, die fast den ganzen Tag wie eine Tote im Bett gelegen hat. Sie kriegt ein warmes, weiches Gefühl, und dann wird ihr klar, woher es kommt: Wilhelmine hat Uns gesagt, als hätte das Dämmerblau auch alle Unterschiede zwischen uns verschluckt.

»Nein, wusst ich nicht. Wieso Leiterzimmer?«

»Weil wir beide von einer Leiter gefallen sind.« Sie kann Wilhelmine lächeln hören. »Jetzt müssen wir nur wieder auf die Beine kommen, nicht wahr?«

Auf die Beine kommen. Bei der Visite am Morgen hat sie mitgekriegt, wie mühsam die Schwester Wilhelmine aufrichten musste, damit sie untersucht werden konnte.

»Ich glaub, meine Beine sind nicht so das Problem.« Sie beißt sich auf die Lippen, weil ihre Stimme zu wackeln anfängt. Vor dieser alten Dame will sie nicht weinen, auf keinen Fall. Eine Zeitlang herrscht Abendstille, nur dass die jetzt noch blauer ist als vorher.

»Um das andere mache ich mir bei Ihnen keine Sorgen. Sie brauchen nur die richtige Erde.«

»Erde? Wieso Erde?«

»Ich meine, dass Sie das schaffen können.« Wilhelmine macht eine Pause, bevor sie weiterredet. »Wissen Sie, ich habe so viele Jahre in meinem Garten verbracht und immer wieder beobachtet, wie Pflanzen scheinbar grundlos eingehen oder gedeihen. Es ist eine Frage der richtigen Erde, wissen Sie? Des Standorts. Man kann zwei identische Pflanzen in zwei Winkel des Gartens pflanzen und in derselben Weise pflegen – trotzdem kann es passieren, dass die eine nur vor sich hin kümmert, während die andere üppig gedeiht.« Wieder macht sie eine Pause, als müsste sie Luft holen, sie scheint nicht oft so viel zu reden. »Sogar wenn Sie eine robuste, alte Staude teilen, können die beiden Hälften sich völlig unterschiedlich entwickeln. Manchmal kann man eine verkümmernde Pflanze retten, indem man sie umsetzt. Für jedes Lebewesen gibt es den richtigen Ort, und ein guter Gärtner spürt, wo der ist. Das ist das Geheimnis eines schönen Gartens, wissen Sie? Dass ein Jedes sein Plätzchen hat. Mit den Menschen ist das wohl genauso, es kommt ganz darauf an, in welche Erde man geworfen wird. Aber darauf haben wir ja keinen Einfluss, nicht wahr?« Ihre Stimme kriegt jetzt was Dunkles, Farbloses. »Wenn jeder am richtigen Ort wäre …« Dann ist nichts mehr von ihr zu hören.

Als sie wach wird, flimmert der Baum in der Sonne, und ihr fällt auf, dass es nicht ein einziges Mal geregnet hat, seit sie hier ist. Also im Prinzip noch nie. Komischer Gedanke. Trotzdem weiß sie, wie Regen aussieht und wie er riecht: so ein frischer, steiniger Geruch, wenn nach langer Trockenheit alles nass wird. Den würde sie jetzt gern riechen. Sie hält die Nase an den Verband, der nicht mehr so schlimm stinkt wie gestern, vielleicht, weil sich die Nase dran gewöhnt hat. Sie freut sich aufs Händewaschen. Als die Schwester nach dem Frühstück ins Zimmer kommt, wird der Mull abgewickelt und die Nadel rausgezogen, endlich kann sie die Hand wieder in alle Richtungen drehen.

»Ich glaub, ich brauch noch ein Pflaster, da ist was wund.« Sie zeigt auf die entzündete Stelle mit dem schwarzen Fleck in der Mitte, die ein bisschen eitrig geworden ist.

»Hm. Seit wann haben Sie das denn?«

Schon immer, müsste sie logischerweise sagen, hebt aber nur die Schultern.

»Das muss die Frau Doktor sich ansehen.« Sie darf sich die Hände waschen, doch statt Pflaster kommt wieder eine Binde um die Hand.

Die Fernbedienung liegt jetzt auf meinem Nachttisch, neben der Blumenvase, als sie darüber nachdenkt, merkt sie, wie lächerlich das Getue von Rosemarie war. Sie fragt

Wilhelmine, ob der Fernseher sie stören würde, aber die schüttelt den Kopf. Also fängt sie an, durch die Kanäle zu schalten, bis ihr klar wird, dass sie nach den Tonblüten sucht. Richtig Sehnsucht hat sie danach und malt sich aus, wie die Achterblüten aussehen würden, die noch in ihrem Kopf abgespeichert sind wie auf einem MP3-Player. MP3-Player. Das Ding in Angelinas Handtasche fällt ihr ein, da war doch einer, oder? Sie kriegt ein bisschen Herzklopfen, macht den Fernseher aus und tastet in der Tasche nach dem kleinen Stoffbeutel. Das Kabel verheddert sich, als sie an den Ohrstöpseln zieht, dabei war es superordentlich drumgewickelt. Wahrscheinlich hat Angelina es immer genauso abgewickelt, wie sie's draufgewickelt hat, und bei der Vorstellung, dass sie gerade was in der Hand hat, was zuletzt von Angelina angefasst worden ist, kriegt sie ein gruseliges Gefühl. Sie reibt die Stöpsel an der Bettdecke ab, bevor sie sie ins Ohr steckt. Der Player funktioniert ganz einfach, es gibt kein Display, nur Knöpfe zum Abspielen. Das Erste, was sie hört, ist eine fette, weiche Zickzacklinie, grau, schwarz, grau, schwarz. Immer der gleiche Rhythmus. Dann fängt eine Frau an zu singen, englisch, die Stimme kringelt sich hellgelb über dem Zickzack, hin und her wie eine Maschine. Sie merkt, dass sie anfängt, mit dem Kopf zu wippen. Beim nächsten Lied ist die Zickzacklinie flacher und die Stimme eher orange, manchmal rot, aber dieses Mal muss sie noch mehr mitwippen. Die Lieder, die sie sich anhört, sind alle ähnlich, Zickzack in Schwarz mit Singen darüber, ziemlich öde eigentlich, aber eins ist dabei, das richtig gute Laune macht, sie lässt die Kopfhörer noch eine Weile in ihren Ohren und trommelt mit den Beinen auf der Matratze. Ich muss raus hier, mich bewegen, durch den Park laufen, irgendwas. Die Vorstellung, die Musik mitnehmen zu können, hat was. Aber als sie die Beine aus dem Bett schwingt, kommt die Visite, also versucht sie, den Player in den Stoffbeutel zurückzustopfen, aber wahrscheinlich passt der nur rein, wenn man das Kabel so pingelig aufwickelt wie Angelina. Dafür hat sie jetzt keinen Nerv, also schmeißt sie das Ding ohne Beutel in die Tasche. Solange Wilhelmine untersucht wird, geht sie aufs Klo, damit Wilhelmine sich nicht genieren muss. Den Rhythmus von Angelinas Musik nimmt sie mit, der ist jetzt in meinem Kopf wie die Blüten, und obwohl sie vorher nicht darüber nachgedacht hat, was sie auf dem Player finden würde, wundert sie sich ein bisschen, dass Angelinas Geschmack so ganz anders ist als meiner.

»Woher haben Sie das?« Der Arzt sieht erst die Wunde, dann sie an.

»Keine Ahnung.« Wieso machen die so ein Tamtam wegen einer klitzekleinen Wunde? »Am Fuß hab ich noch so eine.«

Ruckartig hebt er den Kopf. »Müssen wir ansehen.« Er guckt ganz gespannt, während sie vorsichtig den Strumpf auszieht, es sind Sockenfussel in der Wunde kleben geblieben. »Hmhm, ganz klar Verbrennung«, sagt er zur Schwester und nickt, fasst sich ans Kinn und legt dabei den Zeigefinger über den Mund.

»Wissen Sie noch, was Sie getan haben, bevor Sie von dieser Leiter gefallen sind?«

»Nee, woher denn?« Kann er sich doch denken, oder?

»Na, vielleicht lässt sich das ja rekonstruieren.« Dann dreht er sich zur Schwester. »Salbenverband. Ich seh mir das CT noch mal an.«

Sie kriegt frische Strümpfe und darf in den Park. Topfit fühlt sie sich, könnte rennen, aber die zu großen Plastiklatschen und vor allem der Bademantel sorgen dafür, dass sie fast genauso rumschlappt wie die andern Patienten, die ihr begegnen. Vielleicht machen bloß die Klamotten den Unterschied zwischen krank und gesund.

Es ist kälter draußen, als es aussieht. Als sie sich auf die Bank, wo er ihr gestern den Umschlag gegeben hat, setzt, fallen ihr die Fragenknäuel ein, aber jetzt wird ihr klar, dass dieser von Söchting sie auch nicht weiterbringt. Bloß weil Angelina seine Wohnung putzt, muss er noch lange nichts von ihr wissen. Sie schließt die Augen, zieht den Bademantel fester um sich und hört den Vögeln zu, die heute krakeelen wie die Marktschreier, immer dasselbe kreischbunte Lied. Wie eine graue Wand steht ein Rauschen dahinter und wird lauter, je genauer sie drauf achtet. Manchmal zerfällt das Rauschen in Stücke, die verschiedene Farben haben, heller und dunkler, aber immer grau. Und Autogehupe fließt ab und zu wie eine gelbliche Staubwolke über alles drüber. Als lahme Schritte ein zartlila Muster reinknirschen, macht sie die Augen auf und sieht einen alten Mann, der mit einer Gehhilfe über den Kiesweg schlurft.

Zwischen den Büschen kann man die Backsteinmauer erkennen; sie trennt den Klinikpark von der Stadt. Vom Draußen. Sie ist zu hoch zum Drübergucken. Als sie gestern hier gesessen hat, ist ihr die Mauer wie ein Schutz vorgekommen, aber jetzt hat sie das Gefühl, eingesperrt zu sein. Auch wenn ihr bei dem Gedanken, was sie da draußen erwarten würde, die Brust eng wird, hat sie eine Ahnung, dass alles gut wird, wenn sie nur Angelina findet.

Entschlossen steht sie auf. Diesmal geht sie in die entgegengesetzte Richtung. Um mehrere Ecken muss sie biegen, die Fläche zwischen Mauer und Haus wird schattiger und enger und ungepflegter, dann hört der Weg einfach auf. Entnervt bleibt sie stehen, guckt sich um, was für einen Sinn hat ein Weg, wenn er nirgends hinführt? Hätt ich mir sparen können, sie guckt an der Backsteinmauer entlang, die Hauswand hoch, und da sieht sie es, direkt über ihr: Ein Fenster mit einem Stern, es muss das bunte Glasfenster von der Nonne aus dem Fernseher sein, und mit einem Schlag kapiert sie, was Rosemarie neulich gemeint hat: dass die Kirche im Fernsehen nicht irgendeine Kirche ist, sondern zum Krankenhaus gehört. Und dass die Patienten, die laufen können, da einfach hingehen dürfen. Sie sieht noch mal zu den Fenstern rauf: Es sind vier, ein großes und drei kleine, und auf dem Weg zurück versucht sie sich zu merken, in welcher Ecke vom Gebäude sie sind.

Theoretisch geradeaus. Aber als sie in der Eingangshalle steht, geht es nur nach rechts oder links, weil geradeaus die Wand mit den Fahrstühlen ist. Sie guckt sich in der Halle um, einfach jemand fragen, aber vor der Empfangstheke stehen tausend Leute, nirgendwo ein Kittel. Zwischen den beiden Fahrstühlen hängen weiße Schilder, ganz viele untereinander, mit Wörtern und Pfeilen drauf. Nach K-I sucht sie und geht näher ran, sucht ein Schild nach dem anderen ab, findet K, aber mit E-R-N, dann, K-I- ja! – N-D-E-R, wieder falsch, als jemand sie am Arm fasst, fährt sie vor Schreck zusammen.

»Angie!« Eine Frau, ungefähr so alt wie Rosemarie, guckt ihr ins Gesicht. Ohne nachzudenken, macht sie einen Satz rückwärts, aber die Frau lässt ihren Arm nicht los. »Mensch, Angie, was machste denn für Sachen?«

Meint die mich?, und in dem Moment fällt ihr ein, dass schon vorher jemand diesen Namen durch die Halle gerufen hat. Angie. Angie ist Angelina. Für ein paar Sekunden starren sie sich in die Augen, und sofort wünscht sie sich nichts brennender als eine Sonnenbrille, hinter der ich verschwinden könnte. Noch immer ist die Hand an ihrem Arm, die muss doch kapieren, dass ich das nicht will.

»Angie, Kind! Was haste denn?« Statt loszulassen, kommt die Frau noch näher, will sie umarmen, doch sie duckt sich, bevor die zweite Hand sie erreicht, endlich bleibt der fremde Arm in der Luft stehen, und die Frau lässt los.

»Angie!«

Die Frau hat ein kleines Gesicht, viel zu klein und zu schmal für den Rest von ihrem Körper, sie sieht aus, als hätte sie einer falsch zusammengesetzt. Vielleicht liegt es aber auch an den braunen wuscheligen Haaren, die ihr wie eine Mütze auf dem Kopf sitzen, die sie sich zu weit ins Gesicht gezogen hat.

»Musst du denn nicht auf deinem Zimmer sein?« Ganz zögernd nähert sich die Hand, traut sich aber anscheinend nicht, mich anzufassen. »Komm, ich bring dich hin.«

»Nein.« Sie schüttelt den Kopf und sieht nach den Schildern. »Ich will in die Kirche«, sagt sie und weiß gar nicht, warum sie der Frau das erzählt. »Ich wollt nur gucken, wo das ist.« Und genau in dem Augenblick sieht sie es, nicht Kirche, sondern K-A-P-E-L-L-E, mit zwei L, Pfeil nach rechts. Sie will in den rechten Gang rein, aber dann merkt sie, dass sie die jetzt nicht da stehen lassen kann, diese fremde Frau, die wahrscheinlich Ute heißt.

»In die Kirche? Aber was willste denn da?« Die Frau kriegt eine Stimme, als würde sie mit einem Kleinkind reden. »Komm. Komm, ins Zimmer.« Ihre Lippen sind dünn, fast nur Striche.

»Heißen Sie Ute Niemann?«

Die Frau zuckt zusammen, starrt sie sekundenlang an. »Was?« Jetzt ist sie es, die einen Schritt rückwärtsgeht. »Angie ...« Man kann sehen, wie sich Tränen in den Augen sammeln. Dann scheint sie sich zusammenzureißen. »Komm, Kind«, wiederholt sie und schiebt sie zum Fahrstuhl hin.

Die Frau kann schlecht laufen, sie hinkt ein bisschen, vielleicht sollte die lieber ins Krankenhaus und ich dafür raus. Während sie nebeneinander durch den Flur gehen, kann sie fühlen, wie sie von der Seite angeguckt wird, und sieht stur geradeaus, was hab ich damit zu tun, aber als sie in ihrem Bett sitzt und die andere ins Bad verschwunden ist, wo man sofort die Klorolle an der dünnen Wand poltern hört, kriegt sie schlagartig das Zittern. M-U-T-T-E-R. Sie muss ganz tief Luft holen, damit sie ihren Atem in den Griff kriegt. Tausendmal hat sie sich in den vergangenen Tagen ausgemalt, wie das sein würde, wenn sie käme, hat versucht, sich vorzustellen, wie sie aussieht, wie sie redet und sich bewegt. Auch wenn in ihrer Vorstellung nichts gepasst hat, hat sie zumindest gedacht, sie wüsste, wie es sich anfühlen würde, wenn sie sie erkennt, hat sogar mal geglaubt, dass sie sich in die Arme fallen würden. Und jetzt? Dabei fühlt die Frau im Badezimmer sich nicht mal falsch an, sie fühlt sich gar nicht an. Nicht das kleinste bisschen. Hundertprozent delfinfrei. Als Ute Niemann aus dem Bad kommt, sind ihre Augen und ihre Nase rot. Sie hat die Jacke nicht ausgezogen und läuft ums Bett rum, sieht mich an, setzt sich aber nicht, obwohl der Hocker dasteht, sondern geht zum Schrank und macht die mittlere Tür auf. »Hast ja gar nix drin«, sagt sie und guckt wieder, es klingt nicht wie eine Frage. Der ist das genauso peinlich wie mir, und das rührt sie ein bisschen, aber es fällt ihr trotzdem nichts ein, was sie sagen könnte. Schließlich sagt Ute Niemann was von Schwester holen, es kommt ihr vor, als würde sie aus dem Zimmer flüchten.

Sie kann Wilhelmine ganz leise schnarchen hören. Was sie einerseits erleichtert, andererseits enttäuscht, irgendwie hätt ich mir gewünscht, dass die mich jetzt ansieht und wieder einen von ihren schönen Sätzen sagt. Manchmal haben sie eine Weile miteinander geredet, und sie hat sich vorgestellt, dass das meine Oma wäre, von der ich Angelika genannt würde und zu der ich immer gehen und die ich immer fragen könnte, wenn ich irgendwo nicht weiterweiß.

Vom Gang hört man Stimmen, jemand steht vor der Tür und unterhält sich, dann bricht das Gespräch ab, und Ute Niemann kommt mit der Schwester rein.

»Na, hat die Mama Sie ja schon gefunden.« Sie schiebt Ute Niemann zum Hocker. »Die Frau Doktor sagt, nächste Woche können Sie sie mitnehmen.«

»Und wieso erst nächste Woche?« Ute Niemann hört sich entrüstet an, sieht aber trotzdem aus, als wäre sie erleichtert.

»Am Montag muss noch ein EEG gemacht werden.« Ein Lächeln in meine Richtung. »Keine Angst, tut nicht weh.« Bevor sie geht, legt sie mir die Hand auf den Arm. »Alles o.k.?« Nichts ist o.k., aber sie nickt trotzdem, und dann sitzen sie da, Angelinas Mutter auf dem Hocker vor dem Bett, mit ausgestrecktem Bein, irgendwas ist mit ihrem Fuß nicht in Ordnung. Ab und zu stellt sie Fragen, brauchst du was, tut dir was weh, wie ist das Essen, aber die Fragen rauschen an ihr vorbei wie Leute auf dem Bahnsteig, an denen man in der S-Bahn vorbeifährt. Sie hebt die Schultern oder nickt, obwohl sie weiß, dass sie es ist, die fragen müsste.

»Dann kommste erst mal ein paar Tage mit zu mir, so lange, bis es dir bessergeht. Wir machen's uns ganz gemütlich. Kochen schön zusammen, wie früher, und das Fotoalbum gucken wir an.« Beim Abschied fragt sie nach dem Schlüsselbund. »Du brauchst doch was zum Anziehen, so kannste ja hier nicht raus.«

Dein Schlüssel. Es dauert einen Augenblick, bis sie begreift, was gemeint ist, dann holt sie den Bund mit den Zahlenanhängern aus der Tasche. »Der ist von Angelina«, sagt sie, aber statt ihn einzustecken, hält Ute Niemann ihn in der Hand und guckt sie mit einem Blick an, der gut zu Jesus an der Wand passen würde. Wenn das meine Mutter wäre, wäre ich doch anders zu ihr. »Tut mir leid«, sagt sie und lächelt, und da lässt Angelinas Mutter den Schlüsselbund auf die Bettdecke fallen, legt ihr den Arm um die Schultern und zieht sie an sich, bis mein Gesicht ihre Schulter berührt. Ohne dass ich es will, versteift sich alles an mir. Der Rücken von Ute Niemann bewegt sich zuckend, sie wird noch einmal fester gedrückt, dann lässt Ute Niemann los und wischt sich mit dem Handgelenk die Tränen aus dem Gesicht.

Diesmal bleibt das Fenster am Abend geschlossen, sie sperrt die Dämmerung aus dem Zimmer, indem sie die Leselampe am Bett anknipst, sich ihre Bibel vornimmt und mit voller Konzentration in den Wörtern stochert. Drei Tage bis zum EEG. Elektroenzephalogramm, was auch immer das ist, aber sie weiß, dass sie es bestehen will. Ich hab nix am Kopf, ihr werdet schon sehen. Letzte Woche hat sie noch mühsam Buchstaben zusammengewürfelt und sich über jedes erkannte Wort gefreut, das sie dann mit Kugelschreiber unterstrichen hat. Erst nur zwei, drei in einem Abschnitt, allmählich werden es mehr – ein paar Striche berühren sich schon –, und sie wird das Licht erst ausmachen, wenn sie einen durchgehenden unter eine ganze Zeile gemalt hat. *Ich bin nicht gekommen, Frieden zu bringen auf die Erde.*

Spät am Abend erst fallen ihr die Augen zu, aber sie schläft nicht ein, sondern bleibt zwischen Wachsein und Schlaf hängen, sieht Ute Niemann im Rollstuhl sitzen, am Fenster, eine Fliege krabbelt über ihre Haut mit Bartstoppeln, die ja gar nicht ihre ist, während draußen auf der Straße ein schwarzes Auto mit Heckspoiler steht, *was aber aus dem Mund herauskommt, das kommt aus dem Herzen*, eine blonde Frau auf dem Beifahrersitz, er steigt aus und will mich küssen, aber sie geht in die Knie, duckt sich und hält die Arme über ihren Kopf.

»Hirnstrommessung«, erklärt die Neurologin bei der Visite am nächsten Morgen. »Wir vermuten, dass Sie bei Ihrem Unfall elektrischem Strom ausgesetzt waren, und möchten überprüfen, ob das gegebenenfalls einen Einfluss auf Ihre Hirnaktivität genommen hat.«

Unfall, Strom, Hirnaktivität. Scheiße. »Strom? Wie das denn?« Ich hab eine gewischt gekriegt und deswegen Aussetzer?

»Möglicherweise durch ein defektes elektrisches Gerät, in dem Fall hätten Sie großes Glück gehabt. Der chirurgische Kollege führt die beiden Verbrennungen, die Sie ihm gezeigt haben, darauf zurück. Solche punktuellen Brandmale können da entstehen, wo Strom in den Körper ein- und wieder austritt.«

Ihr ganzer Körper zieht sich zusammen, und sie hat das Gefühl, die beiden Wunden wie Stiche zu spüren. »Und der Strom hat meine Erinnerung ausradiert?«

»Nur indirekt. Das hat eine kardiale Ursache.«

K-A-R-D-I-O-L-O-G-I-E steht auf einem von den weißen Schildern, unten im Foyer. »Was heißt kardial?«

»Das Herz betreffend. Elektrischer Strom kann unter Umständen einen Herzstillstand verursachen, entweder dauerhaft oder für eine gewisse Zeit, in der dann kein Sauerstoff ins Gehirn transportiert wird. Dadurch können Schäden entstehen.« Sie holt einen Prospekt aus ihrer Mappe, zeigt auf ein Foto. Ein Mann ist drauf zu sehen, vielleicht auch eine Frau, lässt sich schwer sagen, weil die Person eine komische Haube auf dem Kopf hat, ein Zwischending zwischen Badekappe und Föhnhaube, aus der lauter Strippen raushängen. Sieht gruselig aus, aber die Ärztin verspricht ihr, dass es ungefährlich ist und sie nichts spüren wird. Dann lächelt sie ihr aufmunternd zu und wendet sich Wilhelmine im Nachbarbett zu.

Auf dem Faltblatt sind noch mehr Bilder zu sehen, zitternde Linien und ein Gerät, in das die Strippen von der Föhnhaube eingestöpselt sind. Sie würde gern nachfragen, aber die Ärztin sieht aus, als hätte sie es eilig, und ist kurz drauf aus dem Zimmer. Steht alles da drin, würde sie wahrscheinlich antworten und auf das Faltblatt zeigen. Also schmeißt sie sich an den Text, der neben den Bildern steht, ich krieg das hin: Unbeugsame Beharrlichkeit. Sie hat lange gebraucht, bis sie kapiert hat, was das bedeutet, unbeugsame Beharrlichkeit. Wilhelmine benutzt oft so komplizierte, altmodische Wörter, aber wenn man lange genug drüber nachdenkt, merkt man, wie schön die eigentlich sind.

Tatsächlich ist der Text auf dem Faltblatt nicht so schwer zu lesen, wie sie gedacht hat, noch vor dem Mittagessen hat sie verstanden, dass in jedem Kopf immer ein bisschen Strom fließt, in unterschiedlichen Wellenlängen, je nachdem, wie angestrengt man denkt. Mit der Haube werden sie gemessen, und die Maschine malt sie auf. Selbst im Tiefschlaf kann man Wellen erkennen, ganz ruhige; nur wenn solche Schlafwellen bei einem Wachen zu sehen sind, dann ist wahrscheinlich was kaputt. Und sofort hat sie das Gefühl, nicht mehr mit dem Denken aufhören zu dürfen, angestrengt zählt sie die Falten in der rechten Gardine, nimmt sie mit den Stühlen im Zimmer mal, Gardinenfalten mal Stühle, Betten mal Schranktüren, Steckdosen geteilt durch Fenster, beim Rechnen, steht in der Broschüre, sind die wildesten Wellen zu sehen.

••••••••

»Keine da heut.«

»Und wo steht die H-Milch?«

»Zweites Regal rechts. Ist aber auch alle.«

»Das ist nicht Ihr Ernst, oder?«

Die Verkäuferin macht eine Kopfbewegung, als hätte er etwas Anzügliches gesagt. Mit allergrößter Mühe presst er sich ein Danke ab – Leistung ausschließlich für Gegenleistung – und dreht auf dem Absatz um. Keine Milch! In einem 1000-Quadratmeter-Supermarkt! Genervt verlässt er den Laden; die Glühlampe und das Paket Rasierklingen hat er vorsätzlich im leeren Regal liegengelassen, wer so einen schlampigen Wareneinkauf führt, hat seinen Umsatz nicht verdient.

Im nächsten Markt sieht er schon von weitem das klaffende Loch im Kühlregal. Als er davorsteht, überkommt ihn ein Gefühl von Surrealität. Wasabinüsse oder Ananas oder Zahnseide, ja – aber doch nicht die Milch! Als ein Mann in weißem Kittel vorüberkommt, zeigt er nur fragend auf das Loch. Der Mann schüttelt den Kopf. »Nein, nichts mehr, auch keine H-Milch«, als hätte er Christians nächste Frage vorausgesehen.

»Wie, gar nichts? Und im Lager?«

»Tut mir leid. War gestern schon alle. Vielleicht Montag wieder.« Achselzuckend wendet der Verkäufer sich ab und macht sich am Joghurt zu schaffen.

Vielleicht Montag wieder! Wo sind wir denn hier? DDR? »Streiken die Kühe oder was?«

»Nö, wär mir bekannt.«

Es gibt noch den kleinen Feinkostladen auf seinem Nachhauseweg, er parkt auf dem Gehsteig. Der Verkäufer bietet ihm Babymilchpulver an, das er wortlos ablehnt. Als er seine Wohnung betritt, ist er versucht, die Worte Milch und Milchbauer zu googeln, aber dann fällt sein Blick auf den blinkenden Anrufbeantworter: Drei Anrufe, einer anonym, die anderen sind Aufleger. Zwei Anrufe, die sein Herz für einen Moment aus dem Rhythmus werfen, bis er sieht, dass es eine Frankfurter Festnetznummer ist, keine aus Berlin, also wird er auch nicht zurückrufen: Wer etwas Wichtiges mitzuteilen hat, ruft ihn auf dem Handy an, wer seine Handynummer nicht kennt, kann ihm auch nichts Wichtiges zu sagen haben. Aber noch während er sich ein Bier aus dem Kühlschrank nimmt und nach Milchreserven sucht, torpediert ihn die Vorstellung, dass sie in Frankfurt sein und auf ihn warten könnte, in einem Hotel, ein paar Nächte lang hat er sich ausgemalt, wie es wäre, wenn er mit seinem Rivalen die Rollen tauschte und selbst zum heimlichen Liebhaber würde: Den Augenblick, da er über den Hotelflur läuft, ungesehen ins Zimmer schlüpft und sie wortlos an sich reißt, ein endloser, geiler Kuss – derart real läuft seine Phantasie vor ihm ab, dass ihm kaum Zweifel an der Herkunft des Anrufs bleiben, was riskierst du schon mit einem Rückruf, schlimmstenfalls ein penetranter Investment-Banker, den er immer noch abwimmeln kann. Es läutet zweimal, dann wird auf der anderen Seite abgenommen, aber es meldet sich niemand, stattdessen rattert etwas, das typische Geräusch eines Spiralkabels, das umständlich über eine Nachttischkante gezogen wird, sofort sieht er sie vor sich, wie sie sich einmal quer über das Hotelbett reckt und den Arm nach dem Hörer ausstreckt, nur mit einem Slip ist sie bekleidet, er bekommt eine Blitzerektion.

»Ja?« Pause. »Hennemann?«

Eine Frau, deutlich jenseits des Klimakteriums. Shit. Leg auf, aber seine Stimme stolpert ihm voraus. »Sie hatten bei mir angerufen.« Die Erregung verblasst schneller, als sie eingetreten ist.

»Angerufen?« Pause. »Ach, das muss das Fräulein Angelika gewesen sein. Einen Augenblick bitte.« Wieder Rascheln und Klappern in der Leitung, in seinem Hirn dreht sich etwas, als wäre er besoffen, dabei hält er nur eine halbvolle Bierflasche in der Hand. Anschließend eine zweite Frauenstimme, so leise, dass er ihr Hallo kaum versteht. Das hasst er: Leute, die sich nicht ordentlich melden können. »Wer spricht, bitte?« Er hat es noch nicht gesagt, als ihm klar wird, wer es sein muss. Sie stottert ihren Namen, als spräche sie ihn zum ersten Mal aus. Was jetzt: Angelina oder Angelika? Offenbar gefasster, fügt sie hinzu: »Sie haben mich aber angerufen.«

Ein Schnauben entfährt ihm. »Richtig. Ich habe Ihre Nummer gewählt, weil sie auf meinem Anrufbeantworter angezeigt wurde. Dass es Ihre Nummer ist, konnte ich nicht wissen. Sind Sie noch in der Klinik?« Dann besinnt er sich der gebotenen Höflichkeit: »Wie geht es Ihnen denn?«

»Ganz o.k. Entschuldigung, tut mir leid. Aber danke, dass Sie zurückgerufen haben, ich wollte Sie nämlich was fragen.«

»Ja, bitte?«

»Also, das ist wegen …« Schweigen, wieder Rascheln, dieses Mal von Papier, es hört sich an, als müsse sie erst nachlesen, was sie von ihm will. Wie heftig hat es die denn erwischt? »Ja, also es ist wegen der Arbeit. Ich wollt Sie fragen, was für 'ne Arbeit das war? Ich meine, was genau?«

Er schließt die Augen, setzt die Bierflasche an den Mund. What a day! Er kommt sich vor wie in einem Mister-Bean-Film. »Sie sprechen von Ihrer Arbeit? Hier, bei mir?«

»Na, ja, die von Ihrer Putzfrau.«

Wie in Zeitlupe öffnet er die Augen. Leg einfach auf, doch stattdessen holt er tief Luft. »Putzen, Aufräumen, Wäsche waschen, das Übliche eben.« Er weiß, dass er genervt klingt.

»Und … hat sie das gut gemacht?«

»Wer zum Teufel sind Sie?« Reg dich ab, du hast sie angemeldet, alles im grünen Bereich.

»Entschuldigung, es ist nur, weil …, also ich hab so viel vergessen, und da wollte ich halt wissen …«

»Hören Sie, wenn Sie sich nicht sicher sind, ob Sie diese Arbeit weiter ausführen können, dann sagen Sie mir einfach Bescheid, kein Problem.« Er öffnet den Kühlschrank und zerrt einhändig ein neues Bier aus dem Sixpack, spürt das Gewicht der vollen Flasche in seiner Hand, spürt Kondenswasser, ein erleichternd realer Gegensatz zu diesem irrwitzigen Gespräch. Mit dem Hörer zwischen Kinn und Schulter setzt er den Flaschenöffner an, jetzt beidhändig, für einen Moment hat er das Gefühl, neben sich zu stehen und sich zu beobachten, what the fuck are you doing here?

»Doch, doch, ich will das schon machen, auf jeden Fall.«

»Na wunderbar. Dann ist ja alles bestens. Lassen Sie es mich wissen, sobald Sie so weit sind. Ich wünsche Ihnen gute Besserung.«

»Es ist noch wegen …«

»Hören Sie, ich hab es ein bisschen eilig.«

»Ich wollte nur wissen, also der Doktor wollte wissen, wegen dem Unfall … Also, kann das sein, dass da irgendwo Strom war? Ich mein, da, wo ich hingefallen bin. Der Arzt meint, dass irgendwo was kaputt gewesen sein müsste, was Elektrisches.«

Strom.

Die Leiter.

Die kaputte Glühbirne.

In deiner Wohnung.

Fuck.

Instinktiv wird sein Ton federleicht. »Strom? Nein, ausgeschlossen. Da ist weit und breit keine Stromquelle, da können Sie ganz sicher sein.«

Nachdem er aufgelegt hat, geht er zur Tür und betrachtet die dunkel gebliebene Glühlampe, die wie ein fauler Zahn in einer Reihe leuchtend weißer hängt. Und ist dem Supermarkt zutiefst dankbar für die fehlende Milch.

•••••••

Sie zieht die Tür hinter sich zu, will abschließen, aber es ist kein Schlüssel da. Statt den Wasserhahn aufzudrehen, bleibt sie still vor dem fremden Waschbecken stehen. Ein blasses Gesicht guckt ihr aus dem Spiegelschrank entgegen, schickt ihr ein kleines Lächeln. Sie lächelt zurück, und wenn das ginge, würde sie sich von diesem Gegenüber gern in den Arm nehmen lassen. Sie kämmt sich mit den Fingern durch die Haare, die ganz verfilzt sind, weil sie sie zweimal mit der Klinikseife aus dem Spender hat waschen müssen, um das eklige Gel von der Untersuchung rauszukriegen. Danach hätte sie eine Spülung gebraucht, trotzdem ist sie erleichtert, dass sie das Haarewaschen noch in der Klinik erledigt hat. Mach das doch daheim, hat Ute Niemann gesagt, aber sie hat nur den Kopf geschüttelt, hat die Tür vom Bad hinter sich abgeschlossen und sich unter die Dusche gestellt, eine Ewigkeit lang warmes Wasser über ihre Haare und ihr Gesicht laufen lassen, während Ute Niemann vor der Tür auf sie gewartet hat.

Jetzt wartet sie am Küchentisch, diese Frau, zu der sie Mama sagen soll, was sie aber beim besten Willen nicht hinkriegt; schon das Du fällt ihr schwer, eigentlich müsst ich Sie sagen, aber das kann sie nicht machen, klar. Also hat sie beim Abendessen gar nichts gesagt, sondern nur zugehört und ab und zu genickt. Bloß einmal hat sie gefragt, ob Angelina gern Klavier spielt, aber da hat Ute Niemann sie ganz seltsam angeguckt und nur die Frage wiederholt, ohne drauf zu antworten.

Die Waschmaschine neben dem Waschbecken ist mit einem rosa Frotteestoff bezogen, auf dem steht der Kulturbeutel, den Ute Niemann aus Angelinas Wohnung geholt hat, türkis, mit lila Stoffstreifen drauf. Im Beutel ist eine gelbe Zahnbürste, die sie aber nicht benutzt, lieber nimmt sie die weiße aus der Klinik. Sie haben Brote gegessen und Limo dazu getrunken, Schnittbrot, belegt mit Käse und Wurst, aber sie hat kaum was runtergekriegt. Auch nicht die Schokolade, die Ute Niemann ihr angeboten und dann selber aufgegessen hat, irgendwie geht nichts durch ihre Kehle, kein Essen und keine Wörter, dabei hat sie sich in der S-Bahn vorgenommen, freundlicher und gesprächiger zu sein und ganz viel zu fragen, sonst komm ich nie bei Angelina an.

Nach dem Essen hat sie sich zusammengerissen und doch Fragen gestellt, aber die haben Ute Niemann noch mehr aus der Fassung gebracht: Hat Angelina Geschwister? Kinder? Einen Mann? Als sie was über Angelinas Vater wissen wollte, ist Ute Niemann aufgestanden und mit ihrem hinkenden Gang ins Bad gegangen. Es hat ewig gedauert, und das Einzige, was sie gesagt hat, als sie wieder rauskam, war: »Du hast doch nie Ute zu mir gesagt.« Kein Vorwurf, aber man hat gehört, dass sie einen Kloß im Hals hat.

Sie hat die Schultern gehoben und schließlich erfahren, dass Angelina weder Mann noch Kinder hat und seit langem keinen Vater mehr. Irgendwas ist mit ihm passiert, als sie klein war, Ute Niemann hat was von einem Unglück genuschelt, und es war klar, dass sie darüber auch mit Angelina nicht reden würde. Aber was Ute am Fuß hat, das hat sie erfahren, als Ute ihre Pflaster abgemacht und ihr die wundgescheuerten Stellen gezeigt hat. Als hätte sie sich lauter Blasen gelaufen. »Schlimmer geworden, gell?«, hat sie wissen wollen, als ob sie mir die gestern schon mal gezeigt hätte.

»Solltest du damit nicht zum Arzt gehen?« Es hat so eklig ausgesehen, dass sie weggucken musste.

»Ach was.« Ute Niemann hat mit der Hand durch die Luft gewischt. »Die reden ja doch nur dummes Zeug. Das käme vom Essen. So ein Quatsch.«

Jetzt, im Nachhinein, kommt ihr das ganze Gespräch noch bekloppter vor als mittendrin, und das Gesicht im Spiegel schüttelt zur Bestätigung den Kopf. Der Spruch mit dem falschen Film fällt ihr ein, der eigentlich was Witziges meint, aber in ihrem Fall fühlt es sich überhaupt nicht witzig an: einerseits die Wohnung, in der sie sich nicht auskennt und erst recht nicht wohl fühlt, in der sie aber bleiben soll; andererseits die fremde Frau mit ihren ungeduldigen Fragen – Ja, haste das denn auch vergessen? Wieso weißte das nicht mehr? –, als wenn ich sie veräppeln wollte. Aber immerhin weiß sie jetzt, dass Angelina ihre Mutter mindestens einmal die Woche besucht, meistens dienstags, weil sie da zwei Putzstellen hat und die Wohnung von Ute dazwischenliegt. Dass sie nicht immer Hartz IV war, sondern bis vor ein paar Jahren Brötchen für die Lufthansa geschmiert und auch mal als Aushilfe in einem Friseurladen gearbeitet hat, ein Job, den Mandy ihr damals besorgt hat.

»Wer ist Mandy?«

Ute Niemann presst die Lippen zusammen, bis nur noch ein Strich übrig ist, und bewegt den Kopf hin und her.

»Ja, tut mir leid«, fährt es ihr raus, lauter, als sie es gewollt hat. »Ich hab halt keine Ahnung, wer das ist. Ich hab von gar nichts Ahnung, und meinst du, mir würde das Spaß machen?« Sofort schämt sie sich, weil Ute Niemann Riesenaugen kriegt und sie damit so furchtbar traurig anguckt, dass sie nix mehr fragen kann. Stattdessen lässt sie Ute Niemann reden und versucht, sich Angelinas Leben zu merken wie eine Buchstabenreihe.

»Mandy hat doch immer alles für dich gemacht. Grad am Anfang, wo ihr zusammengewohnt habt.« Ute Niemann sieht aus, als würde sie auf was warten. »Wenn du die nicht hättest. Weißte noch, wie die das mit der Wohnung gemacht hat, damit du die gekriegt hast? Haste viel zu verdanken, der Mandy. Kommt die Tage vorbei.«

Sie hat nicht mal ein Lächeln hingekriegt, obwohl sie sich doch hätte freuen müssen, wahrscheinlich weiß diese Mandy am ehesten was über Angelina. Sachen, die eben nur eine Freundin weiß. »Können wir das ausmachen?«, hat sie bloß gefragt und auf den kleinen Fernseher in der Küche gezeigt, der läuft, seit sie in der Wohnung sind. Die meiste Zeit Werbung mit Musik, als würde ihr dauernd einer Farbe ins Gesicht schütten. Ohne was zu sagen, hat Ute Niemann den Fernseher ausgestellt.

Seit sie die Badezimmertür hinter sich zugemacht hat, läuft der Fernseher wieder. Außerdem hört sie Ute Niemann in der Küche. Sie wollte ihr beim Geschirrspülen helfen, aber Ute Niemann hat sie ins Bad geschickt, ich mach das schon, und dann bezieh ich dir dein Bett schön. Auf dem Sofa im Wohnzimmer soll sie schlafen, und wenn sie dran denkt, dass sie die Nacht hier in dieser Wohnung verbringen muss, kriegt sie ein Gefühl, von dem sie genau weiß, dass es Heimweh ist. Was ihr idiotisch vorkommt, weil ich überhaupt kein Zuhause hab, aber diese schwere Sehnsucht, dieses Ziehen, ist einfach da. Ich will heim. Sie hört Ute Niemann eine Schranktür zumachen, zieht sich Pullover und T-Shirt aus und riecht dran, wie schon heute Mittag, bevor sie alles angezogen hat, aber die Sachen riechen weder nach Angelina noch nach mir noch nach sonst wem. Trotzdem war es unangenehm, sie anzuziehen, als hätte sie sich Klamotten von einer Unbekannten genommen, ohne vorher zu fragen. Den Plastikvorhang von der Badewanne schiebt sie zur Seite und legt die Sachen über den Badewannenrand, zieht dann Angelinas Nachthemd an. Zum Zähneputzen setzt sie sich auf den Klodeckel, der auch mit rosa Plüsch bezogen ist. Eigentlich hat sie sich genau das gewünscht: Jemand, der da ist und zuhört und erzählt und der ihr hilft, sich an irgendwas zu erinnern. Und sie merkt ja, dass Ute Niemann gern für sie da sein will, merkt auch, wie sehr es dieser Frau weh tut, dass sie nichts sagt und nichts mehr weiß, und trotzdem ist sie machtlos gegen die Mauer zwischen ihnen. Sie schüttelt das Wasser aus der Zahnbürste. Den weißen Zahnputzbecher hat sie in der Klinik gelassen, weil im Kulturbeutel kein Platz war, jetzt fehlt er ihr, sie fängt das Wasser mit den Händen auf, um sich den Mund auszuspülen.

Und dann liegt sie da, auf dem Sofa, über das Ute Niemann erst eine Wolldecke und dann ein Laken gelegt hat, so hast du's weicher. Direkt vor dem Haus steht eine Straßenlaterne. Das Licht wirft den Gardinenschatten als Wellenlinie an die Zimmerdecke. Eine Uhr tickt hellgrün, sie stützt den Oberkörper auf, um zu hören, aus welcher Richtung das Ticken kommt. Bleibst erst mal ein paar Tage hier, hat Ute Niemann gesagt, sie ist sich sicher, dass Schwester Marion ihr das geraten hat. Und plötzlich sehnt sie sich nach der Klinik. Nach der Schwester, nach dem Bügelgeruch, der in der Bettwäsche hängt, nach dem Klack, mit dem die Tür vom Krankenzimmer ins Schloss fällt, nach dem Rattern vom Geschirrwagen auf dem Gang, nach dem kalten Bettrahmen an ihrer Hand, nach dem leisen Schnarchen von der Nachbarin, die nicht aufgehört hat, sie Angelika zu nennen, und am liebsten würde sie aufstehen und dahin zurückgehen. Sie schlägt die Decke weg und schlängelt sich zwischen den Sesseln und dem Couchtisch zum Fenster durch, dabei fühlt sie wieder das Vibrieren unter den Füßen, das von der U-Bahn kommt. Die fährt doch unterm Haus durch, hat Ute Niemann ihr erklärt, aber wieso dir das auf einmal auffällt, das hat dich sonst nie gestört.

Leise drückt sie den Hebel von der Balkontür runter.

Kalte Nachtluft weht rein, und strumpfsockig geht sie auf den kleinen, überdachten Balkon, sieht die Straße runter. Rechts und links geschlossene Häuserreihen, die meisten fünf oder sechs Stockwerke hoch, hie und da im Erdgeschoss ein Geschäft. In der Etage genau gegenüber kann man eine Frau in einer Küche stehen und telefonieren sehen, und obwohl da Licht brennt, kommt ihr die Wohnung dunkel vor, genauso wie alle anderen Wohnungen in dieser Straße in ihrer Vorstellung dunkel sind und in der nächsten Straße auch, die ganze Stadt erscheint ihr dunkel, und wenn sie von oben draufgucken könnte wie auf eine Landkarte, wäre die Klinik eine helle Insel, mitten im Dunkelmeer. Wenn ich da jetzt hinwollte, müsst ich übers Wasser gehen.

In der ersten Nacht bei Ute Niemann liegt sie ewig lang wach; dass sie überhaupt eingeschlafen ist, merkt sie nur daran, dass sie am frühen Morgen aufwacht, irgendein Krach von der Straße hat sie geweckt, weil sie die Balkontür aufgelassen hat. Aber obwohl sie todmüde ist, kriegt sie auch in der nächsten Nacht kein Auge zu, und in der übernächsten genauso wenig, es fühlt sich an, als wäre ihr Körper in die eine und ihr Kopf in die andere Richtung verdreht. Andauernd muss sie aufstehen und auf den Balkon gehen, weil man nur von da aus den Himmel sieht, und sie wünscht sich, wieder in der Klinik schlafen zu können, wo man vom Bett aus den Fensterbaum und die Sterne betrachten kann. Von Ute Niemanns Sofa aus sieht sie bloß das Geländer vom Balkon und die Betondecke obendrüber, die leuchtet die ganze Nacht fast weiß von der Straßenlaterne, und alles dahinter sieht schwarz dagegen aus.

Man hört nur Stimmen und Autos, aber die werden seltener, je später es wird, wie die Abendvögel im Krankenhaus, bis sie irgendwann das Gefühl hat, der einzige wache Mensch auf der Erde zu sein. Sie liegt auf dem Sofa, ohne sich zu bewegen, und die Welt draußen vor dem Balkon rückt immer weiter weg. Als wäre ich hier auf dem Mond und die Erde anderswo. Dazwischen trudeln die Bilder aus dem Fotoalbum von Ute Niemann. Zu jedem Bild gehört eine Geschichte, von der ich keine Ahnung hab, und trotzdem versucht sie Nacht für Nacht, die Brocken zusammenzusetzen. Aber wenn sie dann morgens mit Ute Niemann am Frühstückstisch sitzt, fest entschlossen, Angelina näherzukommen, dann ist da das Gefühl, an einem Haus zu bauen, das jemand anderem gehört und in das ich sowieso nie einziehe.

»Was ist das?« Statt einer Kaffeetasse hat ihr Ute Niemann einen Plastikbecher mit einem durchsichtigen Deckel auf die Untertasse gestellt. Er ist so beschlagen, dass ein Tropfen an ihm runterfließt.

»Na, dein Kühlschrankkaffee. Hab ich extra für dich gekauft.«

»Aha. Und wie schmeckt das?« Kalter Kaffee. Sie dreht den Becher in ihrer Hand, sieht sich das Etikett an: Wasser, Zucker, Kaffeeex-trakt, Milch-p-ulver, Van-ill-e-a-roma, Antio-x-irgendwas.

»Guck doch nicht so. Freuste dich sonst immer drüber.«

»Danke. Aber Kaffee mit Zucker mag ich nicht.« Und kalt schon gar nicht.

»Ist der mit Zucker? Also wenn du nicht weißt, wie's schmeckt, woher willst du dann wissen, dass das mit Zucker ist?«

»Na, weil's draufsteht.« Sie streckt Ute Niemann den Becher entgegen, zeigt auf den Aufdruck.

»Willste mich jetzt auf den Arm nehmen?«

Sie stellt den Becher in die Mitte vom Tisch. »Also ich mag das jedenfalls nicht.«

»Und was ist da noch drin? Außer Zucker?« Ute Niemann hat eine Stimme, die ihr Angst machen würde, wenn ich ein Kind wäre. Sie nimmt den Becher noch mal in die Hand. »Wasser, Kaffeeex-trakt, Milchpulver, Vanillearoma, Antiox… lauter so 'n Zeug halt.«

»Und was steht hier drauf?« Ute Niemann schiebt ihr die Margarinepackung zu.

»Sonnenblu-menm-argarine.« Sie guckt zu Ute Niemann hoch, aber die starrt sie nur an und schnaubt leise. »Sag bloß, du hast uns die ganze Zeit nur verarscht?«

Kein Plan, wie immer, bloß ihr Puls hämmert los, und alles, was ihr jetzt helfen würde, wäre, dass Angelina auftaucht. Sie bewegt die Schultern. »Weiß nicht, was du meinst.«

»Lesen.« Ute Niemann zeigt mit dem Kinn auf die Margarinepackung. »Kannste doch überhaupt nicht. Wieso jetzt auf einmal?«

Kannste doch überhaupt nicht. Mit einem Schlag hört das Pulshämmern auf, als hätte jemand auf einen Knopf gedrückt. Karten mit Buchstaben tauchen vor ihr auf, das flatterdünne Bibelpapier mit den Kugelschreiberstrichen, die bunten Logos im Fernseher, ihre zittrige Hand, wie sie die Buchstaben in die Bibel zu malen versucht. Angelina. Kann nicht lesen.

O.k.

Aber ich, ich kann.

••••••••

Er drückt zum dritten Mal auf die Espresso-Taste, obwohl ihm die schwarze Brühe überhaupt nicht schmeckt. Dabei hat er früher nur schwarz getrunken. Bis wann eigentlich? Bis er angefangen hat, zu Hause zu frühstücken. Bis. Der Gedanke taucht vor ihm auf wie eine Ölpfütze in der Autobahnkurve, zu spät auszuweichen. Schon sitzt sie vor ihm, die langen blonden Haare noch offen, ihre schlanken Beine ragen bis zum Oberschenkel aus dem Morgenmantel, eine Frau, um die ihn alle beneidet haben und für die er alles getan hätte. Hast du doch auch. Hast es ihr nie an etwas fehlen lassen, hast dafür gesorgt, dass die Stiftung extra einen Job für sie eingerichtet hat, damit sie von Berlin nach Frankfurt ziehen und sich in der Kunstszene einen

Namen machen konnte, bei seinen Verbindungen kein Problem. Damals hat er angefangen zu frühstücken, bevor er in die Kanzlei ging; sobald er aus der Ankleide kam, brachte sie zwei große Tassen Milchkaffee zum Tisch, im Sommer auf die Terrasse. Dass sie je etwas trennen würde, hat er sich nicht vorstellen können. Im Gegenteil. Auf den Abendveranstaltungen, die sein Beruf mit sich bringt, hat er sie stets als seine Frau präsentiert, und sie hat alle Blicke auf sich gezogen, ein perfektes Zusammenspiel, in seinem Job gehört eine adäquate Ehefrau nun mal dazu. Natürlich verlangt Erfolg Opfer, und wenn er mehr Zeit gehabt hätte, wäre er auch häufiger mit ihr allein ausgegangen, hätte sie öfter zu den Ausstellungen, Konzerten und Partys begleitet, die ihr so wichtig waren, in jene Welt, die sie *meine Leute* nannte. Wäre sie dann noch da? Warum hast du es nicht getan? Wenn er ehrlich ist, hat er den Leuten und den Gesprächen nichts abgewinnen können, diesen intellektuellen Fachsimpeleien über Museumsinstallationen, Schauspielinszenierungen und Literatur, die die Politik da streiften, wo sie für die Kunst von Relevanz war, die wider den Kommerz schimpften und zu fortgeschrittener Stunde rhetorische Feuerwerke über das Sein und die Welt losließen. Meistens hat er sich dann verabschiedet, nimm dir ein Taxi, Schatz, wahrscheinlich war das der Fehler, wahrscheinlich ist sie ihm genau dort über den Weg gelaufen.

Er schaut auf die Uhr, zwanzig Minuten ist der Elektriker überfällig, du müsstest längst im Büro sein, ruf an, aber er bleibt sitzen und starrt vor sich hin, auf ihre Morgenkaffeebeine, die er manchmal, während des Frühstücks, ganz vom Stoff befreit und auseinandergedrängt hatte, und hast du an diesen Tagen im Job nicht am besten performt? Er spürt seinen Schwanz, aber das geht jetzt nicht, der Elektriker. Irgendwann ist auch das seltener geworden, dann musste sie plötzlich ständig nach Berlin, spätestens da hätte er es kapieren müssen, und jetzt sind von ihr nur ein paar Kleider und der Steinway hier, den sie so geliebt, sich aber mitzunehmen geweigert hat, obwohl er ihn für sie gekauft hat. Den rühre sie nicht an, so skrupellos, wie er sein Geld verdiene, noch Wochen später hat er tatsächlich geglaubt, dass die Geschichte mit Gregor schuld an ihrer Trennung sei, war sogar drauf und dran gewesen, sich bei ihm zu entschuldigen, dabei hätte das nichts geändert, sie war längst bei ihrem Professor eingezogen. Kulturphilosophie. Wichser. Vermutlich hat der schon ein Klavier.

Die Türklingel reißt ihn aus den Gedanken; dass er den Elektriker zur Rede hat stellen wollen, fällt ihm erst ein, als der sich für die Verspätung entschuldigt und erklärt, er habe nicht eher kommen können, weil der Supermarkt um die Ecke einen Totalausfall gehabt hätte.

»Der mit der Milch?«

Der Elektriker streift seinen Blick nur knapp und stellt seine Werkzeugtasche auf den Boden. »Wo brennt's denn?«

Christian drückt auf den Lichtschalter, zeigt auf den dunkel gebliebenen Spot.

»Glühbirne kaputt«, stellt der Elektriker fest und mustert ihn mit einem Grinsen nah am Rand der Respektlosigkeit.

»Das sehe ich auch. Und die bekäme ich selbst gewechselt. Aber es gibt Anlass zur Vermutung, dass das Ding unter Strom steht. Schauen Sie doch bitte mal nach, aber Vorsicht, ja?«

»Is mein Job«, antwortet er achselzuckend. »Haben Sie 'ne Leiter, sonst muss ich eine aus dem Auto …«

»Da drin.« Er zeigt auf die Tür zur Gästetoilette, in die er die Leiter kurzerhand verfrachtet hat, dann fällt ihm die kaputte Steckdose im Kaminzimmer ein. »Wie lange dauert es, wenn Sie die gleich mit reparieren?« Du musst ins Büro, aber er kann diesen Handwerker hier unmöglich unbeaufsichtigt lassen, wer weiß, wo der herumschnüffelt. Ruf Sylvia an.

»Keine Ahnung, Viertelstunde oder so, muss sehen, was dran ist, ich kann die Tür auch einfach zuziehen.«

Christian gibt keine Antwort, sucht nach seinem Handy, das er schließlich auf dem Couchtisch findet. Dort bleibt er stehen und sieht aus dem Fenster. Ein Lastkahn tuckert über den Main, zieht eine Schneise ins Wasser, die sich zwar rasch schließt, aber seltsamerweise noch lange als dünne Linie zu sehen ist, als wäre das Wasser dickflüssig. Was konkret lehrt ein Professor für Kulturphilosophie? Was auch immer es ist: Es ist das, was sie bei dir vermisst hat. Du lebst doch in Schwarz-Weiß, du in deiner verdammten Daseinshülse, hat sie ihm vorgeworfen, und er spürt eine Ahnung dessen, was sie gemeint haben könnte.

Der Elektriker ruft ihm etwas zu. Er steckt sein Handy ein, fahr endlich in die Kanzlei, und geht zu ihm hinüber. »Wie bitte?«

»Ist tatsächlich Saft drauf. Die ganze Fassung steht unter Strom, hätte verdammt übel ausgehen können.«

Schweigend schaut Christian erst nach oben, dann nach unten; dorthin, wo sie gelegen hat, mit dem verdrehten, blutigen Bein. Eigentlich hätte es nicht besser ausgehen können, aber er schämt sich sofort für den Gedanken.

»Und wieso gibt es da keine Sicherung?«

»Gibt's schon, aber wie's aussieht, ist der Schutzleiter nicht angeschlossen. Muss gucken, ob da was defekt ist oder nur die Klemme ab. Im Ergebnis dasselbe.«

Wenn es hart auf hart kommt, ist es im Zweifel nicht dasselbe, sondern eine grundsätzliche Frage von Rechenschaft und Haftung. Mechanisch platziert er die Tasse ein viertes Mal vor der Maschine und stellt sich wieder ans Fenster. Die Sonne kippt ihr Licht falschherum über die Stadt, irgendwie scheint alles aus dem Ruder zu laufen. Als der Elektriker sich verabschiedet, hält er noch immer die Tasse in der Hand.

••••••••

Das Fotoalbum mit den Kinderbildern hört auf, als Angelina sieben ist, wie wenn sie da schon verschwunden wäre und nicht erst mit zweiunddreißig. Kein einziges Bild mehr, noch nicht mal eins mit Weihnachtsbaum oder vom Kindergeburtstag.

Ute Niemann guckt weg. »Wegen dem Papa«, sagt sie, und es ist klar, dass sie nicht drüber reden will.

»Wegen dem Unglück?« Keine Antwort. Ute Niemann steht auf und fängt an, das Geschirr vom Küchentisch ins Spülbecken zu stellen.

»Jetzt sag doch mal. Was war das denn für 'n Unglück?«

Ute Niemann macht den Kühlschrank auf und guckt so lange rein, bis die Kälte zu mir rüberschwappt. »Wir können Makkaroniauflauf machen. Sind, glaub ich, noch Nudeln da. Oder lieber was anderes?«

»Weiß ich nicht, ist mir auch total egal, ich hab gerade erst gefrühstückt.« Sie merkt, dass sie barsch wird, aber sie kann nichts dagegen machen. »Ich will doch bloß wissen, was mit deinem Mann passiert ist.«

Die Kühlschranktür quietscht, als Ute Niemann sie zuklappt. Sie bleibt mit dem Gesicht davor stehen, haut plötzlich mit den Fäusten auf die Tür. »Was weiß ich, was mit dem passiert ist!« Dann dreht sie sich um und lehnt sich mit dem Rücken an den Kühlschrank, die flachen Hände dagegen, als hätte sie Angst, dass er aufgeht. Ihre Haare rutschen ihr wieder wie eine Mütze vors Gesicht. »Ich weiß ja auch nicht, was mit dir passiert ist. Mir sagt ja keiner was!« Sie holt ein Glas aus dem Schrank, dreht den Wasserhahn auf, lässt es volllaufen, trinkt. Es macht ein braunblaues Geräusch, als sie es auf das Riffelblech von der Spüle stellt. Ihr schwerer Busen geht beim Atmen rauf und runter, es knarzt, als sie sich in den Stuhl fallen lässt. »Vier Tage hab ich dagesessen und Blut und Wasser geschwitzt, und keiner hat gewusst, ob die überhaupt noch am Leben sind, da unten; einen nach dem anderen haben sie tot rausgezogen. Ich bin gar nicht erst ins

Bett, hätt ja eh nicht schlafen können. Manchmal war ich nachts bei der Gitta in der Küche, die Gitta, die nebenan gewohnt hat, weißte noch? Der ihr Mann war ja auch verschüttet, und die hat drei Kinder gehabt. Vier Tage. Dann hat einer was gehört, mit Mikrofon, das hatten sie in den Schacht runtergelassen.« Eine Weile ist sie still, guckt aus dem Fenster, als würde das, was sie erzählen will, vor dem Fenster als Film ablaufen.

»Ich hab trotzdem nur geheult, weil ich sowieso schon gewusst hab, dass er nicht mehr heil rauskommt. Und dann die Fahrerei in die Uniklinik, jedes Mal anderthalb Stunden im Zug, hin und zurück.« Sie schüttelt den Kopf. »Das hat mir keiner abgenommen.«

»War das … auf seiner Arbeit?«

»Was?« Ute Niemann schreckt auf, als hätte sie vergessen, dass sie nicht allein ist.

»War das bei seiner Arbeit, was da passiert ist?«

»Ja, sicher. Der hat doch in der Zeche geschafft. Und die haben dann auch gut bezahlt, sogar den Umzug nach Frankfurt, aber das hat mir ja auch nichts genutzt. Ich hab trotzdem alles allein machen müssen. Hat nur noch dagesessen, in seinem Rollstuhl, immer am Fenster und rausgeguckt und nix mehr gesagt. Der ist einfach verschwunden.« Sie dreht den Kopf, guckt auf den Tisch, wo noch die Margarinepackung steht. »So wie du.«

Rainer hat er geheißen. Rainer Niemann. Mitte dreißig ist er gewesen, als der Stollen über ihm und seinen Kumpels zusammengekracht ist. In Stolzenbach war das, Nordhessen; gewohnt haben sie in Borken; warum sie kurz darauf nach Frankfurt gezogen sind, hat sie aus Ute Niemann nicht rausgekriegt. Wegen der Uniklinik, aber das kann nicht alles gewesen sein. Eigentlich hat sie ihr alles aus der Nase ziehen müssen, irgendwie kommt es ihr so vor, als wäre dieser Stollen nicht über Rainer, sondern in Wirklichkeit über Ute Niemann eingestürzt.

Sie hat das Album mit aufs Sofa genommen und drin geblättert; jetzt, wo sie's weiß, kann sie sehen, dass die Fotos alle in Borken gemacht sind. Danach ist Schluss. Die kleine Angelina ist süß, erst hellblond, und dann mit jedem Jahr ein bisschen dunkler. Halblange Haare, strichgrader Pony. Sie lacht nie auf den Fotos, nicht mal lächeln tut sie, und ihr Mund ist immer zu, aber sie blickt herausfordernd in die Kamera. Was Angelina am liebsten gespielt hat, hat sie wissen wollen, aber Ute Niemann hat es ihr nicht sagen können.

Stundenlang hat sie die Bilder angeguckt, 63 Fotos Millimeter für Millimeter abgesucht nach irgendwas, was sie wiedererkennen könnte, nach einem Beweis, dass ich was damit zu tun hab, aber auch hinterher hat sie das Gefühl gehabt, dass das fremde Leute sind, nur bei den Bildern, wo Angelinas Vater drauf ist, kriegt sie komischerweise ein Gefühl von Angst.

»Das geht doch in die Hose.« Die Frau, die Mandy heißt und seit einer halben Stunde bei Ute Niemann am Küchentisch sitzt, guckt mich an, als wär ich ein Zombie. »Wenn sie noch nicht mal weiß, wer ich bin.« Angelinas beste Freundin.

»Aber wenn sie unbedingt will.« Ute Niemann nimmt noch eins von den Plunderstückchen, Mandy hat eine große Tüte voll mitgebracht, sie arbeitet in einer Bäckerei. »Besser wie hier rumsitzen.«

Mandy sagt nichts. Die reden über mich wie über ein Kleinkind.

»Kannst ja ein bisschen nach ihr gucken.«

»Mann, Ute! Ich muss schaffen.« Mandy rührt Zucker in ihren Kaffee. Sie ist in meinem Alter und sieht aus, als wär sie's gewohnt, das Kommando zu übernehmen. Wenn die in der Klinik eine Betreuerin geschickt hätten, wäre das wahrscheinlich so eine gewesen.

Sie stellt die Kaffeetasse auf ihren unbenutzten Teller,

dass es klirrt, und schiebt ihn von sich. »Ich brauch niemand, der auf mich aufpasst, ich komm allein klar, ich will einfach nur ein paar Sachen erklärt kriegen und dann in diese Wohnung.«

»Hey, jetzt reg dich mal ab. Ich bring dich ja hin. Und das mit dem Klarkommen, das sehn wir dann.«

Ute Niemann guckt Mandy an. Ganz lange und ganz stechend. »Die kann lesen«, sagt sie dann leise und deutet mit dem Kopf auf mich, als hätt ich was ausgefressen.

»Quatsch.«

»Wenn ich's dir sag. Probier's aus.« Sie zeigt auf die Milchpackung.

»Echt?«

»Sie meint, sie hätt sich's selber beigebracht. Im Krankenhaus.«

»In vier Wochen? Selber? Die?« Sie hält ihr die Milchtüte hin. »Will ich sehen.«

Mit einem Ruck steht sie auf. »Ich bin kein Zirkusaffe.« Und dann geht sie ins Wohnzimmer, zerrt die Tasche, in der Angelinas Klamotten waren, hinter dem Sessel raus und stopft alles wieder rein; sucht im Bad die Schmutzwäsche aus dem Wäschesack und wirft sie dazu, packt schließlich den Kulturbeutel obendrauf und zieht den Reißverschluss zu. Im Vorbeigehen sieht sie, wie Mandys Hand vor dem Gesicht Scheibenwischer spielt. Bloß weg hier. Jacke anziehen, Tür auf und raus. U-Bahn oder Taxi, krieg ich irgendwie hin, aber dann stellt sie sich doch in die Küchentür. Augen zu, atmen, Augen auf. Mandy weiß, wo Angelina ist. »So, ich bin fertig. Können wir gehen?«

»Und? Was steht da?« Mandy zeigt auf den Monitor gegenüber vom Bahngleis, auf den alle draufstarren, die auf die Bahn warten. *Erdbeben in Pakistan. Mehr als 150 Tote.*

Sie hebt die Schultern. »Keine Ahnung.«

Mandy zieht nur die Augenbrauen hoch. Das Bild schnurrt zusammen. *Ihr Zug fährt ein.* »Merk dir die Zahl auf dem Zug. S4. Drei kannste auch einsteigen. Und von hier ab dann sechs Haltestellen. Kriegste das hin?«

Sie nickt, setzt sich Mandy gegenüber und stellt die Plastiktüte mit dem Essen, die Ute Niemann ihr mitgegeben hat, neben sich. Hast ja nichts mehr im Haus, Kind, was im Kühlschrank war, hab ich weg. Danke, hat sie gesagt und die Tüte genommen, obwohl ihr kein bisschen nach Essen ist. Vor dem Fenster rauscht der Bahnsteig vorbei.

»Muss ich irgendwas machen?«

»Wie, machen?«

»Na ja, wegen Arbeit oder so. Muss mich doch bestimmt um irgendwas kümmern.«

»DU machst gar nix.«

Schwarz, Station, schwarz, Station, irgendwann fährt die Bahn nicht mehr unterirdisch, sondern im Hellen, sie versucht, sich die Namen von den Haltestellen zu merken. »Weißt du was von den Putzstellen?«

»Vergiss es. Sind weg nach vier Wochen.«

Die von dem Anwalt nicht, aber das sagt sie nicht, gibt auch keinen Grund, seine Adresse steht ja auf der Karte. »Habt ihr eigentlich viel zusammen gemacht? Ich meine, Ausgehen oder so.«

»Wer, wir?«

»Na, Angelina und du.«

Mandy lässt ihren Kopf nach vorn fallen, bis fast auf die Knie, fängt die Stirn mit der Hand auf. »Mann, Mann, Mann. Du hast echt ganz schön was abgekriegt.«

»Ich weiß es halt nicht, da darf ich doch wohl fragen.«

»Hier müssen wir raus. Merk dir am besten das Hochhaus da hinten. Und lass die Tüte nicht stehen.«

Auf dem Weg zu Angelinas Wohnung stellt sie die Frage noch mal, aber mehr als ein *Ab und zu* kommt von Mandy nicht. Sie hat die Hoffnung, dass da, wo sie gleich sein werden, Angelina am Tisch sitzt und auf mich wartet.

»Hat Angelina eigentlich einen Freund?«

Mandy bleibt stehen. »Jetzt hör endlich auf, dich selber immer Angelina zu nennen, als wärst du drei! Das macht mich ganz kirre, Mann! Außerdem nennt dich kein Mensch Angelina, sondern Angie.«

Luftholen. Sie guckt einem silbernen Auto nach, das vorbeifährt. »Kannst du mir einfach nur die Frage beantworten? Bitte.«

»Nein.«

»Wie, nein?«

»Nein, du hast keinen Freund mehr. Gottseidank.«

»Und wieso Gottseidank?«

»Weil das ein Arsch war, deswegen. Bei dem kannste froh sein, dass du ihn vergessen hast. Hier.« Mandy bleibt vor einem langgestreckten Häuserblock stehen. Er sieht aus, als hätte ihn jemand vor Ewigkeiten gelb und rosa angestrichen, und seitdem hätte die Sonne die Farbe ausgebleicht. Auf dem Rasenstück davor blühen knallgelb die Pusteblumen.

»Gib mal deinen Schlüssel her.«

Sie wühlt in Angelinas Tasche nach dem Schlüsselbund. Mittlerweile weiß sie, dass die Zahlen auf den Schildern Nummern von S-Bahn-Linien sind und Hausnummern, zu denen der Schlüssel gehört, damit Angelina sich ihre Putzstellen merken kann. Dein System, hat Ute Niemann gesagt.

»Hier, der zweite von rechts, der ist dein Briefkasten. Komm, gib schon her.«

»Das kann ich selber, ich bin ja nicht behindert.« Es gibt nur zwei Schlüssel am Bund, die klein genug sind, dass sie in Frage kommen. Der erste passt nicht, Mandy stöhnt leise. Ein Werbeprospekt und zwei Umschläge, sie guckt sich die Adresse an, A. Niemann, aber Mandy nimmt sie ihr aus der Hand, bevor sie fertig lesen kann.

Und dann ist es still. Keine Schritte mehr im Treppenhaus, die Wohnung hat ein kleines bisschen gezittert, als die Tür unten ins Schloss gefallen ist, aber vielleicht ist ihr das auch nur so vorgekommen. Sie lehnt sich mit dem Rücken gegen die Wohnungstür und kann sich nicht dran erinnern, schon mal so allein gewesen zu sein. Mit einer Tür hinter sich, die man niemand aufmachen muss, mit einem Zimmer, in das man niemand reinlassen muss, wenn man nicht will. Auch wenn es nicht meine Tür ist. Neben der Tür hängt ein einzelner Schlüssel, sie nimmt ihn vom Nagel und probiert, ob er ins Schloss passt, sperrt zweimal ab. Und dann sieht sie die Pantoffeln. Die aus dem Krankenhaus. Schwarz, mit Plüsch innendrin, ganz ordentlich neben der Tür, und auf einmal ist ihr, als gäbe es keinen Unterschied zwischen Wirklichkeit und Einbildung, wer bestimmt überhaupt, was wirklich ist und was nicht?

In der Küche stehen noch die Tassen, Mandy hat Kaffee gekocht, als wär es Mandy, die hier wohnt, und sie hat zugeguckt, wie Mandy Schränke aufgemacht und Sachen reingeräumt und so viel Action in die Wohnung gekippt hat, dass die Wohnung keinen Mucks getan hat. Jetzt, wo Mandy weg ist, wird alles wach. Alle Sachen, alle Möbel, an denen sie vorbeigeht, gucken sie an, als wollten sie was erzählen, oder bildet sie sich das auch bloß ein? So leise, wie sie kann, geht sie durch die kleine Wohnung, streicht ganz vorsichtig über die blaue Glasschale, die auf einem Deckchen neben dem Herd steht, über die Tür vom Kühlschrank, über die Tapete, über das Radio auf dem Küchentisch, über den Stahl von der Spüle. Alles ist dermaßen sauber und aufgeräumt, als würde überhaupt niemand hier wohnen. Der Kühlschrank brummt leise, und wenn sie auf ihn zugeht, knarzt es unter dem Bodenbelag.

Gegenüber von der Küche ist Angelinas Zimmer, dazwischen ein schmaler Flur, in ihrer Vorstellung hat die Wohnung die Form von einem Knochen oder von einer Hantel. Die meisten Wände sind Dachschrägen, wahrscheinlich ist deswegen der Schrank im Flur, eigentlich ist es bloß ein Regal, mit einem Vorhang aus hellgrau gemustertem Stoff davor. Sie macht die Tür zum Bad auf, vier Tassen Kaffee, erleichtert zieht sie die Jeans runter, setzt sich weit nach vorn, damit sie beim Pinkeln kein Geräusch macht, bleibt danach noch sitzen und guckt sich das Badezimmer an. Eine Fliege brummt gegen das Dachfenster, aber irgendwie gehört das Brummen in die Wohnung, stört genauso wenig wie der Kühlschrank; wie lange kann eine Fliege in einem Badezimmer überleben? Hat die Fliege schon Angelina beim Pinkeln zugeguckt? Sie steht auf und klappt das Dachfenster hoch. Die Fliege verschwindet.

Im Zimmer steht ein rostbraunes Sofa; sie hat Mandy gefragt, ob Angelina darauf schläft und ob es zum Ausziehen ist.

»Du bist voll gruselig«, hat Mandy gesagt und die Rückenkissen vom Sofa vorgeklappt. »Da hinten ist dein Bettzeug, falls du das auch vergessen hast.«

Vor dem Sofa steht ein Couchtisch aus Glas, gegenüber ein Regal mit einem Fernseher drauf. Ein kleiner Vitrinenschrank mit Krimskrams: Vasen, Duftlampen, eine Spielesammlung und ein Ordner mit Papieren; einen von den Briefen, die im Kasten waren, hat Mandy drin abgeheftet.

»Was ist damit?«

»Rechnung vom E-Werk.«

»Muss die nicht bezahlt werden?«

»Hey, entspann dich, alles im Griff.«

Sie schleicht durch die Stille, bis sie kaum noch was sieht, macht aber kein Licht an, um die Sachen nicht zu stören, beguckt sich die DVDs im Regal, ohne sie anzufassen, riecht an der gestrickten Decke, die auf dem Sofa liegt, fühlt über den Teppich und wird das Gefühl nicht los, dass Angelina gleich nach Hause kommt. Dass der Schlüssel an der Tür klappert und die Klinke runtergedrückt wird und dann? Bevor es ganz dunkel wird, macht sie die halb runtergebrannten Teelichter auf dem Couchtisch an, setzt sich auf den Boden und fragt sich, ob Angelina genauso hier gesessen hat, was sie dabei gemacht und was sie gedacht hat. Irgendwann rollt sie sich auf dem Sofa zusammen, die Teelichter spiegeln sich im toten Fernseher, und als sie wach wird, hängt müdes Licht im Raum. Sie hat einen schlappen Geschmack im Mund und ein Ziehen im Bauch, nach einer Weile kapiert sie, dass es Hunger ist. Angelina ist noch immer nicht da, und es fühlt sich an, wie wenn man jemandem die Wohnung einhütet, der dann einfach nicht zurückkommt. Beim Aufstehen wird ihr klar, dass das Licht im Zimmer deswegen so matt ist, weil die Dachfenster alle aus Milchglas sind. Kein einziges, aus dem man rausgucken kann, obwohl das doch schön wäre, weil man dann den Himmel sehen könnte. Wieso in aller Welt machen die keine normalen Scheiben da rein? Sie stellt die Kaffeemaschine an, mit lautem Gegurgel spotzt die Maschine das Wasser in den Filter, und wieder kommt es ihr so vor, als würden alle Sachen um sie rum und die ganze Küche sich schlagartig tot stellen. Wie Kuscheltiere, wenn man plötzlich die Tür vom Kinderzimmer aufreißt. Und dann fällt ihr ein, dass ich genau das gemacht hab: mich an die Tür geschlichen und gelauscht, sie kann das Türblatt an ihrem Ohr fühlen, grauweiß lackiertes Holz, und ist sich sicher, was gehört zu haben. Habicheucherwischt, sagt sie und zieht die Tür auf, aber wieder sind die Schmusetiere schneller und starren an ihrem Platz geradeaus. Ein pinkfarbener Hase mit weißen Pfoten war dabei und eine Biene Maja, mit der Kaffeetasse in der Hand lehnt sie am Herd und kann den abgeblätterten Lack von der roten Holzkiste spüren, in die sie reingehört haben, und auch die Barbie fällt ihr wieder ein, bei der ein Fuß abgebrochen war, weil sie versucht hat, eine Schublade, die geklemmt hat, damit aufzumachen. Borken? Sie muss an Mandys Erschrecken denken: gruselig, und da war noch die Frotteebettwäsche mit den Bäumchen drauf.

Nach dem Kaffee nimmt sie sich die Wohnung systematisch vor, guckt in alle Schränke und Schubladen, zuerst fühlt es sich an wie Geschenkeauspacken, aber es wird immer klarer, dass nichts davon für mich ist. Manchmal fällt ihr was in die Hand, wo Angelina drinsteckt: ein Stück Luftschlange, zur Hexenleiter geflochten; ein fast fertig gestrickter Pullover aus dunkelgrauer Wolle in einer Plastiktüte. Sie greift in die Nadeln, Perlmuster, ihre Finger bewegen sich wie von selbst, dann stopft sie die Handarbeit wieder in die Tüte zurück, ob Angelina auch die Sofadecke gestrickt hat? Mit jedem Ding, das sie sich anguckt, wird die Wohnung ein kleines bisschen grauer und leerer. Es muss Nachmittag sein, und der Moment, wo sie sich aufs Sofa legt und die Augen zumacht, fühlt sich an wie Medizin. Im Halbschlaf kriegt sie mit, dass es dunkel wird, schleppt sich aufs Klo und lässt die Jeans auf dem Badezimmerboden liegen. Es macht keinen Sinn, das Bett auszuziehen, sie zieht sich nur die Strickdecke bis ans Kinn, einfach pennen, wie im Krankenhaus, wo der Schlaf sich so schön warm angefühlt hat, und dann dämmert sie weg, bis ein Dröhnen sie aufschreckt. Sie lässt sich wieder zurücksinken, mit dem Gefühl, zu schwach zum Denken zu sein, aber es dröhnt weiter, bis sie kapiert, wo sie ist und dass es die Türklingel sein muss. Egal. Wieder Dröhnen, diesmal hört es nicht mehr auf, also rafft sie sich auf und geht zur Tür, es wird ihr ein bisschen schwindlig, wie am Anfang im Krankenhaus. Neben der Tür hängt ein Hörer, sie nimmt ihn, kann ihr eigenes Hallo nicht verstehen, so laut wie die Klingel dröhnt.

»Hey, was ist los, mach auf!« Mandy. Sie drückt auf die Taste mit dem Schlüssel, hört Schritte auf der Treppe poltern, und als sie die Tür aufmacht, steht Mandy vor ihr. »Mensch, warum gehst du nicht dran? Deine Mutter hat voll die Panik, die flippt schon total aus!« Mandy marschiert an ihr vorbei in die Küche, legt zwei Bäckereitüten zwischen die leeren Kaffeetassen auf den Tisch. »Mann, wie sieht's denn hier aus?«

Sie muss sich setzen, so schwummrig ist ihr.

»Hey, du bist ja voll durch den Wind. Du hast mir versprochen, dass du dich auf die Reihe kriegst.«

»Ich hab geschlafen.«

»Es ist halb sieben.«

»Ich bin müde.«

»Kannst ja wenigstens dein Telefon anstellen. Hast du was gegessen?«

Sie schüttelt den Kopf. »Akku ist leer.« Als sie das Ladekabel in der Küchenschublade gefunden hat, hat sie sich vorgenommen, das Handy aufzuladen und den Anrufbeantworter abzuhören, wie sie es in der Klinik gern gemacht hätte, aber dann sind der Anrufbeantworter und alles, was drauf sein könnte, auch grau geworden.

»Dann lad's halt auf!« Es klirrt, als Mandy den schmutzigen Kaffeelöffel in eine von den Tassen steckt und die Tassen in die Spüle räumt. »Ich hab mich echt drauf verlassen, dass du klarkommst.« Sie wischt mit einem Spüllappen über das Wachstuch. »Mann, Mann, Mann!«

Erst steht ein Teller vor ihr, als Nächstes liegt ein Brötchen drauf, Kühlschrank auf, Kühlschrank zu, Streichkäse. Das Weinen sitzt ihr im Hals und drückt nach oben. »Hier, iss. Und ruf endlich deine Mutter an, die dreht sonst durch, und ich krieg alles ab.« Bevor sie was antworten kann, hat Mandy schon ein Telefon am Ohr. »Ich bin bei ihr, alles o.k., hat bloß geschlafen. Ich geb sie dir mal.«

»Angie? Angie!«

Die Stimme von Ute Niemann.

»Ist alles in Ordnung, Kind? Warum rufst du denn nicht an? Wärst besser hier geblieben. Soll ich kommen?«

»Nein, ich will nur ein bisschen Ruhe. Lasst mich einfach allein, ja?« Sie guckt Mandy dabei an, gibt ihr das Handy wieder und legt sich zurück auf Angelinas Sofa.

»Hey, du musst was essen!«

Sie schüttelt den Kopf, was Mandy wahrscheinlich nicht sehen kann.

»Mit dir stimmt doch was nicht. Ist dir schlecht? Tut dir was weh?«

»Ich hab gar nix, ich will einfach nur allein sein.«

»Mann, du lässt dich voll hängen.« Mandy ist an der Zimmertür stehengeblieben. »Ich versteh ja, dass du Probleme hast, aber vom Rumliegen werden die nicht besser. Ich komm morgen nach der Arbeit und bring 'ne Zeitung mit, dann gucken wir nach neuen Stellen für dich. Wenn du was zu tun hast, geht's dir besser.«

Sie brummt, damit Mandy Ruhe gibt, aber Mandy redet noch eine Weile, ehe die Wohnungstür klappt, das Licht in der Küche brennt noch, aber wenn ich die Augen zumache, seh ich's ja nicht.

Irgendwann steht sie auf, weil sie aufs Klo muss, es kann Vormittag sein oder schon Nachmittag, was aber egal ist, weil es in Angelinas Wohnung immer gleich grau ist. Zweimal kocht sie Kaffee, dann ist das Pulver alle, und die Brötchen von Mandy sind trocken, also eher Nachmittag. In der zweiten Tüte sind Kaffeestückchen, aber auf die hat sie keine Lust, also bricht sie sich nur ein paar Brötchenstücke ab, überlegt, ob sie den Rest ins Klo spült, damit sie Mandy sagen kann, sie hätte was gegessen, aber wieso soll ich mich vor der überhaupt rechtfertigen?

Sie sitzt eine Zeitlang am Küchentisch und kratzt mit dem Fingernagel Linien ins Wachstuch, bis sie merkt, dass es Buchstaben sind. A, X, E, M, I, T, nur eckige, weil das besser geht mit dem Fingernagel, die runden gehen besser mit dem Löffel. ANGELINA, nur ein runder Buchstabe, einer unter acht, Angelina hat keine Bücher, kein einziges, und die Briefe, die Mandy für sie abheftet, hat sie definitiv nie gelesen. Mandy kann ihr sonst was erzählt haben, und der Gedanke frisst sich in ihr fest. E-Werk, Telefon, Bescheide vom Arbeitsamt, aber wie's aussieht, hat sie absolut nichts verpasst. Und was verpass ich, wenn ich hier sitzen bleib? Einfach so, Kaffee trinke, schlafe, aufs

Klo gehe. Juckt das irgendwen? Was, wenn Angelina wirklich nicht mehr kommt? Und dabei fällt ihr eine Geschichte ein, die ihr Wilhelmine im Krankenhaus erzählt hat, eine Kriegsgeschichte. Eins von beidem wäre meistens kaputtgegangen, hat sie gesagt, entweder die Wohnung oder die Bewohner. Was übriggeblieben ist, hat dann zueinandergefunden, mit Hausrat und allem Drum und Dran. Genau so fühlt sie sich jetzt, wie jemand, der in eine übriggebliebene Wohnung einzieht, alles übernimmt, was drin ist, ohne fragen zu können, ob dem anderen das überhaupt passt, jetzt erst kapiert sie die Geschichte und sehnt sich unheimlich nach der alten Frau. Manchmal, hat Wilhelmine gesagt, kam nach Jahren einer aus der Gefangenschaft zurück und fand fremde Leute an seinem Tisch, die ganz selbstverständlich von seinen Tellern gegessen haben.

Mandy kommt, nachdem es dunkel geworden ist, legt Zeitungen und neue Brötchen auf den Tisch, und sie stellt sich vor, dass die einfach da liegen bleiben, mehr werden, jeden Tag, bis die Küche so voll mit Brötchen ist, dass man mich nicht mehr drunter findet. Mandy meckert schon beim Reinkommen wegen dem Telefon, das immer noch nicht eingeschaltet ist. »Dass sich jemand Sorgen um dich macht, scheint dir ja total egal zu sein.«

»Ich lad's nachher auf.«

»Nein, jetzt gleich.« Mandy schlägt die erste Zeitung auf. Mit Rotstift sind Striche reingemalt. »Ich hab schon ein paar Sachen rausgesucht, ist aber besser, wenn du von deinem anrufst.«

»Was ist das?«

»Anzeigen. Putzstellen. Los, wo haste das Ding?« Mandy sieht sich in der Küche um.

Ich will nicht.

»Komm, jetzt mach schon, morgen sind die guten alle weg.«

Na und? Sie schleppt sich in Angelinas Zimmer, irgendwo muss Angelinas Handtasche stehen, das Kabel ist in der Schublade, als sie es ins Telefon stöpselt, leuchtet auf dem Display ein Delfin auf. Sie haben 7 neue Nachrichten. Ohne nachzudenken, drückt sie auf OK und hält das Handy ans Ohr. Nachricht 1, eine Frauenstimme, sie klingt gereizt, würden Sie uns bitte künftig informieren, wenn Sie nicht kommen, danke sehr. Als Nächstes eine andere Frau, sie bittet um Rückruf, jemand von einem Amt, danach wieder die erste, voll zornig, dass Angelina sich sofort melden und den Schlüssel vorbeibringen soll. Ute Niemann. Wolltest doch vorbeikommen, oder? Ruf mich mal an, ja? Nachricht 5 ist ein Mann, er meldet sich mit Pit, will wissen, wo sie steckt, biste sauer? Sympathische, weiche Stimme, hat Angelina was mit dem? Wir können was zusammen machen, wenn du willst, ruf mich an; noch mal die Frau, sie droht mit Polizei, dann Ute Niemann, Kind, wo steckst du denn, meld dich doch endlich.

»Ist was drauf?«

»Hm. Da ist eine ziemlich sauer, wahrscheinlich Putzstelle, wegen dem Schlüssel.«

»Gib mal her.«

Sie behält das Telefon in der Hand. »Das krieg ich schon geregelt.« Von Mandy ist kein einziger Anruf dabei. »Wie heißt eigentlich der Exfreund von Angelina?«

Mandy macht die Augen zu und schnauft. »DEIN Ex! Pit. Wieso? Ist der etwa da drauf?« Mandys Stimme wird schrill. »Ich denk, du hast Schluss gemacht? Hey, lass bloß die Finger von dem, ich sag's dir.« Mandy nimmt die Kaffeekanne, schüttelt sie. »Mann, Mann, Mann.«

»Alle.«

»Sag mal, du hast ja gar nix mehr da, wieso gehst du nicht einkaufen? Ich hab dir doch gezeigt, wo. Und Kohle haste auch noch, oder?« Kopfschüttelnd stellt sie die Kanne wieder in die Kaffeemaschine und zeigt auf die Zeitung. »Komm, jetzt ruf da an, die zwei hören sich am besten an.«

»Nein.«

»Was nein?«

»Ich kann das jetzt nicht.«

»Wie: Kann das jetzt nicht? Und wieso nicht?«

Keine Ahnung, wieso. »Ich hab ja die Stelle bei dem Anwalt noch. Das reicht.« Hundert Euro die Woche, mehr kann man gar nicht essen; Angelinas Geld, das hat sie sich geschworen, rühr ich nicht an. Und wenn Angelina wirklich nicht wiederkommt?

»Auf den stehste immer noch, was?«

»Wie bitte?«

»Na komm, jetzt tu nicht so. Was du von dem alles erzählt hast. Und dauernd mehr Stunden geschafft, als er bezahlt hat. Dem haste doch sogar Knöpfe angenäht und stundenlang das Klavier poliert, alles für lau. Kein Wunder, dass der dich weiterarbeiten lässt.«

»Das Klavier poliert?« Schlagartig ist sie wach.

»Ach, was weiß ich, was du da alles gemacht hast. So 'n Kram, halt. Also was ist jetzt mit den Zeitungen, rufst du da jetzt an oder nicht?«

»Kannste ja hierlassen, ich guck dann mal.«

»Du guckst mal. Klasse!«

»Hör mal, das ist echt nett von dir, dass du so viel für mich machen willst, aber ich glaub, ich brauch einfach noch Zeit, bis ich das alles wieder so kann. Lass mich einfach in Ruhe, o.k.?«

»Bitteschön.« Mandy schnauft. »Ich hab genug, wo ich mich drum kümmern muss, also glaub nicht, ich käm vor lauter Langeweile hierher. Wenn Madam was braucht, kann sie ja anrufen.« Sie hängt sich ihre Handtasche um, die so ähnlich aussieht wie die von Angelina, nur mit Fransen dran. »Da bin ich mal gespannt.«

Und dann sitzt sie in der Küche wie vorher, bloß dass da jetzt frische Brötchen liegen und die Zeitungen, und der Anwalt hat ein Klavier.

Um Mitternacht sitzt sie immer noch da, die riesigen Zeitungsseiten über den Tisch verteilt; auf dem Boden liegen die fertig gelesenen. Sie muss das Papier ziemlich nah vors Gesicht halten, vielleicht stimmt mit meinen Augen was nicht. Sie blinzelt, guckt auf das Muster vom Fußboden, auf die Fugen von den Kacheln hinter dem Herd, auf die Buchstaben, die auf der Leiste vom Kühlschrank stehen, was muss man machen, wenn man schlecht sieht? Augenarzt?

Auf dem Kärtchen vom Anwalt steht bloß die Adresse von einer Kanzlei. Als Mandy weg war, hat sie es aus Angelinas Handtasche geholt und vor sich auf den Tisch gelegt, Angelinas Schlüsselbund daneben, es gibt lila, orange, braun, gelb und blau. Lila ist für Angelinas Wohnung, braun für Ute Niemann, sie könnte ein Schildchen nach dem anderen mit der S-Bahn abfahren, vielleicht erinnert sie sich wieder an die Häuser, aber seins ist garantiert das letzte. Vielleicht also eher Taxi. Du spinnst wohl, sagt die Stimme von Mandy, weißt du, wie teuer das ist? Bei der Vorstellung, rauszugehen und nach seiner Wohnung zu suchen, spürt sie Herzklopfen im Hals und hört noch mehr Stimmen, die auf sie einreden, Mandy und Ute Niemann, die Putzstelle mit der Polizei, der Anwalt, *Sie wollen doch sicher bald wieder arbeiten* und Wilhelmine; Angelinas Exfreund, *wir können was zusammen machen, wenn du willst,* bis sie sich die Ohren zuhält und den Kopf auf die Zeitungen legt. Das Papier wird ganz nass.

Rundes, grünbraunes Brummen reißt sie aus dem Schlaf, scheußliche Farbe, automatisch streckt sie die Hand aus und haut auf den Wecker, das Grünbraun verschwindet, und das Schlafschwarz deckt sie wieder zu, aber jetzt hat es Risse und Löcher, durch die Wachgedanken fallen: duschen, Zähne putzen, anziehen. Das Wasser läuft ihr über den Shampookopf, beim Raussteigen aus der Dusche fühlt sie die Badematte unter ihrem Fuß, die Duschtür klackert beim Zuschieben, Bademantel am Türhaken, Tasse auf dem Waschbeckenrand, ein Schluck Kaffee, die Haare sind noch nass.

Kaffee ist doch alle.

Das Schwarz rutscht weg, und sie merkt, dass sie noch genauso im Bett liegt wie eben, ungeduscht, dabei hat sich das alles so echt angefühlt. Da brummt das Grünbraun wieder los, und plötzlich weiß sie: Ich hab hier schon mal geduscht! Wenn sie die Augen zumacht, fühlt sie den Hebel von der Duscharmatur, von dem sie gestern geschworen hätte, dass sie ihn noch nie im Leben angefasst hat. Sie rappelt sich hoch und bleibt auf der Bettkante sitzen. Auf dem Couchtisch liegt das Anwaltskärtchen. Dr. Christian von Söchting, und auf einmal weiß sie auch das wieder: Cyprinusstraße. Erst mit der S-Bahn bis zum Hauptbahnhof, zu Fuß rechts runter, über den Platz mit dem grünen Männchen, an der Pizzeria links, dann geradeaus, um den Turm rum. Tausendmal ist sie da langgegangen, Cyprinusstraße, ein Haus aus Glas, direkt am Wasser, gelber Schlüssel, gelb deswegen, weil die Sonne hier am schönsten scheint. Sie lässt das Wasser über ihren Shampookopf rieseln, beim Raussteigen aus der Dusche fühlt sie die Badematte unter ihren Füßen, hört das Klackern von der Duschtür, sie will nach dem Bademantel greifen, aber der ist lila, wieso lila, lila ist doch Rosemarie.

Sie kippt Angelinas Handtasche über den Zeitungsseiten auf dem Küchentisch aus, sortiert den Inhalt Stück für Stück wieder rein. Was braucht man, wenn man zur Arbeit geht? Den MP3-Player hält sie unschlüssig in der Hand, sie hat Mandy vergessen zu fragen, wie man andere Musik auf das Ding draufkriegt, mitnehmen oder nicht, dann steckt sie ihn ein, Angelina hat ihn schließlich auch dabeigehabt, als sie das letzte Mal beim Anwalt war.

Das Haus ist wirklich aus Glas, aber man kann trotzdem nicht reingucken, von weitem sieht es aus, als könnte man sich an den Kanten in die Finger schneiden. Oberster Stock, von Söchting, gelb. Ein komisches Gefühl, als sie den Schlüssel ins Schloss steckt, wie wenn man den Fernseher anmacht und ahnt, dass man den Film schon mal gesehen hat. Das erste Mal, dass sie nicht in eine Wohnung kommt, in der sie garantiert noch nie war. Sie drückt die Tür hinter sich ins Schloss und bleibt stehen, den Fußboden kenn ich, von der Terrasse aus guckt man über die ganze Stadt und auf den Main. Davor steht ein Flügel. Sie atmet tief durch, lässt die Jacke und die Handtasche in den Sessel neben dem Eingang fallen und geht darauf zu. Ihre Hände klappen den Deckel hoch, aber ihre Finger trauen sich nicht auf die Tasten. Angelina kann nicht Klavier spielen. Eine Weile steht sie davor, dann wandert ihr Blick über den Fußboden zum Fenster, draußen sieht man den Fluss, ich weiß, dass ich schwimmen kann. Sie dreht sich um, schaut sich den Raum an, was hätte Angelina zuerst gemacht? Ganz langsam geht sie durch die anderen Zimmer, und es fühlt sich an, wie wenn man nach einer Ewigkeit in eine Wohnung kommt, in der man irgendwann mal gewohnt hat. Riesig viel Platz und alles voller Fenster, da guckste bis nach Amerika. Wer hat das immer gesagt? Vergessen, aber irgendwer hat's gesagt. Eine Wand nur mit Büchern, dicke, dünne, welche mit Stoffrücken und welche mit glänzenden Umschlägen, in allen Farben, manche sind umgefallen, weil das Regal nicht voll ist, es sieht aus, als hätte jemand die Hälfte geklaut. Sie kriegt Lust, sie rauszunehmen und neu zu sortieren, alle gelben zusammen und alle roten, Orange dazwischen, eine Reihe nur Blau, von hell nach dunkel, und die weißen und schwarzen, von denen gibt's am meisten, eins davon zieht sie raus, hockt sich auf den Boden und fängt zu lesen an. Sie schrickt zusammen, als es klingelt, braucht eine Sekunde, um zu kapieren, dass es das Telefon und nicht die

Türklingel war. Nach ein paarmal Klingeln klackt es, dann Stille, dann ein Geräusch, wie wenn jemand auflegt, und dann tutet es, als wär besetzt. Sie guckt sich um. Legt die Handfläche auf den Boden. Obwohl er aus Stein ist, fühlt er sich an wie warme Haut.

Nach einer Weile fängt das Telefon wieder zu klingeln an. Sie kriegt Herzklopfen, weil es ihr vorkommt, als wär ich gemeint, vielleicht hätt ich dem Anwalt doch vorher Bescheid sagen sollen. Nach fünfmal Klingeln klackt es wieder, Anrufbeantworter, sie steht auf und schiebt das Buch ins Regal zurück. Angelina hockt nicht auf dem Boden, sondern schafft was. *Putzen, Aufräumen, Wäsche waschen*. Sie guckt sich in der Wohnung um, fährt mit der Hand die runden Stellen vom Flügel ab, womit fängt man an? A wie Aufräumen, es klingelt ein drittes Mal, sie überlegt, ob sie rangehen soll, vielleicht ist es wichtig, vielleicht hat da jemand ein echtes Problem, aber wieso redet der nicht auf den Anrufbeantworter? Also klopft sie die Sofapolster glatt und nimmt zwei leere Bierflaschen vom Couchtisch, trägt sie in die Küche, wirft Pizzareste, eine Aluschale mit festgetrockneter Soße und einen Plastikbehälter mit braun gewordenen Salatblättern in den Mülleimer. Der Müll stinkt, als hätte ihn seit Angelina niemand mehr ausgeleert. Neben der Spüle liegt ein Schwammtuch, steifgetrocknet und fleckig, als sie es unters Wasser hält, fängt es an zu riechen wie vergessene Wäsche in der Waschmaschine. Sie wirft es zu den Essensresten in die Mülltüte und sucht unter der Spüle nach einem frischen Tuch, findet aber nur eine Spülbürste und Flaschen mit Putzmitteln, sag schon, wo hast du das Zeug hingeräumt, dann merkt sie, dass sie laut mit ihr geredet hat, als würde Angelina hinter mir stehen und mir zugucken und aufpassen, dass ich alles richtig mache.

Es gibt tausend Schränke in der Wohnung, die einem erst gar nicht auffallen, weil sie wie Wände aussehen. Als sie den hinter dem Klo öffnet, fallen ihr ein Putzeimer und das Rohr von einem Staubsauger entgegen, offenbar hat jemand den ganzen Kram einfach reingestopft und die Tür so lange zugedrückt, bis sie zu geblieben ist. War auf keinen Fall Angelina. Sie holt alles raus und stellt es ordentlich rein, kommt aber auch nicht viel weiter, weil einfach zu viel Zeug drin ist. Immerhin findet sie ein angebrochenes Paket Schwammtücher, blau, rosa, gelb, sie nimmt das gelbe und wischt damit zuerst die Bierränder auf dem Couchtisch weg. Ob man mit dem feuchten Lappen auch an das Klavier darf? Eher nicht, sie holt ein Staubtuch und wischt schwarze Straßen in den Staub, wie Zwergenschneeflocken flimmern die Teilchen durch die Sonne, was für einen Sinn macht das, wenn die sich gleich wieder auf den Lack legen? Ganz vorsichtig staubt sie die Tasten ab und achtet drauf, sie nicht runterzudrücken. Nur saubermachen, das ist dem sein Klavier. Der Hocker, der davorsteht, ist mit schwarzem Samt bezogen, in der Mitte schimmert er grau, sie stellt sich vor, dass er da sitzt, aber das Bild kommt ihr unecht vor, vielleicht, weil sie keine Ahnung hat, was er spielt.

Auf der anderen Seite vom Regal stehen CDs. Hunderte. Auch die: umgekippt und durcheinander, irgendwie fehlt dem das System. Sie guckt sich die Hüllen an, es gibt etliche Cover mit Klaviertasten, manche sind bloß gezeichnet, auf anderen sieht man jemand drauf spielen, sie legt sie auf einen Stapel, sortiert die anderen genauso, nach Instrumenten, und wenn keins drauf ist, nach Bild oder Farbe, nach Gefühl. Die Stereoanlage sieht kompliziert aus, als sie Power drückt, geht Radio an. Sie probiert an den Knöpfen rum, bis der Schlitten von der CD rausfährt, es liegt eine drin, also hat er die gehört. Play.

Glaskugeln. Immer zwei. Jedes Paar hat eine andere Farbe, und trotzdem sind alle Kugeln weiß. Mit dünnen Stäbchen sind sie verbunden, Klangufos, die durchs Weltall trudeln und sich im Kreis aufstellen. Dann kullern sie in Klumpen zusammen, graue Fäden spannen sich dazwischen, die kommen nicht von einem Klavier, das Weltall wird immer voller, immer lauter, erst ganz zum Schluss verschwinden die Fäden, und die Glaskugeln stellen sich wieder in ihren Kreis. Sie drückt auf Wiederholung, macht die Augen zu und hört sich das Stück noch mal an und dann noch mal, dann die ganze CD, manche Stücke überspringt sie, weil ihr die Farben nicht gefallen. Eins ist dabei, das ist total schräg, keine Zickzacklinie, sondern wildes Gehüpfe von Punkten, aber sie sieht sofort, dass sie trotzdem zusammengehören. Als die CD vorbei ist, sitzt sie immer noch auf der Armlehne vom Sofa, hat das Staubtuch in der Hand und merkt, dass sie Hunger kriegt. Muss Mittag sein. Und noch nicht mal angefangen. Sie hebelt die Terrassentür auf, schüttelt das Staubtuch draußen aus, fühlt die Sonne durch ihren Pulli und hätte gut Lust, sich auf eine von den Liegen zu legen. Sind aber keine Polster drauf.

In den Küchenschränken stöbert sie nach Essen, findet nur ein Päckchen Grissini, noch zu, merkt er bestimmt, wenn ich das aufmache. Außerdem massenhaft Orangenmarmelade, Orangensaft und ohne Ende Weinflaschen. Beim nächsten Mal bring ich mir was mit. Sie schneidet einen Pack Orangensaft auf und trinkt zwei Gläser davon, das nimmt ein bisschen den Hunger, danach fängt sie an, die Arbeitsplatte in der Küche abzuwischen. Die Glaskugeln gehen ihr nicht aus dem Kopf, also stellt sie die CD noch mal an, und der Lappen wischt den Kugeltanz mit. Der zweite Ton von jedem Pärchen ist immer gleich, nur der erste fließt auf und ab, drei Töne Unterschied beim ersten Paar, dann fünf, dann sieben, sie wirft das Schwammtuch in die Spüle und geht zum Klavier, die Kugeln stehen vor ihr wie aufgeschrieben, nachdem sie den ersten gefunden hat, kann sie's ganz leicht spielen: Man kann nämlich sehen, wie weit zwei Töne auseinanderliegen, weil die Farbe nicht nur von den Tönen, sondern auch vom Abstand kommt. Erst ist er pink, dann knallblau, mattbraun, danach kommt knallrot, gelb, hellbraun, immer auf und ab, dazwischen ein schwarzer Ausreißer. Wenn sie den zweiten Ton mit dem kleinen Finger spielt, hat sie die anderen für den Rest frei. In der Mitte vom Stück wird es ein bisschen komplizierter, weil Töne gleichzeitig gespielt werden und ihre Finger nicht so schnell sind, wie sie's will, aber je öfter sie es macht, desto besser klappt es. Nur ein Ton, ein ziemlich heller, schrappert komisch, scheint kaputt zu sein. Hört sich an, wie wenn man an einem gespannten Gummiring zupft. Sie versucht, die Taste ganz fest anzuschlagen, aber das Schrappern geht nicht weg, muss wahrscheinlich repariert werden. Als das Telefon klingelt, zuckt sie zusammen und merkt, dass es draußen schon nicht mehr richtig hell ist. Und in der Wohnung ist kaum was passiert. Sie springt auf und guckt auf die Uhr von der Stereoanlage. 17:43. Wie lange arbeitet so einer? Scheiße. Auch wenn er die halbe Nacht arbeitet, das kriegt sie auf keinen Fall mehr hin. Was sag ich dem? Dann wird ihr klar, dass sie ihm überhaupt nichts sagen muss, weil er ja gar nicht weiß, dass ich hier bin. Also muss sie dafür sorgen, dass er es auch nicht merkt. Sie rast in die Küche, bringt die leeren Bierflaschen zum Couchtisch zurück und zerrt die Aluschalen und Pappteller aus dem Müll. Als sie versucht, die Essensreste so zu ordnen, wie sie waren, wird ihr schlecht. Sie streut ein paar Krümel über die Arbeitsplatte und verschmiert ein bisschen Essensdreck darauf, gut, dass sie den Herd nicht gründlich geputzt hat. Was noch? Staub auf dem Klavier? Egal, das merkt keiner, sie geht zum Putzschrank und bringt ihn wieder durcheinander, erleichtert, dass sie Bad und Schlafzimmer nicht angerührt hat. Bloß die Bücher und die CDs. Keine Ahnung, wie die vorher standen, sie räumt ein bisschen hin und her, und als sie geht, hat sie den Eindruck, dass es ungefähr so aussieht wie vorher.

In Angelinas Wohnung ist es still, bloß der Kühlschrank brummt. Fühlt sich fast schon vertraut an, obwohl sie immer noch das Gefühl hat, als wär ich hier nur zu Besuch. Bis Angelina wiederkommt. Sie stellt die Plastiktüte mit den Lebensmitteln auf den Küchentisch. Schwarzbrot, Schmierkäse, Eier, Tomaten, Kaffee, Milch; lauter Sachen, von denen sie sich beim Einkaufen gedacht hat, dass Angelina sie auch genommen hätte. Sie macht sich zwei Käsebrote, aber das zweite lässt sie liegen, Schmierkäse ist nicht mein Ding. Die Tomate, in die sie reinbeißt, schmeckt ihr genauso wenig. Sie nimmt sich vor, das nächste Mal anders einzukaufen. Und jetzt? Noch mindestens drei Stunden bis zum Schlafengehen. Sie stellt den Fernseher an und zappt durch die Kanäle, es gibt einen Krimi, in den sie aber nicht richtig reinkommt, weil sie den Anfang nicht mitgekriegt hat, deswegen guckt sie sich die Schauspieler an, ohne drauf zu achten, was sie sagen, und als ihr klar wird, dass der Mann, der da im Fernsehen allein durch eine Straße läuft, gar nicht allein ist, sondern etliche Kameras um sich rum hat, kippt das Bild auf einmal, und sie sieht den Schauspieler, der in Wirklichkeit gar keine Angst vor dem Typ haben muss, der ihn verfolgt, sondern alles nur spielt, und der Schweiß auf seiner Stirn ist bestimmt auch unecht. Beim Weiterzappen muss sie an Rosemarie denken und an Wilhelmine, weil sie dieses Gefühl nicht los wird, dass die eine links und die andere rechts von ihr liegt. Wahrscheinlich wegen dem Fernseher. Funktionieren so Erinnerungen? Wenn sie es sich aussuchen könnte, würde sie jetzt lieber wieder in diesem Krankenhausbett liegen, neben Wilhelmine, erst recht, wenn sie an die Fernsehgottesdienste denkt. Halb elf und halb fünf. Kann jeder hingehen, hat Rosemarie gesagt. Wenn er gut zu Fuß ist. Wieso bin ich da nicht vorher drauf gekommen? Sie guckt noch einen Liebesfilm, ist aber nur halb bei der Sache, weil sie dauernd an die Orgel im Krankenhaus denken muss und an das Klavier vom

Anwalt und an die Glaskugeln von der CD; in Gedanken sortiert sie die Tonabstände und tippt sie mit den Fingern auf den Couchtisch, ein ganz hellgrüner Ton ist es, der so komisch scheppert, und sie fragt sich, wie das Klavier die Töne überhaupt macht.

Später liegt sie auf Angelinas Sofa und kann nicht einschlafen. Sie zieht es immer noch nicht aus – zu viel Aufwand: erst den Couchtisch wegschleppen und morgens alles wieder zusammenschieben. Geht ja auch so. Sie würde gern das Buch weiterlesen, das sie beim Anwalt angefangen hat, und ärgert sich, dass sie es nicht mitgenommen hat. Wäre dem wahrscheinlich gar nicht aufgefallen. Hab ich mir ausgeliehen, hätte sie im Notfall sagen können, dachte, Sie haben nichts dagegen. Als der Schlaf endlich anfängt, ihre Gedanken aufzuweichen, ist die Frage wieder da: Was, wenn Angelina gar nicht zurückkommt? Aber diesmal ist der Gedanke schon nicht mehr so schlimm.

Als Erstes karrt sie den Staubsauger mitten in den Eingangsbereich und lehnt den Wischmopp gegen den Küchentresen. Stellt den Eimer daneben, Lappen drüber, zwei Flaschen Putzmittel in die Spüle. Nur zur Sicherheit. Wollt grade anfangen, kann sie sagen, wenn er kommt. Falls er kommt. Arbeitet bestimmt lange, aber man weiß ja nie, schließlich hat er Angelina mittags gefunden. Begegnen will sie ihm auf keinen Fall. Ob man den Flügel im Treppenhaus hört?

Am Vormittag war sie im Krankenhaus-Gottesdienst, ist von dort aus direkt hierhergefahren. Jetzt setzt sie sich auf den Hocker und macht die Augen zu. Das Orgelstück, das Schwester Benedicta zum Abschluss gespielt hat, hat sie ziemlich genau in ihrem Kopf. Auf den ersten Blick sieht es ganz anders aus als das mit den Blüten, das sie aus dem Krankenzimmer kennt, es hat nur gerade bräunliche Striche mit Ecken und Zacken und hört sich ein bisschen so an, als würde ein spilleriges Männchen Treppen rauf- und runterlaufen. Aber als sie es genauer betrachtet, merkt sie, dass die beiden Stücke sich trotzdem ähnlich sind. Wenn es zwei Häuser wären, dann wären sie aus denselben Steinen gebaut. Wie Lego, denkt sie, es gehören immer zwei Vierer zusammen, wenn man einen wegnimmt, bleibt jemand allein.

Dann versucht sie, einen Doppelvierer nach dem anderen auf dem Klavier nachzuspielen. Eigentlich ganz einfach, nach einer Weile kommt ihr das Stück vor, als hätte jemand ausprobiert, auf wie viele Arten man acht Töne zusammensetzen kann, und sie versucht, selbst neue Kombinationen zu finden, manchmal hört es sich gut an, manchmal weniger. Bloß der kaputte Hellgrüne nervt. Als sie die hellen Töne ganz rechts ausprobiert, merkt sie, dass noch einer so schnarrt. Sie legt das Ohr auf das blankpolierte Holz. Wenn sie wenigstens wüsste, warum. Die Flügel im Fernsehen und auf den CDs sind immer aufgeklappt, muss also mit dem hier auch gehen. Sie greift unter die Kante und versucht, sie hochzudrücken, aber sie bewegt sich kein Stück. Wenn man so ein Ding klappen kann, muss der Deckel an einer Stelle festgemacht sein. Sie bückt sich, sieht Licht durch einen ganz dünnen Spalt fallen, an der einen Seite kann man tatsächlich Scharniere erkennen. Sauschwer das Teil, aber jetzt weiß sie, wo sie zupacken muss, diesmal kriegt sie den Deckel hochgestemmt. Und lässt ihn vor Schreck wieder runterknallen. Steht zitternd davor und muss tief Luft holen, bevor sie sich traut, ihn noch mal ganz langsam hochzuheben: Neben lauter Drähten, die da drin aufgespannt sind, liegt bündelweise Geld. Grünes Geld, Hunderter, wie die Scheine in Angelinas Tasche, wie viel? Zehntausend? Hunderttausend? Oder noch mehr? Schlagartig bricht ihr kalter Schweiß aus: Was, wenn er jetzt reinkommt? Nichts anfassen. Oder doch? Sie kann den Deckel kaum halten, findet schließlich einen Holzstab, den man ausklappen kann, sie merkt, wie ihre Arme zittern. Wieso hat der so viel

Geld in seinem Flügel? Ein Versteck, logo. Wieso versteckt jemand Geld? Banküberfall, Erpressung, Einbruch, Raub. Aber als Anwalt? Müsste der nicht das Gegenteil von dem machen, was ein Verbrecher tut? Sie nimmt eins von den Bündeln in die Hand, es ist ungefähr so dick wie ihr kleiner Finger – 100 Scheine –, hält den Atem an, aber in der Wohnung ist es still, auch vom Treppenhaus her ist nichts zu hören. Sie zählt die Bündel, muss ein paarmal neu anfangen, weil sie vor Aufregung durcheinanderkommt, es sind 149. Knapp anderthalb Millionen. Bei einem Bündel fehlt das Band, die Scheine sind auseinandergerutscht, und einer hat sich zwischen den Drähten verklemmt. Sie drückt die hellgrüne Taste und sieht, wie ein kleines Hämmerchen auf einen von den Drähten haut – genau auf den mit dem Schein. Es schnarrt laut, weil der Draht gegen das Papier schrappt. Sie zieht die freie Hand einmal quer über die Tasten, beobachtet, wie sich die Hämmerchen bewegen. Verdammt viel Geld. Millionär. Wenn ihm das überhaupt gehört, sonst müsste er's ja nicht verstecken.

Wie ein Roboter legt sie das Bündel, das sie rausgenommen hat, wieder rein, zieht den losen Schein aus den Drähten und lässt den Deckel hinuntersinken. Dann steht sie da, die Wohnung fühlt sich auf einmal ganz anders an als vorher, der Anwalt ist ein anderer Mensch geworden. Vorsichtig macht sie die Wohnungstür auf, hört aber nur gedämpfte Straßengeräusche, eine halbe Treppe tiefer ist ein Fenster gekippt. Noch bevor sie die Tür wieder ins Schloss gedrückt hat, dröhnt das Telefon los, vor lauter Schreck schreit sie auf, aber danach kommt ihr alles ein bisschen normaler vor. Sie nimmt ein Staubtuch in die Hand und fängt mit klopfendem Herzen an, die Wohnung zu durchsuchen, ohne dass sie wüsste, wonach; zieht alle Schubladen auf und kramt in den Schränken; es reicht, den Flügel anzugucken, damit sich das nicht verboten anfühlt. Ein paarmal klingelt das Telefon, wieder alles Aufleger, sie schert sich nicht mehr drum.

In seinem Schlafzimmer ist gar nichts außer dem Bett; im Kleiderzimmer sind zwei Schränke fast leer, nur ein paar Frauensachen hängen drin wie vergessen, dafür quellen seine Wäscheschubladen über vor leeren Unterhosenverpackungen und Pappstreifen, in denen Socken gewesen sind. Kaufen statt waschen, denkt sie, offenbar hat er mehr Geld als Frauen, und muss grinsen, sie guckt auf die Preisschilder und fängt an zu rechnen, wie lange das Klaviergeld reicht, wenn er jeden Tag die Wäsche wechselt, kommt auf gut hundert Jahre. Irgendwie tut er ihr leid. Es gibt noch zwei Zimmer, eins nach hinten raus und eins nach vorn, mit Sicht auf den Main, das ist zwar kleiner, aber eigentlich viel schöner als das Schlafzimmer, nur ein Sofa drin, wieso hat er das nicht als Schlafzimmer genommen? Eine Zeitlang bleibt sie am Fenster stehen, fragt sich, ob man das trotzdem Fenster nennt, wenn die ganze Wand aus Glas ist, und guckt dem Wasser beim Fließen zu, und der Gedanke, dass es einfach weiterfließt, selbst wenn ich weggucke oder wenn es dunkel wird, ja sogar wenn ich sterben oder die ganze Stadt abbrennen würde, fühlt sich irgendwie beruhigend an.

Im Wohnzimmer entdeckt sie eine Kiste mit Notenheften. Sie lässt das Staubtuch auf dem Boden liegen und fängt an, sie durchzusehen. Erst ist es wie mit Rosemaries Illustrierten im Krankenhaus: endlos viele Punkte und Striche, aber dann versteht sie, dass die Punkte Töne sein müssen, die rauf und runter gehen, und sie fragt sich, wieso sie automatisch annimmt, dass die dunklen Töne unten und die hellen oben sind. Ein Heftchen, das am wenigsten kompliziert aussieht, nimmt sie mit zum Klavier. Ein beißendes Gefühl setzt sich in ihr fest. Wieso schäm ich mich, dass ich das nicht kann? Ganz lange guckt sie sich die Zeichen an, die ihr mit jedem Draufgucken einfacher vorkommen als Buchstaben, schon weil es nur ein paar davon zu geben scheint: Gefüllte und ungefüllte, welche mit Strich und welche ohne, bei manchen sind am Strich noch

Fähnchen dran. Als diesmal das Telefon klingelt, zuckt sie zusammen, weil nicht aufgelegt wird. Christian, sagt eine Frauenstimme, sie klingt älter, bleibt es bei Samstag? Dann ist es wieder still, und sie hat das Gefühl, ein Spion im Leben von diesem Christian zu sein. Sie legt die Hefte in die Kiste zurück und geht die Treppe zu der Galerie über der Küche hoch.

Ein Schreibtisch, ein Drehstuhl, ein paar Schränke, schwarz mit Chrom, alle abgeschlossen. Obwohl es schon dämmrig wird, traut sie sich nicht, das Licht anzumachen. Papphefter, Stifte kann sie erkennen, Stapel mit Papier, auf dem obersten steht in fetten roten Buchstaben ELEKTROBAU. Ein Kalender liegt aufgeklappt, lange Striche sind über ganze Spalten gezogen, hab ich das Recht, hier rumzuschnüffeln, nur weil der Typ Geld im Flügel versteckt hat? Hab ich nicht. Sie rückt den Drehstuhl gerade und geht die Treppe runter, aber auf halbem Weg bleibt sie stehen. ELEKTROBAU. Plötzlich fällt ihr die Ärztin wieder ein, wie sie sich die Wunde an ihrem Fuß angesehen hat. *Wir vermuten, dass Sie bei Ihrem Unfall elektrischem Strom ausgesetzt waren*. Von Hirnaktivität hat sie geredet und von einem kaputten Elektrogerät. Ihr Atem fühlt sich ganz kalt an, als sie wieder raufgeht und das Papier vom Stapel nimmt. Sie braucht ein bisschen, bis sie entziffert hat, was da steht: *Deckenspot auf Spannung geprüft, defekte Schutzleiterverbindung festgestellt, Leuchte neu geerdet. Unsere Empfehlung: Mit unserem kostengünstigen E-Check immer auf der sicheren Seite.* Die Kälte rinnt ihr jetzt auch durch Arme und Beine und setzt sich in ihrem Brustkorb fest. Was ist eine Schutzleiterverbindung?

Auf dem Heimweg läuft sie am Bahnhof vorbei in die Stadt, bis sie ein Schaufenster findet, in dem Batterien, Toaster und Waschmaschinen ausgestellt sind. Es klingelt altmodisch, als sie die Eingangstür aufdrückt. Die alte Frau, die hinter der Theke steht, ruft nach ihrem Sohn,

»der kann Ihnen das besser erklären«. Zehn Minuten später hat sie verstanden, dass eine Schutzleiterverbindung dafür sorgt, dass die Sicherung rausspringt, wenn was nicht stimmt, und was es heißt, wenn der Schutzleiter kaputt ist. »Bei Niedervolt kann eigentlich nichts passieren, aber bei 220, hm, wenn da an der Anlage was defekt ist, das kann schon lebensgefährlich werden, wenn Sie die Glühlampe wechseln.«

Später, in der S-Bahn, hat sie das Gefühl, die Wunden an ihrer Hand und ihrem Fuß zu spüren, obwohl die längst verheilt sind. *Da ist weit und breit keine Stromquelle, da können Sie ganz sicher sein.* So ein Arsch.

••••••••

Was ihn irritiert, ist die feuchte, nebelschwere Luft, frisch und doch, trotz des frühen Morgens, schwül. Es fällt ihm schwer, dieses Wetter mit seiner Vorstellung von kalifornischem Klima in Übereinstimmung zu bringen. Bist du je zuvor in San Francisco gewesen? Ist er nicht, was aber niemand zu wissen braucht. Er nickt dem Dorman des Hotels zu, der ihm den Wagenschlag öffnet, und nimmt auf dem Rücksitz der Limousine Platz, die Brownman-Smith geschickt hat. Unterwegs checkt er seine Mails und Nachrichten, obwohl er das bereits während des Frühstücks getan hat, erwartungsgemäß ist nichts Wesentliches hinzugekommen. Zu Hause ist gleich Büroschluss, die anstehende Besprechung mit den künftigen Fusionspartnern dürfte also weitgehend störungslos vonstattengehen; er denkt darüber nach, ein paar Nachrichteneingänge zu fingieren, um sich nicht dem Verdacht der Bedeutungslosigkeit auszusetzen, und markiert zwei Mails von Sylvia und eins von Johannes als ungelesen. Dasjenige von Johannes enthält eine Aufforderung, auf Einsicht in die Versicherungspolice zu bestehen, und schließt, wie neuerdings ständig, mit den Worten: *Ich verlasse mich auf Dich, mein Junge.* Eine leichte Übelkeit fliegt ihn an, was er, wider besseres Wissen, auf das Klima und das fette Frühstück schiebt.

Wie eine Filmkulisse kommen ihm die zuckrig verzierten Fassaden vor, die jetzt an ihm vorbeiziehen, und in ihm steigen Bilder auf aus einer Zeit, die aus einer einzigen Aneinanderreihung sonniger Sommersonntage zu bestehen schien, er sieht den weinroten Austin Frogeye des Vaters die Auffahrt emporpoppern, zwei Männer in Sportkleidung; lachend werfen sie die Wagentüren hinter sich zu, um dann, die hellen Schirmmützen in der Hand, über den Rasen auf die Terrasse zu schlendern und nach den kalten Getränken zu greifen, die dort bereitstehen. Onkel Johannes hat er ihn damals noch genannt und sich von ihm die Haare strubbeln lassen, während Wilhelm bereits Johannes zu ihm sagte und zur Begrüßung die Handflächen gegen seine schlug, eine triumphierende Geste der Zugehörigkeit zur Welt der Großen, die Christian noch Jahre verwehrt sein würde. Und jetzt? Ein Schwall Genugtuung überkommt ihn, er rückt sich die Krawatte zurecht, überprüft den Sitz seiner Manschettenknöpfe, die hat er sich am Flughafen gekauft, das teuerste und gleichzeitig dezenteste Modell von Montblanc und eine der elegantesten Möglichkeiten, dieses verfluchte Geld unter die Leute zu bringen. Johannes' Mail beantwortet er nur mit einem Wort: *Selbstverständlich.*

Die stete Weigerung dieses ansonsten so eloquenten Mannes, Englisch zu lernen, hat er nie verstanden. An fehlender Sprachbegabung kann es nicht liegen; soweit er weiß, hat er ein altsprachliches Gymnasium besucht, wo er offenbar mühelos Latein und Griechisch gelernt hat. Und wenn er Englisch könnte? Würdest du jetzt auch hier sitzen? Er kommt nicht dazu, darüber nachzudenken, weil der Wagen vor einem Bürogebäude hält; die Fassade aus Glas und dunklem, poliertem Stein, Brownman-Smith steht in Goldlettern über dem Portal.

Er wird in einen Konferenzraum in einer der oberen

Etagen gebracht und gebeten, sich einen Augenblick zu gedulden. Er stellt seine Aktentasche auf einen der Sessel und tritt an die Glasfassade. Die phantastische Aussicht, die man bei klarem Wetter von hier aus haben müsste, kann er nur ahnen, noch immer hängt dichter Nebel über der Stadt. Und als er sich umdreht, sieht er sie: die wandbreite Vitrine, eng bestückt mit Tombstones, gravierten Plexiglassteinen, jeder einzelne das Manifest einer lukrativen Transaktion. Er atmet tief durch, kein Vergleich zu der übersichtlichen Anzahl von Exemplaren, die im Besprechungszimmer seiner eigenen Kanzlei stehen – und dies hier ist definitiv nicht der Major Board Room. Über große Deals brauchst du dir künftig keine Sorgen mehr zu machen. Noch während er die Inschriften liest, öffnet sich die Tür, und drei Männer treten ein, kaum formeller gekleidet als beim letzten Mal, nur einer trägt eine Krawatte, so dass Christian sich in seinen englischen Nadelstreifen unangenehm uniformiert vorkommt. Wie sich herausstellt, sind alle drei Senior-Partner. In der vergangenen Nacht, während der ihn die Zeitverschiebung nicht hat schlafen lassen, hat er gründlich an den Worten und der Präsentation gefeilt, die er jetzt vorbringen will, doch kaum dass sich alle begrüßt haben, bedeutet ihm derjenige, der sich Bill nennt, den Laptop wieder einzupacken. Man wolle ihn einfach persönlich kennenlernen, die Kanzlei habe man bereits in Augenschein genommen. Noch immer lächelnd, klopft ihm Bill auf die Schulter und zeigt mit der anderen Hand über die vernebelte Stadt: »Sie werden sehen, das lichtet sich.«

Er müht sich um ein ebenso lockeres Grinsen und spürt sein Handy vibrieren, doch ein kurzer Blick auf das Display lässt ihn ein Stöhnen unterdrücken: Verena, die Nachbarin aus dem Stockwerk unter ihm. Sosehr ihm ein Anruf zupasskäme, diesen hier wird er auf keinen Fall annehmen. Er steckt das Telefon in die Tasche zurück und lauscht Bills Ausführungen über die Strukturen und Abläufe bei Brownman-Smith, fühlt noch zwei weitere Male die Vibration an seiner Brust, wir erwarten natürlich ein akzeptables Gleichgewicht hinsichtlich der monetären Anerkennung unserer Arbeit, unser Business-Modell erlaubt keine Stundensätze unter 500 $ für Partner und mindestens 350 $ für einen Associate. Im Übrigen ist unser Mandantenstamm so ausgerichtet, dass keinerlei Akzeptanzschwierigkeiten auftreten können. Im Gegenteil. Man ist sich bewusst, dass die absolute High-End-Beratung, die wir liefern, eine entsprechende Honorierung geradezu zwingend notwendig macht. Er tut sich schwer, das legere Erscheinungsbild der Kollegen mit deren straffem Selbstbild zusammenzubringen. Eine Angleichung des Altersdurchschnitts ist für die erfolgreiche Zusammenarbeit ebenfalls unabdingbar, Sie werden das regeln, mein Freund, Schulterklopfen, Sie sind doch unser Mann, nicht wahr? Nur peripher streift ihn die Konsequenz des Gesagten, die sind alle unter fünfzig hier, im Geist zählt er die 50+-Kollegen in Frankfurt an den Fingern ab, als die erste Hand voll ist, hört er auf. *Count on me*.

Zu Hause ist es nach Mitternacht, als sie die Kanzlei zum Lunch verlassen; in der Zwischenzeit hat sich der Nebel tatsächlich gelichtet, er trägt sein Jackett so lässig über der Schulter wie die Kollegen, spürt die Sonne durch den dünnen Hemdstoff. Nachdem sie die Bestellung aufgegeben haben, checkt er seine Mails, findet eine Nachricht in der Voicebox, erst als er schon auf Anhören gedrückt hat, sieht er, von wem sie stammt. *Also wenn du schon nicht da bist, dann sorge gefälligst dafür, dass Ruhe im Haus herrscht!* Er stöhnt lautlos, unterdrückt ein Kopfschütteln und will schon löschen, doch der Nachklang ihrer Stimme irritiert ihn, kein kokettes Jammern wie sonst, sondern schnippisches Gezeter: *Man muss ja nicht auch noch in der Mittagsstunde Klavier spielen, meine Kleine kann überhaupt nicht schlafen. Wenn das nicht sofort aufhört!* Die Konsequenz bleibt sie ihm schuldig, aber er hätte sie auch nicht mitbekommen, so jäh rast ihm der Puls davon. Klavierspiel in deiner Wohnung, das kann nur eins bedeuten, und mit einem Mal fühlt er sich, als hätte er den Wein schon getrunken, den der Kellner gerade vor ihn stellt. Er muss Zähne und Lippen zusammenpressen, um nicht laut herauszulachen, muss die Füße auf den Boden stemmen, um nicht aufzuspringen und den Kollegen um den Hals zu fallen, muss still dasitzen und lächeln und tun, als könnte er überhaupt etwas anderes denken als! Der Wein schwappt aus dem viel zu vollen Glas, als er mit Verve mit den Kollegen anstößt und läuft über seine Hand, und er lacht und nimmt die Serviette und wischt ihn fort, nimmt einen großen Schluck und das Handy und sucht das kitschigste Smiley, das er finden kann, eines, das pulsierende Herzchen ausblubbert, und drückt drei davon ins Display, drückt Charlottes Initialen und sendet, und dann sitzt er da und spürt das Grinsen, dass ihm im Gesicht hängt, und wartet, aber es kommt keine Antwort, natürlich nicht, sie schläft ja, denkt er zärtlich, schließlich ist es in Wirklichkeit mitten in der Nacht.

••••••••

Im Halbschlaf hört sie es klatschen, und mit zwei Sekunden Verzögerung durchfährt sie ein Schreck, bis ihr klar wird, dass es nur das Buch gewesen sein kann; es muss vom Sofa gerutscht sein. Sie macht die Augen auf. Durchs Milchfenster kommt Tageslicht und vermischt sich mit dem gelblichen Licht von der Stehlampe, die scheint die ganze Nacht gebrannt zu haben. Die Rechnung vom Anwalt fällt ihr ein, der Mann im Elektrogeschäft. Fühlt sich an wie ein schlechter Traum. Sie guckt über die Sofakante, sieht das Buch tatsächlich auf dem Boden liegen, es ist beim Runterfallen zugeklappt. Sie tappt damit in die Küche und stellt die Kaffeemaschine an. Der Fußbodenbelag, der aussieht wie Kachelboden, aber aus Plastik ist, schmatzt unter ihren schlafverschwitzten Füßen. Fühlt sich an, als wäre er nicht richtig festgeklebt und würde sich mit jedem Schritt ein bisschen heben. Während der Kaffee durchläuft, geht sie aufs Klo, blättert, bis sie die Seite findet, über der sie gestern eingeschlafen sein muss. Schließlich nimmt sie einen großen Becher Kaffee mit ins Zimmer, schiebt sich die heißgewordene Stehlampe vors Sofa und die Sofapolster in den Rücken, und nach einer Weile schafft sie es, wieder in die Geschichte zu rutschen, in der die Buchstaben und Wörter so angeordnet sind wie Töne in einer wunderschönen Musik. Erst als es ums Essen geht, merkt sie, dass sie Hunger hat. Sie liest weiter, während sie in die Küche geht und Müsli in eine Schale kippt, dabei schwappt Milch über und tropft an ihrem Bein runter, sie wischt sie mit dem Spüllappen weg. Gut, dass Angelinas Nachthemd so kurz ist, sonst wäre das jetzt versaut. Sie liest den ganzen Vormittag, auch wenn die vielen Wörter sie anstrengen, manche kennt sie gar nicht, und in diesem Buch gibt es massenhaft Sätze, die sie nicht auf Anhieb kapiert. Aber wenn sie die Stelle zwei- oder dreimal gelesen hat, kann's passieren, dass einer zu leuchten anfängt und sie staunen muss, wie viel Schönheit man aus so ein paar Buchstaben zusammensetzen kann, es ist, als würde vor lauter Schönheit auch in ihr drin was zu leuchten anfangen.

Später reißt sie ein Stück Wolle von Angelinas Strickarbeit und legt es als Lesezeichen ins Buch. Aus den Notenheften beim Anwalt hat sie sich die rausgesucht, die am unkompliziertesten aussehen, die nimmt sie sich am Küchentisch vor, wo das Licht am besten ist, weil es direkt von oben auf den Tisch fällt. Wenn ich das mit dem Lesen hingekriegt hab, krieg ich das mit den Noten genauso hin. Nach und nach wachsen die Noten tatsächlich zu Linien zusammen, dann summt sie mit, und einmal hat sie das Gefühl, die Melodie zu kennen. Am liebsten würde sie jede Note mit der passenden Farbe anmalen, aber in Angelinas Wohnung gibt es nicht mal einen Bleistift.

Am Nachmittag schmiert sie sich zwei Brote, isst sie, an die Spüle gelehnt, und überlegt, doch noch zum Anwalt zu fahren, obwohl sie da vorerst nicht mehr hinwollte, aber sie braucht dringend ein Klavier – die Finger auf dem Wachstuch helfen nicht mehr weiter, auch wenn sie mit einem Messer Tasten eingeritzt hat. Außerdem sind da noch Zeichen in den Noten, aus denen sie nicht schlau wird, vielleicht findet sie in seinem Regal ein Buch dazu. Garantiert gibt es Bücher übers Klavierspielen, und sie muss fast lachen, als ihr klar wird, dass sie dafür gar nicht zum Anwalt muss, sondern bloß in einen Buchladen. Sie nimmt den Umschlag mit dem zweiten Hunderter aus dem Küchenschrank und steckt ihn zu den restlichen Scheinen in Angelinas Portemonnaie. Sie wird in die Innenstadt fahren und ein Buch übers Klavierspielen kaufen, und in einen CD-Laden gehen, bestimmt gibt's die Orgelstücke von Schwester Benedicta auf CD. Eine wuselige Lust überkommt sie, sie stellt Angelinas Handtasche auf dem Küchenstuhl bereit und zieht den Vorhang vom Kleiderregal zurück, sucht in den Shirts nach was Fröhlichem; knallrot wär genau richtig, aber so was hat Angelina nicht. Sie will gerade ein hellblaues T-Shirt aus dem Stapel ziehen, als es an der Tür klingelt. Mandy. Wahrscheinlich mit Brötchen. Sie überlegt, nicht aufzumachen, aber das kommt ihr ungerecht vor, schließlich meinen die es alle bloß gut.

»Hey, ich bin's.« Die Stimme an der Sprechanlage gehört nicht zu Mandy, es ist eine Männerstimme, irgendwo hat sie die schon mal gehört.

»Wer ist ich?«

»Ey ich.« Pause. »Pit.«

Pit. Der Mann vom Anrufbeantworter, mit dem Angelina Schluss gemacht hat, *lass bloß die Finger von dem, ich sag's dir.* Aus lauter Trotz drückt sie den Türöffner, zerrt Angelinas Jogginghose aus dem Regal und steigt rein, die Jacke dazu findet sie auf die Schnelle nicht, also verschränkt sie die Arme über dem Nachthemd und wartet an der Tür, fährt sich mit den Fingern durch die Haare, hört, wie Schritte die Treppe raufkommen und schämt sich ein bisschen dafür, dass ihr Herz klopft. Als könnte das irgendjemand mitkriegen und was Falsches denken, aber in dem Moment, wo sein Kopf über den Stufen auftaucht, klopft es sofort andersrum.

»Hi«, sagt er und kommt direkt auf sie zu. Er ist nicht besonders groß und hat keine Jacke über dem T-Shirt an, obwohl es dafür viel zu kalt ist. Er wippt im Gehen in den Knien, als wären die aus Gummi. Braune Haare, nach hinten gekämmt, schmaler Bart über den Lippen und am Kinn, an den Seiten durch zwei dünne Bartstriche verbunden. Einer, der aussehen will wie Brad Pitt. Unter seiner Achsel klemmt eine Plastiktüte, und die Hände hat er in den Hosentaschen versteckt, nimmt sie auch nicht raus, als er fast bei ihr ist, schon viel zu nah, geh ihm einfach aus dem Weg, aber sie steht wie angewurzelt, und sein Gesicht wird immer riesiger, erst als sie seinen Mund an ihrer Lippe spürt, schafft sie es, den Kopf wegzudrehen.

»He, was los?« Sein Kinn zuckt nach vorn, als würde das Kinn noch mal dasselbe fragen. »Zickste rum oder was? Wo steckste überhaupt die ganze Zeit?«

Sie macht einen Schritt rückwärts, in die Wohnung rein, er drückt sich so nah an ihr vorbei, dass seine Brust ihre Schulter berührt, und dann guckt er als Erstes ins Zimmer, wo das Bettzeug halb vom Sofa gerutscht ist. »He, ich hab dich was gefragt.«

»Ich war vier Wochen im Krankenhaus.«

Er bleibt stehen und dreht sich zu ihr um. Man merkt sofort, dass er das wirklich nicht gewusst hat. »Echt?«

Sie nickt.

»Und wieso?« Auf einmal klingt er, als hätte man ihm den Ton leise gedreht. »Is was passiert? Biste krank?«

»Ich bin von 'ner Leiter gefallen.« Sie will gerade anfangen, ihm auch den Rest zu erklären, aber dann denkt sie sich, dass es besser ist, den Mund zu halten und zu tun, als wäre sie Angelina, damit er sich genau so benimmt, wie er das bei Angelina tun würde. Jetzt steht er erst mal da und weiß ganz offensichtlich nichts zu sagen, sie kann zugucken, wie es in seinem Kopf rattert. Endlich holt er die Plastiktüte unter der Achsel hervor, sie stellt sich vor, dass Schweiß dran klebt. »Und? Was gebrochen?«

»Hm. Probleme mit dem Bein.«

»Und wieso meldeste dich nicht? Hättest wenigstens anrufen können.«

Hätte ich nicht. Kann sie aber nicht sagen, weil sie's dann erklären müsste, also bewegt sie nur die Schultern. Auch in die Augen sehen kann sie ihm nicht, obwohl das besser wäre, sie guckt nur kurz auf seine Bartstriche, ihr Blick rutscht über seine Schultern, seine Oberarme, irgendwas an ihm sieht verkehrt aus.

»Hier komm.« Wieder sein Kinn, das mit mir reden will. »Kannste mir nicht erzählen: Vier Wochen im Krankenhaus!« Er tippt sich an die Stirn, und sie spürt, wie sie das wütend macht, obwohl der mir ja ganz egal sein kann.

»Haste 'n andern, oder was?«

Ganz nah baut er sich vor ihr auf, also dreht sie sich um und geht in die Küche, möglichst weit weg von dem Sofabett. »Ich war im Krankenhaus, hab ich gesagt. Und da hatt ich echt andere Sorgen. Aber selbst wenn.« Sie bleibt mitten in der Küche stehen, behält die Arme vor der Brust verschränkt. »Ich hab Schluss gemacht, wenn du dich erinnerst, also würde dich das gar nix angehn.«

»Schluss gemacht? Du? Mit mir?« Er grinst und zieht sein Unterlid mit dem Finger runter. »Biste aufs Hirn gefallen oder was?«

Ganz genau. Noch mehr Wut, nicht wegen mir, sondern wegen Angelina. Sie hat auf einmal das Gefühl, Angelina vor diesem Typen beschützen zu müssen. Aber was, wenn es gar nicht stimmt und Angelina Mandy bloß erzählt hat, dass sie Schluss gemacht hat? Damit Mandy Ruhe gibt?

»Hier.« Er streckt ihr die Plastiktüte entgegen. »Haste eigentlich nicht verdient.«

»Dann will ich's auch nicht.«

»Was? Hey, hier echt, du zickst ja total rum, dabei will ich bloß nett sein. Nimm.«

»Und was ist da drin?« Sie macht keine Anstalten, die Tüte zu nehmen.

»Geschenk. Hier, nimm schon.« Jetzt guckt er so sympathisch, wie seine Stimme klingt, greift in die Tüte und hält ihr zwei T-Shirts entgegen, ein schwarzes und ein rotes, mit dem Aufdruck von einer Sportartikelfirma. Waren wahrscheinlich nicht billig. »Da. Probier's an.«

»Pack sie wieder ein.« Aber dann fasst sie doch nach einem Zipfel von dem roten Shirt und hält es auseinander. Ich nehm das nicht, auch wenn es voll schön aussieht, aber Angelina, die hätte es genommen, oder?

»Gefällt's dir? Hab ich vom DJ, der hat zweihundert Stück davon gefunden.« Grinsen, Augenzwinkern. »Komm, zieh mal an.«

»Jetzt nicht, ich wollt gerade weggehen.«

»Wie weggehen? Ich bin doch hier.«

»Ich muss noch was besorgen.«

»Ey, ich will, dass du das jetzt anziehst, kapiert?« Er grinst schweinisch und grapscht nach ihrem Nachthemd, sofort hält sie wieder die Arme vor die Brust. Den Bademantel hätt ich drüberziehen sollen.

»Stell dich nicht so an.«

»Hör auf, ich will das nicht, Finger weg. Und deine T-Shirts will ich auch nicht, nimm sie bitte und geh.«

»Oh! Nimm sie bitte und geh!« Mit hoher Stimme äfft er sie nach. »Mann, wie du redest!« Er macht noch einen Schritt auf sie zu, sie weicht nach hinten aus, knallt mit dem Hintern an die Kante vom Küchentisch, die Zeitungen rascheln, schubs ihn weg, aber er packt ihre Handgelenke und hält sie fest, Kraft hat er, und ausgerechnet jetzt kapiert sie, was an ihm so verkehrt aussieht: Die Knubbelmuskeln unter dem viel zu engen T-Shirt, die passen überhaupt nicht zu ihm, die sehen aus wie draufgeklebt, und plötzlich hat sie ein Wort dafür, schmächtig, genau, der ganze Typ ist schmächtig, und obwohl er gerade versucht, seinen Oberschenkel zwischen ihre Beine zu schieben, freut sie sich über das Wort: schmächtig, wie ein richtiger Ton, und mit einem Ruck boxt sie mit der Schulter gegen ihn.

»Hey, hey, hey, wehrt sich ja, die Kleine.« Gleich zerquetscht er mein Handgelenk. »Ganz was Neues, ganz wild, ja, komm, weiter so.« Arschloch, will sie sagen, aber er drückt seinen Mund auf ihren, seine nasse Zunge, sie dreht den Kopf, presst die Lippen zusammen. Zwischen die Beine treten, geht aber nicht, er drückt sie weiter nach hinten, auf den Küchentisch, greller Schmerz am Arm, seine Hand, die Jogginghose, und er stößt mit den Fingern voll in sie rein, sie kann nicht schreien, ist aber glasklar, ich werde vergewaltigt, dabei hat sie das Gefühl, sich selbst zuzugucken, ich bin nicht Angelina.

»Ich bin nicht Angelina!«

Er keucht. Sie spürt sein hartes Teil an ihrem Bein.

»Hör auf! Ich bin nicht Angelina!«

Er weicht zurück, mit zornigem Gesicht, seine Hand kommt wieder näher, dann knallt ihr Kopf auf den Tisch. »Du redest eine Scheiße, Mann.«

»Ich bin nicht Angelina ich wohn hier nur bis sie wiederkommt ich zeig dich an du bist ein Schwein.«

»Ich sag's doch: aufs Hirn gefallen. Hier, weißt du, was das ist?« Ihr wird schwarz, als seine Hand fest zukneift. »Das hier? Das ist die Fotze von Angie Niemann.« Dann lässt er los, seine Turnschuhe schmatzen auf dem Bodenbelag. »Anzeigen. Du! Kannst ja noch nicht mal deinen Namen richtig schreiben.«

Augen zu. Alles schwarzbraun, wie Schlamm, und

genauso bleibt sie liegen, in alle Ewigkeit, damit der Schlamm über sie drüberfließt und sie zudeckt, immer ein bisschen mehr, bis nix mehr von ihr zu sehen ist.

Die Tür vom Kühlschrank. »Mann, was für 'ne Scheiße hier, nicht mal was zu trinken, was bist 'n du für 'ne Frau? Für nichts zu gebrauchen!« Hört sich an, wie wenn er die Kühlschranktür mit dem Fuß zutreten würde. Sie hebt den Kopf, zieht am Bund von der Jogginghose, am Nachthemd, da ist er schon neben ihr, aber er guckt sie gar nicht an, sondern geht an Angelinas Handtasche, wühlt drin rum, und sie hängt da, stocksteif und will was sagen, was machen, kann aber nicht. Das Portemonnaie, Angelinas Portemonnaie, er macht es auf, sein Gesicht verändert sich, als er die Scheine sieht, er stopft sie sich in die Jeanstasche. »Ich hol jetzt was Anständiges zu trinken! Und dann komm ich wieder.« Ein Schubs, und sie fällt zurück auf den Tisch. »Am besten, du ziehst dich schon mal aus.« Seine Faust zwischen ihren Beinen. »Kannst gleich liegen bleiben, Süße, ich nehm 'n Schlüssel mit!« Lachen, Schritte, die Wohnungstür fällt zu.

Sie kann nicht atmen, nur zittern. Ihre Zähne fangen zu klappern an. Und dann, mit einem Ruck, steht sie auf, stürzt ins Bad, ich muss kotzen, aber sie kann nicht, kniet nur vor der Kloschüssel und würgt. Was, wenn der wirklich wiederkommt? Der kommt, kein Zweifel. Hat er echt den Schlüsselbund mitgenommen? Und die ganze Kohle weg! Was jetzt?

Mit einem Mal ist sie glasklar. Reißt sich die Klamotten runter, schaufelt sich kaltes Wasser ins Gesicht und zwischen die Beine, tupft sich trocken, lässt das Handtuch auf den nassen Boden fallen. Slip, Shirt, Jeans. Angelinas Reisetasche, sie wirft alles rein, was sie in die Finger kriegt, Zahnbürste, Wäsche, Klamotten, zerrt eine Jacke aus dem Schrank, die Schnürsenkel von den Turnschuhen sind noch zugebunden, sie steigt so rein, der hat echt alles mitgenommen, wieso hab ich mich nicht gewehrt, in der Spüle liegt noch das Brotmesser, in Gedanken macht sie alles besser, aber jetzt, jetzt ist es zu spät. Wie lange braucht er zum Supermarkt und zurück? Sie schnappt Angelinas Handtasche vom Stuhl, der Schlüsselbund ist noch drin, aber der Ersatzschlüssel von der Tür ist weg, scheißegal, bloß raus hier, sie guckt noch mal zum Tisch, auf dem Angelina liegt wie eine Stoffpuppe, du bleibst hier, als sie auf den Stufen fast hinfällt, merkt sie erst, wie wackelig ihre Beine sind. Dann, mitten auf der Treppe: Das Buch! Auf dem Couchtisch. Sie bleibt stehen, eine Sekunde, zwei, drei, rast rauf, frickelt den Schlüssel ins Schloss, der Puls sprengt ihr fast den Hals, sie rennt rein, packt es in die Handtasche, als sie auf dem zweiten Absatz ist, klappt unten die Haustür, aber dann hört sie ein Kind türkisch reden und kriegt wieder Luft, noch drei Stockwerke, noch zwei, vor der Haustür guckt sie die Straße rauf und runter, zum Glück schon fast dunkel, sie rennt los, durch die Parallelstraße, meine Beine fliegen, als wüssten die genau, dass es drauf ankommt.

••••••••

Er beugt sich zur Seite, ins Blickfeld der Stewardess, hebt ihr sein leeres Glas entgegen und lehnt sich in den Sitz zurück. Die gedämpfte Nachtatmosphäre der Kabine hat etwas Unpassendes, die meisten Passagiere schlafen, und du solltest dich auch ausruhen, doch er ist viel zu aufgekratzt. Zweimal hat er versucht, sie anzurufen, aber sie hat nicht abgenommen, danach erst ist ihm klargeworden, dass sie ihn überraschen will, und beinahe bereut er, ihr in seinem Überschwang die kleine Nachricht geschickt zu haben, auf jeden Fall aber bereut er die peinlichen Emoticons. Er nickt der Stewardess, die ihm nachschenkt, zu, schickt seinen Blick in Richtung der jungen Frau, die auf der gegenüberliegenden Kabinenseite am Fenster sitzt, auch sie hat eine Reihe für sich. Sie schläft nicht, sondern liest und nippt gelegentlich an ihrem Wein. Er wartet, bis sie aufsieht, prostet ihr mit einer dezenten Handbewegung zu. Sie ist von auffallender Schönheit, nimmt ihrerseits das Glas und hebt es, mit einem kleinen Lächeln, ihm entgegen.

Erfolg. Hast du immer gehabt, oder? Aber dieses Mal fühlt es sich besser an, wie Mensch-ärgere-dich-nicht kurz vor dem Ziel: Alle anderen rausgeworfen, drei Figuren im Häuschen, und sein Viertes kann keiner mehr kriegen! Er bewegt die Zehen in den Airline-Socken, die sich schwitzig anfühlen, eigentlich kann er diese Synthetikteile nicht ausstehen, aber jetzt gefällt es ihm, ohne dass er sagen könnte, warum. Er hört, wie sie die Seite umblättert, und sieht nach rechts, sein Blick trifft genau in ihren, eine halbe Sekunde, eine ganze, noch eine halbe, dann sieht sie wieder in ihr Buch, aber sie lächelt, und wenn er wollte, säße er, noch ehe die Sonne aufgeht, auf dem Platz neben ihr. Er schaut hinaus in die Dunkelheit, winziges Glitzern tief unter ihm, dies wird künftig deine Rennstrecke sein, *Sie sind doch unser Mann,* und einen Assessor als Assistenten wird er kriegen. Die Frage, was er mit Linda anstellen soll, verschiebt er ebenso auf später wie den Gedanken an die sonstigen Forderungen, die die Amerikaner gestellt haben. Die Frau klappt ihr Buch zusammen, er klebt seinen Blick wieder an ihren, frag sie, ob sie regelmäßig diese Strecke fliegt, aber dann zieht sie sich eine Schlafmaske auf die Augen und klemmt sich ein Kissen in den Nacken. Enttäuschung durchfährt ihn, du solltest auch schlafen, die nächste Nacht wirst du kaum dazu kommen. Er betrachtet ihre Beine, sie trägt dunkle Nylons, und er stellt sich vor, dass es Halterlose sind, schließt seinerseits die Augen und stellt sich vor, wie sie vor ihm in die Knie geht und ihm einen bläst, in einem kalifornischen Hotelzimmer, stellt sich vor, wie er ihr den Rock hochschiebt, die mageren Zeiten sind vorüber, keine acht Stunden mehr, dann sitzt du bei Vehmann im Wagen, und er wünschte, er könnte irgendwas tun, damit das verdammte Ding schneller fliegt, jetzt, wo endlich wieder jemand wartet auf dich.

Er lässt sich noch ein paarmal nachschenken, bis die Flasche leer ist, irgendwann schafft der Alkohol es, ihn einzuschläfern, sein letzter Gedanke gilt den Socken, du wirst keine Gelegenheit haben, die verschwitzten Füße zu waschen, bevor er eine Lösung gefunden hat, ist er weg.

Nach dem Aufwachen vertieft er sich in seine Akten, aber die Gedanken schweifen nach Hause, ein schönes Wort, er wird die Tür öffnen, mit Blumen in der Hand, und sie wird ihn erwarten, es werden keine Worte nötig sein, er wird sie küssen, und dann wird er den Fusionsvertrag machen und sie heiraten, ganz schnell, und alle vier Männchen werden im Häuschen sein. Vielleicht hättest du doch einen Ring kaufen sollen, in San Francisco, aber dafür will er das Bargeld nehmen und ausreichend Zeit. Er wird ihr etwas mitbringen, aber keine Blumen, keinen Champagner, viel zu banal, etwas, das sie wirklich zu schätzen weiß, und im Geist läuft er die Geschäfte im Airport entlang, während sein Blick über die Zeilen des Fachartikels vor ihm gleitet, eine Novellierung des japanischen Hypothekenrechts, Japan, und als die Lautsprecherdurchsage bereits den Landeanflug ankündigt, fällt ihm der Japaner in der Innenstadt ein, dessen Sushi sie so liebt, genau das! Ein Wahnsinnsumweg, aber der, das weiß er, wird sich lohnen. Orangerot und unwirklich hängt die Abendsonne über dem Rollfeld, als der Flieger aufsetzt.

••••••••

»Taxi!« Wie im Film, denkt sie, beim Rufen tut ihr die Stimme weh. Als die Wagentür hinter ihr zuklappt, kann sie kein Wort sagen, so außer Atem bin ich. »Cyprinusstraße«, bringt sie schließlich raus und lässt sich quer aufs Polster fallen, damit er mich nicht sieht. Erst als sie sicher ist, dass sie aus dem Stadtteil raus sind, setzt sie sich aufrecht hin, guckt auf den Zähler, 6,40, Scheiße, ein geknäulter Zehner muss noch im Münzfach sein, hoffentlich hat er den nicht gefunden, und ein paar Euro Hartgeld, sie starrt auf die rote Zahl, die immer größer wird, lieber Gott, lass es reichen, und dann auf die Uhr, viertel nach sieben. Was du vorhast, ist scheiße, aber einen anderen Ausweg weiß sie wirklich nicht mehr.

....

Er nimmt die Luxus-Platte für zwei Personen, nickt dem Japaner, der sie einpackt, anerkennend zu; flink sind sie, diese Asiaten, das muss man ihnen lassen. Als die Limousine in seine Straße biegt, beugt er sich nach vorn, um am Haus emporsehen zu können, und als er Licht sieht, tatsächlich Licht sieht, überschwemmt ihn etwas, und er merkt, dass seine Augen zu tränen anfangen. Reiß dich zusammen, beim Aussteigen klopft er Vehmann auf die Schulter, schaut wieder nach oben: Kein Zweifel, alle Lichter an. Zu Hause. Warm. Den Koffer, den ihm Vehmann ins Haus trägt, stellt er in den Aufzug und lässt ihn allein aufwärtsfahren, beginnt die Treppen nach oben zu steigen, Sushi statt Rosen lassen ihn lächeln, nur die vorletzte Etage passiert er auf Zehenspitzen, damit Verena ihn nicht hört, zwei Treppen noch, eine, lautlos, nur sein Herz klopft wie schon lange nicht mehr. Behutsam steckt er den Schlüssel ins Schloss, dreht um und holt tief Luft, ehe er die Tür sachte aufdrückt, mitsamt den Sushi trägt er sein Lächeln vor sich her, ihr entgegen, dort vorn, am Fenster, im Sessel. Sitzt.

Sitzt jemand.

Nicht Charlotte.

Sein Lächeln stülpt sich auf links, er spürt eine chemische Reaktion in seinem Innern ablaufen, und das, was er da spürt, ätzt. Im Sessel neben dem Klavier sitzt die Putzfrau aus dem Krankenhaus, und sie sieht nicht aus, als wäre sie zum Saubermachen hier, sondern lehnt entspannt in den Polstern, drei Espressotassen auf dem Couchtisch, offenbar hat sie mit Charlotte ein Kaffeekränzchen veranstaltet. In ihrem Schoß hält sie ein aufgeschlagenes Buch.

»Guten Abend«, sagt er automatisch und so höflich er kann, steht da, neben seinem Koffer, mit dem Sushi-Tablett in der Hand, hinter sich die offene Wohnungstür, und weiß einen Moment lang nicht weiter. Im Gang zum Schlaftrakt brennt Licht. Er macht einen Schritt dorthin. »Charlotte?« Keine Antwort. »Charlotte!«

Tu was. Als Erstes schließt er die Wohnungstür, stellt die Sushi auf dem Küchentresen ab. Die Putzfrau sitzt stumm in ihrem Sessel und beobachtet ihn, irgendwas an dieser Situation fühlt sich grotesk an, und irgendwo in seinem Innern fängt ein Alarm an zu läuten. »Guten Abend«, sagt er noch mal, jetzt mit mehr Nachdruck, und zieht den Mantel aus.

»Hallo.« Sie legt das Buch mit den Seiten nach unten auf die Armlehne des Sessels und schlägt die Beine übereinander, sowohl in ihrer Bewegung als auch in ihrem Tonfall glaubt er eine Provokation zu bemerken.

»Ist meine Frau nicht hier?«

»Hier bin nur ich. Und damit das gleich klar ist: Ich bleibe.«

»Wie bitte?« Ihm ist, als wäre eine fremde Wirklichkeit in seine hineingerutscht, Woody Allen oder so, aber dann wird ihm bewusst, dass er es hier mit einer Art von Problem zu tun hat, mit der er sich nicht auskennt, oder hast du dich jemals mit Verrückten abgeben müssen?

»Ich habe gesagt, dass ich hierbleibe. Ich nehm das Zimmer vorne raus, das mit dem Schlafsofa.«

»Was?« Unwillkürlich muss er lachen. Er schickt seinen Blick durch den Raum, sieht kurz nach oben zur Galerie. »Charlotte?« Wäre ihr ernsthaft zuzutrauen, dass sie irgendwo eine Kamera versteckt?

»Sie brauchen nicht zu suchen. Hier ist keine Charlotte.«

Er schließt die Augen und öffnet sie wieder, um nicht laut zu stöhnen, schaut auf die Uhr, vielleicht ist sie einkaufen gegangen, du musst das hier gemanagt haben, bevor sie wiederkehrt. Tief durchatmen, wie geht man mit so jemandem um? Er muss an die Schwester im Krankenhaus denken, die ihm vorkam wie eine Kindergärtnerin, vermutlich war das ein Vollprofi, und er müht so viel Sanftmut in seine Stimme, wie er nur kann: »Hören Sie, das ist keine so gute Idee, am besten, Sie gehen schön wieder nach Hause.« Nimm ihr auf jeden Fall die Schlüssel ab.

»Ich glaub, Sie haben das nicht kapiert: Ich brauch nicht nach Hause. Ich wohne jetzt hier.«

»O nein.« Unwillkürlich gerät Schärfe in seinen Ton. »Ganz sicher nicht. Hier wohne ICH. Und SIE gehen bitte; wenn es sein muss, rufe ich Ihnen ein Taxi.« Er hält inne, wahrscheinlich kennt sie ihre Adresse nicht, bei seinem Besuch im Krankenhaus war sie komplett desorientiert. »Wissen Sie, wo Sie hinmüssen?« Schick sie in die Klinik, die kennen sich mit so was aus.

»Ich muss nirgendwo hin.« Sie steht auf, geht mit festen Schritten zum Kühlschrank und nimmt eine Packung Orangensaft heraus, holt ein Glas aus dem Schrank und hält es ihm fragend entgegen. »Sie auch?«

Er kann nicht anders, als sie anzustarren, fasziniert von der Coolness, mit der sie auftritt; dann bemerkt er das Zittern der Hand, mit der sie das Glas hält. Entweder, schließt er, steht sie unter Medikamenten oder sie ist sich ihrer Sache doch nicht so sicher. Er weiß nicht, was ihm lieber wäre. »Nein, danke. Trinken Sie, von mir aus, und dann gehen Sie bitte, ansonsten sehe ich mich gezwungen, die Polizei zu rufen.« Er reißt sich am Kragen, wieso hast du Depp noch immer die Krawatte um?

Sie trinkt. Schenkt nach, trinkt wieder. Stellt das Glas ab, ohne es loszulassen. »Das würd ich an Ihrer Stelle nicht tun.« Auch ihre Stimme zittert, jetzt hört er es genau.

»Aha. Und wieso nicht?« Ein Dialog wie aus einem schlechten Krimi, denkt er, was ihn einerseits amüsiert, obwohl andererseits der Alarm anschwillt wie eine Filmmusik, und wie im Film steigert sich die Dramatik durch dieses imaginäre Geräusch.

»Weil Sie der Polizei dann erklären müssen, wie das viele Geld in Ihr Klavier kommt.«

Shit. Shit. Bullshit. Instinktiv schafft er es, seinen Schreck in einen Lacher zu konvertieren. »Das muss ich niemandem erklären, ich kann mit meinem Geld tun, was ich möchte. Wie kommen Sie überhaupt dazu, hier herumzuschnüffeln?«

Wie sie mit dem Zeigefinger ihr rechtes Unterlid herunterzieht und dann langsam an ihm vorbei Richtung Fenster geht! Ein Auftritt wie einstudiert. Abrupt bleibt sie stehen und dreht sich um. »Ich hab die Rechnung vom Elektriker. Sie haben das ganz genau gewusst, dass da Strom drauf war! Und mir gesagt, es wär alles in Ordnung.« Schlagartig wird ihm eiskalt, aber er sieht auch, wie ihre Beherrschung verrutscht, sieht die Angst in ihrem Gesicht. Wie ein Tier, denkt er, ein Tier in allerhöchster Not.

»Tut mir leid, aber wer so lügt, dem glaub ich gar nix.«

Wegdrehen. Weggucken. Schnell.

Wieder zum Fenster gehen.

Ganz langsam.

Atmen.

Tief.

Sie kriegt kaum Luft, der Hals ist zu, und sie ärgert sich, dass sie überall zittert. Auf einmal ist ihr ganzer Mut weg, weil ihr jetzt auch nichts mehr einfällt, am liebsten würde sie verschwinden, wie blöd, sich mit so einem anzulegen, der ist Anwalt und kennt sich tausendmal besser aus, der weiß genau, was man mit Geld machen darf und was nicht. Wenn sie bloß nicht hergekommen wäre, aber dann riecht sie wieder das Rasierwasser von diesem Pit, das noch überall an ihr klebt, und weiß, dass sie weiterspielen muss, wenigstens so tun, als wär ich supercool, was für eine Chance hat sie denn sonst? Durchatmen. Sie denkt ganz intensiv an den Schauspieler aus dem Krimi neulich, der hat einfach so getan, als ob. Ganz langsam streift sie ihre Shirtärmel bis an die Ellbogen hoch und verschränkt die Arme. Nur nicht zittern. Sie zwingt sich, ihn von oben bis unten anzusehen, dabei wird ihr klar, dass der genauso spielt wie ich. Irgendwas hat er geantwortet. Die Wörter sind an ihr vorbeigerauscht, bloß den Tonfall hat sie mitgekriegt, und da war ein Knick drin, ein kleiner nur, aber den hat sie genau gehört. Vielleicht gibt's ja doch einen Grund, warum er die Kohle nicht auf die Bank gebracht hat. Sie macht einen Schritt auf ihn zu und stellt sich vor, dass da eine Filmkamera ist. »Es ist ganz einfach: Ich bleib hier, dann kann die Kohle da drin bleiben.« Sie zeigt auf den Flügel. »Keine Polizei, keine Fragen, keine Probleme.« Wow! Atmen. »Alles klar?«

Aber er schüttelt den Kopf. »No way«, sagt er, »ich erwarte Besuch, das ist ganz ausgeschlossen, dass Sie sich hier aufhalten, meine Freundin wollte längst hier sein und …«

»Freundin auch noch? Ich dachte, Ihre Frau.« Sie zieht die Augenbrauen hoch. »Spannend.«

Erst glotzt er blöd, dann petzt er die Lippen zusammen, als würd er probieren, wie die schmecken. Er zieht sein Handy aus der Jacke, tippt drauf rum und marschiert Richtung Schlafzimmer. Ruft der jetzt echt die Polizei? Es ist so still in der Wohnung, dass sie das Tuten auf der anderen Seite hören kann. Ohne was gesagt zu haben, kommt er zurück, geht zum Kühlschrank und nimmt eine Flasche Wein raus, schraubt einen Korkenzieher rein. Sagt immer noch nichts.

Mag ich Wein? Sie holt die Espressotassen vom Couchtisch und trägt sie in die Küche. Er steht da und schenkt Wein in ein Glas. Sie kippt die Kaffeereste in den Ausguss und macht die Tür von der Spülmaschine auf. »Krieg ich keinen?«

Er rührt sich nicht, sieht ihr beim Auskippen zu. »Haben Sie hier ein Kaffeekränzchen veranstaltet oder was?«

»Nein, ich hab ausprobiert, was mir besser schmeckt.«

»Kaffee, Kaffee oder Kaffee?«

»Mit Zucker, mit Salz, ohne was.«

»Kaffee mit Salz?«

Sie zeigt mit dem Kinn auf das Weinglas in seiner Hand. »Fänden Sie's nicht irgendwie höflicher, wenn Sie mir was abgeben würden?«

Aber er lehnt an der Küche, eine Hand auf die Arbeitsplatte gestützt, und dreht das Glas in den Fingern. Sein Gesicht ist noch genau wie eben, trotzdem hat sie das Gefühl, dass er sich über mich lustig macht. Entschlossen zieht sie den Schrank auf, neben dem er lehnt, holt sich selber ein Glas und schenkt sich was ein. Zittert dabei noch schlimmer, weil ich weiß, dass er mir zuguckt.

»Und wieso wollen Sie so unbedingt hierbleiben?«

Sie schnuppert am Glas, der Geruch brennt in ihrer Nase. »Ich frag nicht und Sie fragen auch nicht.« Kriegt der mit, dass meine Stimme wackelt? Als sie trinkt, fühlt es sich an, als würde das Brennen nicht nur durch ihren Mund, sondern durch ihren ganzen Körper fließen, eigentlich scheußlich, aber irgendwie gefällt es mir auch.

»Nein. So geht das nicht. Ich bin Anwalt, ich kann mir nicht leisten, jemanden in meiner Wohnung zu beherbergen, der sonst was ausgefressen haben könnte. Ich habe einen Ruf zu verlieren.«

Sie sieht ihn stechend an, was supereinfach geht, wenn sie auf seine Augen nur draufstarrt und sich dabei vorstellt, es wären einfach bloß zwei Flecken hinter ihm an der Wand. »Liegt der da im Klavier, der gute Ruf?« Jetzt den Blick von ihm weg und direkt zum Flügel. Wieder zu ihm. »Also. Wollen wir die Polizei rufen? ICH hab nix ausgefressen, von mir aus können die ruhig kommen.«

Eine Weile stehen sie sich gegenüber, er auf der einen

Seite von der Küche, ich auf der anderen, und ich spür, wie der Wein mich ruhiger macht.

»Ausgeschlossen«, sagt er, aber er sagt es so, als würde er mit sich selbst reden. »Charlotte kommt.«

»Umso besser, dass ich hier bin, weil in das Chaos würd ich die an deiner Stelle nicht reinlassen.«

Darüber scheint er noch nicht nachgedacht zu haben, sein Blick kriegt einen Schreck und huscht von der Küche durchs Wohnzimmer, alles liegt noch so rum, wie es lag, als sie reingekommen ist.

»Wann kommt sie denn, deine Charlotte? Kriegt man ja vielleicht noch hin.«

Er trinkt. Ohne was zu antworten, geht er mit dem leeren Glas in der Hand zu dem Schiebeschrank am Eingang, macht ihn auf und schaut rein, als würd er was suchen, macht ihn wieder zu und läuft Richtung Schlafzimmer. Als er zurückkommt, sieht er aus wie plattgefahren. Er nimmt den Karton, den er mitgebracht hat, wirft ihn in den Mülleimer und tritt die Tür mit dem Fuß zu. Für einen Moment tut er ihr richtig leid – der hat eh schon Probleme und jetzt auch noch ich –, aber dann fängt das Handy in ihrer Hosentasche an zu vibrieren, und sofort ist das Mitleid weg. Keine Frage, wer hier die größeren Probleme hat. Sie hört es leise klirren, der Anwalt hat sein Glas auf die Arbeitsplatte gestellt, danach ist es still. Ätzend still, weil keiner mehr was sagt oder sich bewegt, und wieder ist sie drauf und dran, ihre Jacke zu nehmen und zu verschwinden. Wenn sie sich was wünschen könnte, dann noch mal in der Klinik aufzuwachen und diese Pit-Scheiße einfach vergessen zu haben.

In seinen Verhandlungen hat er gelernt, auf Details zu achten. Jetzt sieht er eindeutig kleine Wellenbewegungen des Weines in ihrem Glas. Das Wort hilflos kommt ihm in den Sinn, und plötzlich überschwemmt ihn etwas: Der befremdliche Impuls, sie in den Arm zu nehmen und zu trösten, und gleichzeitig spürt er ein vages Gefühl von Stolz, eine Art Triumph über all jene, bei denen sie keine Zuflucht gesucht hat. Er nimmt sein Weinglas und geht mit langsamen Schritten Richtung Fenster. Was, wenn sie tatsächlich die Polizei riefe? Tut sie nicht, irgendetwas hat auch sie zu verbergen. Doch was immer es ist, das sie hierhergetrieben hat: Der Gedanke, sie rauszuschmeißen, ist ebenso undenkbar wie unverantwortlich. Er versucht, die Möglichkeiten zu sortieren; überlegt, ob er die Klinik informieren müsste, vielleicht ist sie dort abgängig. Du musst Distanz gewinnen. Schick sie in ihr Zimmer, denkt er, und im nächsten Moment merkt er, dass er tatsächlich IHR Zimmer gedacht hat. Fuck. Und dann: Charlotte. Auch beim zweiten Anruf hat sie nicht abgenommen, beim dritten war das Telefon ausgeschaltet.

Im mittlerweile halbdunklen Wohnzimmer bleibt er stehen, ihm ist danach, die Arme zu verschränken, was aber nicht geht, wegen des Glases, das er nicht abstellen mag, damit er sich nicht für jeden Schluck zum Tisch hinunterbeugen muss, während er ihrem Blick ausgesetzt ist. In der Fensterscheibe spiegelt sich die Einrichtung wie ein weiterer Raum, er sucht darin ihre Silhouette, schon glaubt er sie verschwunden, aber dann taucht ihr Oberkörper wieder hinter dem Küchentresen auf. Gleichzeitig hört er, wie die Tür des Mülleimers zugedrückt wird. Die Sushi. Er starrt auf die Scheibe und sieht, wie sie die Schachtel aufklappt. Unfassbar: Sie hat tatsächlich die verdammte Sushi-Box aus dem Müll gezogen, in den er sie gepfeffert hat. Jetzt verschränkt er die Arme doch, zumindest auf einer Seite, trinkt und spürt den Druck, mit dem seine freie Hand den Bizeps umfasst. Es klappert aus dem Geschirrschrank, nur ihren Arm kann er erkennen, der sich gleichförmig hin- und herbewegt, offenbar nimmt sie die vermutlich zerdrückten Sushi Stück für Stück aus dem Karton und richtet sie auf einem Teller an. Nur knapp widersteht er dem Impuls, sich umzudrehen, zu ihr zu gehen, ihr das Zeug aus der Hand zu reißen und es energisch und endgültig nochmals in den Müll zu kippen. Charlottes Sushi. Damn bullshit. Aber er steht still, und die Kraft, die er also nicht aufzubringen hat, bleibt in ihm stecken und droht ihn von innen zu sprengen. Er hört den Hocker auf dem Boden scharren und kurz darauf das Geräusch eines Tellers, der auf den Glasboden der Mikrowelle gestellt wird. Für einen Augenblick ist er drauf und dran, sie machen zu lassen, selbst schuld, aber dann fährt ihm doch sein Veto heraus: »Stop! Nicht in die Mikrowelle!«

»Was?« Klappern. »Wieso nicht?«

»Das sind Sushi.« Wenn sie da gewesen wäre, hätte sie etwas herumliegen lassen. Eine Zeitschrift, Schuhe, wenigstens einen Kugelschreiber. Irgendetwas. Unverkennbares. »Die isst man kalt. Roh.«

Sie gibt ein Geräusch von sich, in dem ein langes U vorkommt, dann sieht er sie wieder zum Tresen kommen, mit spitzen Fingern etwas vom Teller aufnehmen und von allen Seiten betrachten, die hat in ihrem Leben noch keine japanische Küche probiert. Ganz zaghaft knabbert sie an etwas, das nach einer California Roll aussieht, legt es wieder ab, nimmt ein anderes auf und beißt auch hier nur eine kleine Ecke an. Dazwischen nippt sie am Wein, immer ein Biss, ein Schluck, sie scheint alle Sorten einmal anzubeißen, ehe sie sich entscheidet, eines komplett aufzuessen. Sie sitzt da, wo du sitzen solltest, du mit Charlotte, und er spürt jähen Hunger, wann hast du zuletzt etwas gegessen? Er kann sich nicht erinnern, kann die Ereignisse der vergangenen Stunden in keine Reihenfolge mehr bringen, das Meeting in SFO, die Frau im Flieger, den Anruf von Verena, das Essen mit den Amis, wann war das, gestern, heute, vorgestern, alles erscheint ihm wie ein einziger, unendlich langer Tag, kein Ende in Sicht. Wie versteinert steht er da und starrt auf die Selbstverständlichkeit, mit der diese Frau sein Abendessen einnimmt. Was für eine groteske Situation. Du kannst unmöglich zulassen, dass sie sich hier einquartiert, was, wenn Charlotte doch noch …? Dabei weiß er längst, dass er das eine nicht mehr erwarten und das andere nicht mehr verhindern kann. Nicht mehr verhindern will. Weil etwas in ihm sich jenem Moment beugt, da er hinter ihrer Powerfassade hat Angst aufblitzen sehen. Die Angst des Gejagten, nicht die des Jägers.

»Puoahh!«

Er sieht auf, sieht sie nach dem Weinglas greifen, tiefe Schlucke nehmen und dreht sich ganz langsam um. »Wasabi.«

»Was?« Sie keucht, Tränen in den Augen. »Scheiße, ist das scharf.«

»Wasabi. Japanischer grüner Meerrettich. Es gibt Leute, die sind ganz versessen darauf.« Wie Butter schmiert Charlotte sich das Zeug auf den Fisch, und beim Hineinbeißen steht ihr eine Verzückung im Gesicht, die eigentlich ins Bett gehörte. Er geht zum Kühlschrank, nimmt eine Flasche Wasser heraus und schenkt ihr das fast leere Weinglas voll.

»Danke.« In einem Zug trinkt sie es aus. »Is ja der Hammer. Brennt voll. Hier, hinter der Stirn.« Sie greift nach einem Nigiri-Sushi, klappt Fisch und Reis auseinander, behutsam, als handle es sich um Sprengstoff, und tippt mit dem Zeigefinger auf die hellgrüne Schicht. Mit der Zungenspitze leckt sie über den Finger, wartet, leckt wieder; es liegt eine Obszönität in ihrer Geste, derer sie sich offenkundig nicht bewusst ist. Mit der rechten Hand greift er nach der Weinflasche, mit der linken nach einer California Roll. Im Gedanken, sie zu beschützen, vor was auch immer, liegt etwas, das sich fremd und gut anfühlt.

Es brennt. Aber anders als der Wein, viel schneller und härter, und es ist auch schneller vorbei. Sie steht auf, muss vier Schubladen aufziehen, bevor sie ein Küchenmesser findet, dazu ein Schneidebrett. Eine Kuchengabel nimmt sie auch noch mit. Sie fängt an, den Wein zu spüren, trinkt aber trotzdem weiter. Er hat sich nachgeschenkt und dann die Flasche auch über ihr Glas gehalten; er muss in Gedanken ganz woanders sein, sonst hätte er das bestimmt nicht gemacht. Jetzt steckt er sich eins von den Fischteilen in den Mund wie ein Stück Brot, dreimal kauen und weg. Der stopft sich bestimmt auch Pralinen so rein. Sie greift sich eins von den Runden mit der Gummihaut.

»Was ist das Schwarze da drum?«

»Nori. Algen.«

»Wie, Algen? Aus dem Meer?« Vor Schreck lässt sie es auf das Schneidebrett fallen. Sie versucht, mit der Gabel in die Haut zu piksen, aber das Zeug ist total fest. Und klebt.

»Seetang, ja.«

»Und das kann man mitessen?«

Er nickt.

»Und das grüne Zeug, wie heißt das noch mal?«

»Wa-sa-bi.« Er holt eine neue Weinflasche aus dem Kühlschrank, und mit einem Mal überfällt sie der Gedanke, dass er sich besaufen könnte und dann auch was von mir will. Sofort wird ihr eiskalt. Wieso hat sie keine Sekunde an so was gedacht? Sie spürt ihren Herzschlag bis in die Arme runter, guckt ihn von der Seite an, wie er den alten Korken aus dem Flaschenöffner dreht und danach die neue Flasche aufmacht. Er ist viel größer als Pit, aber nicht so ein Muskelprotz. Was aber auch egal wär, stärker als ich ist der allemal. Als er sich noch ein Fischteil in den Mund schiebt, kann sie sein Gesicht sehen, seine Augen und seinen Blick, der durch die Wohnung wandert und dabei seine Gedanken ausspuckt. Und dann kann sie ihn hören. Wie eine Musik, und zu ihrer Erleichterung klingt er nicht laut und gefährlich, sondern ganz anders, und sie hört, dass er aus vielen Stimmen besteht, die irgendwie nicht zusammenpassen. Sie hält ihm ihr leeres Glas hin, natürlich tut er mir nichts, sondern schenkt nur ein, mit einem Blick, der traurig ist und irgendwie verklemmt.

Gegen den Hunger sind die Fisch-Reis-Teile am besten. Sie legt von jeder Sorte eins auf das Brett und pult alles auseinander, schneidet den Fisch in kleine Stücke und probiert einen nach dem anderen, erst pur, dann mit Salz, mit Reis, mit Grün. Anschließend nimmt sie sich die Wickelteilchen vor. Muss ziemliche Arbeit sein, die zu machen. Die Einzelteile schmecken todlangweilig, deswegen wahrscheinlich das Meerrettichzeug; vor den Gemüsestreifen ekelt sie sich ein bisschen, weil die nicht mehr richtig knackig sind und noch kalter Reis dran klebt. Als sie hochguckt, steht er da und macht an seinem Handy rum. Sein Gesicht sieht grau aus. Der wartet auf seine Freundin, und jetzt sitz ich hier. »Kommt nicht mehr, oder?«

Es dauert, bis er ihr in die Augen sieht. »Das geht Sie e…« Pause. Er trinkt, nimmt sich ein Teil mit einer Garnele drauf, und sie merkt an seiner Hand, dass er schon reichlich Wein intus hat. »Ich würde jetzt wirklich sehr gern allein sein.« Sein Ton erinnert sie an den Meerrettich.

»Bin gleich fertig.« Sie isst noch den Fisch, der dunkelrote ist ihr am liebsten. Den weißen lässt sie liegen, weil der sich im Mund so glitschig anfühlt. Vielleicht hätt ich die doch lieber warmmachen sollen. Wieso eigentlich nicht? Die verpulten Reste kippt sie in den Mülleimer, erst kommt sie sich dabei undankbar vor, aber dann macht sie sich klar, dass er den Karton selber in den Abfall gekippt hat. Das dreckige Geschirr stellt sie in die Spülmaschine, holt das Buch vom Sessel, klemmt es unter den Arm und greift sich ihr Weinglas. »Ich nehm das Gästebad. Gute Nacht.« Er guckt ziemlich blöd, kann sein, dass er was gebrummt hat. Sie schließt die Tür und lehnt sich von innen dagegen. Wer hat jetzt eigentlich gewonnen?

Ohne Licht anzumachen, geht sie zur Fensterwand und

stellt das Glas auf den Boden. Nachtlicht fällt ins Zimmer, viel weniger als bei Ute Niemann, weil hier oben keine Laterne reinscheint, aber es reicht, um sich zurechtzufinden. Gibt ja nur das Sofa und den Stuhl, den sie sich vom Esstisch rübergeholt hat. Sie überlegt, abzuschließen, aber das kommt ihr blöd vor und unnötig, da ist sie sich sicher. Sie schiebt die Fenstertür auf, kühle Luft weht rein, links sieht man die Stadt glitzern. Kommt ihr vor, als hätt ich das schon mal genauso erlebt. Sie geht raus auf die Terrasse, die bis vor's Wohnzimmer führt. Wenn ich wollte, könnt ich von außen zu ihm reingucken. Sie lehnt sich an das Balkongeländer, was ganz aus Glas ist, wer macht das eigentlich sauber? Angelina. Direkt vor dem Haus ist der Fluss, von hier oben sieht er schwarz aus, aber je weiter man nach links guckt, desto mehr Lichter spiegeln sich drin, und auf einmal hört sie, dass da auch Musik drinsteckt, eine wehmütig-schöne, weiche Musik, und sie kriegt so eine Lust aufs Klavier, dass sie es fast nicht aushält, aber das geht jetzt nicht, klar. Sie holt sich eine Jacke aus Angelinas Reisetasche, stellt sich wieder ans Geländer und hört dem Fluss zu, steckt die Musik da drin? Oder ist die in mir? Alles klingt, wenn man nur lang genug hinhört. Als sie vom Wohnzimmer her das Schaben von der anderen Terrassentür hört, schleicht sie mit vorsichtigen Schritten ins Zimmer zurück.

••••••••

Ein Geräusch reißt ihn aus dem Tiefschlaf, weckt ihn aber nicht sofort, sondern zieht ihn durch den Halbdämmer; ein paar Traumfetzen schwimmen an ihm vorbei, bis er das warmgeschlafene Bett spürt, in dem er liegt: kein Hotelzimmer, zufrieden wirft er sich auf die andere Seite, das letzte Aufwachen war wo? – San Francisco, *Sie sind unser Mann*, und wie Dominosteine kippen ihm die Erinnerungen der letzten Stunden entgegen: Charlotte, Sushi, die Putzfrau! Jäh ist er hellwach, schießt in die Höhe, und da ist es wieder: Das Geräusch der Kaffeemaschine, klacken, knirschen; surren, wenn der Kaffee in die Tasse läuft. Also ist sie tatsächlich noch hier, wie konntest du das zulassen, und er verflucht seine Nachgiebigkeit, verflucht den verdammten Wein, wieso hat er die dritte Flasche noch aufgemacht? Hat er sie ausgetrunken? Er durchsucht seinen Körper nach Schmerzen, Schwindel, Übelkeit, doch schlimmer als all das wiegt der Emotionskater, der ihn schlagartig trifft, als er sein Handy vom Nachttisch nimmt. Charlotte. Nicht daran denken, aber beim Checken seiner Mails kommt er nicht umhin, die ihre wieder zu sehen, du hättest sie noch in der Nacht löschen sollen. Ohne Betreff und mit beispielhaft juristischer Sachlichkeit hat sie ihn aufgefordert, sie – bitte! – nicht mit weiteren Nachrichten und Anrufen zu belästigen. Jetzt drückt er auf das Mülleimersymbol, und wie ein umgekehrter Dschinn-Zauber wird der Frevel in die Tonne gesaugt. Weg.

Er steht auf, schlurft durch das Ankleidezimmer ins Bad, wie immer, aber noch während er den Toilettendeckel aufklappt, trifft ihn die Erkenntnis, dass nichts wie immer ist, dass er weder nackt noch in Unterhosen in die Küche wird gehen können, um sich dort seinen ersten Kaffee zu holen, dass er überhaupt nirgendwo wird hingehen können, nicht einmal ins Büro, weil in deiner Wohnung eine Unberechenbare sitzt, die es im Zweifel fertigbringt, der Steuerfahndung die Spitze deines Eisbergs zu präsentieren, fucking shit, er wird sich krankmelden müssen, was aber genauso wenig geht, schließlich bist du gestern aus San Francisco zurückgekehrt, *Sie sind unser Mann,* und Aaron wartet nur auf eine Gelegenheit, ihm diesen Posten streitig zu machen. In seinen Schläfen pocht es. Du musst eine Lösung finden, aber dazu müsste er wissen, was sie tatsächlich im Schilde führt. *Damit das klar ist, ich bleibe hier.* Dass es ihr um eine Unterkunft geht, ist also unstrittig. Aber warum muss es ausgerechnet seine sein? So professionell das nackt und koffeinlos auf der Toilette möglich ist, analysiert er ihre Motive: Räumungsklage. Trennung. Rauswurf. Obdachlosigkeit. Wogegen spricht, dass sie ebenso gut anderswo hätte hingehen können. Warum zu ihm? Weil sie deinen Schlüssel hat, deswegen. Aber wie kommt sie auf die Masche mit der Erpressung? Als er die Klospülung drückt, wird aus dem Pochen in seinem Kopf ein Hämmern. Jemand hat sie geschickt, dich auszuspionieren, Gregor, Parteiverrat, Verschwörung, du spinnst doch, sie hat Angst, sie braucht Hilfe, irgendwo in deiner Kulturtasche muss noch Advil sein, er schluckt zwei Tabletten, fängt Leitungswasser mit der Hand auf und spült sie hinunter, das Wort Hausbesetzung galoppiert durch sein Hirn wie ein durchgegangener Gaul, der Jockey erinnert ihn vage an Wilhelm, und wenn er die Rechtsprechung korrekt memoriert, war damals deswegen Straffreiheit gegeben, weil die besetzte Sache unbewohnt war, was ihn an den linken Schrank in seinem Ankleidezimmer denken lässt, jetzt hör endlich auf mit diesem Unsinn. Er rasiert sich ohne Kaffee, aber mit Hast; als er endlich angezogen zur Kaffeemaschine geht, sieht er sie vor seiner Bücherwand auf dem Boden hocken, um sich herum Papier. Die Dreistigkeit macht ihn sprachlos. Erst als er genauer hinschaut, sieht er, dass es Charlottes Noten sind. Irritation überkommt ihn. »Was machen Sie da?«

»Guten Morgen.«

»Sie bringen alles durcheinander!« Was zum Teufel glaubt sie zu finden?

»Gut geschlafen?«

Er hört sein Handy klingeln, irgendwo weit weg, im Geist sieht er es auf der Matratze liegen, neben dem Kopfkissen, trotzdem greift seine Hand automatisch an seine Brusttasche, wie paralysiert steht er da, ehe etwas in ihm wieder anspringt und er eilig Richtung Schlafzimmer läuft. Sylvia. Verpasst. Er sieht auf die Uhr, alle warten auf dich, aber jetzt kann er unmöglich hier weg, nicht, solange diese Frau deine Wohnung durchwühlt. Sie nimmt nicht einmal Notiz von dem Blick, den er ihr schickt.

»Das sind die Unterlagen meiner Freundin, wenn Sie freundlicherweise die Finger …«

»Ich mach schon nichts kaputt. Außerdem hab ich den Kram letzte Woche erst sortiert, von Durcheinanderbringen kann also keine Rede sein.«

Letzte Woche. »Soll das heißen, dass Sie schon letzte Woche hier waren?«

»Keine Sorge, kostet nichts.«

Ihm fällt keine Antwort ein, was ihn noch zorniger macht – du brauchst endlich deinen Kaffee –, während er die Milch in den Schäumer füllt, durchstreift er im Geist die Wohnung, ist da irgendetwas, das sie gegen dich verwenden könnte? Abgesehen vom Geld im Flügel fällt ihm nichts ein. Entschlossen kippt er den Espresso in den heißen Schaum.

»Außerdem hab ich weder was geklaut noch was kaputtgemacht. Bloß die Noten angeguckt und ein bisschen Klavier gespielt. ICH bin nämlich anständ…«

»Klavier gespielt?!« Sie war das. Wer sonst. Er denkt an die Smilies, und etwas in ihm kräuselt sich zusammen, niemand im Raum, vor dem er sich schämen könnte, nur die Frau auf dem Boden, aber die schlimmste Scham, merkt er, ist die vor sich selbst. Wieder das Telefon. Wieder Sylvia. Er drückt sie weg.

»Hören Sie, ich hab jetzt nicht die Zeit für irgendwelche Diskussionen. Von mir aus können Sie heute hierbleiben; wenn es sein muss, spielen Sie Klavier, aber keinesfalls in der Mittagsstunde, verstanden? Wenn jemand fragt, dann arbeiten Sie hier. Ich will nicht, dass jemand erfährt, dass …«

»Schon gut, hab's kapiert.« Ihr Blick wandert zwischen ihm und den Noten hin und her: Sie wartet darauf, dass du verschwindest. Der unberührte Milchschaum in seinem Glas ist zu einem filigranen Gebilde zerknistert. Er räuspert sich. »Dass Sie sich im Gegenzug um die Wohnung kümmern, ist wohl nicht zu viel verlangt.«

»Kein Thema.« Sie wendet sich vollends den Noten zu.

Nachdem die Tür hinter ihm ins Schloss geklackt ist, hört sie das Surren vom Aufzug, danach nichts mehr. Sie hat noch leise Danke gesagt. Hat er wahrscheinlich nicht mitgekriegt. Sie versucht, sich nicht zu bewegen, nicht mal zu atmen, damit es ist, als wäre ich nicht da, weil ihr auf einmal ein Satz einfällt, den sie gestern gelesen hat: Der Stille Raum geben. Ich gebe der Stille Raum. Jetzt erst versteht sie, was das bedeutet. Der Stein unter ihrem Po ist warm. Erst hat sie es schön gefunden, aber plötzlich kann sie es nicht mehr aushalten. Sie schiebt die Noten zu zwei Stapeln zusammen und steht auf. Schlafen müsste sie mal. Stundenlang hat sie heute Nacht wach gelegen, todmüde und gleichzeitig wie unter Strom; irgendwann ist sie eingedämmert und viel zu früh aufgewacht. Vielleicht wegen dem vielen Kaffee gestern Abend, aber eigentlich weiß sie, dass sie auch ohne Kaffee kein Auge zugekriegt hätte. Wenn sie bloß das Handy nicht noch abgehört hätte. Vier Anrufe von Pit, zwei mit Nachricht, Schlampe und Durchficken. Sie steht auf und geht an die Wohnungstür, steckt den Schlüssel von innen ins Schloss und dreht zweimal um. Ihre Finger zittern, als sie die Milch in die Mikrowelle stellt. Sie hört dem Surren zu, mit dem der Kaffee in die Tasse läuft. Total bequem: Bloß auf den Knopf drücken, und das Zeug schmeckt tausendmal besser als der Gefilterte bei Angelina. Kaffeeautomat. Sie muss nicken, weil das Wort was Lebendiges hat. Maschine und Automat, eigentlich dasselbe, aber doch ein Riesenunterschied, sie spricht die Wörter vor sich hin, zehn-, zwanzig-, dreißigmal, bis der Sinn aus ihnen rausrutscht und nur noch der Klang übrigbleibt – MaschineMaschineMaschineMaschine –, ein grünblaues Wort, das sich in sich zusammenrollt. Anders als Automat. AutomatAutomatAutomat. Das ist ein Wort, das wegwill. Fliegen. Sie macht sich eine zweite Tasse, aber vom Kaffee fängt sie an zu schwitzen; ein todmüdes Schwitzen, das sich klebrig und krank anfühlt. Obwohl das Klavier vor ihr steht, kriegt sie Angst vor diesem ganzen Tag hier allein in der Wohnung. Sie legt einen von den Notenstapeln aufs Klavier, den anderen ins Regal zurück, durchsucht dann alle Küchenschränke und den Abstellraum. Abgesehen von der Marmelade ist kaum was da, ein paar Tiefkühlbaguettes im Gefrierfach und anderthalb Packungen Reis im Schrank. Außerdem die Grissini, und der Kühlschrank ist voll mit Bier und Wein. Auf einmal hält sie es nicht mehr aus, lehnt die Stirn gegen die Kühlschranktür und heult, heult so lange, bis keine Tränen mehr nachkommen. Dann putzt sie sich die Nase und atmet tief durch. Einfach ein Problem nach dem anderen angehen. Das Problem Pit ist eine Nummer zu groß jetzt, und um das Essen mach ich mir Gedanken, wenn es so weit ist. Erst mal der Anwalt. Mit dem Gefühl, was glätten zu müssen, geht sie ins Schlafzimmer und fängt an, sein Bett zu machen, so ordentlich, wie sie kann. Das Klavier hebt sie sich als Belohnung auf.

••••••••

Schon auf dem Weg in die Kanzlei gibt er die Illusion auf, seine Gedanken heute von den Vorgängen in seiner Wohnung loszubekommen – wieso hast du das Scheißgeld nicht noch in der Nacht aus dem Haus geschafft? –, und für den Rest des Tages ist er hin- und hergerissen zwischen dem Entsetzen über seine unfassbare Naivität und der Angst in ihren Augen.

Die Konferenz dauert nur eine knappe Stunde, aber die ist die Hölle. Wäre diese verdammte Putzfrau nicht gewesen, hätte er sich den ganzen Abend vorbereiten können. Nun hat er, statt eines ausgearbeiteten Maßnahmenkatalogs, nur jene handschriftlichen Notizen in der Tasche, die er sich während des Restaurantbesuchs in San

Francisco gemacht hat, wagt aber nicht, sie herauszuholen, weil ihm plötzlich klar wird, dass er auf ein diplomatisches Desaster zusteuert, wenn er den Kollegen die Forderungen der Amerikaner ungefiltert präsentiert: Schon die Anhebung der Stundensätze um mehr als die Hälfte wird einen Sturm auslösen, und er ist sich auf einmal selbst nicht mehr sicher, ob er sie gutheißen kann – wie viele von deinen eigenen Mandaten schießt du damit in den Wind? Und dann die geforderte Altersobergrenze! Ohne die Stimme der Partner über fünfzig kannst du die Fusion von vornherein vergessen. Fuck. Jäh wird ihm die Luft knapp. Er schenkt sich Wasser ein, trinkt und konzentriert sich auf seinen Atem, bis er sich so weit beruhigt hat, dass er die Kollegen mit blumigen Schilderungen der kalifornischen Kanzleiarchitektur und der sichtbaren Prosperität des künftigen Partners unterhalten kann, ehe er um die Erarbeitung der geforderten Klientenlisten bittet. »Ach so, ja, und wöchentliche Rapports der Sales Sheets.«

»Wie bitte?« Krollmann sieht ihn an, als wäre er persönlich für die Forderungen verantwortlich. »WIR berichten an DIE? Ich dachte, das wird ein merger among equals?«

Noch ehe Christian etwas sagen kann, hört man Vreedes feste Stimme: »But some are more equal.« Er lässt seinen Blick nur für den Bruchteil einer Sekunde auf Christian fallen, ehe er ihn wieder in die Runde richtet.

Als Christian gegen Mittag den Boardroom verlässt, fühlt er sich wie nach einer endlosen Autofahrt bei Nacht, Regen und Gegenverkehr. Wie er feststellt, regnet es draußen tatsächlich. Obwohl sein Hunger nach einer richtigen Mahlzeit verlangt, geht er im Laufschritt an dem italienischen Selbstbedienungsrestaurant vorüber, in dem die Kollegen ihren Lunch einnehmen – jetzt bloß nicht auf individuelle Nachfragen reagieren müssen –, und kauft sich ein Sandwich in der Bäckereifiliale gegenüber.

Während er hineinbeißt, tippt er die Tastatur seines

Rechners an, um den Bildschirm anspringen zu lassen, zieht Nachrichten und Aktienkurse aus dem Netz, globale Transparenz in Echtzeit, nur seine Wohnung bleibt ein unheimlicher dunkler Fleck, und er wünscht sich, eine Webcam installiert zu haben, was tut so eine den ganzen Tag? Er sieht sie, umgeben von Charlottes Noten, Staubsauger, Putzlappen, geht sie anschließend unter die Dusche? Unerwartet fährt ihm der Gedanke in den Schoß. Entschlossen greift er nach dem Telefonhörer, mach deine Arbeit, doch er wird das Gefühl nicht los, jemand halte eine Plastiktüte mit einer Pistole an seine Schläfe.

Diesmal brennt kein Licht, obwohl es bereits dämmert. Er fährt bis zum Ende der Straße, um auch die Fenster der hinteren Räume einsehen zu können. Schwarz. Bevor er den Wohnungsschlüssel ins Schloss steckt, legt er sein Ohr ans Türblatt, doch alles, was er hört, ist sein eigener Atem und das entfernte Tuckern eines Schiffsmotors auf dem Main. Dunkel. Leer. Still. Aufatmend drückt er den Schalter, doch dann flammt das Licht im Eingang auf, und der Anblick der Küche bringt ihn aus der Fassung. Es sieht aus wie nach einer Party: Auf dem Herd stapeln sich benutzte Töpfe, vermutlich alle, die er besitzt, und die verbleibende Fläche ist mit Geschirr vollgestellt, dazwischen sind Besteck und Gewürzdosen verteilt.

»Hallo?« Sinnlos, auch im Gang ist es dunkel; sie ist weg und hat ihm zum Abschied die Wohnung verwüstet. Glück im Unglück. Oder umgekehrt? Er stellt sich vor, dass der Flügel leer ist, ausgeräumt bis auf einen letzten, vergessenen Schein, vielleicht wäre das die beste Lösung, er wird Licht machen und nachsehen, doch dann lässt ihn ein Aufschrei zusammenfahren.

••••••••

Mit einem Schrei schreckt sie aus dem Schlaf, plötzlich ein Schlag und greller Schmerz an ihrer Hand. Alles kippt ineinander, Traum, Schrei, Schmerz, dann merkt sie, dass sie auf dem Sofa liegt und mit der Hand gegen die Kante vom Couchtisch geknallt ist. Sie zittert. Wegen dem Traum, aber der ist weg, nur eine schwarze Riesenangst hängt noch in ihr. Plötzlich sieht sie einen Schatten, und die Angst wird noch ein Schrei und fährt aus ihr raus.

Der Anwalt. Christian.

»Meine Güte!« Er klingt heiser und gleichzeitig vorwurfsvoll. »Haben Sie mich erschreckt!«

Sie kann ihn bloß anstarren. Der Handrücken tut sauweh. Sie schlingt die Arme um die Knie, damit das Zittern weggeht. Ohne dass sie was dagegen tun kann, fängt ihre Brust an, sich zu schütteln, und es laufen ihr Tränen übers Gesicht.

»Könnten Sie mir bitte mal erkl…« Etwas zerkracht, er flucht. »Fuck!«

Sie hebt den Kopf. Die CD-Hüllen auf dem Boden. Tut mir leid, will sie sagen, aber sie kriegt immer noch nix raus. Sie kann hören, wie sauer er ist. »Das kann doch nicht wahr sein, räumen Sie gefälligst das Zeug …!« Dann hat er den Lichtschalter erreicht, es wird schlaghell, und er steht da und glotzt mich an.

Sofort schämt sie sich, weil sie so verheult vor ihm hängt, die Haare bestimmt komplett durcheinander, hat der mir schon beim Schlafen zugeguckt? Dabei hat sie das irre Gefühl, gar nicht hier gewesen zu sein, sondern ganz woanders, in diesem Scheißtraum nämlich, obwohl sie keine Ahnung mehr hat, wo der war, nur eine Stimmung ist noch davon übrig. Weil er sie immer noch so anstarrt, löst sie die Arme, wischt sich übers Gesicht und geht an ihm vorbei aufs Klo. Schließt die Tür hinter sich ab und bleibt vorm Spiegel stehen. Zwischen der coolen Frau von gestern und der, die mich jetzt anguckt, liegt ein halbes Universum. Und alles nur, weil sie eingepennt ist. Wegen dem verdammten Telefon. Wegen diesem Arschloch. Sie dreht den Hahn auf und schaufelt sich kaltes Wasser ins Gesicht. Es ist kein Handtuch da, sie tupft sich das

Gesicht mit Klopapier trocken, sieht auch nicht besser aus als vorher. Als sie rauskommt, steht er in der Küche und hat zwei Gläser in der Hand. Rotwein. Eins davon hält er ihr hin.

»Hier. Das hilft.«

Heute Mittag ist ihr schlecht geworden, als sie das halbvolle Weinglas in ihrem Zimmer nur gesehen hat, aber jetzt nippt sie trotzdem dran, weil es sich so gut anfühlt, dass er mir was einschenkt, egal was. »Danke.«

»So. Und wer war noch alles hier?«

»Niemand, wieso?« Viel zu piepsig, die Stimme. Sie räuspert sich.

Statt eine Antwort zu geben, zeigt er mit dem Kopf Richtung Herd. Es dauert, bis sie kapiert, dass er das dreckige Geschirr meint, das noch rumsteht. Sie fährt sich durch die Haare. »Bin eingeschlafen.« Und merkt, wie blöd der Satz ist. Wieso hab ich das gesagt? Weil man sich weniger zu schämen braucht, wenn man sich verteidigt? Am liebsten würde sie ihm erzählen, dass es ihr total dreckig geht, lässt es aber bleiben und trinkt stattdessen noch einen Schluck, es fühlt sich warm und wattig auf der Zunge an. Ganz anders als der Weiße von gestern Abend, liegt aber vielleicht bloß daran, dass der gestern aus dem Kühlschrank kam. Sie überlegt, welcher ihr lieber ist. Der warme oder der kalte.

»Besser?«

»Hm. Weiß nicht, wärmer halt. Gemütlicher.« Sie nippt noch mal dran. »Kommt vielleicht drauf an, wie man drauf ist. Ob's passt, mein ich.«

»Aha«, sagt er und guckt, wie wenn er eine ganz andere Meinung hätte.

»Doch, ist irgendwie besser.« Wenn ich lächle, lächelt er vielleicht zurück.

Seine Mundwinkel zucken nur einmal kurz hoch. »Schön«, sagt er und stellt sein Glas zwischen die leeren Reistassen. »Darf ich jetzt bitte erfahren, was hier passiert ist.« Seine Stimme ist ganz ruhig, aber seine Nasenlöcher werden groß. Sie versucht, ihre eigenen Nasenlöcher auch in die Breite zu ziehen und merkt, dass man dabei unmöglich ein nettes Gesicht machen kann.

»Ich hab gekocht.«

»Gekocht? Für eine Großfamilie?« Jetzt bebt seine Stimme.

»Nein, nur ein bisschen Reis für mich.«

»Ein bisschen Reis?« Er schnaubt. »Und dafür muss man die ganze Küche verwüsten?« Sie merkt, dass er mit einem Riesenzorn kämpft, und auf einmal kapiert sie, dass er einer ist, der sich um jeden Preis im Griff haben will. Einer, der nie ausflippt. Im Gegensatz zu – nicht dran denken! –, aber sie muss natürlich sofort dran denken, und Panik überkommt sie. Ausatmen. Einatmen.

»Hallo? Drei Töpfe für ein bisschen Reis?«

Ausatmen. »Einer ist mir angebrannt. Und beim zweiten Mal hab ich zu viel Reis genommen. Musst ich dann auf zwei verteilen.«

Kopfschütteln, dann leert er sein Glas auf einen Zug, obwohl es noch fast halbvoll ist. »Hören Sie, so geht das nicht. Wenn …«

»Ist massig übrig. Ich kann was warmmachen.«

»Besten Dank, aber auf Reis pur kann ich gut verzichten.« Er greift nach der Weinflasche, schenkt sich nach, zieht das Gefrierfach auf. »Außerdem dürfte wohl kein sauberer Teller mehr zu finden sein.« Er knallt das Fach wieder zu und guckt sie an. Wieder die Nasenlöcher. »Sie bringen jetzt sofort diese Küche in Ordnung, verstanden?«

Einfach lächeln. Der braucht was zum Essen, dann regt er sich ab. »Von pur war ja keine Rede. Ich hab ein paar echt gute Sachen gefunden. Das hier zum Beispiel.« Aber während sie nach dem Gewürzglas mit dem goldenen Deckel sucht, steht auf einmal der Satz neben ihr wie Jemand, der eben zur Tür reingekommen ist: *Der braucht was zum*

Essen, dann regt er sich ab. Und jetzt redet das Gewürzglas von der einen, der Satz von der anderen Seite auf sie ein, und sie kriegt sich nicht mehr konzentriert. Goldener Deckel. *Der braucht was zum Essen.* Die Stimme, die den Satz sagt, kenn ich. Aber woher? Da: Goldner Deckel, eigentlich ein Marmeladenglas, jemand hat ein Etikett draufgeklebt und mit der Hand beschrieben, *der braucht was zum Essen,* sie hat versucht, es zu entziffern, aber es ist zu krakelig, mit Handgeschriebenem tut sie sich immer noch schwer. Ute Niemann! Ruckartig bleibt sie stehen, mit dem Goldglas in der Hand und sieht Ute Niemann, wie sie einen Schnellkochtopf aus dem Kühlschrank wuchtet und auf den Herd stellt. In null Komma nix ist er beschlagen, es laufen Tropfspuren am Metall runter und verdampfen zischend auf der heißen Kochplatte, am liebsten würd ich mit dem Finger die Tropfen aufhalten, aber sie weiß, dass man das nicht darf, deswegen steht sie nur da und guckt, während Ute Niemann Schnittbrot aus einem Plastikbeutel holt. Von nebenan hört man eine nörgelige Männerstimme. *Der braucht was zum Essen, dann regt er sich ab.*

Sie dreht das Glas in der Hand, das mattbraune Pulver wälzt sich hinterher. Ute Niemann drückt ihr einen Teller mit Erbsensuppe in die Hand. *Bring das deinem Vatter rüber.*

Vatter sagt sie, nicht Vater, und legt eine Scheibe Brot auf den Tellerrand.

Los, geh schon, was stehste da rum?

Die Lippen kleben aufeinander, also redet sie mit den Augen, so laut, wie es geht, *muss ich wirklich, Mama, bitte nein,* aber Ute Niemann tut, als hätte sie's nicht gehört, indem sie einfach wegguckt. Und auf einmal weiß sie: Die will, dass ich geh, damit sie selber nicht rüber muss. Zu dem. Obwohl es besser ist, wenn er schimpft, als wenn er gar nichts sagt und den ganzen Tag so komisch aus dem Fenster glotzt, wie wenn er tot wär. Wieso tun die so, als ob das mein Papa wär, wo doch klar ist, dass er das nicht ist? Auch wenn er so aussieht. Aber ich weiß genau, dass er's nicht ist.

Also doch: Verrückt. Von allen Erklärungsmöglichkeiten, die er sich in den vergangenen 24 Stunden durch den Kopf hat gehen lassen, erscheint ihm diese jetzt, da sie so vor ihm steht – bis auf ein Zittern reglos, mit halboffenem Mund –, die einzig mögliche. »Ist alles in Ordnung mit Ihnen?«

Sie starrt wie paralysiert auf das Marmeladenglas in ihrer Hand. »Hallo! Hören Sie mich?« Er macht einen Schritt auf sie zu, nimmt ihr das Glas fort. Mit einem sichtbaren Schreck schaut sie auf, ihr Blick huscht durch den Raum und landet wieder auf dem Marmeladenglas. »Das … das schmeckt echt gut«, sagt sie langsam und tonlos, »wenn man das zuerst in die Pfanne tut, mit Öl und Salz und dann den Reis rein. Oder das gelbe …«

»Sind Sie sicher, dass alles o.k. ist?«

»Ja, ja, ich … ich hab mich bloß an was erinnert. Was ich vergessen hatte. Von … früher.«

Das Klingeln seines Telefons lässt ihn zusammenfahren, auf dem Display leuchtet eine Nummer, die nach Brownman-Smith aussieht, Sylvia soll endlich die Kontakte einspeichern, damit man sieht, mit wem man es zu tun hat; er nimmt an, nennt seinen Namen. Bill, der sich erkundigt, ob sich von Christians Seite noch Fragen ergeben hätten. Eine höfliche Umschreibung für die Bitte um Rapport, der er jetzt wird stattgeben müssen, auch wenn er den Wein spürt und der Alkohol seinen Hunger noch unerträglicher macht. Er bittet Bill zu warten, wedelt mit dem Gewürzglas in ihre Richtung, zeigt dann auf das Gefrierfach. »Hören Sie, da müssen noch Baguettes drin sein. Kriegen Sie das hin, die zuzubereiten?« Ohne ihre Antwort abzuwarten, stellt er das verdammte Gewürzding ab, schnappt sich das aufgefüllte Weinglas. Ob ihre

Sprachkenntnisse so weitreichend sind, dass er sich außer Hörweite begeben müsste? Unwahrscheinlich. Dennoch setzt er sein Gespräch auf der Terrasse fort, was sich deswegen als richtig erweist, weil die kalte Abendluft den Alkohol in seinem Kopf verdünnt, und du musst verdammt aufpassen, was du sagst. Diplomatisch beide Seiten bei der Stange halten, nur in der Seniorenfrage setzt er Bill in Kenntnis, dass man unmöglich den ganz brutalen Kurs fahren könne. Ab und an wirft er einen Blick Richtung Küche, sieht sie mit Töpfen und Tellern hantieren, wird informiert, dass der Managing Partner von Brownman-Smith der Frankfurter Kanzlei demnächst seinen Besuch abstatten wird, und nachdem das Gespräch beendet ist, bleibt er an der Brüstung stehen. Auf dem Pfad, der am Wasser entlangführt, spaziert ein Paar durch den Schein einer Laterne. Es ist so ruhig, dass er meint, ihre Schritte hören zu können.

»Essen ist fertig.«

Er lässt sein Handy in die Brusttasche seines Hemds gleiten und schiebt die Terrassentür hinter sich zu. Die Küche sieht besser aus, man hört die Spülmaschine leise rauschen. Die Weinflasche ist fort, hat sie die etwa leergetrunken?

»Hierher. Steht schon alles auf dem Tisch.«

Erst als er sich umdreht, bemerkt er, dass die Leuchte über dem Esstisch brennt, einem großen, rohen Eichentisch, dessen Existenz er beinahe vergessen hat. Wann hast du das letzte Mal dort gesessen? Ein Dinner mit Freunden fällt ihm ein, und Charlotte, vorletzten Winter; zwei, drei Besprechungen mit Kollegen. Dabei ist der Raum, der offen an den Wohnbereich angrenzt – mit Eckkamin und atemberaubender Aussicht auf den Main –, eigentlich der schönste der Wohnung. Die Batterie von Müslischalen und der Teller mit Pizzabaguettes darauf ein Sakrilegium. Erwartet sie ernsthaft, dass er sich gemeinsam mit ihr an diesen Tisch setzt?

»Schmeckt wie Packpapier.« Ihr Blick zeigt auf die vier Baguettes, eines ist kürzer als die anderen, offenbar hat sie ein Stück abgeschnitten. »Wollen Sie das echt essen?«

»Selbstverständlich, was denn sonst.«

»Ich hab Reis für Sie mitgemacht.«

Kommentarlos nimmt er Platz, greift nach der Weinflasche, es ist nur noch ein Rest darin. Er lässt ihn in ihr Glas tropfen, steht auf und öffnet eine neue Flasche.

»Sie trinken ganz schön was weg.«

»Wie bitte?« Er müht Schärfe in seinen Ton, aber es gelingt ihm nicht. »Das werde ich ja wohl selbst beurteilen können.«

Ihre Schultern heben sich. »Ich mein ja nur.« Dann schiebt sie ihm nacheinander vier Müslischalen zu. Reis. In unterschiedlichen Schattierungen bräunlich gefärbt. Der Geruch, den er wahrnimmt, ist ihm unerwartet vertraut.

»Hier. Hab noch andere Gewürze ausprobiert. Bin gespannt, was Ihnen am besten schmeckt.«

Er greift nach einem Pizzabaguette. Wieso hat er sich nichts von Gaspare kommen lassen? Und mit einem Schlag wird er sich der Absurdität der Situation bewusst – du sitzt mit einer geisteskranken Putzfrau beim Abendessen, das aus Tiefkühlpizza und trockenem Reis besteht! Eine bizarre Faszination überkommt ihn, als sie aus jeder Schüssel, die vor ihr steht, nacheinander jeweils einen Löffel Reis in den Mund schiebt und mit geschlossenen Augen und unendlicher Langsamkeit darauf herumkaut. »Was zum Teufel tun Sie da eigentlich?« Demonstrativ und laut krachend beißt er in sein Baguette.

Sie öffnet die Augen. Ihr gerader, hellwacher Blick verblüfft ihn, hat er sich doch in der Einschätzung seiner Mitmenschen stets auf deren Blick verlassen und sich nie wirklich getäuscht. Bisher nie.

»Ich probier aus. Weiß leider nicht bei jedem, wie es heißt, aber es ist total irre, was für einen Unterschied das macht.«

»Ob man weiß, wie es heißt?«

Sie lacht. »Nein, Quatsch. Wie es schmeckt. Hier, probier.« Sie schiebt die vier Schalen, die für ihn vorgesehen waren, noch näher zu ihm. »Am besten mit Augen zu. Mach mal!«

Wie ein Kind, denkt er und hat auf einmal das Gefühl, zu wissen, wie es wäre. Mit einem Kind. Charlotte hat grundsätzlich welche haben wollen, aber in letzter Konsequenz doch immer einen Vorwand gefunden, die Sache zu vertagen. Was ihm recht gewesen war. Nicht, dass er abgeneigt wäre, Kinder zu haben, schließlich gehören sie zu einem richtigen Familienleben einfach dazu, aber es hat ihm bisher die Vorstellung gefehlt, wie sich Kinder konkret in sein Leben einbauen ließen; die Zweifel, ob überhaupt Schnittstellen vorhanden wären, sind im Laufe der Jahre stetig größer geworden. Und sowieso, jetzt.

»Das hier, find ich, schmeckt total hell und laut, wie Stacheln oder so, und das hier, hm, eher leiser … wie Holz, wo man die Ecken abgefeilt hat. Riecht auch ein bisschen so, oder? Weich irgendwie, und dunkler.« Abrupt hält sie ihm eine der Schüsseln unter die Nase, einen empörten Atemzug lang ist er versucht, sie mit einer Handbewegung abzuwehren, die Schweinerei einer über den Tisch polternden Porzellanschüssel in Kauf zu nehmen, doch in ihrem Blick liegt wieder jene irritierend aufgeweckte Ernsthaftigkeit, die ihm gar keine andere Möglichkeit gestattet, als den Löffel zu nehmen, zu riechen und schließlich von dem leicht bräunlichen Reis zu kosten.

»Und?«

Nahezu unzerkaut schluckt er den Reis, schmeckt eine Würze, die ihn an etwas erinnert, doch er kommt nicht darauf, woran. Noch einen Löffel nimmt er, immerhin schmeckt es nicht schlecht, ganz gut sogar, er muss an London denken, an die Abende, die er in Mayfair verbracht hat. »Indisch.«

»Echt?«

Er nickt. Lamm wäre gut dazu.

»Und das hier?« Sie schiebt ihm die nächste Schale entgegen, springt auf. »Oder wart mal, ich hol ein frischen Löffel.«

Er sieht ihr hinterher, ziemlich guter Hintern, wieso hat er das bisher nicht gemerkt; spürt, wie der Nachgeschmack des Reises sich mit dem Rotwein zu etwas Kuriosem vermischt, das sich überraschend gut anfühlt. Wenn es nur nicht jetzt wäre und nicht hier.

»Bin ich gespannt.« Sie streckt ihm den Löffel entgegen.

Wieder hat er Reis im Mund, der gewürzt ist, schärfer dieses Mal, und kommt sich, unter ihrem erwartungsvollen Blick, plötzlich inkompetent vor. »Scharf«, sagt er, komplett unzureichend, weicht dem Blick aus und sucht nach Begriffen, aber nicht einmal gut oder schlecht kommt ihm über die Lippen, als hätte sein inneres Bewertungssystem versagt.

•••••••

Als sie aufsteht, ist es ganz still in der Wohnung. Still und hell und warm, weil die Sonne durch die Riesenfenster reinscheint. Barfuß schiebt sie eins auf, um zu lüften, aber die Luft, die reinweht, ist so kalt, dass sie es gleich wieder zuschiebt. Auf dem Esstisch stehen noch das Geschirr und die Weingläser, mit schwarzlila Pfützen drin, an den Rändern sieht man die Trinkspuren. Im Sonnenlicht sieht alles vollkommen anders aus als gestern Abend. Ihr ist ein bisschen flau, ich müsst was essen, ist aber nichts da, außer einem halben Topf Reis und den Grissini. Es wäre sehr freundlich, hat er gesagt, wenn Sie den Kühlschrank auffüllen könnten. Milch, Brot, Käse und so weiter, wo Sie Geld finden, wissen Sie ja. Dann ist er in sein Schlafzimmer verschwunden und hat sie am Esstisch sitzengelassen; sie hat seine Traurigkeit noch lange in der Luft hängen hören. Traurigkeit und noch was anderes, sie hat gelauscht, was es sein könnte, Wut oder Sehnsucht, vielleicht auch beides zusammen. Sie isst ein paar Grissini zu einer Tasse Kaffee. Kaum noch Milch da, es schmeckt fürchterlich. Den Vormittag verbringt sie am Klavier, nimmt eine CD nach der anderen aus dem Regal und probiert sich durch die Musik, so wie sie sich gestern durch die Gewürze probiert hat. Immer wenn ihr was besonders gut gefällt, versucht sie, es auf dem Klavier nachzuspielen, aber irgendwann landet sie ganz von selbst wieder bei dem Blütenstück von Schwester Benedicta. Mittlerweile kriegt sie's ganz gut hin, auch wenn es anders klingt als auf der Orgel, manche Stellen hat sie ein bisschen umgebaut. Meistens mischt sie ihre eigenen Töne und Ideen dazu, dann kommt die Musik direkt aus mir raus und gleichzeitig zu mir zurück, das sind die besten Momente vom Tag.

Irgendwann wird ihr Hunger so groß, dass sie den übriggebliebenen Reis in die Mikrowelle stellt und zusieht, wie der Teller sich dreht. Als sie ihn rausholt, ist plötzlich das Bild von gestern wieder da und mit dem Bild das Gefühl: Ute Niemann mit dem Teller in der Hand, das ist nicht mein Papa, und das Gefühl ist so echt, dass alles durcheinanderpurzelt: Wie kann Angelina in mir drinstecken, wo ich doch genau spüre, dass sie woanders ist. Sie ist jemand, den ich nie kennengelernt hab; ich hab nur ihr Leben übernommen wie einen Job. Obwohl ihr Hunger riesig ist, kriegt sie den Reis kaum runter, und Klavier spielen kann sie schon gar nicht, stattdessen fängt sie an, die Wohnung in Ordnung zu bringen. Als die Küche sauber ist, sieht sie aus wie unbewohnt, weil jetzt definitiv nichts mehr zu essen da ist – bloß noch Gewürze, Salz, Zucker, Marmelade und Kaffeebohnen. Im Kühlschrank nur Bier und Wein. *Wenn Sie den Kühlschrank auffüllen könnten.* Ein Schwall schlechtes Gewissen schwappt über sie, aber wenn ich mir vorstelle, dass ich rausgeh und der wartet da unten auf mich … Sie holt sich Papier vom Schreibtisch und eine Zeitung aus dem Stapel und fängt an, abzuschreiben. Jeden Tag zwei Seiten, hat sie sich vorgenommen, die Buchstaben sehen zwar noch immer aus wie von einem Erstklässler, aber wahrscheinlich ist das wie bei Muskeln, eine Frage von Training. Wörter, die sie nicht versteht, unterstreicht sie mit dem Kugelschreiber. Nach drei Seiten tut ihr die Hand weh, was ihr unlogisch vorkommt, schließlich tut sie vom Klavierspielen auch nicht weh. Danach stöbert sie in Christians Büchern, bis sie irgendwann aufs Klo muss. Als sie die Jeans runterzieht, sieht sie die Bescherung. Verdammt! Und nichts dabei. Sie legt ein paar Lagen Klopapier in den Slip und macht sich auf die Suche. Wo Frauenklamotten sind, müssen auch Tampons sein, und sie hat das Gefühl, irgendwo in dieser Wohnung schon welche gesehen zu haben. Im Bad sind keine, aber in ihrem Kopf gehört das Bild von den kleinen weißen Dingern so hundertprozentig in diese vier Wände, dass sie entschlossen weitersucht. Zuerst im Kleiderschrank, wo noch ein paar Frauenkleider und eine Handtasche hängen. Sie findet allen möglichen Krempel – Kassenbons, Halstabletten, den Metallclip von einem Kugelschreiber und einen Lippenstift –, aber keine Tampons. Auch nirgendwo Binden. Watte? Fehlanzeige. Sie wechselt das Klopapier in ihrem Slip, muss halt irgendwie gehen, und sieht sich die Klamotten an, die seine Freundin dagelassen hat. Viel ist es nicht, aber die Frau muss ungefähr meine Größe haben. Eine total auffällige pinkfarbene Strickjacke mit roten Kanten ist dabei, aus ganz feiner Wolle. Sie schlüpft rein und stellt sich vor den Spiegel. Und dann fällt ihr die megagroße Sonnenbrille ein, die in dem kleinen Körbchen im Gästebad liegt. Sie bürstet sich die Haare und steckt sie mit einer Spange hoch. Der Lippenstift ist orange, aber zu ihrer Überraschung sieht das gut aus zu dem Pinkrot, sehr gut sogar, und jetzt muss sie lachen über ihr Spiegelbild und nimmt die Filmdiva-Brille aus dem Gesicht. In dieser Verkleidung erkennt er sie niemals, selbst wenn er ihr wirklich vor der Tür auflauern würde. So wie diese Frau im Spiegel hat Angelina in ihrem ganzen Leben nicht ausgesehen.

••••••••

Den Vormittag verbringt er mit Routinearbeit, Telefonaten und Videokonferenzen, dennoch trägt er ein Gefühl des Überschwangs mit sich herum, er glaubt sich zu erinnern, dass er sich, am Vortag der Auslieferung seines neuen Wagens, ganz ähnlich gefühlt hat. Er schreibt es dem Wetter zu. Strahlblauer Himmel ohne jede Zeichnung. Verabredung zum Lunch mit einem Mandanten, das Licht draußen ist so grell, dass es ihm in den Augen schmerzt. Die geplante Anhebung der Stundensätze quittiert sein Klient mit einer Bewegung der Augenbrauen, gefolgt von Schweigen und schließlich der Frage, welchen Mehrwert diese Mehrkosten rechtfertigten. Christian hört sich von Synergie sprechen und von Know-how, von High-End-Beratung und internationaler Akzeptanz, eine wirkliche Antwort bleibt er ihm schuldig. Man habe, wird ihm erwidert, die persönliche und traditionelle Struktur der Kanzlei stets geschätzt, ein Dessert nehmen sie nicht. Bei seiner Rückkunft findet er den Besuch des Senior-Partners aus San Francisco bestätigt, außerdem erinnert ihn Sylvia an einen Umtrunk, zu dem Linda am Nachmittag anlässlich ihrer Examensarbeit geladen hat.

»Ich wüsste nicht, was es da zu feiern gibt.« Kopfschüttelnd sieht er seine Post durch und fängt ein belustigtes Grinsen von Sylvia auf. Zu mehr als einer Vier minus hat es nicht gereicht, ein derartiges Ergebnis ernsthaft zu feiern, kann nur Linda einfallen.

»Und was will sie jetzt anfangen?«

Er hebt die Schultern. Nicht mein Problem. »Promotion kann sie vergessen mit der Note, keine Ahnung, wie sie ein solches Desaster wieder ausgleichen will.«

»Also reich heiraten.« In gespielter Bestürzung schlägt Sylvia sich selbst auf den Mund.

»Wäre vermutlich für alle Beteiligten das Beste.« Er schließt seine Bürotür. Linda ist unbestritten dämlich, aber gerissen, eine suspekte Kombination, und wieder einmal fragt er sich, wozu sie tatsächlich fähig wäre. Mit etwas Glück siehst du sie nie wieder, und nach einer Weile wächst Gras über die Sache, immerhin ein Grund, auf dieses vergeigte Examen anzustoßen. Und wenn nicht? Eine Hausdurchsuchung, und er ist erledigt, wieso hast du das verdammte Geld noch immer nicht verschwinden lassen? Ein Hasardeur bist du doch nie gewesen. Und wenn Linda und die Putzfrau … nein, ausgeschlossen, du spinnst. Aber welche von beiden ist gefährlicher? Über diese Putzfrau weißt du nach wie vor nichts. Er zieht seine Geldbörse hervor, irgendwo hat er ihre Adresse notiert, findet den zusammengefalteten Zettel schließlich in einem Seitenfach hinter den Kreditkarten. Niemann, Angelina Petra, Rosenbergstraße, er gibt den Namen bei Google ein. Kein Eintrag in dieser Wortkombination, nur dutzendweise Angelinas bei Facebook und ein paar ähnlich klingende Namen in den Staaten, keiner in San Francisco, hör auf mit diesem Quatsch. Er stößt auf ein etymologisches Namensregister zu Niemann, verliert sich eine Zeitlang darin, jetzt lass verdammt noch mal diesen Unfug sein. Er fährt mit dem Finger über seine Telefonliste, wählt die dringlichste der Nummern. Noch während des Ruftons tippt er Rosenbergstraße ein, klickt auf den Ausschnitt des Stadtplans, der sich auftut, eine Gegend, in der er nie gewesen ist, wozu ist so eine fähig, doch er muss sich eingestehen, dass seine Menschenkenntnis, die er immer für untrüglich hielt, dieses Mal nicht greift.

Eine Viertelstunde über die Zeit trifft er am Empfangscounter ein. Johannes hat keinen der Besprechungsräume für Lindas Umtrunk freigegeben, was ihrer Laune allerdings keinen Abbruch zu tun scheint – er findet sie lachend und umringt von männlichen Kollegen, also greift er selbst nach einer Flasche und schenkt sich ein, tatsächlich Champagner, wäre es nicht Linda, ließe sich ein Akt der Selbstironie darin bewundern. Er schlendert zwischen den Kollegen hindurch, wechselt hier und da ein paar Worte und bleibt schließlich neben Phillip am Counter stehen, der nachschenkt und ihn sofort in ein Gespräch über Pension Asset Pooling verwickelt. Mechanisch fischt er eine Salzstange aus einem Glas, zweimal zubeißen und weg, erst beim Schlucken registriert er den Geschmack des Salzes, den er soeben mit Champagner fortgeschwemmt hat. Während Phillip die Vorteile des neuen Kapitalanlagegesetzbuchs vor ihm ausbreitet, nimmt er eine zweite Stange, besieht die Verteilung der Salzkörner und beißt ab, lässt den Salzgeschmack seine Mundhöhle ausfüllen, wären die Dinger ohne Salz eigentlich genießbar? Er sucht nach einem passenden Wort der Beschreibung, scharf, stark, beißend, aber nichts fällt ihm ein, nichts außer salzig. Den Rest des Stängels befreit er von den weißen Körnchen, lässt sie zu Boden rieseln.

»Blutdruck?« Phillip schaut ihm auf die Finger. »Bringt angeblich keinen Vorteil.«

»Was?« Ohne Salz, merkt er, schmecken die Teile tatsächlich nach nichts.

»Es ändert am Blutdruck nichts, auf Salz zu verzichten. Hab ich gelesen.«

»Hm.« Er trinkt, inspiziert das Angebot an Knabbereien, versucht es schließlich mit asiatischen Reiscrackern.

»Kann aber sein, dass Sekt ihn in die Höhe treibt.«

»Wen?«

»Den Blutdruck.«

»Ist kein Sekt, ist Champagner.«

»Johannes ist gar nicht da.« Phillip sieht auf die Uhr. »Oh, ich hab gleich einen Call.« Mit Schwung leert er sein Glas, nickt Christian zu und verschwindet. Unter dem leicht süßlichen Überzug sind die Cracker noch geschmackloser als die Salzstangen. Er beschließt, auf weitere Tests zu verzichten. Der Empfangsraum ist merklich leerer geworden, auf dem Counter sieht er zwei halbvolle Flaschen, wenn du noch länger bleibst, werden alle denken, du hättest nichts zu tun. Die Flaschen einfach stehenzulassen bringt er jedoch auch nicht fertig.

»Naa?« Ihr Glas klirrt gegen seines, dabei stolpert sie zur Seite, offenbar hat sie auf ihren Absätzen den Halt verloren. »Oups! Gar nichts mehr drin.« Sie nimmt eine Flasche vom Counter, er wehrt ab, gerade unentschieden genug, dass sie sein Glas dennoch füllt. »Na dann.« Er stößt aufs Neue mit ihr an. »Alles Gute für dich.«

»Danke.« Ihr Lippenstift hat Spuren am Glasrand hinterlassen.

»Und was hast du jetzt vor?«

»Hm, Party bei einer Kommilitonin heute Abend.« Lächeln. »Du könntest mitkommen.«

»Meine Frage zielte eher auf deine beruflichen Pläne.«

»Oh, keine Sorge, ich hab nicht vor zu wechseln.« Mit der freien Hand schiebt sie ihr Haar über die Schulter. »Bin sehr zufrieden hier.«

Für einen Moment ist er sprachlos. »Ausgeschlossen, Linda. Tut mir leid, aber mit so einem Ergebnis können wir dich unmöglich übernehmen.«

Der Ausdruck ihres Gesichts zeigt aufrichtige Überraschung. Dann klappt sie die Lider ein paarmal auf und zu, bohrt ihren Blick in seinen. »Ach Christian. Ich bin sicher, ihr könnt. Es gibt doch so viel, was uns verbindet.«

•••••••

Als sie die Einkaufstüten vor der Wohnungstür abstellt, um den Schlüssel aus der fremden Handtasche zu holen, kommt ihr die Angst, die sie vorhin noch gehabt hat, fast lächerlich vor. Am helllichten Tag hätte der sich nie getraut, mir was zu tun, und woher soll er auch wissen, wo ich bin? Gutgetan hat es, als würde es was in ihrem Innern geben, was sich von Luft und Sonne ernährt, und beim Kühlschrankeinräumen beschließt sie, gleich wieder runterzugehen. Dieses Mal spaziert sie am Wasser entlang, über den kleinen Pfad, den man von der Terrasse aus sehen kann. Er führt Richtung Innenstadt, und je näher sie ans Zentrum kommt, desto mehr hat sie das Gefühl, auf einer Grenze zu laufen, weil die Geräusche von links überhaupt nicht zu denen passen, die von rechts kommen. Wie zwei Geräuschwelten, und sie steht mittendrin, hört von links den Straßenkrach und von rechts die Enten, die am Ufer watscheln. Hört die Ruhe, die aus dem langsam fließenden Wasser aufsteigt. Ohne die Sonnenbrille könnte sie überhaupt nicht hinschauen, so grell funkelt es im Licht. Obwohl es das gleiche Wasser ist wie immer, klingt es in der Sonne ganz anders, hat viel mehr und viel kürzere Töne, weil es nicht graubraun ist, wie an den bewölkten Tagen, sondern aus unendlich vielen weißen und schwarzen Flecken besteht; sie lassen sich mit den Augen noch weniger einfangen als mit den Ohren. Eine Weile hört sie dem Wasser und den Enten zu – manchmal schnattern sie wild, wenn eine der andern was von dem Brot, das Kinder ihnen zuwerfen, stibitzt –, hört das Dröhnen aus der Stadt hinter sich und spürt, wie der Unterschied zwischen der Stadtwelt und der Wasserwelt in ihr zu einem Wahnsinnsgefühl wird. Das graublaue harte Stadtrauschen mit den Hupflecken von der einen und das weiche Flirren vom Fluss mit den roten Tulpentupfen von der anderen Seite, es passt nicht zusammen, und gerade deswegen hört es sich so großartig an. In Gedanken verschiebt sie die Klänge, bewegt sie aneinander entlang, bis sie die perfekte Ordnung gefunden hat, und bevor sie drüber nachdenkt, sitz ich am Klavier und mal die Farben in die Tasten rein, das Blaurauschen links und das Sonnenstrahlen rechts, und kann hören, wie sie zurückkommen, das Rein und das Raus gehören zusammen, und nie hat jemand so mit mir geredet wie dieses Klavier.

••••••••

Er legt die Korrespondenzmappe auf Sylvias Schreibtisch und sperrt sein Büro ab. Vor dem Aufzug trifft er auf Wellert und Daniel. Daniel macht ein leidendes Gesicht. »Kommt ihr noch mit ins Chambers? Ich brauche dringend ein Filetsteak.«

Wellert grinst. »Armes Schwein.« Und zu Christian gewandt: »Er braucht wirklich Unterstützung, oder?« In der vergangenen Woche hat sich herumgesprochen, dass Daniels Gattin neuerdings Veganerin ist.

Er zögert, der Gedanke an ein gepflegtes Dinner lockt ihn durchaus, aber er schüttelt den Kopf und klopft auf seinen Koffer. »Tut mir leid, ein andermal wieder.«

»Na, wenigstens einer, der sich auf zu Hause freut!« Wieder grinst Wellert und zwinkert vielsagend. »Grüß Charlotte.«

Er müsste antworten. Winken. Oder wenigstens nicken, aber stattdessen steht er reglos in der Garage und sieht den beiden nach. Das Tor hat sich längst wieder geschlossen, als er aus seiner Starre erwacht.

»Sag mal, was heißt eigentlich …« Sie steht auf, um einen Zettel aus der Tasche ihrer Jeans ziehen zu können. »Moment, ich hab's mir aufgeschrieben, hier: Konvergenz. Erklärst du mir mal, was das heißt?«

Konvergenz. Scheißwein. »Klar, kein Problem, das ist …« Er greift zum Glas, trinkt. Konvergenz. Converg-ire? -gare? gere? »Also, das ist, wenn …« – noch ein Schluck –, »das ist ein bisschen kompliziert zu erklären …« Con heißt immer mit, und – ha, Divergenz! Ganz einfach. Nicken, lächeln. »Ja, also, Konvergenz ist das Gegenteil von Divergenz, und Divergenz bedeutet, dass etwas nicht übereinstimmt, beziehungsweise auseinandergeht, also, sich trennt. Tja. Und Konvergenz bezeichnet entsprechend das Gegenteil, also wenn zum Beispiel das hier« – er greift nach einem Stück Käse –, »also das hier, das ist Hartkäse, und das hier ist Weichkäse, und wenn wir das jetzt zusammenschmelzen würden …« Er pappt die beiden Käsestücke aneinander, sie haften wie magnetisiert, wirft sie als Doppelpack wieder auf die Käseplatte zurück. »Dämliches Beispiel, aber du verstehst, was ich meine, oder?«

Spott in ihrem Gesicht. »Schon klar. Konvergenz.« Sie deutet auf den Käse. »Und willste den jetzt noch essen, den Konvergenzkäse?«

Er muss lachen, schüttelt den Kopf, und wie aus dem Nichts überkommt ihn abgrundtiefe Traurigkeit, wie neuerdings häufiger, und treibt ihm Tränen in die Augen. Er hält die Faust vor den Mund und simuliert ein Gähnen.

»Müde?«

»Hm, bisschen Jetlag.« Hat er ihr erzählt, dass er bloß in WAW war?

»Na, egal.« Sie steckt den Zettel wieder in ihre Jeans. »Machen wir wann anders.«

»Nein, geht schon, was denn?«

»Waren noch zwei Sachen, warte – da: Vormärz.«

»Achtzehnachtundvierzig.«

»Aha. Und?«

»Revolution.«

Kein Wort, aber ihr Blick fragt immer weiter.

»Märzrevolution.« Jetzt muss er selbst lachen.

»O.k. Und Vormärz war dann also vor der Märzrevolution. Na danke.« Spöttisches Prusten. »Wenn du mir jetzt noch sagst, was literarisch heißt?«

»Literarisch? Na, Literatur. Bücher.«

»So weit bin ich auch schon. Aber das ist unlogisch, weil es gibt Bücher oder halt Literatur, von der es heißt, dass sie literarisch wär.« Sie zeigt auf einen Zeitungsstapel neben dem Sofa. »Steht da drin. Und das bedeutet ja dann also, dass es Bücher geben muss, die nicht literarisch sind. Wo ist da der Unterschied?«

»Hm, das hat … irgendwie mit der Qualität zu tun.«

»Aha. Und was genau? Wie kann man das unterscheiden?«

»Das ist jetzt wirklich nicht mein Fachgebiet.«

Sie spielt mit dem Papieretikett von ihrem Teebeutel, zeigt mit dem Kopf Richtung Regalwand. »Aber da stehn Hunderte von Büchern. Woran merkt man denn, ob eins gut ist oder schlecht?«

Dieser wache, gerade Blick, der ihn auszuleuchten scheint. »Na ja, ist ein Stück weit Geschmacksache.« Er schiebt seinen Stuhl zurück, steht auf und trägt sein Glas mitsamt der Flasche zur Küche, es ist noch ein Rest darin, den er einschenkt und in einem Zug austrinkt, ehe er ihr eine gute Nacht wünscht. Während des Einschlafens entsetzt ihn die Absurdität der Lage: Mit fadenscheinigen Erpressungsversuchen hast du dich dazu bringen lassen, eine Putzfrau zu beherbergen, deren Horizont in einem unfassbar divergenten Verhältnis zu ihrem Verstand steht. Und wie an jedem Morgen nimmt er sich nach dem Aufwachen vor, sie zur Rede zu stellen und klare Verhältnisse zu schaffen; einer Schutzbedürftigen wirst du keine Hilfe verweigern, aber sie soll ihm, verdammt noch mal, endlich ihre Beweggründe offenbaren. Doch wenn er am Abend die Wohnung betritt, schenkt er sich ein Glas ein und antwortet auf ihre Fragen, statt seine zu stellen.

••••••••

Die alte Frau ist weg. Nach Hause entlassen, was schade ist, aber gleichzeitig ist sie erleichtert, bei so alten Leuten weiß man ja nie. Nur die Adresse wollen sie ihr nicht geben, wegen dem Datenschutz. Wieso ich nicht vorher angerufen hab? Sie hebt nur die Schultern und geht durch die Pforte zum Klinikpark, der sich anfühlt wie eine Buchseite, die man zum zweiten Mal liest. Sie merkt, dass sie froh ist, hier zu sein, auch wenn sie Wilhelmine nicht mehr trifft. Der Kiesweg ist noch da, und der Baum, den sie vom Fenster aus gesehen hat, und als sie sich auf die Bank setzt, sitzt auch Christian wieder da, aber ganz anders als damals; so, als würde auf der Buchseite was stehen, was ich beim ersten Mal nicht mitgekriegt hab. Irgendwie unecht ist er ihr damals vorgekommen. Jetzt wird ihr klar, dass der Eindruck richtig war und sie sich bloß nicht getraut hat, sich auf ihr Gefühl zu verlassen. Nur seine Fächerfalten, die waren ihr damals schon sympathisch. Sie kann noch das kratzige Frottee von dem Bademantel spüren, den sie angehabt hat, komisch, dass das erst ein paar Wochen her sein soll. Vollgestopfte Wochen, trotzdem kommt sie sich heute viel leichter vor als damals. Sie bleibt ein bisschen in der Sonne sitzen und sieht den Patienten zu, die durch den Park spazieren; manchmal hat sie das Gefühl, ein Gesicht zu kennen. Schließlich steht sie auf und geht an der Klinikmauer entlang. Der Weg ist übersät mit rosa Blüten, jede mit vier ulkigen, fleischigen Blättern wie aus einer Märchenwelt. Alle paar Schritte bückt sie sich und hebt eine auf.

Der Gottesdienst hat schon angefangen. Behutsam drückt sie die Tür zur Empore auf, schleicht an der Wand entlang, bis sie die Hände von der Schwester an der Orgel im Blick hat. Ihre eigenen Hände versteckt sie hinter dem Rücken. Je langsamer das Stück ist, desto leichter kommen meine Finger hinterher, ein paarmal klappt es sogar, dass ihre und meine gleichzeitig dasselbe tun. Vor allem, wenn ich weiß, wie es weitergeht. Manchmal weiß ich, wie es weitergeht, weil ich das Stück kenne, aber manchmal kenn ich's auch nicht und weiß es trotzdem. Und dann gibt es Stellen, die kenn ich zwar, aber die Schwester macht alles ganz anders. Einmal, als der Pfarrer redet, beugt sich eine ältere Nonne zu mir und zeigt auf einen freien Platz. Vielleicht darf man nicht stehen, solange die anderen sitzen? Doch. Stehen darf man immer, das weiß ich genau, nur nicht sitzen bleiben, wenn alle aufstehen. Nach einer Weile knien sich alle hin, bis auf Schwester Benedicta. Kniebank heißt das Ding, aber da, wo ich stehe, gibt es keine, also knie ich mich auf den Boden. Das harte Holz drückt. Als ich klein war, hab ich mich immer so auf die Kante gekniet, dass sie genau unter die Kniescheibe kam, dann hat's nicht so weh getan. Schwester Benedicta kann ich nicht mehr sehen, dafür zwei Messdiener, die Schellen schütteln, es klingelt wie der Christkindschlitten, achteckige ziegelrote Fliesen auf dem Boden, rechts und links vom Altar zwei Ölbilder, auf einem ist ein kleines Schaf. Stundenlang hat sie es betrachtet, das Bild war uneben, die Farbe hat überall Risse gehabt und geglänzt wie lackiert. Blumen standen davor, je nach Jahreszeit, Weihnachtssterne im Advent, und dann war auch die Krippe aufgebaut, wunderschön, aber man hat sie nicht anfassen dürfen. Nur mit den Augen gucken, hat Ute Niemann gesagt.

Nach ein paar Tagen haben die Schwestern sich dran gewöhnt, dass ich immer an der Wand neben der Orgel stehe und Schwester Benedicta beim Spielen zuschaue. Ich bin sicher, sie weiß, dass ich wegen ihr komme, obwohl wir noch nie miteinander geredet haben. Aber heute hat sie ein paarmal zu mir rübergesehen, und als der Pfarrer predigt, zeigt sie auf den Stuhl neben der Orgelbank. Der stand gestern noch nicht da. Ich zögere, aber dann setze ich mich doch zu ihr, klemme aber die Hände zwischen den Oberschenkeln ein. Ich lächle ihr zu, damit sie weiß, dass ich ihr dankbar bin.

Als das Schlusslied fertig ist, rückt die Schwester aus der Bank und zeigt auf die Tasten. »Bitte.«

Vor Schreck schüttelt sie den Kopf.

»Kommen Sie, Sie möchten doch gern, oder?«

»Ich kann das gar nicht, nur auf dem Klavier.«

»Versuchen Sie es ruhig.« Die Schwester zeigt mit dem Kopf Richtung Altar und lächelt. »Es sind alle fort.«

Sie weiß, dass man anders spielen muss als auf dem Klavier. Dass jeder Ton so lange klingt, wie man die Taste hält, und dass die Farbe und Lautstärke davon abhängt, welche von den Knöpfen auf der linken Seite man rauszieht.

Ihr Herz klopft. So sehr, dass ihre Hände mitzittern. Aber wenn ich jetzt wieder aufstehe, darf ich vielleicht nie mehr dran. Also macht sie die Augen zu und stellt sich vor, es wäre Christians Klavier. Nur die ersten paar Töne sind schlimm, weil sie vor Angst vergessen hat zu atmen, danach geht es leichter, und irgendwann ist nur noch die Musik da, sie kommt anders zu mir zurück als beim Klavier, viel riesiger, ich muss an die Sonne auf dem Mainwasser denken, und alles fließt in die Musik, so lange, bis mir ein passendes Ende einfällt. Der letzte Ton klingt nicht nach, sondern hört auf in dem Moment, wo ich die Finger von den Tasten nehme. Mit der Stille ist die Schwester wieder da, und ich sitze vor der Orgel und hab das Gefühl, als müsste ich mich entschuldigen. »Ich … spiel das sonst immer auf dem Klavier.«

»Das sehe ich. Und wer hat Ihnen das beigebracht?«

»Sie.« Vorsichtig lächeln. »Ich mein, ich kenn das von Ihnen, das hab ich gehört, als ich hier Patientin war. Beigebracht hab ich's mir dann selber.«

»Verstehe.« Schwester Benedicta guckt mich lange an. Komisches Gefühl, weil man unter dem Schleier nur ihr Gesicht sieht und auch das nicht ganz. Keine Haare, kein Hals. Unmöglich, ihr Alter zu schätzen. »Und wer hat Sie unterrichtet?«

Die Frage fühlt sich an, als würde mit einem Riesenscheinwerfer auf sie geleuchtet: Jemand muss einen unterrichtet haben, sonst darf man das überhaupt nicht. Das gleiche Gefühl, wie wenn man keinen Namen hat. »Wieso?« Es klingt total schnippisch, ohne dass ich das gewollt hab.

»Nun, weil Ihr Fingersatz recht kurios ist.«

Fingersatz. Keine Ahnung. Und wenn sie einfach wieder geht? Sie hat einen Riesenkloß im Hals, aber dann streicht eine Hand über ihren Ellbogen, was irgendwie abgefahren ist, weil das immer nur in dieser Klinik passiert.

»Ach herrje, jetzt habe ich wohl etwas Falsches gesagt?«

Luft holen. »Geht schon«, antwortet sie leise. Zögert. »Ich weiß bloß nicht, was das ist, Fingersatz.«

»Demnach haben Sie überhaupt keinen Klavierunterricht gehabt?«

Kopfschütteln.

Die Schwesternaugen schauen sie an, ohne zu blinzeln. »Und Sie haben sich alles selbst beigebracht?«

Sie hebt die Schultern.

»Tapfer.« Wieder der feste Blick. »Aber Noten können Sie lesen?«

»Hm, nicht so richtig, ich mach das ja noch nicht so lange. Ist einfacher, wenn ich mir was anhör und das nachspiele.«

»Aha. Und an diesen Choral, da haben Sie noch ein bisschen was drangehängt?« In ihrer Stimme klingt was durch, als wäre sie nicht einverstanden. Weiß nicht, ob sie mein Nicken überhaupt sieht.

»Was heißt denn: noch nicht so lange?«

»Na ja, eigentlich erst, seit ich hier aus der Klinik raus bin. Zwei, drei Wochen oder so.« Oder weniger? Sie überlegt, aber die Zeit ist ihr durcheinandergekommen.

»Wie schön, dann haben Sie also einen Choral als Andenken aus der Klinik mitgenommen. Das freut mich. Und vor Ihrem Aufenthalt, was haben Sie da am liebsten gespielt?«

»Gar nix. Weil, da wusst ich das ja gar nicht, also, ich meine, da war …« Durchatmen. »Also, das ist ein bisschen kompliziert.«

»Bitte entschuldigen Sie, dass ich so in Sie dringe, das geht mich nun wirklich nichts an.«

»Ist schon o.k., ich verstehe das ja selber nicht so richtig, aber ich kann erst spielen, seit ich hier wieder raus bin.«

»Aber Sie spielen nicht erst seit drei Wochen?«

»Doch, so ungefähr.«

Das Nonnengesicht ist eine Riesenfrage. Todernst. »Sie spielen erst seit drei Wochen Klavier?«

Schulterzucken.

»Aber Sie haben vorher ein anderes Instrument gespielt.«

»Nein.« Na und? Ist da was falsch dran?

Sie starrt mich an wie einen Geist. »Das ist in der Tat … etwas ungewöhnlich … Möchten Sie mir den Gefallen tun und mir noch etwas vorspielen?«

Vorspielen. Und was? Sie sieht die Notenstapel auf dem Klavier bei Christian vor sich, aber in ihrem Kopf geht alles durcheinander. Keinen Klavierunterricht. Kurioser Fingersatz. Ein saublödes Gefühl läuft durch sie, in die Arme und in die Hände, die bewegungslos in meinem Schoß liegenbleiben. Kann nicht. Und auf einmal sitz ich da, und alle haben sich rumgedreht und glotzen mich an, und der Dicke vorne links verzieht sein fettes Gesicht, und ich weiß genau, was das heißt: Dich verklopp ich nach der Schule, und die Zwillinge mit den blöden Rattenschwänzchen vor mir flüstern sich was zu und fangen an zu kichern, und ich bin ein Eisklotz und wünsch mir, ich könnt wegschmelzen oder durchsichtig werden, aber die Augen hören nicht auf, mich anzustarren. »Na? Angelina! Komm, das kannst du doch.« Kann ich nicht. Böse ist sie nicht, aber das Nette in ihrem Gesicht sieht irgendwie gequetscht aus, genervt, wieso lässt sie mich nicht einfach hier sitzen und fragt jemand anders? Jemand von denen da vorne, die schon die ganze Zeit die Hand in die Luft strecken und mit den Fingern schnipsen und *Oh, Mann, wie doof* sagen, und dann kann ich nicht mehr anders und fange zu heulen an.

••••••••

Es ist das Klavierspiel, das ihn allmählich weckt. Eine ganze Weile schon muss es in seinen Halbschlaf gesickert sein und seinen Traum davongetragen haben, ein friedliches Gefühl, mit dem er daliegt, und eine wunderschöne, einfache Melodie, die immer wiederkehrt. Erst mit

Verzögerung trifft ihn die Erkenntnis, dass sein iPhone nicht geklingelt hat, weil Samstag ist, dass er hätte ausschlafen können, wenn er denn gekonnt hätte. Wenn sie ihn denn gelassen hätte, und mit einem Ruck ist er wach, und der Tag ist in Missmut getaucht. Kann sie nicht wenigstens am Wochenende Ruhe geben? Er sitzt auf der Bettkante und spürt seinen Schädel. 10:23. Wann bist du zu Hause gewesen? Er war essen, mit einem Mandanten, den er anschließend noch auf zwei, drei Drinks eingeladen hat, zu überschaubarer Zeit sind sie ins Taxi gestiegen, doch nachdem er seinen Kunden abgesetzt hatte, hat er den Fahrer gebeten, ihn zurück in die Innenstadt zu fahren, wo er kreuz und quer gelaufen und schließlich in einer überfüllten, weil angesagten Bar gelandet ist. Keine von denen, in die er sonst geht, und er weiß immer noch nicht, was ihn dorthin getrieben hat. Einer ziemlich jungen Frau hat er ein paar Cocktails spendiert und versucht, sich die Demütigung nicht anmerken zu lassen, als sie einfach verschwunden ist. Er hat es bei einer anderen probiert, obwohl die ihm eigentlich nicht gefallen hat, die Details sind ihm abhandengekommen, hast du tatsächlich auf dem Weg zum Taxi gekotzt? Er knipst den Gedanken aus und geht ins Bad, schaufelt sich kaltes Wasser ins Gesicht, nimmt zwei Advil und wirft sich den Bademantel über.

Sie sitzt am Klavier und registriert ihn erst, als er die Kaffeemaschine betätigt.

»Hallo. Bist du krank?«

»Sehe ich so aus?« Vermutlich.

Sie hebt die Schultern. »Na ja, ich dachte nur, weil du nicht auf der Arbeit bist …«

»Es ist Samstag.« Er presst so viel Vorwurf in seine Stimme, wie es ihm die Höflichkeit eben noch erlaubt. »Und ich hätte sehr gern noch ein bisschen weitergeschlafen.«

»Oh.« Erstaunen in ihrem Blick, als müsse sie sich die

Konsequenz des Wortes Samstag erst in Erinnerung rufen. »Tut mir leid. Ich hab nicht gewusst, dass du noch da bist.«

Ihm ist flau, er nippt am Kaffee, und eine unbändige Lust auf Weißwürste mit Senf überkommt ihn. Obwohl er weiß, dass im Kühlschrank hundertprozentig keine sind, öffnet er ihn dennoch; hinter einer Batterie von Joghurts findet er eine Schachtel Eier, schlägt drei davon in eine Tasse. Als er die Pfanne auf den Herd stellt, setzt ihr Spiel wieder ein. Der jähe Impuls, ihr den Klavierdeckel über den Fingern zuzuschlagen, zerrt an ihm, wieder spielt sie eine kurze Melodie in gefühlt tausendfacher Wiederholung, der Begriff kaputte Schallplatte fällt ihm ein. Er zieht die Pfanne mit den gestockten Eiern vom Herd und macht ein paar Schritte in den Raum hinein, so dass sie innehält und sich zu ihm umwendet, als könne sie seine Gedanken lesen. »Die nerven, ich weiß. Mich auch. Ist wie Kaugummikauen, aber ich muss mir jeden Tag drei neue vornehmen und die alten immer wieder durchspielen.«

»O nein! Das glaube ich nicht, dass du das musst. Immerhin lasse ich dich hier wohnen und bin der Ansicht, dass daraus eine gewisse Verpflichtung resultiert. Unter anderem die Verpflichtung, mich am Wochenende ausschlafen zu lassen!«

»Aber ich hab auch eine Verpflichtung gegenüber Gott.« Sie grinst.

»Wie bitte?«

»Na ja, wegen dem Klavierspielen. Das wäre ein Gottesgeschenk, und deswegen hab ich eine Verpflichtung. Hat Benedicta gesagt.«

»Wer zum Teufel ist Benedicta?«

Sie fängt an zu glucksen.

»Ich wüsste nicht, was daran komisch sein soll!«

»Doch, weil Benedicta ist eine Nonne, und wenn du *zum Teufel* sagst … also das find ich schon irgendwie komisch.«

Was für eine absurde Konversation! Er holt tief Luft, kippt den Rest Kaffee in sich hinein. Ein paar Tage lang ist sie ihm tatsächlich normal vorgekommen, so normal, dass er sich eingestehen musste, sich auf sie zu freuen, wenn er abends nach Hause fuhr. Und nun? »O.k. Also: Gott möchte, dass du Klavier spielst. Aber er möchte auch, dass du am Wochenende Pause machst. Verstanden?«

»Nur am Sonntag.«

»Wie bitte?«

»Am siebten Tage aber sollst du ruhen. Hat Gott gesagt. Samstag ist erst der sechste Tag.« Gefühlte drei Sekunden lang guckt sie ihn an, dann prustet sie los. »Sorry, aber …«, sagt sie schließlich, mit Lachtränen in den Augen.

Er will etwas erwidern, bringt aber keinen vernünftigen Satz zustande. Sie steht auf, geht an ihm vorbei zur Küche. »Dein Frühstück wird kalt.« Greift in die Besteckschublade. »Darf ich mal?« Ohne seine Antwort abzuwarten, schiebt sie sich eine Gabel voll Ei in den Mund, nimmt eine benutzte Tasse aus der Spüle und stellt sie vor die Kaffeemaschine. »'tschuldigung, bin irgendwie albern heut. Muss noch Salz dran. Hör zu, ich hab nicht gewusst, dass du noch schläfst, sonst hätte ich nicht angefangen zu spielen. Tut mir leid. Ich mach später weiter. Aber üben muss ich, ich hab schließlich auch 'ne Verpflichtung Benedicta gegenüber. Die ist nämlich echt streng.«

»Und wer bitte ist diese Benedicta?«

»Benedicta ist 'ne Nonne aus dem Krankenhaus, in dem ich war. Also eigentlich Schwester Benedicta. Die gibt mir dreimal die Woche Klavierunterricht. Umsonst. Wär also echt fair, wenn ich üben würde, oder?«

»Ich wusste nicht, dass du das Wort Fairness kennst.«

Mit einem Schlag wird sie still und bleich. Touché! »Wieso?« Ihre Stimme wackelt.

»Ganz einfach: Da ist jemand, diese Schwester, und die tut was für dich. Im Gegenzug erbringst du eine Leistung. So weit, so fair. Aber« – ohne dass er es will, wird er lauter – »du tust das auf meine Kosten. Denn dies ist meine Wohnung und mein Wochenende. Kapiert?« Er gibt der Pfanne einen Schubs, dass sie quer über den Herd rutscht, knallt sein Kaffeeglas auf den Tresen und wirft die Schlafzimmertür hinter sich zu. Angezogen und grußlos marschiert er kurz darauf an ihr vorbei aus der Wohnung und fährt in die Tiefgarage. In der kein Wagen steht. Fuck. Den hast du gestern in der Kanzlei stehenlassen. Er sieht auf die Uhr, halb zwölf, wann macht Gaspare auf? Als er auf die Straße tritt, wird ihm klar, dass sie ihn aus seiner eigenen Wohnung vertrieben hat, doch zu seinem Erstaunen empfindet er keinen Zorn, sondern allenfalls eine Art Respekt, während er sich selbst ohrfeigen könnte. Wenn er ehrlich ist, ginge er am liebsten wieder nach Hause und hörte ihr beim Spielen zu.

Keine Ahnung, was schlimmer ist: dass er die Tür knallt oder dass er geht, ohne was zu sagen, als wär ich nicht da. Nachdem er raus ist, laufen ihr Tränen übers Gesicht. Fairness. Sie zieht die Nase hoch, atmet ein paarmal tief, bis es in ihr ruhiger wird. Dabei hat es zuerst richtig Spaß gemacht, sich mit ihm zu kabbeln. Sie geht ins Gästebad, um sich die Nase zu putzen. Bei dem Gedanken, dass er den ganzen Tag wegbleiben könnte, wächst ein Kloß in ihrem Hals. Sie schiebt die Terrassentür auf. Für einen Moment wünscht sie sich, Raucherin zu sein, eine Zigarette zum Dranfesthalten wär wahrscheinlich genau das Richtige. Nach einer Weile geht sie wieder rein und isst die Rühreier, die jetzt wirklich kalt sind. Danach macht sie mit den Etüden weiter, hält sich genau an den Fingersatz, den Benedicta an die Noten geschrieben hat, aber ihre Finger sind wie aus Holz. Sie knallt den Klavierdeckel zu, sofort tut es ihr leid. *Es ist Gottes Wille, dass Sie sich dieser Aufgabe unterwerfen.* Sie wandert durch die Wohnung, trinkt Kaffee, aber der Kloß steckt immer noch in meinem Hals, blaugrau und dick. Irgendwann surrt der Aufzug, und sie springt auf, aber dann ist das Haus wieder still, nur in mir drin kann ich was hören, ihn und mich, und auf einmal geht es, indem ich einfach spiele, was in mir ist, nicht diese dämlichen Etüden, und sie stellt sich vor, dass er ihr zuhört, und später würden wir reden, und ich würde ihm sagen, dass es mir leidtut und dass ich auch lieber was anderes spielen würde als tausendmal diesen Kram. Demut beim Üben, hat Benedicta gesagt. Demut. Auch ein Wort, über das wir reden könnten. In ihrem Kopf bauen sich Sätze zusammen, Fragen und Antworten, als wär er tatsächlich da. In meinem Kopf kann ich uns sagen lassen, was ich will. Sachen, die ich ihm in echt nie erzählen würde, von Pit zum Beispiel oder auch von Benedicta. Dass sie mit mir zu der Ärztin wollte, weil die unbedingt davon erfahren müsste. Von diesem Wunder. Will ich nicht, hab ich gesagt, gibt kein Wunder, aber zu Benedicta kann man nicht nein sagen, keine Chance, also ist sie doch mit mir zur Station rüber. Frau Dr. Ziegler war nicht da, im Urlaub, ich hab dann der Vertretung alles erzählen müssen, vom Lesenlernen und Klavierspielen, obwohl die eigentlich keine Zeit gehabt hat. Ihre Kollegin würde eine Doktorarbeit über dieses Thema schreiben und dass ich mich bei ihr vorstellen soll. Ich hab genickt und den Zettel mit der Telefonnummer weggesteckt. Seitdem stell ich mich extra ein bisschen blöd an in Benedictas Unterricht, als würde ich nicht kapieren, was sie meint, wenn sie in die Noten zeigt und mir alles umständlich mit Buchstaben und Zahlen erklärt, was ich sowieso weiß. Wir meinen dieselben Dinge, aber sie redet in einer anderen Sprache, Dominantseptakkord, Dissonanz, verminderte Quarte, als würde sie Krücken brauchen für was, das sie nicht fühlen kann. Ich hab ihr Blumen gekauft, vom Einkaufsgeld, und ich glaube, sie hat sich drüber gefreut.

Den Rest vom Wochenende kriegt sie ihn nicht mehr zu sehen, aber als er am Montagabend heimkommt, hört sie es sofort. Wie Musik in einem Film, in dem es dem Held so richtig dreckig geht; klingt eigentlich schön, so traurig. Sie schämt sich sofort für den Gedanken. Am liebsten würde sie zum Klavier gehen und es spielen, aber das geht jetzt natürlich nicht. Auf keinen Fall. Außerdem hat er mir das Spielen um diese Zeit sowieso verboten, wegen der Nachbarin, die mich auch nicht sehen darf, und wenn doch, dann soll ich sagen, ich wär eine Mandantin. Am besten, ich pack meine Tasche und gehe. Ohne ein Wort ist er reingekommen, hat seine Sachen auf den Sessel fallen lassen und ist ins Schlafzimmer verschwunden, wahrscheinlich, um sich umzuziehen.

Sie holt eine Flasche Rotwein aus dem Vorrat. Als er in Jeans und Pullover aus dem Zimmer kommt, streckt sie ihm ein Glas entgegen. »Hier. Das hilft.« Lächeln.

Er guckt, als würde er mich gar nicht sehen, nimmt nur das Glas, stellt sich ans Fenster und guckt raus, eine Ewigkeit lang, ich weiß nicht, wie ich ihm helfen kann.

Er hat die Zeitung mitgebracht, sie liegt zusammengerollt neben dem Sessel, sie hebt sie auf und legt sie auf den Küchentresen. Fängt an zu lesen, schmiert sich zwischendrin ein Brot und nimmt sich auch ein Glas Wein. Unter *Vermischtes* steht eine drollige Geschichte von einer Baby-Giraffe, die aus dem Kronberger Zoo abgehauen und dann vor einem Supermarkt aufgetaucht ist, sie muss lachen, gerade als er mit steifem Gesicht in die Küche kommt. »Hier, das ist echt witzig, hör mal: Offenbar hat Giraffenmädchen Mara ihr …«

»Danke. Das interessiert mich jetzt wirklich nicht.« Ein Ton wie eine Ohrfeige. Sie macht die Augen zu und holt Luft. Sein Telefon klingelt. Er schaut drauf, nimmt aber nicht ab, sondern schenkt sich Wein nach.

»Was Schlimmes passiert, heute?«

»Nichts, was dich etwas anginge.«

»'tschuldigung. Aber wenn du nicht mal Guten Abend sagst, dann geht's mich ja wohl was an.«

»Irrtum. Das ist meine Wohnung, und ich hab dich nicht hierhergebeten!«

Etwas Kaltes, Hartes knallt in ihren Brustkorb und in die Kehle, sie lässt Wein und Brot und Zeitung liegen und geht in ihr Zimmer, ihr ist danach, die Tür zu knallen, aber dann hält sie im letzten Moment die Klinke fest.

•••••••

Jaja, tut mir leid. Hat er aber nicht gesagt. Musst du auch nicht sagen, sie soll sich, verdammt noch mal, um ihren eigenen Krempel scheren. Er bleibt inmitten des Raumes stehen, schaltet den Fernseher an, doch die Gedanken rutschen wie magnetisiert auf das Gesicht von diesem Stephen, das sich wie ein Standbild in seine Erinnerung gefressen hat, sein konziliantes Lächeln, als lägen sie beide nebeneinander am Strand, und wenn er nur einen einzigen Wunsch frei hätte, dann würde er diesen Tag ungeschehen machen oder, besser noch, ihn von vorn beginnen, *Gehen Sie zurück auf Los*, und dieses Mal selbst Regie führen. Aber da ist keiner, der dir diesen Wunsch erfüllen könnte, an gute Feen hat er schon als kleiner Junge nicht geglaubt. Für Sekunden ist er versucht, seine Bitte stattdessen an jene Instanz zu adressieren, die ihm fern und unaussprechlich erscheint, wann bist du das letzte Mal in einer Kirche gewesen? Er kann sich nicht erinnern, und für einen Augenblick ringt er mit der Frage, ob er sich das Recht eines Ansuchens längst verwirkt hat oder ob es so etwas wie Gnade tatsächlich geben kann. Nur diesen einen Tag. Noch mal auf Anfang, die Zeichen richtig deuten, schon auf dem Weg ins Büro hätte er ahnen müssen, dass etwas an seinem Untergang bastelt.

Wie immer hat er die morgendlichen Ampelpausen zum Check von Mails, Mitteilungen und Schlagzeilen genutzt, eine Hand am Screen, ein Auge auf der Ampel, den rechten Fuß an den Schlüsselreiz des grünen Lichts gekoppelt, nichts peinlicher als ein hupender Hintermann. Dann

Grün, Gas, ein Auge auf dem Telefon, als ein jäher Schlag ihn die Bremsen durchtreten lässt, Hupen, Arschloch, ruft er und meint beide: Den Huper hinter ihm und den Typ in Jeansjacke, der sich von seiner Motorhaube aufrappelt, eine Hand zur Faust erhoben, Flüche im lautlosen Gesicht. Sein Kinn zuckt nach oben, während er mit der Hand gegen den Kotflügel schlägt, eine synchrone Drohgebärde, als könne er dich damit körperlich erreichen, als liege kein Meter Karosserie zwischen uns. Der Typ trollt sich, ehe Christians Hirn alle Parameter für Fahrerflucht, Körperverletzung und gefährlichen Eingriff in den Straßenverkehr durchgescannt hat. Ein Impuls will ihn aussteigen und die Unversehrtheit des schwarzen Lacks überprüfen lassen, doch hinter ihm hupt es nun ungehalten, also fährt er die Scheibe herunter, ruft sein *Heh, alles o.k. mit Ihnen?* in die Passanten, das Echo klingt wie Vollidiot, aber er ist nicht sicher, lässt im Anfahren die Scheibe nach oben surren, und das Wort Penner fällt ihm aus dem Mund. Den restlichen Weg bis zur Kanzlei legt er in einer seltsamen Erstarrung zurück, als schwebe etwas über ihm, ein düsterer Orakelspruch, der auf seine Erfüllung wartet. Vielleicht, denkt er, während er sein Glas leert und nachschenkt, vielleicht war das der Moment, an dem du hättest umkehren müssen, der Moment, der dir gewährt wurde, vielleicht hat er längst um diesen Reset gebeten, vielleicht war dieser Tag bereits die zweite Chance, und du, Trottel, hast sie vergeigt. Und jetzt fällt ihm auch die Tasse wieder ein, die er beim Eintritt in sein Büro umgestoßen hat, so dass der Kaffee sich über die Tastatur und zwei unfertige Verträge ergossen hat, eine Riesensauerei. Ein Zeichen? Wie einen Film in Zeitlupe lässt er die Ereignisse des Tages Revue passieren, sucht mit der Akribie eines Steueranwalts nach scheinbar Nebensächlichem. Drei Anwälte von Brownman-Smith, Bill, Gary und Stephen, der Senior Managing Partner. Oberboss. Schon Mittag war es, als sie verspätet in der Kanzlei eingetroffen sind, Bills vertrauliches Schulterklopfen ist auf ihn gefallen wie ein Sonnenstrahl, der keinem der Anwesenden verborgen geblieben ist. Den hat er als Zeichen gewertet, was für eine Perfidie!

Dr. Rathenow sei noch zu einem Termin außer Haus, hat er den Herren erklärt und geahnt, dass Johannes sich drückt; sobald er eintreffe, könne man gemeinsam zum Lunch gehen, doch zu seiner Verblüffung hat Stephen abgewehrt, wir brauchen einen Tisch für vier, hat er mit ruhiger Bestimmtheit entschieden, seine beiden kalifornischen Kollegen mit einer Kopfbewegung in seine Berechnung einbeziehend, und das Nicken, das er an Christian gerichtet hat, war eine rhetorische Frage. Mit nervöser Neugier hat Christian die drei ins Restaurant geführt, dabei ist ihm gewesen, als führten sie ihn, drei große Jungs auf dem Weg zur Mutprobe, wenn du den Regenwurm schluckst, bist du einer von uns.

Die wollen was von dir, ganz klar, aber er kommt nicht dahinter, was es ist, sosehr er sich bemüht. Unablässig spricht er, du musst sie bei Laune halten, solange er nicht weiß, wo sie stehen, gleicht sein Bemühen einem Eiertanz. Während des Essens über Johannes kein Wort; Christians Versuche, die Sprache auf ihn zu bringen, werden ignoriert. Als die Teller abgeräumt sind, greift er zum Telefon, er werde versuchen, Johannes noch zu erreichen.

Mit einer Handbewegung fällt Bill ihm ins Wort. »Nein, Christian. SIE sind unser Mann.«

Etwas Schnelles, Heißes erfasst ihn, sein Puls gibt Gas.

Stephen, der sich räuspert. Mit dem Finger auf ihn zeigt. »Wir sehen Sie als zukünftigen Managing Partner dieser Kanzlei, Christian. Es wird nur einen geben.« Drei Gesichter, die ihn mustern. »You deal with it.«

Er starrt auf die Striche, die gleichförmig vor ihm nach unten sacken, weiß auf schwarzem Grund, irgendwann zu Buchstabenreihen werden, dann zu Namenkolonnen, aus denen ihn einer anspringt, Stephen Irgendwas, *Best Boy*, im Reflex drückt er auf den roten Knopf der Fernbedienung, steht reglos im Raum, mit dem leeren Glas in der Hand, bis die Stille beginnt, in seinen Ohren weh zu tun.

••••••••

Sie nimmt nicht den Aufzug, sondern rennt die Treppe rauf, so schnell sie kann, bloß nicht heulen, aber noch während sie den gelben Schlüssel raussucht, verschwimmt alles vor ihren Augen. Dann ist sie drin, lässt erst die Tasche und danach sich selber auf den warmen Stein fallen. Wie ein Baby liegt sie da und wünscht sich, sie wär wirklich eins und jemand würde kommen und mich aufheben und beschützen und sich um alles kümmern, was ich nicht kann. Irgendwann schreckt sie auf und merkt, dass sie sich in den Schlaf geheult haben muss. Da schwappt wieder alles über sie, Benedicta, wie sie vor mir steht und den Kopf schüttelt, und er, gestern Abend. Als wär ich ein Stück Dreck.

Langsam steht sie auf, ganz steife Beine, der Boden ist wieder trocken, aber im Gegenlicht kann man die Tränenränder sehen. Einen Augenblick sieht sie sich um – saubere Küche, aufgeräumtes Wohnzimmer, bloß sein Bett hat sie heute Morgen nicht gemacht –, geht dann in ihr Zimmer und packt alles, was sie mitgebracht hat, zurück in Angelinas Reisetasche. Sie zieht ihr Bett ab und schiebt es zu einer Couch zusammen. Geht zum Klavier und steht davor, nimmt zögernd Benedictas Notenbuch in die Hand. Hoffart und Sünde. Was Hoffart ist, weiß ich nicht, aber es muss mindestens so schlimm sein wie Sünde.

»Es-Dur!«

»Ich weiß.«

»Aber sie spielen kein Es-Dur, sondern b-Moll.« Schwester Benedicta hat ihr über die Schulter weg in die Tasten gegriffen und die Akkorde gespielt, die in den Noten stehen. »So bitte.«

»Jaja, ist mir schon klar, aber anders klingt's doch viel besser.«

»Wenn Mendelssohn dieser Auffassung gewesen wäre, hätte er es entsprechend notiert.«

»Dann hat er sich halt geirrt.« Obwohl sie die Warnung aus Schwester Benedictas lautem Atem gehört hat, hat sie ihre Version noch mal gespielt und hat auch gegen den Trotz in ihrer Stimme nichts machen können: »Kann man doch hören, dass es anders klingen muss.«

»Das ist Anmaßung, Frau Niemann!«

»Vielleicht hat er es anders gemeint. Sich verschrieben. So was kommt doch vor, oder?«

»Nein, kommt es nicht. Weil diese Akkorde nämlich ein Teil des Ganzen sind, schließlich gibt es Regeln, und die hat Mendelssohn sehr wohl gekannt. Im Gegensatz zu Ihnen. Wenn Sie jetzt also bitte spielen, was hier steht!«

Sie hat nicht anders gekonnt, als aufzustehen. »Ich kann vielleicht keine Regeln, aber dafür kann ich hören.« Im Gegensatz zu Ihnen, wäre ihr beinahe rausgerutscht, aber Benedicta hat es garantiert in ihren Augen lesen können.

Dabei stimmt es doch: Nur weil einer Mendelssohn heißt, macht er nicht automatisch alles richtig. Sind ja auch nur ein paar Töne, aber wenn man die anders spielt, fängt es zu leuchten an, und ich bin sicher, dass Benedicta das bloß nicht zugeben will. Sie schiebt Benedictas Notenbuch und das Notizheft, das sie sich für die Schreibübungen gekauft hat, in die Reisetasche, sucht ihre Lieblingsnoten aus dem Stapel und steckt sie dazu. Dann fasst sie einmal kurz an die Tasten, so, wie man jemand zum Abschied antippt, ohne ihn richtig zu berühren, muss schlucken, damit ich nicht wieder heul, und klappt den Deckel runter. Tasche, Jacke, weg. *Kurze Fuffzehn*, und das ist auch von Ute Niemann. Sie kann Utes Stimme dazu hören, und das Gefühl, das an der Stimme hängt, passt genau zu dem, was ich jetzt tu: Raus in den Tag, der nicht warm und nicht kalt ist, sondern grau und so normal, dass man besser nicht drüber nachdenkt.

Die Reisetasche schlenkert gegen ihr Bein, über der Schulter ist sie zu schwer; damals, im Taxi, ist sie mir viel leichter vorgekommen, dabei war der Inhalt der Gleiche. Aber dann fallen ihr die Noten ein und die pinkfarbene Strickjacke, die sie einfach mitgenommen hat. Sie hat nicht mal ein schlechtes Gewissen deswegen.

Vor einem Backsteinhaus sind Tische und Stühle aufs Trottoir gestellt, nur an einem Plakat im Fenster kann man erkennen, dass es ein Café ist. Sie schiebt die Tasche unter einen von den Stühlen und bestellt bei der jungen Frau, die aus dem Haus kommt, als wäre es ihr Wohnhaus, einen Milchkaffee. Sitzt vor der bauchigen grünen Tasse, ohne zu trinken, sondern hört nur den Autos zu, die die Straße entlangfahren. Ihr Rauschen ist wie ein dickes, weiches Seil, das sich spannt und wieder locker wird, bis sich das nächste drüberwebt, Schwarz-Weiß mit Blau, und dazwischen Stadtrauschen. Je länger ich zuhöre, desto mehr Farben werden es.

Und dann? Auf meinem Schoß ist Angelinas Handtasche. Mit Schlüssel, Handy, Portemonnaie drin. Alles so, wie's war. Sechs S-Bahn-Stationen, drei Straßen zu Fuß. Vier Etagen hoch, beim Reinkommen wird das Holz unter dem Plastikfußboden knarren, gar kein Problem, oder? Neues Schloss und innen ein paar Sachen anders, geht alles, wenn man nur will. Also trinkt sie ihren Milchkaffee aus, legt zwei Euro auf den Tisch und nimmt die Tasche. Sechs Stationen, drei Straßen, das Haus sieht vertraut aus, aber auf so was geb ich nix mehr, der Schlüssel unten in der Haustür, das gelbliche Krachen, wenn sie ins Schloss fällt, die gesprenkelten Steinstufen, dann fallen ihr die Klamotten ein, die noch immer oben auf dem Badezimmerboden liegen müssen, und auf einmal geht gar nichts mehr, kein Schritt mehr rauf, keiner runter. Sie muss sich auf die Stufen setzen. Kopf hoch und atmen. Raus hier. Und als hätt man im Film was weggeschnitten, steht sie vor Ute Niemanns Tür. Acht Klingelschilder, sie drückt das zweite von rechts oben, NIEMANN. Ich bin's. Rostrotes Surren. Treppe hoch. Die Frau in der Tür. Ihr viel zu kleiner Kopf. Der Geruch. Körper und Waschmittel und Zigarette. Die hier, ich da. Es flimmert an ihr vorbei, ohne Ton.

••••••••

Auf kürzestem Weg geht er aus der Tiefgarage in sein Büro; außer dem IT-Techniker, den er am Karohemd erkennt, begegnet er niemandem, erleichtert schließt er die Bürotür hinter sich. Er wird ihm nicht für alle Zeiten aus dem Weg gehen können, auch wenn er den Eindruck nicht los wird, dass Johannes seinerseits das Gleiche tut – wie sonst ist zu erklären, dass er sich noch immer nicht nach dem Verlauf des Gesprächs erkundigt hat? Sylvia tritt ein, Akten unter dem Arm und seinen Kaffee in der Hand, um Termine mit ihm durchzusprechen. Ihre immerwache Präsenz, die er bisher so schätzte, macht ihn mit einem Mal aggressiv, er weiß, dass er sie seinen Unmut spüren lässt, und ist dennoch machtlos gegen seine Unhöflichkeit.

Als sie fort ist, nimmt er einen tiefen Schluck Kaffee, empfindet Widerwillen gegen den vertrauten Geschmack, es hat damals Tage gedauert, bis er Sylvia das richtige Verhältnis zwischen Milch und Espresso beigebracht hatte, jetzt würde er die Tasse am liebsten gegen die Wand schleudern. Hat er die Sporttasche im Wagen? Zwanzig Minuten Power-climbing in der Mittagspause, vielleicht ist es das, was du brauchst. Er sieht die Terminliste durch, stellt fest, dass sein Kalender keinerlei Freiraum vorsieht, mit ungebremster Kraft tritt er gegen den Papierkorb unter seinem Schreibtisch, der daraufhin durch den Raum poltert. Schlagartig ist ihm zum Heulen. Reiß dich zusammen, let's face the facts, und irgendwie kommst du auch da wieder heraus, zwei, drei Monate, dann bist du hier der Chef und lächelst nur noch darüber. Die Aussicht lässt ihn ruhiger werden, er nimmt sich seine Liste vor. Ehe er den Hörer abnehmen kann, zeigt sein Telefon an, dass Sylvia ein Gespräch für ihn hat.

»Ja?«

»Ein Herr Vonaesch. Der, der gestern Nachmittag bereits versucht hat, Sie zu erreichen.«

Vonaesch. Der Zürcher Bankier seines Vaters. Die Stimme ist ihm unerwartet vertraut, dabei kann er sich kaum an Vonaeschs Statur erinnern; zwei-, dreimal hat er ihn getroffen, die Treffen liegen Jahre zurück und sind so diskret verlaufen, als hätten sie niemals stattgefunden. Ging dich ja auch wirklich nichts an. Nach dem unvermeidlichen Geplänkel über das Wetter, die Gesundheit und die aktuelle Wirtschaftslage räuspert sich Vonaesch. Ob er offen sprechen könne? Christian gibt ein Brummen von sich. Zum Ende des Jahres, setzt Vonaesch ihn in Kenntnis, werde er sich aus dem aktiven Geschäft zurückziehen, dies habe einige Konsequenzen zur Folge.

Formalitäten, zwingt er sich zu denken, reine Formalitäten, obwohl er längst ahnt, dass dem keineswegs so ist, und er ersehnt die Möglichkeit, dieses Gespräch einfach zu vertagen.

Sein Nachfolger, führt Vonaesch unaufhaltsam aus, habe seine eigene Geschäftsauffassung – eine andere Generation, Sie wissen schon –, es sei daher unumgänglich, vor der Übergabe sein Dossier zu klären. »Ich möchte kein Risiko eingehen. Und kann überdies für die Zukunft nicht mehr garantieren.« Dann setzt Voneasch jene wohlvertraute Pause, in der Christian sein Verständnis der Codierung zu bekunden hat.

»Verstehe«, sagt er knapp. »Was schlagen Sie vor?«

»Ich schlage Ihnen vor, die Angelegenheit aus der Welt zu schaffen. Unter uns und möglichst bald. Das ist für Sie mit keinen weiteren Kosten verbunden, lediglich eine kleine Courtage wird anfallen.« Das Wort Courtage betont er auf der ersten Silbe.

»Wie viel?«

»Ein Prozent.«

»Kein Problem«, sagt er und kommt sich dabei vor wie ein anderer, wie jemand, der, ohne zu feilschen, Summen abhakt, die dein Jahresgehalt übersteigen, und er weiß nicht, ob er darüber stolz oder entsetzt sein soll. »Ich werde sehen, wie ich es zeitlich einrichten kann.«

»Je eher Sie in dieser Obliegenheit Ihren Beistand leisten können, desto besser wäre es. Wir stehen Ihnen natürlich überall innerhalb des Landes zur Verfügung.«

»Hmhm.« Er nimmt die Lippen zwischen die Zähne. Komm her und hol deine Kohle ab, wie du den Mist außer Landes schaffst, ist dein Problem. »Ich nehme an, Sie werden auch mit meinem Vater darüber sprechen?«

»Das habe ich bereits getan. Ihr Vater geht davon aus, dass Sie sich der Angelegenheit in ihrer Gesamtheit annehmen werden.«

In ihrer Gesamtheit! Zorn durchfährt ihn. 60 Millionen über die Schweizer Grenze, ein Ding der Unmöglichkeit. Er schnaubt unwillkürlich, und der Wunsch, sofort zu seinem Vater zu fahren und ihm die Meinung zu sagen, wird übermächtig. Nachdem er aufgelegt hat, schließt er die Augen, leert sein Kaffeeglas und stellt sich vor, es wäre Rotwein oder, besser noch, etwas Starkes.

••••••••

Die Folie knistert jedes Mal, wenn Ute Niemann eine Waffel aus der Verpackung nimmt. Dann kleckst sie einen Löffel Marmelade drauf und versucht, ihn über die Waffel zu verteilen, was aber nicht klappt, weil die ganze Marmelade in den drei, vier Waffellöchern festhängt, auf denen sie gelandet ist. Also schaufelt Ute Niemann noch einen zweiten und einen dritten Löffel aus dem Glas. »Aber Bescheid hättste schon mal sagen können, ich mach mir doch Sorgen.« Sie guckt mich an, vorwurfsvoll und traurig zugleich. »Ist dir egal, oder?«

»Nein, natürlich nicht.«

»Und wieso machste das dann?«

Sie hebt die Schultern. Alle Wörter kommen ihr auf einmal schlapp und verwelkt vor.

»Ja und wo warste, die ganze Zeit?«

Geht dich nichts an, aber natürlich geht es sie was an, schließlich bin ich schuld, dass Angelina nicht mehr da ist. Plötzlich sieht sie wieder die Tropfen am kalten Schnellkochtopf runterlaufen. »Wie lange hat er eigentlich im Rollstuhl gesessen, damals? Ich mein, in der Wohnung. Zu Hause.«

»Wer?« Misstrauen in der Stimme. »Dein Vatter?«

»Dein Mann.«

»Was weiß ich.« Sie knistert nach einer neuen Waffel. »Anderthalb Jahre oder so.«

»Und dann?«

Jetzt zuckt Ute Niemann mit den Schultern, guckt ihre Finger an. »Gestorben.«

»Woran?«

»Herrgott!« Mit einem Klatschen schlägt die Waffel auf dem Tisch auf, die Kaffeetasse klirrt auf der Untertasse. »Wieso fängste jetzt damit an?« Sie scheint von ihrem eigenen Ausbruch verwirrt zu sein, guckt wieder auf die Waffel und fängt an, wie ein Automat Marmelade draufzulöffeln. Ein dicker Tropfen kleckert daneben. Man hört, wie sie laut ein- und ausatmet. »Außerdem hab ich dich was gefragt.«

»Ich hab bei ... Ich wohn im Moment bei jemand anderm.«

»'n Kerl?«

»Nein, es ... ja, ein Mann, aber nicht so, ich mein, ich hab nichts mit dem, ich wohn da nur. Zur Untermiete.« Sie merkt, dass sie ein rotes Gesicht kriegt und kommt sich blöd vor. Wieso genier ich mich vor dieser Frau?

»Hier, mach kein Unsinn, wenn die das rauskriegen, biste dran.«

»Wenn wer was rauskriegt?«

»Na zahlste da Miete oder was?«

»Nein, also …«

»Na dann erst recht. Dann streichen die dir sofort die Wohnung, und wenn du Pech hast, auch alles andere. Hat er Arbeit?«

»Ja. Schon.«

Ute Niemann schnauft. »Guck bloß, dass das keiner mitkriegt.«

Sie greift nach ihrer Tasse, der Kaffee ist lauwarm, wenn sie noch mehr Milch reinkippt, wird er kalt.

»Haste dich um deinen Mehrbedarf gekümmert?«

Sie versucht, das Wort in ihrem Kopf einzusortieren, trinkt jetzt doch halbkalten Kaffee, dumpf erinnert sie sich an die Anweisungen, die Ute Niemann ihr irgendwann gegeben hat. Mehrbedarf. Wegen dem Unfall, und weil ich mich an nichts erinnern kann und deswegen nämlich mehr Hilfe brauche als Angelina vorher, aber bei dem Gedanken sträubt sich alles in ihr, die Wohnung brauch ich sowieso nicht, die können die sich gern sparen. Kein Bedarf. Sie hat Angelinas Geld nicht angerührt, sondern alles von Christian von Söchting gekriegt. Auch Scheiße. Und wie soll das weitergehen? Auf einmal riecht sie den Geruch von seiner Wohnung, spürt den warmen Steinboden unter ihren Füßen und hört das klitzekleine Quietschen von der Kühlschranktür, kurz bevor sie zuklappt. Wenn ich nicht aufpass, muss ich heulen.

Eine Zeitlang sitzen sie sich wortlos gegenüber, Ute Niemann hat noch mal Kaffee aufgesetzt, aber der schmeckt irgendwie säuerlich, kein Vergleich zu dem, der bei Christian aus der Maschine läuft. Sofort hat sie das Surren von der Kaffeemaschine im Ohr, es ist, als wär die Wohnung in ihr drin.

»Machste deine Stellen wieder?«

Draußen verschwindet der Tag, man kann zugucken, wie das Licht die Farbe wechselt. »Sind weg«, hört sie sich ins Schweigen sagen. »Muss mal gucken, was ich jetzt mach.«

»Findeste neue. Waren doch immer alle zufrieden mit dir.«

»Ich glaub, ich würd lieber was anderes machen. Ich überleg noch, was.«

»Na ja, guckste halt, was du kriegen kannst.«

»Hm.« Sie steht auf, die Stuhllehne stößt an die offene Küchentür, ich geh dann mal, Tasche, Jacke, raus, der Abspann vom Fernsehfilm. Ute Niemann, ihre Stimme, ihr Geruch, lass aber was von dir hören, jaja, dann schlägt die Tür hinter ihr zu.

••••••••

Leer. Das Gästezimmer verwaist, die Küche sieht aus, als wäre sie seit Wochen unbenutzt, einzig die Notenstapel auf dem Flügel verraten, dass sie einmal da war. Keine Message auf dem Handy, kein Zettel, gar nichts. Fort. Umso besser, eine Sorge weniger.

Er steigt die Treppe zur Galerie empor, wirft einen Blick über die Papiere und Utensilien, hat sie irgendwas mitgenommen? Ein widersinniger Gedanke, wie er merkt, weil sie Wochen Zeit gehabt hätte, etwas fortzutragen. Er öffnet den oberen Auszug des Schreibtischs: Seine Ordner mit privaten Bankauszügen, mehrere Briefmarkenheftchen, der Bakelit-Roller mit Löschpapier, der früher im Büro seines Vaters gestanden hat. Er lässt sich in den Sessel sinken, zieht die nächste Schublade auf. Tonerkartuschen eines nicht mehr vorhandenen Faxgeräts, ein Telefonbuch. In einer Pappschachtel finden sich ein Zirkel aus Schultagen, abgenutzte Bleistifte mit Hotelschriftzügen, die er als Jugendlicher gesammelt hat, Münzen fremder Währungen, Büroklammern, ein Radiergummi in Tennisballform. Dazwischen zwei Buttons. *Atomkraft-Nein-Danke. Republik Freies Wendland.* Das Bild eines jungen Mannes im Parka taucht vor ihm auf, dabei kann

Wilhelm damals auch nicht älter als ein Halbwüchsiger gewesen sein, doch aus der Perspektive eines Sechs- oder Siebenjährigen reichte das wohl zum Erwachsensein. Immer seltener hat er den Bruder damals zu Gesicht bekommen, und wenn er da war, schien das Haus schlagartig von einer Krankheit befallen; kaum ein Wort zu hören, erst abends, als Christian längst hätte schlafen sollen, drangen streitende Männerstimmen aus dem Erdgeschoss, Türenknallen, Schimpfworte, deren Bedeutung er nicht kannte, deren Unerhörtheit er aber ahnte, das unterdrückte Weinen seiner Mutter, wenn sie, an seiner Zimmertür vorbei, zum Schlafzimmer huschte.

Christian hat nie erfahren, ob es dem Bruder wirklich um die Sache ging oder einfach um Rebellion, obwohl Wilhelm irgendwann versucht hat, ihm die Dinge zu erklären. Im Schein der Nachttischlampe, daran erinnert er sich. An den blauen Frottee-Pyjama, den er damals trug, Wilhelm hatte sich auf seine Bettkante gesetzt, vermutlich von den Eltern zum Babysitten beordert. In Christians Erinnerung klingt Wilhelms Stimme leise und sanft, was ihm seinerzeit als Verrat vorkam, als Ausdruck des Versuchs, ihn auf seine Seite zu ziehen.

Er stöbert mit dem Zeigefinger durch den Pappkarton, vielleicht ist der Ausweis auch noch da, den er ihm mitgebracht hatte – *Bürger Freies Wendland* –, ausgestellt auf den Namen Christian von Söchting, wie das Mitbringsel von einer Urlaubsreise, über das er sich hätte freuen sollen, aber er hat den Bruder damals schon verachtet. In einem armseligen WG-Zimmer hat Wilhelm als Student wohnen und dabei kellnern müssen, und wenn er nach Hause kam, dann in einem alten R4! Obwohl der Aufwand kaum geringer hätte sein können: Hie und da ein gehorsames Nicken, das Einholen des väterlichen Rats, selbst wenn er nicht gebraucht wurde – vom Tragen angemessener Kleidung ganz abgesehen. Oder ist irgendjemand auf die Idee gekommen, Christian einen anständigen Wagen zu verwehren oder die Fernreisen nach dem Abitur, das Studienjahr in Oxford? Schon als Grundschüler hat er intuitiv gespürt, dass Wilhelm den verkehrten Weg gewählt hat, und hat er nicht recht behalten? Was ist denn aus ihm geworden, mit seiner Rebellion? Philosophie und Politikwissenschaften und irgendein Blödsinn auf Lehramt, jahrelang war Wilhelm danach von der Bildfläche verschwunden, und nach Gorleben kräht heute sowieso kein Hahn mehr. Mit einem tiefen Atemzug schiebt er die Lade zu und sieht auf den Main, ein spektakulärer Blick, kann dir keiner erzählen, dass jemand freiwillig auf so etwas verzichtet. Er geht die Treppe hinab, die ganze Wohnung ist ein Traum, und jetzt hat er sie auch endlich wieder für sich allein: Niemand mehr, der dir die Küche verwüstet, niemand, der benutzte Wäsche im Gästebad verstreut, niemand, der mitten in der Nacht anfängt, Klavier zu spielen, niemand, dessen Anwesenheit ihn in Erklärungsnot brächte. Ein Zustand, den er seit Wochen ersehnt.

Er setzt den Korkenzieher an, trinkt das erste Glas mit wenigen, tiefen Schlucken, unterbrochen nur von ebenso tiefen Atemzügen. Weg ist sie, alles löst sich von selbst, Linda hat er den Amis für ein halbes Jahr aufs Auge gedrückt, mit Option auf Verlängerung, und wenn er es richtig herum betrachtet, ist der Anruf Vonaeschs nichts anderes denn ein weiterer Glücksfall: Vonaesch radiert dich aus seinem Dossier, mit einem Kofferraum voller Geld bleibst du ein unbescholtener Mann, und was für einer: *Sie sind unser Mann*, er ballt die Hand zur Faust und schlägt sie auf den Küchentresen: Yes, yes, yes! Managing Partner des Frankfurter Office, gleichbedeutend mit Managing Partner Germany, gleichbedeutend mit Managing Partner Europe, eine Expansion über den ganzen Kontinent ist geplant, ein Büro in LCY, eins in ZRH, eins in BRU, MIL, WAW, MOW, du wirst alle Hände voll zu tun haben, die Standorte zum Laufen zu bringen, und die Sache mit dem Geld bekommst du auch irgendwie geregelt, einen Teil nach Dubai, die Scheichs pfeifen auf europäische Steuerpolitik, vielleicht investiert er direkt in der Schweiz, auch da lassen Immobilienverkäufer mit sich reden. Er sieht es vor sich, das Chalet mit dem umlaufenden Balkon, *wir sollten das in Ruhe besprechen*, wird er fortan sagen und seine wichtigsten Mandanten dort empfangen, mit dem Inner Circle tagen: Du hast es geschafft. *Sie sind unser Mann*. Er lässt die Worte in sich nachhallen, trinkt und wartet auf das Hochgefühl, eigentlich müsste es Champagner sein, du bist keine vierzig und am Ziel, aber alles bleibt taub gegenüber diesem success, taub gegenüber der freien Wohnung, taub gegenüber 30 unentdeckten Millionen, taub gegenüber dem gigantischen Felsblock, der sich vor ihm auftürmt. *Es wird nur einen geben. You deal with it.*

Er klappt den oberen der beiden mitgebrachten Pizzakartons auf, das kalte, weich gewordene Achtel zieht Käsefäden und flappt über sein Handgelenk, ein Champignon klatscht in den Pappkarton. Con tutto. Er ist sicher, dass das ihre Wahl gewesen wäre. Hättest du dir sparen können. Mit Daumen und Zeigefinger klaubt er einen Ring Peperoni vom Käse, er schmeckt fruchtig, was, wie er merkt, daher kommt, dass er neben einem Stück Ananas gelegen hat. Trotz des leichten Ekels, der in ihm aufsteigt, steckt er auch das Ananasstück in den Mund. Nur ein paar Gewürzdosen stehen auf der Kante der Abzugshaube. Garam Masala, er riecht an dem braunen Pulver, definitiv nicht pizzatauglich, aber sie hätte es trotzdem darübergestreut. Er stäubt ein paar Körnchen auf das zweite Achtel, Neapel meets Bombay, beißt hinein, aber es gibt Kulturen, die passen definitiv nicht zusammen. Fluchend lässt er die Pizzaecke in den Karton fallen, klappt ihn zu und spült den Wirrgeschmack mit Rotwein fort. Dann nimmt er ein Stück aus dem darunterliegenden Karton, Salamipilzeschinken, ohne Experimente, damit bist du immer gut gefahren. Unvermittelt steigt das Gespräch in ihm auf.

So diplomatisch er konnte, hat er seine Argumente angebracht, hat versichert, dass Johannes ohnehin vorhabe, in den Ruhestand zu treten, dass man ihn dann ohne Abfindung gehen lassen könne, dass seine Kenntnisse noch von Nutzen seien, und schließlich, nachdem das alles nicht fruchtete, es mit einem weichen Argument versucht: dass Johannes als Gründungsvater der Kanzlei eine gewisse Loyalität verdient habe. »Loyalität«, hat Bill geantwortet und ihn lange unverwandt angesehen, »Loyalität ist ein Stein auf unserem Weg, Christian. Man muss wissen, wann sich die Mühe lohnt, über ihn hinwegzuklettern. Sie wissen das, Christian. Damals, bei Dr. Härtling, haben Sie auch gewusst, dass es besser ist, den direkten Weg zu nehmen, didn't you?«

Woher wissen die Amis von Gregor? Nahezu unzerkaut zwingt er den nächsten Bissen hinunter. Was wissen die noch alles über dich? Jäh überkommt ihn der Drang, Charlotte anzurufen und mit ihr zu plaudern, einfach so, er nimmt das Telefon, legt es wieder ab, noch mehr Demontage verkraftet er heute wirklich nicht.

••••••••

Draußen ist es kühl geworden, kommt ihr viel kälter vor als die letzten Tage, aber da hat auch die Sonne geschienen, und jetzt ist alles grau. Sie geht die Straße runter, an der U-Bahn vorbei, einfach geradeaus, von einem Haus zum nächsten, von einer Straße zur nächsten. Nur nicht in Christians Richtung, das ist alles, worauf sie achtet. Nach und nach wird der Tag dunkelgraublau, ganz ohne Rosastich, kriegt den Klang von Christians Anzügen, bei denen man auch nie weiß, ob sie blau sind oder grau oder schwarz. Sie ahnt den Hauptbahnhof, irgendwo rechts, und überlegt, in den nächsten Zug einzusteigen, irgendeinen, aber dann macht sie einen Bogen um den Bahnhof, kommt ja nicht mehr drauf an, wo ich bin. Sie fängt an zu frieren, ins nächste Café setz ich mich rein, aber hier gibt es nur Hotels und Bierkneipen, über einem Juwelierladen hängt eine beleuchtete Uhr, halb neun. Also geht sie weiter, versucht, an gar nichts zu denken. Gibt schließlich noch Angelinas Wohnung und vier Hunderter, wie viel kostet ein Hotelzimmer? Im Vorübergehen wirft sie Blicke in die Auslage von einem Blumenladen, einem Asia-Markt, einem Computershop, geht weiter, Klappstühle stehen angekettet vor einem geschlossenen Lokal, das Geräusch von Autos, Rufe, ein paar junge Männer vor einer Spielhalle, einer tritt gegen die Ladentür, dreht sich um, und ihr Herz bollert los: Automatisch duckt sie sich neben die Klappstühle, er hat jetzt eine Lederjacke über dem T-Shirt an, sie kann seine Stimme hören, aber nichts verstehen, ist das seine Stimme? Mit Zitterfingern tastet sie nach ihren Schnürsenkeln und tut, als würde sie sich den Schuh binden. Sie spürt ihr Herz in der Kehle. Und plötzlich sind sie da: Dutzende Erinnerungsbilder, wie lose Fotos in einer Kiste, zu jedem Bild ein Gefühl: Pit, wie er den Arm um sie legt, Pit, wie er seine Turnschuhe an der Tür auszieht, ohne sie aufzubinden, Pit, wie er vor einem blinkenden Spielautomaten sitzt, Pit, wie er Geldscheine nimmt und geht, Angelina, wie sie dasitzt und wartet, oder bin das ich? Pits Hand, wie sie auf meine Wange saust, und dann nur noch der Schmerz. Wie sie in der Tür steht und ihm nachruft, bitte, bleib, aber er lacht nur, als hätt er sie nicht nötig, dabei weiß sie genau, dass er wiederkommt, wenn die Kohle weg ist. Ruckartig richtet sie sich auf und geht kerzengrade an den angeketteten Stühlen vorbei, den Typen entgegen, je tiefer sie atmet, desto weniger Platz hat die Angst. Überall sind Leute, wenn er mir was tun will, brüll ich einfach los. Aber er hat die Hände in den Taschen, nimmt keine Notiz von ihr. Erst da merkt sie, dass er es gar nicht ist.

Licht brennt, also ist er da. Vor lauter Zittern kriegt sie den Schlüssel kaum rein. Im schlimmsten Fall schmeißt er mich raus, dann geh ich eben wirklich ins Hotel. Aber er steht hinterm Küchentresen, und es sieht fast aus, als würde er lächeln. Sie lässt ihre Tasche fallen, drückt die Tür zu und lehnt sich dagegen, bis das Zittern weniger wird. Zieht die Jacke aus und legt sie über den Sessel, über seinen Mantel, er sagt nichts dazu, sondern steht da wie immer, mit einem Weinglas in der Hand. Beim Näherkommen sieht sie, dass ein aufgeklappter Pizzakarton vor ihm liegt. Wortlos zeigt er erst auf die Pizza, danach auf mich.

»Lieber Wein. Das hilft.« Sie schluckt ihr Lächeln runter, weil es sich anfühlt, als würden gleich Tränen draus. Sie hört, wie er ein Glas auf den Tresen stellt und einschenkt, hört, wie er durchatmet. Er hat ein zermatschtes Lächeln im Gesicht, und jetzt kommen ihr wirklich die Tränen, sie reißt ein Stück von der Küchenrolle ab und schnäuzt sich rein. »'tschuldigung.« Lächeln und Weinen gleichzeitig.

»Schlechten Tag gehabt, was?«

»Du aber auch, oder?«

Er hebt nur den Pizzakarton zur Seite. Es steht ein zweiter drunter, den er mir rüberschiebt. »Vielleicht mit allem?« Als er den Karton aufklappt, spürt sie seine Hand an ihrem Arm. Die Pizza sieht aus wie ein Wühltisch im Schlussverkauf. »Ui. Ist ja wirklich alles drauf. Für mich?«

»Klar. Zum Ausprobieren.«

»Danke.« Total süß von ihm. Sie merkt, dass sie ihn anlächelt und nimmt eine Kuchengabel aus der Schublade, pickt erst Schinken und dann ein Stück Paprika aus dem Käsebett. Paprika ist besser.

»Ich möchte mich entschuldigen. Für meinen Ausbruch gestern. Das war nicht in Ordnung. Tut mir wirklich leid.«

»Schon o.k. Mir tut's auch leid, weil …« Durchatmen. »Also ich hab da was rausgenommen.« Sie zeigt mit dem Kopf zum Flügel. »Ging nicht anders. Nur fürs Taxi und …«

»Scheißegal. Gib's einfach aus.«

Verwundert hebt sie die Augenbrauen. »Hast genug davon, hm?« Erst als sie's gesagt hat, kapiert sie den Doppelsinn.

Sie hört ihn Luft holen. »Das ist Schwarzgeld. Unversteuertes Geld, das nirgendwo auftauchen darf. Ideal zum Taxifahren.«

Schwarzgeld. Sie muss an die beiden Hunderter denken, die er ihr in der Klinik gegeben hat. Einen davon hat Pit sich geholt. Pit, der den Arm um Angelina legt, Pit, der alles Geld, was sie sich erputzt hat, in diesen Spielsalon trägt. Angelina hat nur schwarzgeputzt. Zwölf Euro die Stunde, manchmal nur zehn, wie lange muss man putzen, um anderthalb Millionen zusammenzukriegen? Was verdient so ein Anwalt in der Stunde? »Muss ja echt gutgehen, das Geschäft.«

Es sind nur noch ein paar Tropfen in der Flasche. Er beugt sich zum Schrank, dann richtet er sich auf und fängt an, mit dem Korken zu spielen.

»Nix mehr da?«

Er guckt mich an, als bräuchte er meine Erlaubnis, noch eine aufzumachen. Ich merke, dass der Wein mir guttut, nach all dem Scheiß. »Ich trink noch was mit.« Sie kann ihn wieder hören, ohne dass er was gesagt hätte, und hat auf einmal das Gefühl, dass da jemand ist, bei dem sie alles loswerden könnte, was in ihr festklemmt. Wenigstens ein Stück davon. »Ich …«

»Hm?«

»Ich wollt dir noch was sagen. Ich … bin gar nicht wegen dem Geld hier. Also, ich mein, es ist nicht so, dass ich wirklich die Polizei geholt hätte. Würd ich nie tun, das hab ich nur gesagt, damit du mich nicht rausschmeißen kannst, also w…

»Ich hätte dich nicht rausgeworfen.« Pause. Wein. »Ich hab schließlich gesehen, dass du Angst hattest.« Pause. »Hast. Heute wieder.«

Die Fächerfältchen, sein Blick frisst sich in meinen, und ohne dass sie's will, quillt es aus ihr raus: Erst ein, zwei Tränen nur, aber die kriegt sie nicht mehr weggedrückt, also lässt sie's laufen, bis sie irgendwann an seiner Brust hängt und heult, so lange, bis alles raus ist und sein Hemd ganz nass.

»Hey«, flüstert er, immer wieder »hey«, und sie spürt seine Hand ihren Kopf streicheln, ganz vorsichtig, als hätt er Angst, was kaputtzumachen. »So schlimm?«

Nur ein Nicken kriegt sie hin, mit dem Gesicht an seinem Hemd.

»Immer noch Angst?«

Sie riecht ihn und spürt seine Brust, warm und fest. Seine Hand, die über meinen Kopf streicht und in meinem Nacken liegen bleibt, spürt, wie er seinen Arm um mich legt, selbst wenn ich mich jetzt fallen lassen würde, würde der mich halten.

Wie ein Kind, denkt er, sieht Tränenreste in ihren Augen, und mit einem Mal spürt er die Frau in seinem Arm, irritierend vertraut und aufregend neu, und die Aufregung schwemmt ihm das Denken davon, bis ihn die Erkenntnis trifft, dass ihr Geruch dem von Charlotte ähnelt, und ihm klar wird, dass sie vermutlich deren Shampoo aufbraucht, lass sie los, aber da ist sein Mund schon auf ihrem, zaghaft erst, doch ihr Kuss ist forsch, und die Ratio, die ihm noch das Wort Putzfrau zuraunen will, verstummt, und er lässt sich hineinfallen in das Weiche, Warme, Lustvolle. Den Drang, sie sofort und im Stehen zu nehmen, bezwingt er mit einem endlosen Kuss. Irgendwann nimmt sie ihn bei der Hand und führt ihn ins Schlafzimmer, wo er ihr im Dunkeln das T-Shirt auszieht, behutsam und fasziniert von seiner eigenen Zurückhaltung. Trotz ihrer Schlankheit scheint ihr Körper ihm plötzlich unermesslich, und er kommt sich seltsam klein vor. Es dämmert, als er endlich in ihr ist.

Als er aufwacht, ist es hell. Jäh fährt er hoch, aktiviert das Display seines iPhones, sein Nacken schmerzt, 8:53, shit. Wann ist dein erster Termin heute? Zehn? Schwer lässt er sich auf die Matratze zurückfallen, nur ein paar Minuten, doch das allmorgendliche Gedankenbombardement lässt sich weder von seiner Müdigkeit beeindrucken noch von der Frau neben ihm, die sein Kopfkissen annektiert hat. Deine Putzfrau, *wir wollen Sie als künftigen Managing Partner*, er fährt mit der Hand über ihre Hüfte, ihren Hintern, kein Mensch wird von ihr erfahren, zieht sie an sich, bevor der Satz in ihm detonieren kann, bring den Alten dazu, dass er von selber geht, sie gibt ein leises, helles Geräusch von sich, erst bei der zweiten Wiederholung kapiert er, dass es »Kaffee« heißt, und küsst ihren Nacken. Sie riecht angenehm nach Schlaf. 9:01, vier Nachrichten, die er auf dem Weg zur Küche liest, er lässt seine Mails einlaufen, die Buchungsbestätigung zweier Flüge FRA-EIS, fuck, diese verdammte Partnerreise hat er komplett vergessen.

Wie trinkt sie ihren Kaffee? Drei Espressotassen fallen ihm ein, Kaffee mit Salz, ratlos steht er vor der Kaffeemaschine. »Milch? Zucker?«, ruft er in den Schlaftrakt hinein.

»Nur Milch. Ganz viel. Heiße.«

Sie streckt sich, ihre Hände fahren über die Matratze. Es gibt keine Bettritze; die fehlende Ritze hat sie in der Nacht mehr gestört, als wenn eine da gewesen wäre. Aus der Küche hört sie ein Geräusch und versucht sich vorzustellen, wie er nackt vor der Kaffeemaschine steht, versucht, aus der festen, glatten Brust, dem etwas zu breiten Hintern und den behaarten Schenkeln – alles nur gefühlt, nicht gesehen – einen Mann zusammenzusetzen. Den Mann, mit dem ich geschlafen hab. Ich hab mit ihm geschlafen. Ich hab mit Christian geschlafen. Es kommt ihr so unwahrscheinlich wie richtig vor und gleichzeitig schief, weil er ihr kein bisschen vertrauter als gestern ist. Er bringt zwei Kaffeegläser ins Zimmer, sein Körper passt überraschend gut zum Bild, mit wie vielen Männern war ich schon im Bett? So oder so ist er der Erste. Sie nippt heißen Kaffee durch den Milchschaum, während er ins Bad verschwindet, zieht sich die Decke bis über die Schultern hoch und schließt die Augen. Die Müdigkeit fühlt sich schwer und weich an, vielleicht kann sie schlafen, wenn er weg ist. Stundenlang hat sie wach in seinem Arm gelegen und zugesehen, wie es heller geworden ist, zuerst war alles schwarz-weiß, später sind die Farben aufgegangen, und ich hab mich gefragt, in welchem Bett ich in den nächsten Tagen schlafe, aber beide Möglichkeiten – Gästezimmer oder seins – fühlen sich falsch an. Sie hat sogar überlegt, einfach wieder die Tasche zu nehmen, raus hier, und ist sich gleichzeitig bescheuert dabei vorgekommen, vielleicht ist ja doch irgendwas bei mir kaputtgegangen. Als Pit. Oder bei dem Unfall. Wenn Verliebtsein also eine Sache vom Hirn ist und nicht vom Herz? Sie hört die Toilettenspülung rauschen, kurz drauf klappt die Badezimmertür; als sie die Augen aufmacht, ist er schon bei ihr und küsst sie. Er schmeckt nach Zahnpasta und Aftershave, passt nicht zum Kaffee. Im Aufrichten zieht er sich das Jackett an. »Ciao, Angelina. Bis nachher.«

Angelina. Wenn meine Seele Stacheln hätte, dann würden die sich jetzt aufstellen. »O nee, bitte nicht.«

Er starrt sie an. »Was? Wieso nicht?«

»Ich meine … bitte sag nicht Angelina zu mir.«

»O. k. Und wie dann?«

Keine Ahnung.

»Ist aber schon dein Name, oder?«

»Es ist …« Angelinas Name, will sie sagen, hält aber den Mund, weil ich mir ziemlich sicher bin, dass er das nicht kapiert. Ute hat immer Angie zu ihr gesagt. Wegen einem Lied von den Stones, was Ute damals so gefallen hat, als sie mit ihr schwanger war. Am liebsten hätte sie die Tochter so taufen lassen, ging aber nicht. Wäre kein richtiger Name, haben die beim Standesamt gesagt. »Angelina war vorher. Vor dem Unfall, mein ich, und das ist eben alles weg für mich, verstehst du?«

»Dann geht es doch umso mehr darum, dich wieder daran zu gewöhnen.«

»Nein, du verstehst das nicht.«

»Erklär's mir.« Er lässt das Display von seinem Handy aufleuchten.

»Du musst los.«

»Nein, muss ich nicht.« Er setzt sich auf die Bettkante. »Sag schon.«

»Es ist … also Angelina, das passt einfach nicht zu mir. Weil … Schwer zu erklären. Es ist nicht bloß so, dass alles weg ist, es ist auch alles anders. Das heißt, ich bin anders. Manchmal erinnere ich mich ja an Sachen, aber …« Sie muss überlegen, und erst beim Weiterreden hat sie das Gefühl, es selber zu kapieren. »Mehr so, als hätte ich die gar nicht erlebt, sondern nur in einem Film gesehen. Ganz viel, was Angelina gefallen hat, ist für mich einfach nur blöd. Wie's aussieht, hat sie den ganzen Tag auf dem Sofa gesessen und gestrickt. Würde ich wahnsinnig dabei werden. Dafür wär sie nie im Traum drauf gekommen, Klavier zu spielen.«

»Du hast aber schon vor dem Unfall gespielt.«

Bloß nicht drauf eingehen, sonst wird das so eine ewige Diskussion, und genau das ist das Schwere: Ihm was sagen, ohne dass er mich für bekloppt hält, obwohl das, was ich sag, für ihn verrückt klingen muss. »Also, Angelina war einfach anders und … na ja, manchmal hab ich das Gefühl, als würde es sie noch geben und sie wär bloß weggezogen, oder so. Klingt ein bisschen schräg für dich, oder?«

»Muss man wahrscheinlich selbst erleben, um es sich vorstellen zu können.«

»Es fühlt sich an, als wär ich verwechselt worden. Wie

ein Baby im Krankenhaus, weißt du, keiner merkt was, bloß das Kind hat sein Leben lang das Gefühl, falsch zu sein.«

»Aber du warst … vorher richtig?« Es ist nur ein kurzer Knick in seiner Stimme, als wüsste er genau, dass er irgendwie schuld ist an der ganzen Geschichte, und bei dem Gedanken fragt sie sich, was wäre, wenn Angelina nicht auf diese Leiter gestiegen wäre.

III

»Ich weiß, das ist alles ein Haufen Bullshit hier.
Aber ich finde den Exit nicht.«

A friend of mine

••••••••••

Sie erschrickt noch immer jedes Mal, wenn das Handy klingelt. Obwohl sie sieht, dass es Christians Nummer ist, hat sie Scheu, ranzugehen.

»Bist du zu Hause?« Wie ein Windstoß kommt seine Stimme aus dem Telefon.

»Hm ja.«

»Ich muss auf einen Sprung nach London, kannst du mir schnell ein paar Sachen in den kleinen schwarzen Bordcase packen, der rechts unten im Schrank steht? Zwei weiße Hemden, die blaue Krawatte mit den roten Karos und Unterwäsche, ein Necessaire müsste im Koffer sein, ich bin in zehn Minuten da, o.k.?«

Bevor sie antworten kann, hat er aufgelegt. Sie nickt. London. Was ist dann mit dem Fisch, den er sich für den Abend gewünscht hat? Sie nimmt ihre Kaffeetasse und geht ins Ankleidezimmer, wo sie einen Moment stehen bleibt und die Augen schließen muss. Weil es ihr wieder so vorkommt, als wäre die Stille hier eine andere als vorne im Wohnzimmer. Oder im Schlafzimmer. Als hätte überhaupt jeder Raum seinen eigenen Klang. Im Schrank findet sie den Koffer und darin tatsächlich einen Kulturbeutel aus dunkelbraunem genarbtem Leder, es fühlt sich gut und dick an. Rasierer, Zahnbürste, Kamm, Toilettenartikel in kleinen Verpackungen. Sie legt ihn in den Koffer zurück, dazu zwei von den weißen Oberhemden, zwei Paar Strümpfe, zwei T-Shirts, zwei Unterhosen. Während sie neben dem geöffneten Koffer steht und überlegt, was noch fehlen könnte, hört sie seine Stimme, er spricht englisch, seine Absätze auf dem Steinboden; bevor sie den Koffer schließen kann, steht er in der Schlafzimmertür, das Telefon am Ohr, der Koffer, ein Nicken, ein lautloser, schneller Kuss, schon ist er verschwunden, und sie ist wieder allein in der Wohnung, die auf einmal absolut still ist, als wäre ich plötzlich taub. Nicht einmal fragen können, wie lange er fort sein wird, hat sie ihn. Zwei Hemden. Heißt das, zwei Tage? Wie lange heißt auf einen Sprung? Sie stellt die halbvolle Kaffeetasse in die Mikrowelle und klappert dabei extra laut, damit das taube Gefühl verschwindet. Kein Fisch also, dafür einen Abend allein, vielleicht auch zwei. Nichts Besonderes, schließlich ist er oft tagelang unterwegs oder kommt abends spät, manchmal erst, nachdem sie eingeschlafen ist. Oft weckt er mich dann, meistens schlafen wir miteinander. Eigentlich bin ich die ganze Zeit hier allein. Manchmal stellt sie sich vor, wie es wäre, wenn sie Mandy anrufen würde, komm doch auf einen Kaffee vorbei, aber der Gedanke fühlt sich absurd an.

Sie nimmt den Briefkastenschlüssel und geht nach unten. Muss dabei an Angelinas Briefkasten denken, den seit Wochen niemand geleert hat, schiebt den Gedanken aber schnell wieder weg. Auf dem Rückweg begegnet ihr die Frau mit dem Kind, die einen Stock tiefer wohnt. Sie sprechen nie miteinander, grüßen sich nur höflich, oft hat sie das Gefühl, dass die Frau sie beobachtet.

Sie setzt sich mit Kaffee und Zeitung an den Esstisch. Draußen ist es abwechselnd hell und dunkel: Sonne raus, Sonne weg, und zwischendrin klatscht Regen gegen die Scheiben. Was sich in dieser Glaswohnung anfühlt, als würde man mittendrin sitzen, ohne nass zu werden.

Als sie neuen Kaffee holt, ist die Sonne gerade da, nur im Westen sieht man eine schwarzgraue Riesenwolke über der Erde hängen, aus der es regnet, kurz blitzt links davon ein Flugzeug in der Sonne auf. Vielleicht ist er gerade darin durch die dicke Wolke geflogen, und das

Regen-Sonne-rein-raus ging in seinem Flugzeug noch viel schneller als hier bei mir. Bin ich je geflogen? In ihrem Kopf gibt es eine klare Vorstellung davon, wie es im Inneren von einem Flugzeug aussieht, aber die kann genauso gut aus dem Fernseher stammen. Sie holt das Crunchy-Müsli aus dem Schrank, fischt die dicken krossen Haferflockenknäuel raus und isst sie im Stehen. Wenn man genau hinsieht, kann man ein Flugzeug nach dem anderen aufsteigen sehen. Draußen – drinnen. Bevor sie sich ans Klavier setzt, wäscht sie sich im Spülbecken die Hände. Wie meistens beim Spielen vergisst sie alles um sie herum, als gäb es nur das Klavier und mich auf der Welt, und die Zeit vergeht, ohne dass sie es mitkriegt. Als es dunkel wird, geht sie ins Bett, und als sie tags drauf die Zeitung aus dem Kasten holt, kommt sie sich total idiotisch vor. Weil sich das alles hier noch genauso anfühlt wie vorher, bevor ich mit ihm geschlafen hab, als hätte sich seitdem gar nichts verändert. Dabei hat sich so viel verändert, aber ich fühl es eben nicht. Als wär mein Gefühl irgendwo, wo ich nicht drankomme. Ich bin nicht seine Freundin, obwohl wir jetzt zusammen sind. Aber das kann sie ihm schlecht sagen.

Gegen Mittag geht sie zu Fuß in die Innenstadt. Als sie in einem Coffeeshop in der Schlange steht, entdeckt sie weiter vorne eine Frau, die ihr bekannt vorkommt, auch die Frau guckt, als würde sie mich kennen, verlässt aber den Laden, ohne was zu sagen. Wenn ich der jetzt hinterherlaufe, ist der Platz in der Schlange weg. Sie will nicht darüber nachdenken, aber die Frage, ob die Frau vielleicht ein Stück Angelinaleben ist, lässt sie nicht los. Was wäre passiert, wenn ich sie angesprochen hätte? Später sieht sie in einer Boutique einen kunterbunten Schal, an dem sie nicht vorbeigehen kann. Sie hat über hundert Euro in der Tasche, Christians Geld, und auch wenn er gesagt hat, dass ich so viel ausgeben soll, wie ich will, tut sie sich schwer damit, den Schal an die Kasse zu tragen. Auf dem Nachhauseweg kauft sie Brot, Obst und Käse, der Käse kostet dreimal so viel wie der Schal, und trotzdem bleibt vom Schal ein Knick im Gewissen.

Christian ist noch nicht da. Sie schneidet das Etikett vom Schal, geht ins Bad und legt ihn um, benutzt Wimperntusche und Lippenstift, bis sie sich richtig schön findet. So schön, dass sie unmöglich zu Hause bleiben kann. Ausgehen, irgendwohin in die Stadt, irgendwas Besonderes tun. Sie war noch nie mit Christian aus, wahrscheinlich auch mit sonst niemandem, ich war überhaupt noch nie mit irgendjemandem aus. Sie beschließt, ihn anzurufen, aber als sie aus dem Schlafzimmer kommt, steht er mit der Käsetüte neben dem offenen Kühlschrank. Beim Küssen legt er ihr die Hand auf den Po und drückt sich an mich, wie geht's dir, fragt sie, aber er küsst nur, und sie merkt, dass er jetzt nicht reden will. Sie machen es im Stehen in der Küche, es ist schön, wie immer, aber sie ist trotzdem nicht bei der Sache, weil ihr klar wird, dass er jetzt bestimmt nicht mehr mit mir ausgeht, nachdem er halbnackt und verschwitzt in der Küche steht.

»Sorry, honey, aber ich bin einfach nur kaputt. Lass uns sehen, was im Fernsehen kommt.«

Sie will was sagen, lässt es aber, schließlich müsste er mich einladen, wenn wir essen gehen, und ihn darum zu bitten erscheint ihr irgendwie unverschämt.

••••••••

Sie versinkt beinahe in seinem Bademantel. Wieso ist dir damals nicht aufgefallen, wie hübsch sie ist? Es gelingt ihm nicht, die beiden Frauen zusammenzubringen – diese hier im Bademantel und die ohnmächtige, blutende Frau auf dem Fußboden –, und bei dem Versuch, es dennoch zu tun, wird ihm unbehaglich. Die Tasche des Bademantels beult sich rhythmisch aus, offenbar bewegt sie ihre Finger darin, während sie aus dem Fenster auf die sich verdunkelnde Stadt sieht. Er schaut auf das Display der Stereoanlage, 21:13, unter anderen Umständen wäre er fraglos noch ausgegangen, zum Dinner, in eine Bar, irgendwohin, er muss an Charlotte denken. Unter anderen Umständen. »Möchtest du immer noch raus?« Im kalten Licht des Fernsehers sieht ihr Gesicht ganz zerbrechlich aus, und er verspürt den Impuls, es zu streicheln.

In ihrer Verneinung liegt eine Halbherzigkeit, die ihn so sehr anrührt, dass er tatsächlich aufsteht und ihr über das Gesicht streicht. »Na komm, so ein bisschen frische Luft kann nicht schaden.« Er sieht sie nachdenken, noch immer mit dem Blick auf die Stadt; es erleichtert ihn, als sie lächelnd nickt und etwas von Haarekämmen sagt, doch während sie im Bad ist, fallen ihn Zweifel an: Was, wenn dich jemand mit ihr sieht? Kurzfristig ist er versucht, einen Anruf zu fingieren, aber da steht sie schon vor ihm, mit ihrer Jacke in der Hand. Sie hat Lippenstift benutzt und sich einen ziemlich knalligen Schal um den Hals gebunden, derart gut sieht sie aus, als könne sie tatsächlich in einer anderen Liga mitspielen, und du musst ja niemandem erzählen, wer sie in Wirklichkeit ist. Er nimmt seinen Mantel. »Na dann los. Einfach ein bisschen spazieren gehen«, und er formuliert es bewusst nicht als Frage. Als er den Weg zum Wasser einschlägt, folgt sie ihm kommentarlos. Mittlerweile ist es dunkel geworden, hie und da kommt ihnen ein Fußgänger mit Hund entgegen.

»Wahnsinn.« Ihre Hand schiebt sich in seine.

»Was?«

»Na, das.« Sie verlangsamt ihren Schritt, bleibt schließlich stehen und deutet mit dem Kopf auf die glitzernde Skyline, die sich rechts und links des Mains erhebt und sich zu beiden Seiten im Wasser spiegelt.

»Komm, wir gehen irgendwo was trinken!« Ihr Griff wird fester, als sie sich wieder in Bewegung setzt.

»Sorry, Darling, ich kann heute wirklich nicht mehr unter die Leute.« Der Teufel ist ein Eichhörnchen. »War so viel unterwegs, dieser Tage«, schickt er zur Erklärung hinterher.

»Dann lass uns wenigstens ein bisschen da langlaufen.« Sie zieht ihn vom Ufer fort, quer durch den Grünstreifen und über die Straße, ausgerechnet hier, denkt er, direkt Richtung Bankenviertel, doch dann wird ihm klar, dass er dort vermutlich am wenigsten zu befürchten hat. Tatsächlich ist die Gegend wie ausgestorben, man hört das Echo der eigenen Schritte, dennoch kommt er sich seltsam beobachtet vor, vielleicht, weil er hier jeden Winkel kennt. »Da drüben, der Tower, der ist übrigens von mir.« Auch seine Stimme hallt von den Fassaden wider, als befänden sie sich in einem geschlossenen Raum.

»Wie, von dir?«

»Ich hab die entsprechenden Protagonisten beraten.«

»Heißt?«

»Na ja, den Deal eingefädelt.« Unvermittelt spürt er Scham in sich aufsteigen, und wie um das Gesagte zu rechtfertigen, holt er umso weiter aus: »Das komplette Drumherum eben. Die gesellschaftsrechtlichen Strukturen, Finanzierung, Verhandlungen, Steuer. Und das ganze Ding am Ende noch gerettet, weil es nämlich beinahe an einer Kleinigkeit gescheitert wäre. Also ohne mich würde es diesen Turm da nicht geben.« Er beißt sich auf die Lippen, wünscht, nicht davon angefangen zu haben, wünscht, es gäbe statt dieses Turms etwas anderes, wovon er hätte sprechen können.

»Du redest von einem Wolkenkratzer, als wär's dein Kind. Aber echte Kinder hast du gar keine, oder?«

Er schweigt. Als gälte es, sich in einer fremden Sprache auszudrücken, der er nicht im mindesten mächtig ist. Und mit diesem Gedanken erscheinen ihm die Straßen, durch die sie gehen, plötzlich unbekannt. Er sieht an den spiegelglatten Fassaden nach oben, in einzelnen Quadraten brennt Licht, und ein klammes Ziehen überkommt ihn. Er löst seine Hand aus ihrer und legt stattdessen den Arm fest um ihre Schultern. »Komm«, sagt er heiser. »Lass uns nach Hause gehen.«

••••••••

In der Zeitung steht eine Anzeige von der Musikhochschule, ein Klavierabend; Benedicta hat erzählt, wie schön die Konzerte dort sind. Sie versucht, ihn anzurufen, aber erst am Nachmittag ruft er zurück. Ganz kurz nur, sagt er, hat es wie immer eilig, und irgendwie wird sie das Gefühl nicht los, dass er noch was anderes macht, während er mit mir telefoniert.

»Soll superschön sein, komm doch mit.«

»Sorry, honey, no way, … wann ist das denn?«

»Um acht. Hab ich doch gerade gesagt.«

»Heute?«

»Ja.« Ihre Hand malt mit dem Kugelschreiber Kringel auf den Zeitungsrand, einen am anderen, bis die ganze Fläche bedeckt ist, alle unterschiedlich groß und immer so, dass die Lücken so klein wie möglich bleiben.

»Tut mir leid, ich hab nachher noch einen Termin, wird später, voraussichtlich muss ich noch essen gehen.«

»Schade.« Die linke Kringelecke wächst in die Schrift rein.

»Ist noch was?«

»Nee, schon gut, ist nur, weil …« Mit ein paar schnellen Strichen fährt sie quer durch das Kringelmeer. »Ich wollt bloß nicht so gern allein dahin.«

»Können Sie das bitte noch mitschicken? – Sorry, ja also, tut mir leid. Geh doch mit jemand anderem. Ich muss hier weitermachen, o.k.? Viel Spaß.«

»Danke.« Aber sie ist fast sicher, dass er das nicht mehr gehört hat.

Mit jemand anderem. Ganz starr sitzt sie auf dem Sofa; weiß nicht, wie lange schon, merkt bloß, dass das Durcheinander in ihrem Kopf in Bewegung kommt. Um nicht heulen zu müssen, setzt sie sich ans Klavier, aber sie kriegt nicht mal ihre Etüden hin. Irgendwann sitzt sie wieder auf dem Sofa, vorn auf der Kante, das Gesicht verquollen vom Weinen, und dann fällt ihr ein Bild ein und ein Wort dazu: Wartesaal. Genau dort sieht sie sich sitzen, nur dass es kein weiches Ledersofa ist, sondern eine Holzbank, und es muss eine Erinnerung sein, weil die Bilder so deutlich sind und ich sogar weiß, wie es riecht: nach Zigaretten, nassen Jacken und ein bisschen nach alter Pisse, und wie kalt und zugig es ist. Herbst oder so. Unten sind die Wände gefliest, mit glänzenden hellgelben Kacheln und auch auf dem Boden liegen Platten, aber grau und stumpf. Über den Wandfliesen rote Farbe, dunkelrot, und überall Fahrpläne und Kästen mit Plakaten, sogar die Scheibe vom Schalter ist mit Plakaten verklebt, weil dahinter sowieso keiner sitzt, die Fahrkarten kauft man am Automat. Sie holt ein Paket Blattspinat aus dem Gefrierschrank, kippt den Inhalt in einen Topf und stellt ihn auf den Herd. Hört, wie es zu zischen anfängt. Wartesaal. Genau das ist es hier: ein Wartesaal, und draußen läuft das Leben vorbei, und ich hab nichts damit zu tun, fühlt sich an wie damals in der Klinik: Ich sitz allein auf 'ner Mondbasis und heul die Erde an. Ab und zu kommt Christian rauf zu mir ins All. Mit einer Gabel lockert sie den halbgefrorenen Spinat, legt den Deckel auf und schaltet die Platte aus, weil sie jetzt sowieso nichts essen kann. Wohin denn sonst? Paare wohnen zusammen, und meistens zieht einer beim anderen ein. Vollkommen normal. Eine tolle Wohnung außerdem und reichlich Platz für zwei. Der Blattspinat hat zu zischen aufgehört, und sie fragt sich, ob das vielleicht immer so sein wird, bei mir, dass ich nicht fühlen kann, was ich fühlen müsste, und für den Rest meines Lebens nur am falschen Ort sein kann.

Es ist wärmer, als sie gedacht hat, obwohl Wind geht, aber es ist ein lauer Wind, als würde die Stadt geföhnt, und auf dem Weg zur U-Bahn merkt sie, dass er auch die Enttäuschung, allein gehen zu müssen, nach und nach davonpustet. Kurzerhand beschließt sie, nicht mit der Bahn zu fahren, sondern zu laufen, auch wenn sie einmal quer durch die Innenstadt muss. Die Sonne hängt noch in der Luft, und die Stadt klingt anders als vor ein paar Tagen. Je nach Wetter hat alles eine andere Musik.

Schon aus der Entfernung sieht sie das Schild. Zu weit weg, um die Schrift erkennen zu können, aber die Farben reichen aus, um zu wissen, was es ist. Die Luft wird ihr knapp. Wahrscheinlich gibt es Dutzende von diesen Spielhallen in der Stadt, außerdem sind hier überall Menschen. Trotzdem ist sie drauf und dran, die Straßenseite zu wechseln, aber dann holt sie Charlottes Monstersonnenbrille aus der Tasche, setzt sie auf und zwingt sich, durchzuatmen. Beim Näherkommen merkt sie, dass der Laden gar nicht geöffnet ist. Der Eingang ist mit rot-weißem Klebeband beklebt, und darüber hängt ein handgeschriebenes Plakat. *Wg. Krankheit bis auf weiteres geschl. Nachpächter gesucht.* Darunter steht eine Telefonnummer. Die ganze Anspannung wird zu einem kleinen Lacher ohne Ton.

••••••••

19:21, als er vor dem Aufzug steht. Selbst bei ungünstigen Verkehrsbedingungen braucht er nicht länger als eine Viertelstunde nach Hause; mindestens eine halbe also, die du noch irgendwie füllen musst. Mit einem Anflug schlechten Gewissens überschlägt er den alternativen Zeitbedarf, Dinner to go oder einen tatsächlichen Restaurantbesuch, wobei ihm der Gedanke, im Ebony Club etwas zum Mitnehmen zu ordern und während des Wartens ein schnelles Glas zu trinken, am sympathischsten ist, doch selbst dann riskiert er, vor acht zu Hause zu sein, außerdem wird sie die Transportbox sehen, und der Gedanke, ihr damit weh zu tun, fährt ihm in die Brust. Und wenn er doch mitginge? Was hat sie gesagt? Musikhochschule? Im Geist sieht er sich inmitten schäbig gekleideter Studenten in einem Hörsaal sitzen, was ihm ebenso undenkbar erscheint, wie mit ihr in der Alten Oper gesehen zu werden. Er betritt die Tiefgarage, und während er seinen Aktenkoffer auf dem Beifahrersitz deponiert, streift ihn urplötzlich die Idee, mit ihr wegzufahren, ein paar Tage, irgendwohin, wo dich niemand kennt und sie noch weniger, ein diskretes Hotel auf dem Land mit erstklassigem Restaurant; die Aussicht, mit ihr entspannt und unbeobachtet beim Dinner zu sitzen, taucht sein Gewissen in klares, kaltes Wasser; er beschließt, noch am Abend eine adäquate Location ausfindig zu machen, und lenkt den Wagen Richtung Innenstadt.

An der Bar des Ebony sieht er zwei Kollegen, Partner einer Großkanzlei, sich angeregt unterhalten, schnappt ein paar Worte auf, die er thematisch der Champions League zuordnet. Als einer von beiden die Hand zum Gruß hebt, nimmt er sein Glas, ordert im Vorübergehen ein Clubsandwich und stellt sich zu ihnen. »Wie steht es? Ich bin überhaupt nicht auf dem Laufenden.«

»Wilde ist raus.«

»Wer?« Regionalliga oder was?

»Wilde. Wilde, Seymann, Partner.«

»O sorry, ich dachte, ihr sprecht über Football. Was soll das heißen: Wilde ist raus?«

»Soll heißen, dass die heute Morgen eine Razzia der Staatsanwaltschaft im Haus hatten, wegen der Sache mit der HKB.«

»Und jetzt haben sie Wilde dran?«

»Yap. Muss wohl irgendwo ein paar Ungenauigkeiten gegeben haben. Steht noch nicht fest, ob es auf Vorsatz oder Fahrlässigkeit rausläuft, ist aber egal, sie nehmen ihn auf jeden Fall persönlich dran. Dem bleibt jetzt nur noch ein Investment Scheme in Kanada.«

»Oder Schafe züchten in Neuseeland.« Die Kollegen quälen sich ein Lachen ab.

»Shit.« Er zieht die Luft geräuschvoll durch seine Zähne. Wilde. Diese Institution der Branche. Persönlich haftend. Bevor der Gedanke ihn paralysieren kann, macht er sich über sein Clubsandwich her und versucht, das Gespräch realiter auf Football zu lenken.

••••••••

Vor dem Eingang stehen Leute in Grüppchen zusammen, manche haben Fahrräder, andere Instrumentenkästen bei sich. Allmählich wird es dämmrig. Alle sind mit Abstand jünger als ich. Sie zögert, traut sich weder stehen zu bleiben noch reinzugehen, am liebsten wär ich unsichtbar, und sie ist drauf und dran, einfach umzudrehen und zu verschwinden, aber als sie schließlich doch durch den Eingang geht, nimmt kein Mensch Notiz von ihr. Auf dem Programmzettel, den ihr an der Kasse jemand in die Hand gedrückt hat, stehen sieben Stücke – drei davon kennt sie – und die Namen von den Studenten, die sie spielen werden. Erst hat sie gezögert, sich schließlich einen Platz weit vorn gesucht, um die Hände möglichst gut sehen zu können, hält aber fast das ganze Konzert über die Augen geschlossen und ist fasziniert, wie unterschiedlich die fünf Musiker klingen, obwohl sie auf demselben Instrument spielen, sie ist sich sicher, dass es nicht bloß an den Stücken liegt. Einer trägt die Farben ganz zart auf, als würde er sie bloß hintupfen, wässrig, fast durchsichtig sieht alles aus; bei einem anderen eher so, als würde er die Farben mit der Hand gegen eine Leinwand pfeffern, und als sie bei der Frau das Gefühl hat, sie hätte nichts außer Rot in ihrem Farbkasten, merkt sie verblüfft, dass sie sich vorkommt wie in einer Bildergalerie. War ich schon mal in einer? Wahrscheinlich nicht, sie nimmt sich vor, das nachzuholen, vielleicht geht Christian ja diesmal mit, aber auch da ist sie sich nicht sicher, über die Bilder in seiner Wohnung will er schließlich auch nicht mit ihr reden, Wertanlage, hat er bloß gesagt. Nach der Pause versucht sie, den Musikern wirklich auf die Finger zu sehen, und nicht nur nach den Farben zu schauen. Als Erstes spielt eine Frau, die ist total eingetaucht in die Musik, sie scheint die Augen beim Spielen geschlossen zu haben, ich frage mich, was sie dabei sieht. Der Nächste klingt irgendwie kalt, wie eine Maschine, die fehlerfrei funktioniert, und der Letzte spielt so schnell, dass sie das Stück erst gar nicht erkennt, er hört sich an wie die Sprecher in den Werbespots, die den Satz mit den Risiken und Nebenwirkungen in dreieinhalb Sekunden hinkriegen.

»Da bin ich aber mal gespannt, was er mit dem Prestissimo macht.«

Überrascht sieht sie zur Seite, bemerkt einen älteren Herrn, der sich zu ihr geneigt hat und sie über den Rand von seiner runden Nickelbrille anzwinkert. Darf man flüstern in einem Konzert? Er macht den Eindruck, als wüsste er genau, was man in einem Konzert darf und was nicht, vielleicht liegt es daran, dass er eine Fliege und einen grauen Schnauzer trägt und damit auf ganz altmodische Weise vornehm aussieht. Er lächelt.

Als sie die Schule verlässt, stehen vor dem Eingang wieder Gruppen von Studenten, die sich unterhalten, und sie überlegt, ob sie die ganze Zeit hier gestanden haben, während drinnen ein Konzert stattfand. Ihr Blick tastet die jungen Musiker ab; ihre Gesichter, ihre Instrumente, ihre Kleidung und die Hände, mit denen sie ihre Fahrräder halten. Sie muss an die Studentin denken, die so rot gespielt hat und von der erzählt wurde, dass sie, als ganz kleines Mädchen, immer unter den Flügel und zwischen die Füße von ihrer Mutter, einer berühmten Pianistin, gekrabbelt ist und sich dabei die Fingerchen in den Pedalen eingeklemmt hat.

Auch für den Rückweg nimmt sie nicht die Bahn, weil sie das Gefühl hat, dass die Musik den Fußweg braucht, um weiterklingen zu können. Die Stadt ist ganz blau jetzt und kommt ihr viel langsamer vor. Sie steckt die Hände in die Jackentaschen und lässt ihre Finger das Bonbonpapier zerrupfen, das seit Angelinas Zeiten da drinsteckt, bleibt schließlich an einem Mülleimer stehen, um es wegzuschmeißen. Als sie sich umdreht, merkt sie, dass der Eimer nur ein paar Meter neben der Spielhölle hängt, vor der sie vorhin so Schiss gehabt hat. Das Schild ist nicht beleuchtet. Hinter den beklebten Fenstern ist es auch dunkel, man kann gerade so das Plakat erkennen, Nachtpächter gesucht, sie stutzt, sieht noch mal hin und merkt, dass es Nachpächter heißt. Im Weitergehen denkt sie über das Wort nach, nimmt sich vor, Christian nach dem Unterschied zwischen einem Mieter und einem Pächter zu fragen, oder ob das vielleicht dasselbe ist: morgens die Tür aufsperren, tagsüber nach dem Rechten sehen, vielleicht Snacks und Getränke verkaufen, abends saubermachen und die Einnahmen aus den Automaten sammeln. Ob man viel verdienen kann mit so einem Laden? Die, die kommen, kommen immer wieder, das weiß sie, und stecken alles, was sie haben, in den Automaten. Wie viele davon es wohl gibt in so einer Stadt? Wenn es genau dieser Pächter war, der regelmäßig Angelinas Geld aus dem Automaten geholt hat? Fünfzig Euro die Woche hat Pit mindestens abgegriffen, wenn nicht mehr. Und sie hätte gut Lust, Angelina an den Schultern zu packen und zu schütteln, wie kann eine nur so dämlich sein?

••••••••

Schafe in Neuseeland, denkt er beim Einsteigen in seinen Wagen, auch Wilde kann also nun Schafe in Neuseeland züchten und diesen Absturz dann, in einer drittklassigen Talkshow, als die Chance seines Lebens verkaufen. Persönlich haftend, da kommt er nicht mehr raus. Eine seltsame Melancholie fällt ihn an, Schafe züchten in Neuseeland, wie ein neuer Virus, der in der Branche grassiert, hast du etwa auch schon danach Sehnsucht?

Vom Vorabend ist noch Wein offen; er bindet die Krawatte ab und lässt sie auf dem Küchentresen liegen, trinkt im Stehen, surft dabei durch die Seiten der kleinen Luxus-Hotelketten und spürt, wie sein Denken allmählich hallig wird und weich. Da sind Unterlagen in deinem Koffer, die du bis morgen durchgearbeitet haben musst, aber auch die werden weich, und er zieht eine neue Flasche auf, trinkt und durchforscht die Menükarten der Hotelrestaurants, erstellt ein Ranking von Hummerbisque und getrüffelter Bio-Gänseleber, Thalasso-Therapie und 9-Loch-Platz, muss man ja nicht heute entscheiden, also klickt er die Seiten zu und gibt wahllos ein paar Namen ein: Alexander von Rogge, Charlotte, seinen alten Englischlehrer, die Kollegen aus dem Ebony, Stephen, das erste Mädchen, mit dem er geschlafen hat, aber die heißt jetzt vermutlich sowieso anders. Der Kulturwichser ist der Einzige mit einem eigenen Wikipedia-Eintrag. Als der aufpoppt, hört er den Schlüssel im Schloss.

Süß sieht sie aus, sofort bekommt er Lust auf sie, und im gleichen Moment trifft ihn die Erkenntnis, dass sie vermutlich nüchtern ist, nüchterner auf jeden Fall als du, mit einem Lächeln begrüßt er sie. »Wie war's?« Da erst merkt er, dass er seine Stimme nicht im Griff hat.

»Total schön, aber ich muss erst mal ganz schnell wohin.« Sie wirft ihre Jacke über den Sessel, dann hört er die Klotür. Tief atmend hält er sich an der Granitplatte fest. Er dreht Kaltwasser auf, spült sich den Mund mit der hohlen Hand, reibt sich über die Lippen, um einen eventuellen Rotweinrand zu entfernen. Wäscht das Glas aus und schenkt Sprudelwasser ein. Lässt die leere Flasche im Putzschrank verschwinden. Verkorkt die zweite Flasche, die jetzt dasteht wie vorher die von gestern. In der Schublade müssen noch Pfefferminz sein. Als die Klotür wieder aufgeht, räuspert er sich.

»Really sorry, dear.« Er hebt die Schultern. »Wäre gern mitgekommen. Immer diese Termine.« Mit einem Knack zerbeißt er das Pfefferminz und streckt ihr die Hand entgegen. »Na, komm her.« Als er beim Küssen die Augen schließt, fährt er für einen Moment Karussell, aber dann sind sie im Bett, und hinterher fühlt er sich wieder nüchtern. »Möchtest du was trinken? Ist noch Wein von gestern offen.«

Sie schüttelt den Kopf. Er spürt ihren Blick, als er aufsteht und zur Küche geht; glaubt ihn noch immer zu spüren, als er nach dem Wein greift. Hält inne. Mit einer Flasche Mineralwasser und seinem Telefon kehrt er ins Schlafzimmer zurück.

»War aber lang, dein Konzert.«

»Eigentlich nicht, anderthalb Stunden, aber ich bin gelaufen, hat fast 'ne Dreiviertelstunde gedauert.«

»Um die Uhrzeit? Wieso hast du dir kein Taxi genommen?«

»Hat mir gutgetan. Außerdem …«

»Außerdem was?«

»Na ja, ich …« Sie zieht sich die Bettdecke höher. »Ist irgendwie blöd für mich, wenn ich dein Geld ausgebe.«

Taxi durch die Innenstadt, 10 Euro maximal. What the fuck. Wortlos steht er auf, geht nackt zum Flügel und stemmt den Deckel hoch, nimmt so viele Bündel heraus, wie er mit der freien Hand packen kann. Im Gang pult er die Banderolen ab und lässt sie auf den Boden fallen. »Darf ich dich um etwas bitten?«

Fragend sieht sie in sein Gesicht, dann auf das Geld in seiner Hand. Die Scheine fallen auf ihrem Schoß auseinander. »Weißt du, was ich damit gemacht hab, nachdem ich es bekommen hab?« Er schlüpft zu ihr unter die Decke, ein paar Scheine rutschen zur Seite, segeln auf den Boden.

»In den Flügel gelegt.«

»Verbrannt. Im Kamin. Das heißt, ich hatte begonnen, es zu verbrennen, das ist definitiv der einzige Weg, das Zeug loszuwerden. Eigentlich wollte ich längst alles verbrannt haben, aber du weißt ja: immer so viel zu tun, ich komme zu nichts, muss das jetzt wirklich in Angriff nehmen, eigentlich gleich und sofort, aber ich bin schrecklich müde, weißt du. Deswegen dachte ich, ich frag dich mal, ob du das vielleicht für mich erledigen könntest. Streichholz dran und weg.« Er nimmt einen Hunderter, reißt ihn in zwei Hälften, die er vom Bett wirft, sie flattern jedoch nicht weit genug und landen am Rand der Bettdecke. Kurz streift er ihren Blick, doch falls sich irgendwas in ihr abspielt, scheint das hinter geschlossenen Läden vor sich zu gehen. »Alternativ könntest du natürlich auch irgendwas anderes damit machen. Es ausgeben, zum Beispiel. Taxifahren oder Klavierstunden nehmen, und ihr Frauen braucht doch ständig neue Schuhe, oder? Das würde eine Menge Arbeit sparen, denn so einen Haufen Geld verbrennt man nicht in fünf Minuten, das sag ich dir. Ganz abgesehen von der Asche im Kamin, die dann auch wieder weggeräumt werden muss.« Er greift in die Scheine wie in einen Laubhaufen und lässt sie auf die Decke rieseln. »In diesem Zusammenhang erscheint es mir übrigens erwähnenswert, dass das Zeug von den meisten Menschen ohnehin antizipierend als Asche, Kohle oder Holz bezeichnet wird. Also wenn du mir einen Gefallen tun willst, wäre es prima, wenn du es nehmen und zu genau dem machen könntest, was es ist: Kohle. Asche. Das würde mir wirklich sehr weiterhelfen.« Trotz der Mundwinkel, die er zu einem ironischen Grinsen verzogen hat, sieht er weder Belustigung noch Freude oder Erleichterung in ihrem Gesicht; mindestens fünfzigtausend liegen da auf ihrem Schoß, und sie guckt, als wäre ihre Großmutter gestorben. »Na gut, dann eben nicht.« Laut ausatmend greift er in das Papier. »Ich geh mal Feuer machen.«

»Jetzt hör auf mit dem Quatsch.« Ihre Hand hält ihn zurück, ohne das Geld zu berühren. »Das ist widerlich.«

»Das ist kein Quatsch.« Er lässt sein Gesicht ernst werden. »Ich weiß wirklich nicht, wohin damit, ich hab's dir doch erklärt. Nicht mal in den Müll werfen kann man es, ohne Gefahr zu laufen, dass es jemand mitkriegt und dich verpfeift.«

»Kein normaler Mensch würde dich verpfeifen, sondern warten, bis du weg bist, und es aus dem Müll rausholen und damit verschwinden. Wieso kannst du es nicht jemandem geben, der es braucht? Spenden, ans Rote Kreuz oder so.«

Rotes Kreuz. Er schnaubt. »Du brauchst es doch, oder?«

»Ich brauch nur ganz wenig, aber es ist trotzdem deins und …«

»Hier, bitte sehr: Ich schenke es dir. Eine Schenkung ist im juristischen Sinne ein nur einseitig verpflichtendes Geschäft, bedarf also keiner Gegenleistung. Es geht in dein Eigentum über, und du kannst damit anstellen, was du willst. Das heißt, nein – eine kleine Auflage gibt es doch: die Vereinbarung des Stillschweigens. Mit anderen Worten: Falls du es dem Roten Kreuz spenden willst, solltest du das anonym tun. Die wollen ansonsten nämlich wissen, woher es kommt.« Er sieht sie unverwandt an. »Es ist mein Ernst, honey. Du hilfst mir, wenn du das unter die Leute bringst.«

Vorsichtig tasten ihre Finger über das Geld. »Jetzt hätt ich doch gern ein Glas Wein.«

Augenblicklich ist er in der Küche, verteilt den Rest der Flasche auf zwei Gläser und trägt sie ans Bett. »Außerdem ist das« – er deutet mit dem Glas auf das Geld – »ja nur ein Bruchteil dessen, was da ist. Wenn dir also einfällt, was wir mit dem Rest anfangen könnten, dann nur zu. Prost.« Bei dem Wort Bruchteil wird ihm flau. Sie trinkt. Erst einen Schluck, dann noch einen, guckt ihn über das Glas hinweg an und fängt endlich an zu grinsen. »Wüsst ich echt.« Sie schnauft, als unterdrückte sie ein Lachen. »Also, ist nur Quatsch jetzt, ich finde, wir sollten was Gutes damit machen, aber heute Abend, als ich durch die Stadt gegangen bin, da hab ich tatsächlich drüber nachgedacht. Da war nämlich so ein Spielsalon, weißt du?«

»Automatencasino?«

»Na ja, ich hab dir doch von diesem Typen erzählt, dem Exfreund von Angelina. Pit.«

Sein Nicken kommt verzögert, wie sie plötzlich redet, macht aus einer vertrauten eine fremde Frau. »Der Spielsüchtige?«

»Genau der. Also da war so ein Automatenladen, der hatte aber zu, irgendwie wegen dem Pächter – ach so, wollt ich dich noch fragen, nachher –, also als ich dran vorbei bin, hab ich an das ganze Geld denken müssen, das er von Angelina gekriegt und in die Dinger gesteckt hat. Keine Ahnung, wie viel, ich glaub ja mittlerweile, dass der sich nicht bloß bei Angelina bedient hat, da ist noch so eine Erinnerung mit einer blonden Frau in einem schwarzen Auto … egal, jedenfalls hat er Angelinas Geld lustig in die Spielsalons getragen, und garantiert hat ihn da keiner nach seinem Namen gefragt oder wo er's herhat. Ich meine, das war ja auch alles Schwarzgeld.« Sie guckt ihn über den Glasrand an. »Verstehst du, was ich meine?«

Zwei, drei Sekunden, die er sie anstarrt, dann lacht er auf. »Die originellste Geldwäsche-Idee, von der ich je gehört hab. Und ich hab so einiges gehört, das kannst du mir glauben.« Wenn man tatsächlich … absurd, aber er fängt dennoch an zu überschlagen, wie lange es dauern würde, bis man 30 Millionen durch die Automaten geschleust hätte, ohne dass es auffiele – zu lange, das sieht er klar, aber ein Teil ließe sich immerhin auf diese Weise in real verdientes, sauberes Geld veredeln. »Und die suchen einen neuen Pächter?« Was, wenn du das wirklich tust? Automaten statt Schafe. Totaler Quatsch. Aber trotzdem. »Du bist ein Engel«, sagt er und küsst sie auf den Mund. »Angel, genau. Jetzt haben wir endlich den passenden Namen für dich.«

Er hat Johannes' Bürotür fast erreicht, als sie sich öffnet und ein Mann in Polizeiuniform herauskommt, gefolgt von Johannes und einem weiteren Uniformierten. »Wissen Sie denn nicht, wer ich bin?«, hört er seine aufgebrachte Stimme. »Seit dreißig Jahren wasche ich mein

Auto!« Johannes scheint ihn nicht bemerkt zu haben, sich windend läuft er hinter dem Polizisten her; erst da realisiert er, dass Johannes das Büro in Handschellen verlässt, und jäh versteift sich alles in ihm, er will rufen, kann aber nicht, es ist, als wäre er gar nicht hier, sondern sähe nur einer Szene zu, in die er nicht hineinwirken kann. Im gleichen Augenblick erinnert er sich an alles, irritiert, weil ihm ist, als wäre die Erinnerung erst durch das Erinnern zur Realität geworden, was um Gottes willen hast du getan! Dabei ist bloß eingetreten, was er billigend in Kauf nehmen wollte. Unfähig, einen Schritt zu tun, dreht er den Kopf, sieht in das Büro, das komplett leer ist, sogar die Lampe ist demontiert, ein Kabel hängt aus der Wand. Nur seine alte Ledertasche steht inmitten des Raums. Johannes ohne seine Tasche: undenkbar, er muss sie ihm hinterhertragen, aber die Schuld lähmt ihn, Schweiß bricht ihm aus, du hast sein Leben auf dem Gewissen, persönlich haftbar machen sie ihn, auf den elektrischen Stuhl werden sie ihn setzen, und du bist sein Mörder, Johannes, und endlich löst sich der Schrei, er zuckt, krampft sich zusammen, atemlos, Johannes! – Nur ein Traum! – Der Gedanke bringt keine Erleichterung, obwohl er in vollkommener Nachtstille liegt, lediglich sein Herzschlag dröhnt in den Ohren. Elektrischer Stuhl, was für ein Blödsinn. Hat er wirklich geschrien? Er wendet den Kopf zur Seite, ihre Silhouette im Dunkeln, er hört ihren leisen Atem. Autowaschen ohne Ölabscheider, ein Kapitalverbrechen in diesem absurden Traum, aber im Grunde weiß er genau, dass es kein Traum war, sondern Vorgeschmack auf die Realität, die dich einholen wird, wenn du ihn ans Messer lieferst. *You deal with it.* Er spürt den Drang, sich an sie zu schmiegen, vielleicht legt sie im Schlaf den Arm um ihn, aber er verharrt im Bett wie eingegipst, dabei ist sein Puls am ganzen Körper zu spüren. Gelähmt! Du bist gelähmt! Er versucht, die Füße zu strecken, auch das vergeblich. Panik durchfährt ihn, gefangen im eigenen Körper, er hat davon gelesen, und jetzt bist du dran, gleichzeitig spürt er sich doch, spürt das Pochen, seinen Brustkorb, der sich hebt und senkt. Vielleicht auch das nur ein Traum? Einer von den ganz widersinnigen, in denen man sich wach glaubt und es dennoch nicht ist. Er öffnet die Lippen, sie bewegen sich unverkennbar, doch er schreit nicht, zuckt nur, und ein Weinen bricht sich Bahn. Dann, endlich, die Hand an seiner Wange, die ihn aus der Starre erlöst.

Als er die elektrische Zahnbürste aus der Ladestation nimmt, scheint die Sonne so hell ins Badezimmer, dass das Glimmen der Leuchtdiode vollkommen verschluckt wird. Er formt mit der Hand einen Hohlraum vor der Diode. Schwach sieht er das gelbliche Licht leuchten. Noch vor ein paar Stunden, als er im Dunklen aufgestanden und ins Bad getappt ist, um kaltes Wasser in sein vom Heulen verquollenes Gesicht zu schaufeln, war dieser unscheinbare gelbe Lichtpunkt imstande, das ganze Badezimmer auszuleuchten; so hell, dass er selbst das geprägte Blattmuster auf dem Toilettenpapier hatte erkennen können. Beklommen kehrt er ins Schlafzimmer zurück, sie hebt nur kurz den Kopf, um ihm guten Morgen zu wünschen, als hätte sie tatsächlich vergessen, was vergangene Nacht passiert ist. Auf dem Weg in die Kanzlei nimmt er sich vor, es ebenfalls zu vergessen. Dennoch ist ihm die Vorstellung, an Johannes' Büro vorbeigehen zu müssen, derart unerträglich, dass er das Kanzleigebäude durch einen Nebeneingang betritt. In der Liste der Anrufer, die bereits versucht haben, ihn zu erreichen, findet er Vonaeschs Namen. Er beschließt, ihn am Nachmittag zurückzurufen, doch noch am Vormittag kommt ein Call seines Vaters.

»Christian, ich erwarte, dass du dich augenblicklich dieser Angelegenheit annimmst!«

Durchatmen. »Wovon sprichst du?«

»Christian, bitte! Vonaesch hat mich gerade angerufen.

Er kann nicht nachvollziehen, warum du ihm nicht längst den fälligen Besuch abgestattet hast.« Er hört ihn schnauben. »Und ich kann es, angesichts der veränderten Sachlage, ebenso wenig. Ist es zu viel verlangt, dich einmal um eine Familienangelegenheit zu kümmern?«

»Deine Familienangelegenheit ist kein Sonntagsspaziergang. Selbst wenn ich wüsste, wohin damit, wäre noch nicht …«

»Das Wohin ist geklärt.«

»Ich höre.«

»In den Schwarzwald. Einen Schlüssel hast du ja, oder?«

Die Jagdhütte am Titisee. Du lieber Himmel, wer zum Teufel deponiert 30 Millionen in einem Wochenendhaus? Jäh fühlt er sich in das von Tannen umstandene Holzhaus versetzt, hört das Knarzen der eichenen Eingangstür mit der Schnitzerei. »Das kann nicht dein Ernst sein.« Andererseits sind anderthalb Millionen in einem Flügel auch nicht viel besser.

»Es ist durchaus mein Ernst und mein ausdrücklicher Wunsch. Ich will, dass es sich Ende nächster Woche dort im Weinkeller befindet.«

»Meine Güte, wie stellst du dir das vor? Wir stehen hier kurz vor einer Fusion, ich kann unmöglich …«

»Bei Bedarf steht dir dort selbstverständlich auch Platz zur Verfügung. Falls dir das hilft.«

Eine Rigorosität schwingt in diesem Gespräch mit, der er nichts entgegenzusetzen hat. »Ich werde sehen, was ich tun kann.«

»Du erledigst das.« Ohne Gruß beendet der Vater das Gespräch.

Reglos starrt er die Reflexion auf der Fassade gegenüber an, dein eigenes Büro muss es sein, das sich dort spiegelt, und er fragt sich, ob sein Gegenüber die umgekehrte Perspektive hat, ehe sein Blick ganz in den Schwarzwald versinkt, in die weite Rasenfläche vor dem Haus, auf der, in seiner Erinnerung, eine Sandkiste auftaucht, mit etwas

Orangefarbenem darin, keine Ahnung, was, aber er muss es geliebt haben. Und er spürt Wilhelms Hände, die ihn halten, während er seine ersten Schritte im Gras versucht, einen Fuß vor den anderen, dabei ist das unmöglich, kein Mensch kann sich an ein so frühes Alter erinnern, aber in seiner Erinnerung ist das Bild wie eingebrannt, blaue Gummistiefel, Trachtenjacke, wieso weißt du das? Das Foto fällt ihm ein, das er neulich gefunden hat: Er selbst als Einjähriger, der große Bruder ihn haltend, beide in grün-grauen Trachtenjankern, er spürt die kleine Kette zwischen seinen Fingern, die die geprägten Metallknöpfe verband.

Kurz vor Feierabend nimmt er sich eine Straßenkarte vor, bloß keine Spuren im Netz hinterlassen, fährt mit dem Finger die möglichen Routen ab und die in Frage kommenden Grenzposten. Anderthalb Millionen in Hundertern brauchen knapp drei Schuhkartons, mit Zweihundertern reduziert sich das Problem ergo auf die Hälfte. 60 Schuhkartons also, in den 911er kriegst du mit viel gutem Willen vielleicht zwanzig, und außerdem ist ein Wagen der Luxusklasse mit Frankfurter Kennzeichen genau das, wonach sie suchen. Shit. Via Frankreich wäre eine Idee, in einem französischen Umzugswagen, vollgestopft mit Bücherkisten und Yuccapalmen, doch der Aufwand schreckt ihn, ohnehin bleibt keine Zeit. Wieso überhaupt dieser Unfug mit dem Jagdhaus? Das Gleiche könnte man auch in der Schweiz tun: eine Wohnung mieten und es in den Schrank stopfen, in Zürich hast du sowieso ständig zu tun. Doch er braucht nur an seinen alten Herrn zu denken, um zu wissen, dass das undurchführbar ist. Schweizer Mietwagen also, mindestens Kombi. Der einfachste Weg wäre die direkte Route, aber wenn sie irgendwo fahnden, dann auf den Grenzposten nahe dieser Strecke, und was passiert, wenn sie dich erwischen, will er sich lieber nicht vorstellen. Italien? Liechtenstein fällt flach, Österreich erscheint ihm unsicher, vielleicht mit einer Fähre über den

Bodensee? Sich als Tourist zu tarnen wäre keine schlechte Idee, und hey, wolltest du nicht ohnehin mit ihr wegfahren? Das Angenehme mit dem Nützlichen verbinden? Er betrachtet den Grenzverlauf entlang des Sees, gerade als er *Bodensee Hotel ****** eintippen will, bleibt er an einem Ortsnamen hängen, dessen ulkige Schreibweise ihm vertraut vorkommt, ohne dass er sich erinnern könnte, je dort zu tun gehabt zu haben. Underdorf. Aber von irgendwoher kennt er das Nest.

Es klopft. Als er aufsieht, betritt Vreede sein Büro, schließt wortlos die Tür und bleibt mit verschränkten Armen stehen.

»Nein, du störst nicht.«

Vreede geht nicht darauf ein. »Dir ist schon klar, wer hinter Global.Synergica steckt?«

»Global.Synergica?« Instinktiv klappt er den Computer zu, merkt zu spät, wie ertappt das wirken muss.

»Keine Hausaufgaben gemacht?« Ist da tatsächlich Spott zu hören in Vreedes Tonfall?

»Komm zur Sache, bitte, ich weiß nicht, wovon du sprichst.«

»Die Mandatslisten aus San Francisco hast du dir aber schon angeschaut?«

Er spürt, wie Hitze in sein Gesicht steigt, und hofft, dass Vreede es nicht sieht. »Selbstverständlich.«

»Und geprüft?«

Schach. »Natürlich.« Er hebt die Schultern.

»Global.Synergica ist eine hundertprozentige Beteiligungsgesellschaft von Mullins-Corell. Ich kann mir nicht vorstellen, dass Johannes sehr erfreut sein wird.«

Matt. Mullins-Corell. Der Inbegriff amerikanischer Rüstungsindustrie. Mit Tochter in Deutschland. Von allen Mandatsanfragen, die Johannes bisher abgewiesen hat, war er mit denjenigen der Waffenbranche am kompromisslosesten.

»Bist du sicher? Woher beziehst du die Information?«

»Peacetown International.«

»Die Hilfsorganisation?« Halbverhungerte dunkelhäutige Kinder fallen ihm ein, Flüchtlinge, Minenopfer, er erinnert sich des Pro-Bono-Mandats, das eine befreundete Kanzlei einmal für diese Organisation angenommen hatte. »Was haben die damit zu tun?«

»Nun, die betreiben neuerdings eine ziemlich offensive Informationspolitik. Mullins-Corell ist weltweit einer der Hauptlieferanten von Streubomben.« Vreede verzieht den Mund zu einem Strich. »Na, du wirst schon wissen, was du tust.«

Und dann ist Vreede raus, und du sitzt da im Schlamassel, wie bekommst du das jetzt bloß hin? In knapp einer Woche steht die Abstimmung an. Unter der Voraussetzung einer solchen Geschäftsbedingung wird Johannes niemals seine Einwilligung zur Fusion geben. Er kommt sich vor wie ein Schüler, der Papas Unterschrift unter einen Fünfer in Mathe braucht.

••••••••

Noch nicht mal Vögel hört man. Sie hält den Atem an. Nur die Stille surrt. Ein silberblaues durchsichtiges Surren, sie stellt sich vor, dass sie ihn darin liegenlässt, er darin schwimmt, ohne es zu merken. Behutsam zieht sie die Tür ins Schloss. Auf dem Flur liegt der gleiche gemusterte Teppich wie im Zimmer. Er ist so dick, dass er alle Geräusche verschluckt, sogar das Surren. Als ihr eine schmale Frau in weißer Schürze entgegenkommt, die ihr höflich zunickt, hat sie das Gefühl, in einem Film ohne Ton mitzuspielen. An der Rezeption fragt sie nach Kaffee.

»Möchten Sie in der Lobby Platz nehmen, oder soll ich Ihnen etwas aufs Zimmer bringen lassen?«

Sie zögert. Die Sitzgruppen in der Eingangshalle sehen zwar bequem, aber trotzdem ungemütlich aus. »Sie können auch gern in unsere Bar gehen, die hat bereits geöffnet.«

Sie bedankt sich. Auf dem Weg zur Bar kommt sie am Restaurant vorbei. Auch da der dicke Teppich, man hört nur ganz leises Klickern, ein Kellner verteilt Besteck auf den Tischen. Außer den Angestellten scheint kein Mensch im Haus zu sein. Oder alle Gäste sind auf den Zimmern, so wie Christian, der nach dem Sex sofort eingeschlafen ist.

Die Bar ist ein offener Raum mit einer Wand voller Flaschen. Sie erschrickt, weil ihre Schritte plötzlich Geräusche machen, auf dem Boden liegen dunkle Dielen. Hinter dem Tresen ist niemand, in der Ecke sieht sie einen Flügel und geht darauf zu. Er klingt weich und warm, aber die Tasten fühlen sich ausgeleierter an als die von Christians Flügel. Sie macht die Augen zu und lauscht. Aus dem Restaurant pelzige pflaumenblaue Schritte, die heller werden und verschwinden. Ein feines kupferbraunes Brummen wie Sprühnebel, vielleicht von einem Kühlschrank hinter der Bar; mattgelbe Vierecke klopfen von oben und plötzlich eine orangerote Melodie aus Kugeln, die sich wiederholt, Vogelstimmen, über allem sieht sie noch das stille Silbersurren aus dem Zimmer und hat auf einmal das Gefühl, dieses Haus zu verstehen wie einen Menschen, dem man lange genug zugehört hat. Ihre Finger wandern auf die Tasten und fangen zu erzählen an. Von einem Haus im Regen, das sich nicht ducken darf, obwohl der Regen viel zu kalt ist für die Jahreszeit, von Stofftapeten an der Wand und dicken Teppichen, über die man automatisch schleicht, statt fest aufzutreten, und bei dem Gedanken lass ich meine Finger ein bisschen stampfen und merke, dass das Haus sich drüber freut. Ein junger Mann mit einer weinroten Schürze ist aufgetaucht. Er werkelt hinter der Theke, traut sich aber anscheinend nicht, mich zu fragen, ob ich was bestellen will. Deswegen mache ich ein Lied draus: Ich-hätte-gern-einen-großen-Milchkaffee, erst in braunen Zweierpäckchen, Bringsmir-Bringsmir-Bringsmir, dann in Dreiern, Milchkaffee-Milchkaffee-

Milchkaffee – Benedicta würde Triolen dazu sagen –, und schließlich in Vierern, Ohnezucker-Ohnezucker, aber er kapiert mich nicht. Also hör ich auf zu spielen und bestelle den Kaffee mit Wörtern. Sofort klappert und zischt es los, das Haus hat Spaß an dem Krach, und der Barkeeper bringt drei verschiedene Zuckersorten zum Kaffee und Kekse, die aussehen wie gemalt. Ein Telefon klingelt, man hört Stimmen, und es kommt mir vor, als würde das Haus sich entspannen, weil es genug davon hat, dauernd leise zu sein. Wieder mache ich die Augen zu und spiele, was mir in den Sinn kommt, an die Leiertasten hab ich mich schnell gewöhnt. Ab und zu guckt der Barkeeper rüber, wir lächeln uns zu und boxen weiter mit unseren Geräuschen gegen die Stille an. Ein älteres Paar in nassen Mänteln hilft uns dabei. Dass ich hier sitze und spiele, scheinen sie nicht zu bemerken, erst nachdem sie sich an einen kleinen Tisch gesetzt und Rotwein bekommen haben, guckt die Frau zu mir und sagt was zu ihrem Begleiter, ich bin sicher, dass sie über mich reden, und obwohl sie lächelt, fangen meine Finger zu zittern an, und ich krieg keinen Ton mehr so hin, wie ich wollte. Ich tue, als hätte ich kurz zu spielen aufgehört, um Kaffee zu trinken. Keine Ahnung, ob und wie ich weiterspielen soll, aber in dem Moment, wo ich die Tasse abstelle, erscheint Christian, und an seinem Gesicht sehe ich, dass sich die Frage eh erledigt hat.

»Was machst du denn hier?« Er flüstert, also gehört er auch zu denen, die sich gegen das Haus verschworen haben. Sein Blick fällt erst auf meine Hände, dann auf den Kaffeetisch und zuletzt auf das Paar mit dem Rotwein. Da ist ein kleines Wackeln in seinem Kopf, als würde er sich nicht trauen, ihn zu schütteln. Jetzt schauen mich die Rotweinleute beide an, und sofort ist mir nach Heulen.

»Willst du auch Kaffee?«, frag ich ihn, um irgendwas zu sagen, aber er sieht nur kurz zum Barkeeper. »Du kannst doch …« Er zieht seine Oberlippe zwischen den Zähnen durch, als würde da was dran kleben. »Ich dachte, wir wollten schwimmen gehen?«

Obwohl die Gäste, die beim Abendessen an den Tischen sitzen, Geräusche machen, hockt die Stille im Restaurant wie ein grummeliger Alter, vor dem alle Angst haben. Dahinter, fast unsichtbar, Orchestermusik. Sie klingt, als wäre sie danach ausgesucht worden, dass man sie so wenig wie möglich hört.

»Und?« So wie er guckt, erwartet er Lob.

»Ich weiß nicht, ich find's irgendwie komisch hier.«

»Komisch?«

»Na ja, es ist so …« Sie betrachtet die Paare, die an den weit auseinanderstehenden Tischen sitzen. Nimmt einen Schluck Wasser und sucht nach Worten. Unecht, fällt ihr ein, oder tot, aber dann fragt er mich, wieso, und ich hab keine Erklärung. Null Geräusch beim Abstellen vom Wasserglas, als wäre die Tischdecke dick wie Filz. Sie versucht, den Stoff zwischen Daumen und Zeigefinger zu fassen, irgendwas liegt noch untendrunter, vielleicht wirklich Filz, am liebsten würde sie druntergreifen, was aber nicht geht, weil die Tischdecke fast bis auf den Boden reicht. Ein Kellner kommt und fragt nach dem Wein. Christian zeigt in die Weinkarte und stellt Fragen, und so, wie die beiden miteinander reden, kommt ihr der Gedanke, dass die Auswahl von einer Flasche Wein mindestens so kompliziert sein muss wie die Entscheidung für ein Kleid. Fast fünf Stunden ist sie in der Stadt gewesen und ist mit jedem Teil, das sie anprobiert hat, unsicherer geworden. Etwas richtig Elegantes, hat er gesagt, und an seinem Ton hat sie hören können, dass er mir so was nicht zutraut. Weil er es Angelina nicht zutraut. Schließlich klappt Christian die Karte zu und reicht sie dem Kellner.

»Ein großartiger Wein, ein Sauvignon aus Südtirol, wird dir gefallen. Und das Essen sowieso. Wenn dir schon das Haus nicht gefällt.«

»Ich hab nicht gesagt, dass es mir nicht gefällt. Es ist alles sehr schön hier, richtig edel und überhaupt. Aber ich meine … also schau dir doch mal die Leute an: Von denen sieht keiner aus, als hätte er Spaß hier. Der Typ da drüben, zum Beispiel, mit der Frau in der grünen Bluse. Der guckt, als würde er dauernd an allem rummeckern.«

»Ich vermute eher, dass er Stress mit seiner Frau hat.«

»Keine Ahnung, aber verstehst du nicht, was ich meine?«

»Ich verstehe nicht, was diese Leute mit deinem Spaß zu tun haben. Wir sind doch nicht deretwegen hier.«

Ein Kellner stellt zwei Teller vor ihnen ab. Variationen von grünem Spargel, erfährt sie und ist sich sofort unsicher, ob sie das essen kann: Schon der Teller ist ein Kunstwerk, mit Ornamenten verziert, die aussehen wie aus Schokoladensoße. Christian hat bereits seine Gabel in das zierliche grüne Türmchen gerammt, der Anblick tut ihr fast weh.

»Was ist? Magst du keinen Spargel?«

»Doch. Sehr. Aber so schön – das kann man doch nicht einfach kaputtmachen.«

Und auf einmal sieht er mich an, ganz gerade und warm, und fängt an zu lächeln. »Du siehst toll aus«, sagt er, legt die Gabel auf den Tellerrand und streichelt meine Hand. Beugt sich zu mir und küsst mich, mit einem Hauch von Spargel und Sauvignon, als würde er mir zeigen wollen, wie gut das schmeckt. Ich küsse und lächle zurück, und als Antwort nehme ich meine Gabel und pikse entschlossen in eins von den kleinen Spargelstückchen, er guckt zu, wie ich es vorsichtig in meinen Mund stecke. Und sofort noch eins, gleich mehrere auf einmal, weil irgendwie alles, was hier fehlt, in diesen kleinen Spargelstückchen steckt.

»Siehst du, ich hab dir doch gesagt, dass du es mögen wirst.«

»Ich komm bloß nicht drauf, was es ist.«

»Spargel. Grüner.«

»So schlau bin ich auch. Aber der Geschmack, das ist …« Sie nimmt das letzte Stückchen auf die Gabel, riecht mit geschlossenen Augen daran, ehe sie es in den Mund steckt. »Vanille.«

»Vanille?« Er kriegt Zweifelsfalten zwischen den Augen.

»Ja guck. Hier …« Mit der Zeigefingerspitze zieht sie eine Schliere in die Soße, die noch auf seinem Teller ist, und hält ihm dann die Fingerspitze hin. »Die kleinen schwarzen Krümel.« Sie leckt sie ab, trinkt einen Schluck und tatsächlich passt der Wein zu diesem Vanillespargel, als wäre er mit ihm verwandt. »Könnt ich jetzt einen ganzen Teller voll essen. Meinst du, man kann noch mehr davon kriegen?«

»Du bekommst hier, was immer du möchtest. Aber vielleicht solltest du berücksichtigen, dass du ein siebengängiges Degustationsmenü vor dir hast, und in Erwägung ziehen, dass dir der Rest ebenso gut schmecken könnte. Wäre ja denkbar, oder?« Wieder lächelt er, nimmt sein Glas und prostet mir zu. »Ein wunderschönes Kleid übrigens, das du da trägst.«

»Danke.«

»Wo hast du es gekauft?«

Sie zögert. Während er nach dem Schwimmen im Bad war, hat sie unschlüssig mit den beiden Kleidern vor dem Spiegel gestanden. Ein schlichtes schwarzes, aber sündteures, das sie in einer eleganten Boutique gekauft hat, bevor sie im Fenster von einer Modekette entdeckt hat, was sie jetzt trägt: Es ist kirschrot mit einem schwarzen Rand am Rock und hat ihr so gut gefallen, dass sie es, ohne zu überlegen, dazugekauft hat. Für ziemlich genau ein Zehntel von dem, was sie für das Schwarze bezahlt hat.

»In einem Laden auf der Goethestraße, weiß nicht mehr, wie der heißt. War ziemlich teuer.«

»Sehr gut. In den Geschäften dort kann man nicht viel falsch machen.« Er guckt mich an. Oder das Kleid. Wohlwollend, ja, das Wort passt genau. Und dann erzählt er von dem Laden, in den er selbst am liebsten geht, in London, eigentlich kein Laden, sondern ein Schneider, der ihm seine Anzüge nach Maß herstellt. In der Goethestraße kauft er aber immer seine Casuals.

»Deine was?«

»Freizeitkleidung. Jeans, Chinos, Pullover und so weiter.« Er nickt dem Kellner zu, der die Gläser gefüllt hat und nun fragt, ob er eine neue Flasche bringen darf.

»Morgen besuchen wir übrigens einen alten Freund, der direkt am Bodensee wohnt.«

»Einen alten Freund oder einen alten Freund?« Beim ersten Mal legt sie die Betonung auf alt, beim zweiten Mal auf den Freund. »Mann, ist das lecker.« Auf ihrem Teller liegt jetzt eine Art Torte aus hauchdünnem Gemüse, irgendwo muss auch Fisch dazwischen sein. Sie schneidet ein Stück ab und nimmt es auf dem Teller Schicht für Schicht auseinander.

»Er ist so alt wie ich, wir haben zusammen studiert.«

Studiert. Ein blödes Gefühl fällt über sie her, das überhaupt nicht zu dem Wohlfühlgeschmack in ihrem Mund passt.

»Von dort aus sind es nur noch ein paar Minuten Fahrt bis zu unserem nächsten Hotel.«

»Wieso können wir nicht einfach hierbleiben? Oder ich. Du besuchst deinen Freund und kommst wieder zurück.«

Er wartet mit der Antwort, bis der Kellner die neue Flasche geöffnet hat und verschwunden ist. »Ich habe uns bereits zusammen angekündigt, sie freuen sich, dich kennenzulernen. Außerdem muss ich noch auf einen Sprung nach Zürich, ein dringender Mandantentermin, in der Schweiz ist übermorgen kein Feiertag, da bietet sich das an.«

Sie stützt den Ellbogen auf und legt das Kinn in die Hand. Will lächeln, aber es kommt nur was zwischen Grinsen und Enttäuschung raus. »Hätte ich mir ja denken können. Vier Tage ohne Arbeit, das schaffst du nicht, oder?«

»Schätzchen, so ist der Job.« Er hebt die Schultern. »And times get harder.« Sein Blick rutscht von ihrem ab und huscht über das Tischtuch, dann sieht er mich wieder an. »Wenn du möchtest, kannst du natürlich mit nach Zürich kommen. Gehst ein bisschen shoppen, guckst dir die Stadt an.«

Zürich. Sie hat kein Bild von dieser Stadt, nicht einmal eine Idee, wie es dort sein könnte. »Ist Zürich schön?«

»Am See ist es sehr hübsch. Und du findest natürlich die feinsten Geschäfte dort. Könntest ein bisschen Geld ausgeben.« Sein Lächeln nervt auf einmal.

Während der Kellner das Dessert bringt, sieht sie sich an einem See entlanggehen, Wassergeflimmer, hell, schick, sorglos. Klimpern im Diskant. Kleider, Taschen, Schmuck, ein Geschäft reiht sich ans andere, ein Paar Schuhe an das nächste. Sie guckt auf den übergroßen Glasteller, der vor ihr steht, mit gleich drei Kunstwerken diesmal, noch prunkvoller als das Spargelzeug vom Anfang. Ein weißes Törtchen ist mit roten Ranken verziert; über einer Eiskugel spannt sich ein kleiner Torbogen, der aussieht wie durchsichtiges Gold. Sie tippt vorsichtig mit dem Finger daran. »Was ist das?«

»Zucker, glaub ich. Schmeckt einfach nur süß.«

»Das ist total …« Sie sucht nach Worten, hört aber nur Töne; elegante, pralle Töne, die klingen, als hätte jemand die Schönheit mit aller Kraft reingepumpt. Und dann ist das passende Wort da: »Perfekt. Viel zu perfekt.« Ohne dass ich's will, schüttelt sich mein Kopf, weil von überall her diese Supermusik kommt, so verdammt oberrichtig, dass man's nicht aushalten kann, und meine Gabel kracht in das Goldzuckertor, kracht noch mal drauf und matscht die Goldtrümmer in das Eis, rast auf das Törtchen zu, auf die roten Ornamente, Karambolage, am Ende steckt die Gabel im Kunstwerk, und meine Hand bewegt sich keinen Millimeter mehr. Ich starre auf die Reste von der roten Verzierung. Wie lange muss einer daran herumgemalt haben?

••••••••

In der offenen Doppelgarage parkt ein roter VW Touran, seine Lippen formen ein B für Bingo, er lässt ein Ploppen daraus werden. Den Porsche stellt er an der Straße ab und betrachtet das freistehende Einfamilienhaus: ein seltsamer Stilmix, irgendwo zwischen Waldorf und Contemporary Art. Eine knappe Million, schätzt er, vielleicht mehr, wegen der Seelage. »So. Da wären wir.« Bevor er ihr die Tür aufhalten kann, ist sie bereits ausgestiegen. Auf dem Rasen vor dem Haus eine Sandkiste, überall liegt Spielzeug herum. Das Erste, was man hört, ist Kindergeschrei, kurz darauf klatscht etwas von innen an die Haustür, die daraufhin – offenbar gegen Widerstand – geöffnet wird. Eine Frau erscheint, ungeschminkt, Jeans und T-Shirt, sie schiebt sich eine dunkle Strähne hinters Ohr, während ein kleiner Junge an ihrem Bein zerrt. »Hallo.« Sie reicht erst Angel, dann ihm die Hand. »Ich bin Margrit. Jan ist noch unterwegs, er müsste eigentlich längst hier sein.« Dankend nimmt sie den Blumenstrauß entgegen, zieht den widerstrebenden Buben hinter ihrem Bein hervor. Sie nennt ihn Leandro, sagt etwas auf Schweizerdeutsch zu ihm, offenbar die Aufforderung, Guten Tag zu sagen, vergeblich. »Habt ihr eine gute Fahrt gehabt?«

Er bejaht, legt seine Hand in Angels Rücken, um sie hinter Margrit her ins Haus zu dirigieren, und scannt den Wohnbereich ab: Holzboden, Kamin, zwei Seiten verglast, eine davon zu einer Gartenterrasse hin geöffnet, eine dritte Wand bis unter die Decke mit Büchern vollgestellt. Eine offene Küche schließt sich an, typisch bessere Mittelschicht, er macht einen Bogen um einen roten Plastikdinosaurier. Ein Mädchen, etwas älter als der Junge, schaut ihnen wortlos entgegen. Margrit drückt ihr die Blumen in die Hand, erneut Schweizerdeutsch, danach lässt das Mädchen Wasser in ein großes Glas laufen. Er spürt Margrits Blick, der kurz zu Angel wandert, dann zurück zu ihm. »Habt ihr auch Kinder?«

»Nein.« Bisher nicht, hatte er früher immer geantwortet, wenn diese Frage an ihn und Charlotte gerichtet wurde.

»Naja« – sie weist zum Garten, wo das Mädchen gerade die Blumenvase auf eine ziemlich bunt gedeckte Kaffeetafel stellt –, »irgendwann sind sie groß genug, um den Tisch decken zu können.« Er folgt ihr auf die Terrasse.

»Da kommt er.«

In ihre Stimme mischt sich eigenwilliges Motorengeräusch, merkwürdig in die Landidylle passend, dann sieht er Jan-Carsten einem cremefarbenen Citroën DS entsteigen und über einen Plattenpfad direkt in den Garten laufen. Jetzt der Moment, auf den es ankommt – ein falscher Blick, und du kannst die Sache vergessen. Und so gerät ihm das Lächeln vielleicht ein wenig zu breit, aber Jan-Carsten wirkt frei von Argwohn: ein Eindruck, der sich ihm damals, im Flughafen, bereits aufgedrängt hat.

»Christian! Schön, dich zu sehen.« Ein fester, verbindlicher Händedruck, die zweite Hand an seiner Schulter, dieser Typ scheint tatsächlich erfreut zu sein, dabei waren sie früher nie besonders dicke gewesen. Jan-Carsten immer der Primus, dessen Nähe zu suchen eine Anerkenntnis seiner Überlegenheit gewesen wäre. »Wo hast du deine Frau?«

»Freundin.« Er sieht sich nach Angel um. »Keine Ahnung, kommt sicher gleich. Halte ich dich von der Arbeit ab?«

»Nein, kein Problem, nur ein Termin, der länger gedauert hat als erwartet.« Er wirft sein Jackett und die Krawatte über eine Stuhllehne, scheint etwas auf dem Tisch zu suchen. »Haben wir kein Wasser, Margrit?«

»Doch. Sicher.« Margrit verschwindet ins Haus.

»So ein älterer Herr, weißt du, der nicht mehr mit dem Erzählen aufhört.«

»Verstehe.« Bei dem Stundensatz, den er diesem Feld-Wald-Wiesenanwalt unterstellt, dürfte dem Alten das Erzählen leichtgefallen sein.

»Ach und: bitte einfach nur Jan, wenn's geht. Der Carsten ist irgendwo auf der Strecke geblieben.«

»Aha.« Wie bei Thomas. Scheint ansteckend zu sein. »Aber der Jan bleibt?«

Er lacht. »Klar, mehr ist ja nicht übrig.«

»Könnte ja was dazugekommen sein. Hast du von Thomas gehört?«

»Thomas Fresenius? Was ist mit dem?«

»Ach, nicht so wichtig.«

••••••••

Durch das gekippte Toilettenfenster quellen Wolken aus Wortgemurmel, manche haben runde, andere eckige oder spitze Kerne, die meisten zerstauben an den Rändern. Es gibt lilablaue, zitronengrüne und tiefbraune: Christian, Margrit und ein weiterer Mann. Drei Instrumente, manchmal sieht man nur eines, manchmal fließen alle ineinander, aber sie formen sich andauernd neu. Nach einer Weile wird der Rhythmus berechenbar, ich wünschte, ich könnte es aufmalen, abspeichern, damit wieder Töne draus werden können.

Als sie auf die Terrasse kommt, sitzen sie am Tisch: Die unbekannte Stimme gehört einem großen Dunkelhaarigen, der aufsteht und ihr die Hand entgegenstreckt. Der alte Freund. *Jan,* sagt er und sieht mich an, und ich sag bloß Hallo, mehr geht nicht, ich weiß selbst nicht, ob es wegen diesem Blick ist oder weil er ein Studienkollege ist. Doktor Röttgen. Dr. jur.

»Das ist Angel«, mischt sich Christian ein, und ich merke, wie ich sauer werde. Wieso kann man nicht einfach ohne Namen sein? Hallo du, müssten dann alle sagen oder: Du da, mit dem gestreiften T-Shirt, oder: Die mit den grünen Augen, und vielleicht bekäme ich auf die Weise ja irgendwann einen Namen, der mir passt. Die Grünäugige. Oder die Gestreifte. So, wie andere Kleinhans heißen oder Bäcker oder Kaufmann.

»Angel.« Er hält noch immer meine Hand, mit einer Riesenruhe guckt er mich an, als würde er mich auswendig lernen wollen. »Ist das dein richtiger Name?«

»Nicht wirklich.« Ich ziehe meine Hand zurück. »Ist aber egal.« Zum Lächeln muss man tatsächlich nur beide Mundwinkel nach oben ziehen. Er legt seine Hand auf meinen Rücken, schiebt mich zu dem Stuhl am Kopfende, übereck neben seinem. Ich setze mich hin, sehe aber niemanden an, damit niemand mir Fragen stellt. Margrit verteilt Kuchen, dünne Apfeltorte mit ganz fein geschnittenen Apfelscheiben, sie glänzen wie lackiert. Es ist kein einziger blöder Satz in meinem Kopf, schon gar keiner von denen, die Christian sich vorher für mich ausgedacht hat.

»Und woher kennt ihr euch? Arbeit, vermute ich.« Margrit stellt ihre Frage in meine Richtung, Christian ist trotzdem schneller: »Ganz und gar nicht. Bei Starbucks. Wir nehmen die gleiche Sorte. Sie stand vor mir in der Schlange.« Er sagt es mit totaler Selbstverständlichkeit; wenn ich nicht wüsste, dass es anders war, würde ich glatt wieder denken, mein Hirn macht mir was vor.

»Na, dann hattet ihr ja ausreichend Zeit, euch kennenzulernen.« Jan lacht. »Ich bin jedes Mal fasziniert, wie lange man dort anstehen muss. Für einen Becher Kaffee! Unfassbar.«

»Ich bin sicher, es gehört zur Policy. Individualzubereitung als USP, dabei völlige Ignoranz der Kundenbedürfnisse.«

»Möglicherweise ist ja genau das ein unbewusstes Bedürfnis vieler: eine Viertelstunde Pause in der Schlange, mit der Rechtfertigung, auf den Kaffee zu warten. Einfach nur Pause geht ja nicht.«

Ich muss lachen. Jan schaut mich an, seine Augen lachen zurück.

»Du bist aber keine Juristin, oder?«

»Nein, ich …« Luftholen. »Ich hab in der Werbung gearbeitet. Zurzeit erhole ich mich von einem Unfall.« Klingt wie auswendig gelernt. Ist es ja auch. Und weiter? Wie eine Erlösung piept Christians Handy, er nimmt es heraus, tippt auf dem Display herum. Und Jan scheint sich tatsächlich nicht mehr für mich zu interessieren, sondern sieht Christian beim Tippen zu. Auf eine seltsame Art, als wäre Christian ein Tier im Zoo. Leandro taucht neben Christian auf und guckt ebenfalls auf das iPhone, tanzt dabei von einem Bein aufs andere, ich bin sicher, er muss mal aufs Klo. »Hast du da Angry Birds drauf?« Christian dreht den Kopf in Leandros Richtung, mit einem Blick, als hätte der Junge japanisch geredet.

»Entschuldigt mich.« Tippend steht Christian auf und trabt mit dem Handy über den Rasen, außer Hörweite von diesem Kaffeetisch mit dem kunterbunten Geschirr, der offenen Milchpackung und dem angebissenen Keks auf dem fleckigen Tischtuch. Ich kann mir nicht helfen, aber Christian passt hierher wie Benedicta in ein Heavy-Metal-Konzert.

»War das ein Autounfall, den du hattest?« Margrit macht ein Gesicht wie Schwester Marion.

»Nein, ich bin von einer Leiter gefallen. Als ich 'ne Glühbirne wechseln wollte.« Nur so viel Wahrheit wie nötig, hat er gesagt.

»Oje. Hast lang im Spital liegen müssen?«

»Knapp vier Wochen.«

»Du Arme.« Sie lächelt zögernd. Ich lasse meinen Mund zurücklächeln. Meine Hand spießt ein Stück Apfeltorte auf, hebt es, aber dann lege ich die Gabel doch neben dem Teller ab. Einatmen. »Das Problem ist … also ich hab bei dem Unfall mein Gedächtnis verloren. Am Anfang wusst ich nicht mal, wer ich bin, das kam erst ganz langsam wieder. Und lesen und schreiben hatte ich auch verlernt.« Ausatmen. »Ich erzähl euch das auch bloß, weil ihr mich zu meinem Beruf und so weiter gar nichts zu fragen braucht, das ist alles weg. Christian hab ich erst hinterher kennengelernt.« So. Fertig. Sie hebt die Gabel und steckt den Bissen in den Mund. Lehnt sich zurück. Auf einmal fällt ihr etwas ein, für einen Moment ist sie unsicher, ob es ein Traumfetzen oder eine echte Erinnerung ist: Wir haben selber Gäste, in Christians Wohnung. Sie stehen schon vor der Tür, während ich noch im Bademantel bin, mit nassen Haaren, die ganze Wohnung ist in Unordnung. Ein Traum, heute Nacht oder gestern? Kann nur ein Traum gewesen sein, weil ganz klar ist, dass wir nie gemeinsam Gäste hätten. Ich sehe zu Christian, der auf dem Rasen hin und her geht und dabei telefoniert, und Leandro umkreist ihn mit seinem Kettcar, mit gerade so viel Abstand, dass es noch als Zufall durchgehen kann. Margrit sieht mich an, als wär ich behindert. Auch Jan schweigt, aber anders. Eher so, als würde er sich was zurechtdenken, bevor er es aussprechen kann. Er greift nach der Kaffeekanne, gießt meine Tasse halbvoll und schenkt Milch nach; er hat sich tatsächlich gemerkt, dass ich viel davon brauche.

»Darf ich dich trotzdem was dazu fragen?«

»Wozu?«

»Zu deinem Unfall. Dazu, wie es sich anfühlt, sein Gedächtnis zu verlieren? Ich meine: Weiß man zum Beispiel, dass einem etwas abhandengekommen ist?«

Ich nehme meinen Kaffeebecher, halte ihn eine Weile in der Hand, sehe in die hellbraune Brühe, der erste Kaffee fällt mir ein, den ich nicht trinken konnte wegen dem Zucker. Auf einmal höre ich die Vogelstimmen, die durch das gekippte Krankenzimmerfenster kommen, weit dahinter Baulärm, eine Basslinie von irgendwelchen Maschinen. Vom Gang das blaubraune Rappeln, wenn Betten über den Gang gerollt werden. Das Rascheln von Rosemaries

Zeitungen und das ockergelbe Metallgeräusch, wenn die Nachttischschublade aufgezogen wird. Rosemaries Hand in der Tüte mit den Joghurt-Gums.

»Entschuldige, wenn dir das unangenehm ist, darüber zu sprechen …« Er hat ganz dunkle Augen, fast schwarz.

»Nein, ich …« Kein bisschen unangenehm, im Gegenteil. »Ich hab bloß gerade gemerkt, dass mich das noch nie jemand gefragt hat.« Mein Blick an seinem. Zu lange. Und noch länger. Hitze. Weggucken.

Ich sehe Christian über den Rasen kommen, beim Gehen schiebt er sein Handy in die Hosentasche. Mein Puls wummert. Ich muss mich zwingen, über Jans Frage nachzudenken. Wie fühlt es sich an? Habe ich je darüber nachgedacht? Wenn ich die Lider schließe, tauche ich in die Klinik, als wäre das eine Zeit, die nebenan läuft, und ich kann mir aussuchen, in welcher ich sein will.

»Ja, ich nehm gern noch eins.« Christians Stimme, offenbar hat Margrit ihm ein zweites Stück Kuchen angeboten. Ein Stuhl wird gerückt. Leandro und Greta im Hintergrund, sie streiten. Auf einmal auch hier Vogelstimmen, ganz andere, und ich stelle mir vor, dass es eine Musik dazu geben müsste: lauter Bilder aus Vogelstimmen, wie ein Fotoalbum, jeder Ort, an den man kommt, ein neues Vogelklangbild.

»Angel?« Er. »Alles in Ordnung?«

Augen auf, nicken. »Jaja, alles o.k. Ich denk grade drüber nach.«

Er lächelt, als wüsste er das schon, seine Mundwinkel tanzen dabei, ich spüre, dass sie es meinetwegen tun. Eine Weile hört man nur die Kinder. Und die Vögel. Sie machen ein goldgelbes, spitzes Geräusch, es passt zu den länglichen Schwanzfedern, die sie haben.

»Die Spyre sind zurück. Die sind laut, gell?« Margrit schaut in den Himmel.

»Mauersegler«, erklärt Jan. »Die können ein ganzes Jahr lang in der Luft bleiben.«

»Wie, ein ganzes Jahr in der Luft? Aber nicht zum Schlafen?«

»Doch. Die schlafen in der Luft. Ich glaub, es sind die einzigen Vögel, die das beherrschen.«

»Echt?« Sie sieht den langsam kreisenden Silhouetten nach. Ich hätte Angst runterzufallen. Sie hat den Satz schon im Mund, da wird ihr klar, dass für Vögel die Luft was Festes sein muss, eine Art Boden unter den Flügeln, der sie trägt, und sie wird beinahe neidisch, weil das da oben eine Riesenwelt sein muss, viel größer als meine hier unten je sein kann. »Und Futter?«

»Fliegt herum. Mücken und andere Insekten. Brüten tun sie allerdings am Boden, an Felswänden und in Mauernischen. Deswegen der Name Mauersegler. Sagt mal, apropos Futter: Warum bleibt ihr nicht zum Essen da? Haben wir genug für alle, Margrit?« Sein Blick frisst sich in meinen, so tief, dass ich Margrits Antwort nicht hören kann.

Bleiben. Essen. Die Vorstellung durchprickelt sie, und sie zwingt sich, Christian anzusehen. Er macht den Eindruck, als wüsste er nicht, ob ihm die Einladung sympathisch oder unangenehm ist.

»Ich hab einen Tisch bestellt im Hotel.« Er zieht sein Handy raus und guckt mich fragend an, als wäre das auf einmal ich, die hier bestimmt. »Soll ich ihn stornieren?«

»Wo seid ihr denn untergebracht?«

Christian nennt einen Namen. An der Art, wie Jan die Lippen zusammenzieht, merkt man sofort, dass es wieder so ein Schweigeladen sein muss, aber auch, dass Jan sich irgendwie drüber amüsiert. Was Christian aber nicht mitkriegt, weil er schon wieder auf sein Handy tippt, und ich überlege, ob es ein Wort gibt für das, was er da tut. Ein einziges statt vier. Handien, er handiet, aber das ist kein schönes Wort, und ein anderes will mir nicht einfallen, trotzdem lässt der Gedanke mich nicht los. Darf man neue Wörter erfinden, wenn man welche braucht? »Also ich fänd's schön, hierzubleiben.« Wieder sieht er mich an, als würde für uns eine Zeit nebenan laufen. »Das ist echt supernett von euch, vielen Dank.«

»Wie spät ist es denn?« Offenbar trägt Jan keine Uhr und hat auch kein Handy bei sich. »Ist schon Apéro-Zeit?« Er macht eine Kopfbewegung in Margrits Richtung. »Einen Weißen? Oder erst mal ein Bier, Christian?«

»Oh, weiß ist gut, ja. Danke.«

Margrit verschwindet ins Haus, kommt kurz darauf mit einer Flasche und vier Gläsern zurück, die sie zwischen dem benutzten Geschirr abstellt. Christian greift nach der Flasche, sieht sich das Etikett an. »Was haben wir da?«

»Einen Fendant aus dem Wallis«, antwortet Jan. »Margrits Heimat.«

Wallis. Wie dumm klingt es, wenn man fragt, wo das ist? Zum ersten Mal wünscht sie sich, auch so ein Smartphone zu haben und einfach nachsehen zu können, und wie ein Witz kommt es ihr in den Sinn, dass Christian vielleicht genau das tut, wenn er auf seinem Telefon herumdrückt: nachgucken, was er nicht weiß. Ohne dass sie's will, muss sie lachen.

»Nur zu.« Jan grinst, schenkt zuerst mir, dann Christian und schließlich seiner Frau ein. »Mit Witzen über Walliser kann Margrit gut umgehen.«

»Wenn du meinst«, sagt Margrit und schaut zu den Kindern auf dem Rasen.

»Tut mir leid, ich hab nicht deswegen gelacht. Ich wusste gar nicht, dass es Witze über Walliser gibt. Ehrlich gesagt, weiß ich nicht mal, wo das ist.«

»Das Wallis? In der Südschweiz. Südwesten. Schön, aber ein ganz schlimmer Dialekt. Mach doch mal, Margrit.«

»Was soll ich machen?«, fragt sie, als hätte sie es nicht gehört, was aber nicht sein kann.

»Mach mal Wallis.«

»*Ambrüf in i Tschügglete, ga a Tschifrata Pägglete,*

niedergstitzt, z'Chnäw zerschlagu und fa grossum Zorn gibrillut.« Während sie es sagt, sieht sie in den Garten, danach mich an und lächelt ein kleines bisschen. »Das verstehen selbst die meisten Schweizer nicht.«

»Und was heißt es?«

»Ach, das ist nur so eine Blödheit von einem, der eine Kiepe den Berg hochträgt und dabei hinfällt.«

Jan verzieht einen Mundwinkel. »Und weswegen hast du gelacht, Angel?«

»Jetzt sei nicht so neugierig.« Margrit wirkt genervt. »Vielleicht will sie das nicht sagen!«

»Ist kein Geheimnis. Hab nur drüber nachgedacht, dass es kein Wort für das Rumtippen auf 'nem iPhone gibt. Eigentlich müsste man eins erfinden. Allein für Christian würde sich das lohnen.« Sie lachen. Alle. Sogar Christian. Ich hab sie zum Lachen gebracht, und das fühlt sich wunderbar an.

»Na, ich merk schon, jetzt haben wir zwei Worterfinder hier.« Margrit hat die Kuchenteller gestapelt und steht auf. »Da kann ich mich ja ums Nachtessen kümmern. Nein, bleib sitzen, Angel, ich mach das schon.«

»Surfen. Hm, du hast recht, das ist ein vollkommen unzureichender Ausdruck.« Er sieht in den Himmel. »Es müsste ein Wort sein, das vor allem das Getippe, aber auch den Drang, ständig vernetzt zu sein, zum Ausdruck bringt. Sippen. Turfen. Surfippen. Turfonieren. Nein, das ist blöd, mir fällt auch nichts ein.«

»Ich glaube, wir brauchen ein ganz neues Wort.« Wir. Als wäre es unser Projekt. »Netz und Tippen.«

»Neppen.« Wir lachen beide. Ich fange an, mich richtig auf das Abendessen zu freuen.

»Christian?«

Margrits Hand. Ein Tortenheber über deinem Teller. Er lehnt sich vor, schiebt den Teller in ihre Richtung. »Ja, ich nehm gern noch eins.« Vom seeseitigen Ende des Gartens das Geschrei der Kinder. Angels Stimme und Jan-Carstens. Er hat nicht mitbekommen, worüber sie sprechen, spürt aber jäh den Wunsch, es zu wissen. Er betrachtet diesen Jan ohne Carsten, der sich nicht am Gezanke seiner Kinder stört, betrachtet sein ruhiges, waches Gesicht. Einen, der geradeaus gucken kann, hätte Johannes ihn vermutlich genannt. Er trägt noch immer das weiße Hemd, die Ärmel aufgekrempelt. Hat er die Jeans während seines Termins angehabt? In deiner Liga wäre so etwas nicht einmal freitags denkbar. Dennoch spürt er eine seltsame Art von Ehrfurcht und gleichzeitig Erleichterung, sich nicht mit diesem Mann messen zu müssen. Als Jan-Carsten den Kopf wendet, zieht er seinen Blick von ihm ab.

»Sagt mal, apropos Futter: Warum bleibt ihr nicht zum Essen da? Haben wir genug für alle, Margrit?«

Er braucht einen Moment, bis er die Einladung begreift, und einen weiteren, bis sich die Aussicht auf so viel Vertraulichkeit in ihm ausbreitet wie die Nachricht steigender Aktienkurse. Er müht sich um ein unbeteiligtes Gesicht.

»Mit Sicherheit. O ja, bleibt doch, das wäre schön. Bei dem Wetter könnten wir den Grill anstellen. Was meint ihr?«

Steaks, Holzkohle, Flaschenbier, wie lange ist es her, dass du so was gemacht hast? So, wie er Margrit einschätzt, rührt sie noch die Soßen selbst, und wenn du diesen Abend erfolgreich hinter dich gebracht hast, schlagen sie dir morgen sowieso nichts mehr ab. Bingo!

Das gemusterte Tischtuch hat einen großen Kaffeefleck, ein angebissener Keks lehnt zwischen Krümeln an einem Tellerrand. Unwillkürlich muss er an die Tafel des vergangenen Abends denken, das strahlendweiße Tischtuch, das Silber, die Blumenarrangements. Die Verzückung in ihrem Gesicht beim Anblick der kunstvoll dekorierten Teller. Aber auch an ihren unvermittelten Ausbruch, als sie auf das Dessert eingedroschen hat. »Ich hab einen Tisch bestellt im Hotel.« Er versucht in ihrem Gesicht zu lesen; das Restaurant, das er für heute ausgewählt hat, trägt noch einen halben Stern mehr. »Soll ich ihn stornieren?«

»Wo seid ihr denn untergebracht?«

»Hier ganz in der Nähe, irgendwas mit G und Hof, kann das sein?« Er entsperrt sein Handy, sucht nach der Reservierungsbestätigung des Hotels.

»Also ich fänd's schön, hierzubleiben. Das ist echt supernett von euch. Vielen Dank.« Ohne jedes Zögern hat sie die Entscheidung getroffen, und ein unerwartetes Bedauern mischt sich in seine Zuversicht. Er tippt auf den Telefon-Link in der Mail und lässt sich verbinden, die Warteliste des Restaurants ist legendär, die Stornierung kein Problem, was für eine Verschwendung.

»Wie spät ist es denn? Ist schon Apéro-Zeit?« Jan sieht ihn fragend an, steht dann auf und schlendert zum Rand der Terrasse, die Hände lässig in die rückwärtigen Hosentaschen geschoben. »Einen Weißen? Oder erst mal ein Bier, Christian?«

»Oh, weiß ist gut, ja. Danke.« An die Eins neunzig, schätzt er, ist der schon immer so groß gewesen? Er versucht sich die alten Zeiten ins Gedächtnis zu rufen, doch in jeder ihm möglichen Erinnerung fehlt ihm das Maß für diesen Mann, wie oft ist er ihm tatsächlich begegnet? Jan-Carsten, der Überflieger. Hat ziemlich viel gefeiert, damals, oder verwechselt er da was? Und dann überkommt ihn auf einmal das surreale Gefühl, tatsächlich im falschen Haus zu sein, im falschen Garten zu sitzen, bei Menschen, die nicht gemeint waren, jetzt fängst du auch schon an zu spinnen. Er greift nach der hohen, schlanken Weinflasche, die Margrit gebracht hat. »Was haben wir da?«

»Einen Fendant aus dem Wallis. Margrits Heimat.«

»Wunderbar.« Der Geschmack gleißender Nachmittage steigt in ihm auf, verkreuzt in den Schnee gerammter Ski, sonnengeschwärzter Holzhütten. Jan schenkt ein, die kleinen tulpenförmigen Gläser passen exakt in seine Erinnerung. Er hört sie reden und miteinander lachen, ohne dass er wüsste, worum es geht. Margrit prostet allen zu, vergeblich sucht er Angels Blick, der im Gespräch mit Jan-Carsten feststeckt. Er trinkt, stellt sein Glas ab, schiebt seinen Finger über das Display, tippt das Mail-Symbol an, danach das Börsenapp; schließlich, mit einem Gefühl der Sinnstiftung, den Regenradar. Grillen.

Er sieht zu Jan-Carsten, der das Gerede seiner Frau mit einem schiefen Grinsen quittiert. Wieder überkommt ihn das Gefühl, einen vollkommen Unbekannten vor sich zu haben, mit dem offenen Hemd und den vollen braunen Haaren, so lang, dass er fortwährend mit der Hand hindurchfahren muss, was unverschämt gut aussieht, wenn er dazu lächelt. Jetzt lächelt er Angel an. »Und weswegen hast du gelacht?«

»Jetzt sei nicht so neugierig, vielleicht will sie das nicht sagen.« Upload completed. Nur im Osten Deutschlands ziehen vereinzelte türkisfarbene Regengebilde über die Karte, der Rest bleibt grau.

»Ist kein Geheimnis. Hab nur drüber nachgedacht, dass es kein Wort für das Rumtippen auf 'nem iPhone gibt. Eigentlich müsste man eins erfinden.« Jetzt sieht sie zu ihm, ihr Lächeln erscheint ihm so übergroß wie Jan-Carsten. »Schon allein für Christian würde sich das lohnen.« Alle lachen, also lacht er auch, klammert sich mit seinem Lachen an das Boot, in dem diese Menschen sitzen, hält sich von außen fest, einfach so, lachend und mit nassem Kopf, als gehörte er auch dort hinein, als sei er nur eben ins Wasser gesprungen, um sich abzukühlen, sorglos, als gäbe es keine Tiefe unter seinen Füßen.

»Wie kommt man da rüber? Fährt da ein Schiff?« Mit dem Glas deutet Angel auf das jenseitige Ufer, sie kommt ihm plötzlich vor wie eine ganz andere Frau.

Margrit, die gerade dabei ist, Leandros Grillwürstchen in dünne Scheiben zu schneiden, schüttelt den Kopf. »Zu Fuß. Einfach über die Brücke, nebenan in Stein.«

»Ich glaub, ich würde gern auf diesen Hügel laufen, morgen.« Und dann, an ihn gewandt: »Lieber, als nach Zürich mitzukommen. Fahr ruhig allein hin. Du kannst mich ja da irgendwo absetzen.«

»Das ist ein wunderschöner Spaziergang.« Jan-Carstens lehnt sich in seinem Stuhl zurück, streckt die Arme weit über dem Kopf aus. Sein Blick ruht versonnen auf dem gegenüberliegenden Ufer, dann wendet er sich Angel zu. »Vielleicht sollte ich mitkommen.«

»Ich will auch spazieren gehen, Mama.«

Margrit streicht über Leandros Kopf. »Dich bringt die Mama morgen früh in den Kindergarten, bevor sie zur Arbeit geht. Und am Nachmittag hat die Greta Tennisstunde, da schauen wir zu, mein Schatz, dann hat der Papa seine Ruhe.«

Konsterniert starrt er Jan-Carsten an, ohne die geringste Ahnung, was er davon halten soll. Vermutlich hat er geerbt. Oder sich ein paar ganz dicke Fische an Land gezogen, in seiner Zürcher Zeit, anders kann Christian sich die selbstsichere Nonchalance nicht erklären, mit der dieser Mann im Stuhl hängt, über Spaziergänge sinniert und seine Frau halbtags arbeiten schickt. Mit Straßenverkehrsdelikten wird er das kaum finanziert bekommen. Er spürt etwas in sich aufwallen, ein Gefühl, das ihn an Neid erinnert, aber warum sollte jemand wie du auf ein solches Subjekt neidisch sein? Als sich Jan-Carsten fragend mit der Flasche seinem Glas nähert, nickt er; sie sind auf Rot umgestiegen, ein Italiener aus dem Piemont, gar nicht mal schlecht. »Danke.« 30 Millionen. Und dann? Im Garten sitzen und Würstchen grillen? »Schön, wenn man sich seine Zeit so frei einteilen kann«, entfährt es ihm, und er fürchtet sofort, dass er den Ton verfehlt hat.

»Jap, das kann er wohl«, gibt Margrit knapp zur Antwort und dreht ihren Stuhl, um die Beine seitlich unter dem Tisch hervorstrecken zu können. Froschgrüne Plastik-Crocs, ihn schaudert bei der Vorstellung, wie sie im

Bett sein mag. Mit ihrer Berufstätigkeit hat er allerdings nicht gerechnet, im schlimmsten Fall ist sie mit dem Touran unterwegs, dann bleibt ihm nur noch dieser Oldtimer, mit dem du auffallen wirst wie ein karierter Elefant, und rein kriegt er in den auch nichts. Fuck.

»Es steht jedem frei«, erklärt Jan-Carsten, ohne von seinem Teller aufzusehen, »sich das Leben nach Maßgabe der Möglichkeiten passend einzurichten.«

»Wobei unsere Mandanten eine nicht zu vernachlässigende Restriktion darstellen dürften.«

»*Ich* habe keine Mandanten mehr.« Jetzt sieht er ihn unverwandt an. »Zumindest keine von der Sorte, die mir das Leben zur Hölle machen.«

Das Leben zur Hölle machen. Ohne dass er etwas dagegen tun kann, nehmen sie Aufstellung, einer neben dem anderen, umzingeln ihn; wenn er ehrlich ist, hat ihm jeder seiner bisherigen Klienten das Leben zur Hölle gemacht, oder fällt dir einer ein, bei dem es anders war? Wie durch einen Terminkalender blättert er durch die vergangenen Jahre, und jäh überwältigt ihn die Ahnung, dass seine Klienten sein Leben ausmachen, jeder von ihnen ein paar Linien im Kalender, lückenlos übereinandergetürmt, Seite für Seite. Panisch greift er nach dem Weinglas, trinkt hastig einen Schluck, einen zweiten, damit sein Puls sich beruhigt. Energisch konzentriert er sich auf das fleckige Tischtuch; die bunten Teller, die vermutlich aus einem Möbelmarkt stammen; die Crocs dieser ansonsten so farblosen Frau – was hat er denn schon erreicht, dieser Landanwalt?

»Naja«, hört er Margrit sagen, »dafür machst du jetzt ihnen das Leben zur Hölle.«

Verwundert sieht er auf, sieht ihr schiefes Grinsen. Missbilligung? Ob Jan-Carsten die Seiten gewechselt hat? Bei der Staatsanwaltschaft gelandet ist und nun seine ehemaligen Konspiranten ans Messer liefert? Er muss an Wilde denken, an Laßner … und dann fällt ihm die

Tour morgen ein! Was, wenn dieser Typ davon Wind bekommt? Er spürt, wie ihm der Schweiß ausbricht. »Arbeitest du jetzt ...« Er muss sich räuspern. »Arbeitest du jetzt für die Staatsanwaltschaft?«

»Gott bewahre!« Jan-Carsten lacht auf, offenbar mit vollem Mund, verschluckt sich und muss husten.

»Ich dachte, du hast eine Kanzlei hier?«

Margrit schenkt Wasser in Jan-Carstens Glas, reicht es ihm. »In der Kanzlei macht er nur noch das Nötigste. Die meiste Zeit schreibt er jetzt.«

»Schreiben?«, entfährt es ihm. »Gedichte oder was?«

»Nein, Romane. Krimis. So gesehen ist Staatsanwaltschaft nicht ganz verkehrt, aber das macht er eben nur in der Phantasie.«

»Aha.« Krimis. Unfassbar. »Davon kann man aber nicht leben, oder?«

»Sehe ich tot aus?« Jan-Carsten wischt sich mit einer grünkarierten Papierserviette über den Mund. Unklar, ob Aggression oder Belustigung in seinem Tonfall liegt.

»Nein, ganz offensichtlich nicht. Aber eine Familie ernähren ...«

»Siehst du, das unterscheidet uns.«

»Was?«

»Dass ich Leben nicht in erster Linie auf monetäre Aspekte beziehe.«

»Sondern?«

»Auf die Frage, was man sich vom Leben verspricht.«

»Du bist Jurist, du hattest Spitzenjobs.«

»Kennst du *Einer flog über das Kuckucksnest*?«

»War das nicht ein Film? Irgendwas mit einer Irrenanstalt?«

»Richtig. Und da gibt es eine Szene mit McMurphy, das ist die Hauptfigur, die den Laden aufmischt, und der sagt: *Es kommt im Leben nur darauf an, herauszufinden, was man ist, und es dann zu sein.* McMurphy bezieht es aufs Rauchen, aber das ist egal. Ob du Anwalt bist oder Bäcker oder Kunstmaler – ein wirklich gutes Leben kannst du nur haben, wenn du es mit Leib und Seele bist.« Er sieht ihn schweigend an. »Und dass wir überhaupt eine Wahl haben, das ist ein großes Privileg, für das wir täglich dankbar sein können.«

Amen, denkt er und trinkt, aber die Worte fressen sich in sein Hirn wie der Wein, und er ahnt, dass er morgen einen Kater davontragen wird.

••••••••

Später liegt sie neben ihm im Dunkeln, hellwach, nur sein Schnarchen ist zu hören. Sie sieht sich das Zimmer an: Bücherregale an allen freien Wänden, ein großer Tisch mitten im Raum, darauf Stapel von Papier und Büchern. Sein Laptop. Ein kleiner Elefant aus dunklem Holz. Das Bett, auf dem sie liegen, ist ein Ausziehsofa, knallblau, es steht unter der Dachschräge. Ein Kompliment wäre das, hat Margrit gesagt, als sie es gemeinsam bezogen haben, normalerweise würde er niemanden in seinem Arbeitszimmer übernachten lassen. Nur im Notfall. Sie dreht den Kopf zur Seite und beguckt sich den Notfall, der neben ihr schnarcht. Als er während dem Essen aufs Klo gegangen ist, hat sie noch gedacht, dass er vielleicht gestolpert wäre und sich deswegen kurz an Margrits Stuhl festhalten musste. Sie hat nicht drauf geachtet, wie viel er getrunken hat, sondern die meiste Zeit mit Jan geredet, ihm Fragen über seine Bücher gestellt und über die Geschichten, die er sich ausdenkt, und wie er das überhaupt macht. Als sie sich verabschieden wollten, war es nicht mehr zu übersehen, und Jan hat ihm verboten, Auto zu fahren. Man hat gemerkt, wie peinlich ihm das war, und wie er versucht hat, sich auf den Treppenstufen zusammenzureißen. Er hat sich nur noch ausgezogen und war sofort weg. Zum Glück, weil sie heute Nacht echt nicht mit ihm hätte schlafen können, nicht nur wegen dem Alkohol. Ihr Kopf ist wie ein Kino, in dem immer wieder die gleichen Bilder ablaufen: die Aussicht über den Garten zum See und auf das Ufer gegenüber; die hellblaue Tasse, die er jedes Mal lange in der Hand gehalten hat; die lila Kerze im Windlicht, bei der das Wachs irgendwann über und ins Glas gelaufen ist. Und sein Blick. Sich den vorzustellen, macht erst recht alles in ihr wach.

·······

Mit der Zündung springt auch das Radio an; behutsam tritt er aufs Gas, hebt die Hand in Jan-Carstens Richtung, lässt den Wagen aus der Einfahrt und auf die Straße rollen. Done! Doch noch ehe er den Ortsausgang erreicht hat, überfällt ihn eine irritierende Melancholie. Hey, was soll das, es hätte nicht besser laufen können: Familienkutsche mit Thurgauer Kennzeichen, vermutlich weiß der Grenzer in diesem Kaff sogar, dass sie dem Herrn Anwalt gehört, was also ist mit dir los? Zu seiner Linken sieht er den See, das Morgenlicht lässt ihn bleisilbern glänzen, so grell, dass er ohne Sonnenbrille nicht hinschauen kann. Leise kräuselt sich die Oberfläche, und ihm dämmert, dass es die Musik ist, die ihm diese Schwermut beschert, mit bösem Willen könnte er von esoterischem Gedudel sprechen, und er hat das hirnrissige Gefühl, dass sie nicht zufällig aus dem verdammten Autoradio kommt, so sehr passt sie zu dem Geflirre des Sees, den Reifen, die sich unter ihm drehen, zu der ganzen verdammten Landschaft – dass ihm sogar die idiotische Idee kommt, sie stamme direkt aus seinem Kopf. Er drückt an den Radioknöpfen herum und stellt fest, dass es eine CD sein muss, die läuft, stell das verfluchte Ding ab, dann endlich, sein Daumen auf dem Powerknopf. Still. Nur noch der Motor und das leise Rauschen der Lüftung. Er dreht sie hoch und wieder runter, setzt den Blinker und schaltet ihn wieder aus, verliert den See aus dem Blick, aber das Gefühl bleibt: Ihm ist, als müsse er gleich zu heulen anfangen, was für eine verdammte Scheiße ist das hier? Ein Nachrichtensender, irgendwas Reelles, aber er scheut sich, das Radio anzustellen, weil dann erst einmal die CD weiterliefe, so lange, bis er den Auswahlknopf gefunden hat.

••••••••

Die Stimme, die sie beim Wachwerden hört, ist ihr im ersten Moment fremd. Ebenso wie das Laken, das sich seltsam rau anfühlt. Doch kaum dass sie merkt, wo sie ist, ist sie schneller wach als sonst. Sie lauscht: Jans Stimme aus dem Erdgeschoss, er spricht mit jemandem, den sie nicht hören kann, scheint zu telefonieren. Sie vergewissert sich, dass Christian tatsächlich nicht mehr neben ihr liegt, Erleichterung überkommt sie, weil sie ihn jetzt unmöglich um sich haben könnte, nicht mit diesen Gedanken, nicht mit diesem aufgekratzten Gefühl. Schnell schlägt sie die Decke zurück und setzt sich auf, sieht sich im Zimmer um – Jans Arbeitszimmer –, das sie nur aus der Nacht kennt und das ihr nun den Eindruck vermittelt, als wäre sie ihm ganz nah, als würde sie in seine Welt gehören. Der Gedanke fühlt sich gut an. Sie geht zum Fenster, schiebt das Rollo zur Seite. Sonnig, nur ein paar Schönwetterwolken. Unten auf der Straße ist ein dunkler Kotflügel zu sehen, Christians Porsche, das gute Gefühl in ihr klappt zu.

In dem kleinen Bad, das zum Zimmer gehört, nimmt sie Christians noch nassen Aufsatz von der elektrischen Zahnbürste, steckt ihren darauf. Putzt sich zweimal die Zähne, duscht ausgiebig, wenn sie Glück hat, ist er weg, bevor sie nach unten kommt.

Sie bleibt auf dem halbdunklen Treppenabsatz stehen. Es riecht nach Kaffee, nach Brotbacken und nach Wachsmalstiften. Sie spürt den Handlauf vom Geländer unter ihrer Hand, Holz. Das Haus selbst ist still, aber erfüllt von Draußengeräuschen: Vogelgezwitscher, Blätterrauschen, ein fernes Tuten. Sie sehen milchig aus, wie hinter einer Glasscheibe versteckt. Jan sitzt am Terrassentisch, vor sich eine Schale mit Kaffee und eine Zeitung. Sein Körper zeigt keine Überraschung, als sie näher kommt, er dreht nur langsam den Kopf.

»Na? Gut geschlafen?« Er zwinkert ihr zu.

»Ja, prima. Danke.« An dem Platz, auf dem sie gestern gesessen hat, steht eine weitere leere Schale auf einem unbenutzten Teller. »Wo ist Christian?«

»Nach Zürich, denke ich.«

»Aber sein Auto steht draußen.«

»Kaputt. Margrit hat ihm ihres geliehen.«

Sie erschrickt. »Wie, kaputt? Ist was passiert?« Wie lange braucht ein mittelgroßer Männerkörper, um Alkohol abzubauen?

»Nein, ist bloß nicht angesprungen. Vermutlich die Elektronik, diese Hightech-Kutschen sind ziemlich anfällig für so was.« Er zeigt auf den freien Stuhl neben sich. »Frühstück? Milchkaffee?«

»Ja, gern.« Sie setzt sich, während er aufsteht, um mit ihrer Schale ins Haus zu gehen, ihr dabei kurz die Hand auf den Rücken legt; gleich darauf hört sie das vertraute Geräusch von Christians Kaffeemaschine. Als Jan zurückkommt, legt er eine Brötchentüte auf den Tisch.

»Danke. Und wie kommen wir jetzt wieder nach Hause?«

»Ich hab den Pannendienst bestellt, die werden das schon in den Griff kriegen. Und so lange …« – er setzt sich, grinst sie an und streicht ihr mit dem Zeigefinger über den Handrücken – »bleibst du eben einfach hier bei mir.« Er lehnt sich zurück, ohne den Blick von ihrem zu lassen, deutet mit dem Kopf auf das Seeufer gegenüber. »Ist schön, da drüben, aber ich fürchte, es wird ziemlich schwül werden, heut Mittag.« Er zwinkert noch mal.

Sie nimmt die Kaffeeschale in die Hände. Hat sie jemals Kaffee aus einer Schale getrunken?

»Was geht dir durch den Kopf, Angel?«

»Hm, weiß nicht.«

»Wirklich nicht?«

Sein Blick ist so wach und so direkt, dass sie tatsächlich antwortet. »Doch. Ich hab überlegt, ob ich schon mal Kaffee aus einer Schale getrunken hab. Ich kann mich nämlich nicht erinnern, aber das geht mir mit tausend anderen Sachen auch so, deswegen hat das nichts zu sagen.«

»Unglaublich, diese Frau.« Er spielt Kopfschütteln. »Zum Thema Erinnerung bist du mir übrigens noch eine Antwort schuldig.«

Sie betrachtet den Rand von der Kaffeeschale, die innen weiß und außen hellblau ist, aber auch wenn sie die Lider zusammenzieht, kann sie nicht erkennen, ob der Farbübergang ganz sauber oder unordentlich verläuft. Dann holt sie tief Luft. »Also am Anfang, da war es so ein bisschen, wie wenn du beim Aufwachen merkst, dass du deinen Traum vergessen hast. Du weißt, du hast irgendwas geträumt, aber du kriegst es nicht mehr zusammen. Kennst du das?«

»Das kennt sicher jeder. Und auch den Moment, wenn dir, mitten am Tag, plötzlich etwas wieder einfällt, irgendein Bruchstück, ohne Bezug. War das bei deinem Gedächtnis auch so?«

»Passiert mir andauernd. Manchmal weiß ich dann nicht, ob es wirklich eine Erinnerung ist oder ein Traum.«

»Aber wie lebt es sich damit?« Sein Gesicht ist jetzt viel konzentrierter, die Frage scheint ihm wichtig zu sein. »Ich meine, wie lebt es sich mit dem Bewusstsein, dass etwas fehlt? Wenn ich das richtig mitbekommen habe, gestern, dann wusstest du ja anfangs gar nichts mehr über dein Leben. Ist man neugierig? Oder hat man Angst?«

Du bist neugierig, hätte Margrit vermutlich gesagt, und ihr Ton hätte klargemacht, dass sie das nicht in Ordnung findet. Und obwohl sie Margrit leiden kann, lächelt sie und versucht, so ausführlich wie möglich zu erzählen, als würde sie einen Wettbewerb gegen Margrit führen. »Gehst du manchmal ins Konzert?«

»Eher selten. Häufiger ins Theater.«

»Also, stell dir vor, du sitzt irgendwo. Es ist total dunkel und still, und du hast keine Ahnung, wo du bist und wie du da hingekommen bist. Plötzlich hörst du was, einen Ton. Dann noch einen, und irgendwie kommt dir das bekannt vor. Dann geht das Licht an, und du siehst, dass du zwischen lauter Menschen sitzt, vor dir, neben dir, alle sitzen auf roten Sesseln, wie im Kino, aber es ist kein Kino, das weißt du, weil vorne lauter Musiker sitzen. Bloß das Wort fällt dir nicht ein. Du hörst noch einen Ton, ganz kurz nur, danach ist es wieder still, als wären deine Ohren ausgefallen. Aber du merkst, dass alle anderen die ganze Zeit was hören, man sieht's an ihren Gesichtern. Alle, bloß du nicht. Du fragst den, der neben dir sitzt, aber der guckt dich an, als hättest du nicht mehr alle Tassen im Schrank, also fragst du nicht wieder, sondern tust, was alle tun. In Wirklichkeit hast du überhaupt keinen Plan.« Sie nimmt die Schale noch einmal in die Hände, trinkt sie leer. »Irgendwann stehen alle auf und gehen raus. Du kriegst Angst, weil du ja nicht weißt, ob du auch aufstehen musst, wo du hin sollst. Ob es da draußen überhaupt was gibt. Kannst du dir das vorstellen?«

»Klingt nach einer Horrorgeschichte.«

»Ist es auch. Muss ich jetzt Angst haben, dass du drüber schreibst?«

»Ich schreibe keine Horrorgeschichten«, sagt er und grinst, zeigt dann auf ihre Schale. »Noch mehr Kaffee?«

»Ja, gern.« In dem Augenblick, in dem er aufsteht, hört man drinnen ein Telefon klingeln. Sie bemerkt sein Zögern, beobachtet, wie er sich zwischen zwei Tätigkeiten entscheiden muss, und nimmt ihm die Schalen aus der Hand. »Geh ruhig dran, ich kenne mich mit der Maschine aus, Christian hat die gleiche.« Sie sieht ihm hinterher, er trägt wieder Jeans und ein helles Hemd, das aber viel lässiger aussieht als bei Christian, der Stoff scheint gröber zu sein. Während der Kaffee durchläuft, hört sie ihn sprechen, offenbar der Pannendienst; mit dem Telefon in der

Hand kommt er in die Küche geschlendert, barfuß, er hat die Hosenbeine seiner Jeans über die Waden hochgeschoben, nicht gekrempelt, und plötzlich weiß sie, dass sie nie wieder mit Christian schlafen kann. Schnell dreht sie sich zur Kaffeemaschine um.

»Innerhalb der nächsten Dreiviertelstunde.« Er legt das Telefon neben der Maschine ab, tritt hinter sie, so nah, dass sie seinen Atem spüren kann. Seine Hand auf ihrer Hüfte. »Christian hat also die gleiche Maschine.« Die zweite Hand. Seine Stimme, ganz nah an ihrem Ohr. »Was Kaffee und Frauen angeht, hat Christian einen exzellenten Geschmack.«

Selbst wenn ihr etwas einfiele, könnte sie nicht antworten. Ihr Körper funktioniert nicht mehr, oder nur noch in eine Richtung. Sein Mund an ihrem Nacken, sie weiß, sobald sie sich zu ihm umdreht, werden wir anfangen, uns zu küssen. Nichts lieber als das, aber trotzdem bleibt sie steif stehen, weil plötzlich Gedanken durch ihr Hirn schießen: Bei Christian hat es auch in der Küche angefangen, beim ersten Mal. Und dann fällt ihr Pit ein: Küche. Mit einem Mal bekommt sie eine Riesenangst vor all dem Mist, der noch in meinem Kopf drin sein könnte und an den ich mich vielleicht irgendwann erinnere. Sie petzt Lippen und Lider zusammen, um nicht weinen zu müssen, atmet dann tief durch und dreht sich zu ihm um, legt die Arme um seinen Hals und lässt sich küssen, damit sie sich an ihm festhalten kann.

Er küsst anders als Christian, ganz anders; jetzt erst wird ihr klar, dass Küssen sich bei Christian anfühlt wie ein Projekt, bei dem er Angst hat zu versagen. Der hier weiß, dass er es kann. Kann ich es? Schlagartig fährt ihr die Frage in den Mund, in die Zunge, lähmt alles, sie muss den Kopf abwenden, versteckt das Gesicht an seinem Hemd. Mit der Hand hebt er ihr Kinn. »Was für eine Wahnsinnsfrau.« Er spricht ganz leise, drängt sich an sie, sie spürt seinen Schwanz durch die Jeans, weiß, dass sie selber auch erregt ist, aber es ist nur mein Körper, mit meinem Kopf stimmt irgendwas nicht.

»Was macht eine wie du mit diesem Kleingeist?«

Ein blassrosa Brummton, offenbar die Türklingel, er lässt mich los, als hätte er sich die Finger verbrannt. »Shit.« Sieht an sich hinunter. »Pannendienst.« Dabei grinst er, zieht den Hemdsaum aus dem Bund und lässt ihn über die Hose hängen. Auf dem Weg zur Tür fährt er sich mit der gespreizten Hand durch die Haare.

Sie öffnet den Kühlschrank, hört, wie er mit dem Mechaniker spricht, der Dialekt kommt ihr gleichzeitig hart und weich vor. Sie klemmt sich die Milchpackung unter den Arm und trägt die beiden Kaffeeschalen auf die Terrasse, stellt sie auf den Boden, dorthin, wo der Rasen anfängt, und setzt sich ins Gras. Was macht eine wie ich mit Christian? Eine wie ich. In einer Tour wiederholt sie den Gedanken – eine wie ich –, bis das Unerhörte daran ganz in ihr angekommen ist. Und wenn es so wäre?

»Hey, da bist du ja.« Lächelnd kommt er auf die Terrasse.

»Schon fertig? Das ging aber schnell.« Ihr kommt der Gedanke, dass Christian vielleicht erwartet hätte, dass sie sich um das Auto kümmert. Dem Mechaniker auf die Finger schaut, genauso hätte er sich wahrscheinlich ausgedrückt.

»Nein, er schraubt noch. Aber ich muss ja nicht die ganze Zeit danebenstehen.« Er setzt sich zu ihr, drückt ihr einen schnellen Kuss auf die Schulter, dann greift er nach seinem Kaffee. »Die Nachbarn sind ziemlich neugierig hier.«

Sie betrachtet das Haus nebenan, ein Holzhaus mit großen Fenstern. Den See kann sie von hier aus nicht sehen; sie denkt an das Ufer gegenüber, daran, dass sie den Hügel heute nicht mehr besteigen wird, der Gedanke brennt ein bisschen. »Wieso bist du so nett zu Christian, wenn du ihn eigentlich nicht leiden kannst?«

»Wie kommst du darauf, dass ich ihn nicht leiden könnte?«

»Na ja, du hast ihn Kleingeist genannt. So jemanden lässt man normalerweise nicht bei sich wohnen und leiht ihm auch nicht sein Auto.«

»Meines hätte er auch nicht bekommen, er ist mit Margrits Wagen unterwegs.« Er grinst, wird dann ernst. »Ich hab nichts gegen ihn, überhaupt nicht. Es ist eher so, dass er … mir leidtut. Das ist ein ganz eigener Kosmos, in dem er lebt, diese Finanzwelt, man darf nicht normal sein, wenn man darin funktionieren will. Ich weiß das, ich habe mich lange genug darin bewegt. Auch wenn ich vielleicht nie wirklich dazugehört habe.«

»Wieso nicht?«

»Ich denke, ich war immer Schriftsteller. Erst ohne es zu wissen. Später war ich lange Zeit zu feige, es zu sein.«

»Wie kann man dazu zu feige sein?«

»Elternhaus.« Nachdenklich sieht er in seine Kaffeeschale. »Bestimmte Berufe wurden bei uns geachtet: Jurisprudenz, Volkswirtschaft, Medizin, andere toleriert, aber jede Art von künstlerischer Betätigung war definitiv no-go. Und weil ich ein braver Sohn war, hab ich die Anschauung meiner Eltern übernommen.« Er trinkt, stellt die Schale ab. »Außerdem dachte ich immer, Schriftsteller könnte man nicht werden, sondern nur sein. Vielleicht, weil man es kaum wirklich studieren oder lernen kann. Und ich muss irgendwie den Schluss gezogen haben, dass Familien wie meine ganz selbstverständlich Juristen hervorbringen, Künstlerfamilien dagegen Künstler.« Er hebt die Schultern. »Und insofern, als Talent durchaus eine genetische Komponente haben kann, stimmt das vermutlich auch. Aber vor ein paar Jahren, als ich den ganzen Zirkus nicht mehr ausgehalten habe, hab ich beschlossen, mich nicht mehr irremachen zu lassen, sondern das zu tun, was ich wirklich will.«

»Anwalt sein hast du nicht gewollt?«

»Ich bin noch immer Anwalt, und so, wie ich es jetzt bin, auch ganz gern. Aber diese Vorhölle, in der dein Christian steckt …« Er schüttelt den Kopf. »Die meinen alle, sie wären ganz oben, dabei sind es arme Schweine, die völlig aus der Realität geflogen sind. Die wissen nicht mal mehr, was Realität ist.« Er streckt die Beine von sich, legt die Füße im Gras übereinander; sie spürt, wie er sie von der Seite ansieht.

»Das kannst du mir übrigens nicht erzählen, dass du wirklich auf ihn stehst, deine Welt ist doch viel größer. Sag mir ehrlich, was es ist: Kohle?«

»Quatsch«, fährt es ihr heraus, viel schneller, als sie es beabsichtigt hat. Und es stimmt ja auch: Sie hat mit seinem Geld nie etwas zu tun haben wollen; der Gedanke, von ihm abhängig zu sein, ist ihr zuwider. Trotzdem sitzt sie jetzt mittendrin und fragt sich immer öfter, wie sie es anstellen soll, von ihrem eigenen Geld zu leben. So viel wie monatlich auf Angelinas Bankkonto läuft, gibt Christian für ein Abendessen aus. Die richtige Antwort wäre wohl, dass sie nicht wegen Geld bei Christian gelandet ist, sondern wegen Geld nicht mehr dort wegkommt. »Ich bin …«

»Du brauchst dich nicht zu rechtfertigen.« Seine Hand auf meiner.

»Tu ich nicht.« Obwohl sie so dunkel sind, kommen seine Augen ihr hell vor. Sie hat das Gefühl, ihn restlos verstehen zu dürfen, ganz anders als bei Christian, obwohl sie den viel besser kennt. »Es ist …« Tief durchatmen. »Pass auf: Vergiss einfach, was ich gestern erzählt habe, ja? Das mit der Werbung und so. Das war alles Quatsch. In Wahrheit …« – ich muss mit beiden Armen um meine Knie fassen –, »in Wahrheit bin ich Christians Putzfrau gewesen.« Ich starre auf meine Beine, unmöglich, ihm jetzt ins Gesicht zu sehen. »Ich hab seine Wohnung geputzt, seine und die von ein paar anderen, weil ich keine bessere Arbeit gekriegt hab, ich hab nämlich nie richtig lesen gelernt, und irgendwie … na ja, erst ab der Sache mit dem Unfall stimmt die Geschichte wieder. Wobei es Christians Glühbirne war, die ich auswechseln wollte. So. Jetzt weißt du Bescheid.« Ich traue mich kaum, ihn anzusehen, aber er hat das Gesicht abgewendet und sieht geradeaus über den Rasen.

»Der von Söchting«, sagt er leise und schüttelt kaum merklich den Kopf. »Unfassbar.« Es hört sich an, als würde er mit sich selber reden.

»Inzwischen hab ich aber …« Lesen gelernt. Und Klavierspielen. Aber bevor ich das sagen kann, dröhnt die Türklingel, und er steht auf. »Komm mit.« Er zeigt mit dem Kopf zur Tür.

Der Mechaniker redet von Elektronik und Zündung, offenbar weiß er auch nicht, was mit dem Wagen los ist, aber er hat irgendwas gebastelt, damit man den Motor starten kann. Kaum dass er wieder fort ist, geht alles ganz schnell: Jan schließt die Terrassentür, greift nach meiner Hand und zieht mich die Treppe rauf in sein Arbeitszimmer, wo das Bettsofa noch aufgeklappt steht. Seine Küsse haben jetzt viel mehr Tempo, ich komme kaum hinterher, mein Kopf und mein Körper driften auseinander wie zwei Füße auf blankem Eis. Es ist ganz anders mit ihm als mit Christian, bei dem ich immer das Gefühl habe, dass er mit seinen Gedanken anderswo ist. Jan ist hier, bei mir, und es scheint ihn anzumachen, dabei zu reden, er kommentiert alles, was wir machen, es hört sich wie Telefonsex an. Bei dem Gedanken muss ich ein bisschen lachen, aber das hört auf, als er immer wilder wird und mich, kurz bevor er kommt, »Söchtings kleines Flittchen« nennt.

••••••••

Er steuert die erstbeste Raststätte an, besorgt sich einen Latte to go und checkt die Stereoanlage. Für den Rest der Fahrt lässt er sich von einem süddeutschen Infosender begleiten, der immer häufiger vom Schweizer Rundfunk gestört wird, je näher er Zürich kommt. In Zürich das übliche Verkehrschaos, bisher ist er hier ausnahmslos von einem Chauffeur gefahren worden, immer unter Zeitdruck. Jetzt zieht er in diesem roten Ungetüm wie mit einer Tarnkappe durch die Stadt. Und auf einmal ist er da: der Impuls, einfach umzukehren und Vonaesch mit seinem verdammten Geld sitzenzulassen, als ginge dich das alles nichts an. Doch wie vereinbart, parkt er den Wagen in Vonaeschs Tiefgarage und macht sich zu Fuß auf den Weg in die Bahnhofstraße. Er betritt sein angestammtes Juweliergeschäft, lässt sich Ohrringe zeigen, so dezent wie möglich. Man rät zu Diamantsteckern, jeweils anderthalb Karat, da ist er bei knapp zehn. Fünfzehn mindestens will er unterbringen, er überlegt, ob er auch Margrit … nein, das wäre overdone, aber dann fällt ihm der vergessene Muttertag ein, und er entscheidet sich zusätzlich für einen herzförmigen Anhänger mit einem Zweikaräter und einem kleinen Rubin, was weg ist, ist weg. Er zahlt, erkundigt sich nach einem Geschäft für Kinderspielzeug. Dort findet er ein Modellauto für Leandro, den Nachbau eines Mercedes 300 SL mit Flügeltüren, 1:18; für Greta empfiehlt ihm die Verkäuferin eine Schmuckschatulle mit Spieluhr, dazu vielleicht ein hübsches Armband mit Glassteinen und den passenden Haarschmuck? Er lässt sich mit seiner Auswahl zur Kasse begleiten, wo ein Paar mit Kinderwagen gerade bedient wird, ohne Zweifel Russen, die Sprache erkennt er mittlerweile am Klang. Während die Frau das Verstauen zahlreicher Kartons in Lacktüten überwacht, ist ihr Mann abseits mit seinem iPhone beschäftigt. Angels Kommentar fällt ihm ein, unwillkürlich greift er nach seinem eigenen, aktiviert das Display, keine Nachrichten, noch eine Dreiviertelstunde bis Vonaesch. Der Russe hat sein Telefon wieder eingesteckt und eine Geldklammer hervorgeholt, wie es aussieht, hat er ein ähnliches Problem wie du. Während er beginnt, Scheine abzuzählen, deutet seine Frau auf den Ständer mit

Glitzerhaarschmuck, von dem er selbst auch etwas aussuchen soll. Sie beginnt, ein Teil ums andere vom Ständer zu nehmen, zu betrachten und auf den Counter zu werfen, wie lange dauert das noch, verdammt, kein Kind auf der Welt braucht derart viele Haarspangen, schließlich gibt sie der Verkäuferin mit einem Handwedeln zu verstehen, dass sie alle haben möchte. *You really want all of it?*, was die Russin nicht zu verstehen scheint, sie wedelt weiter, die Verkäuferin beginnt zu zählen, *thirty four for seven fifty and eighteen for nine ninety five.* Er spürt, dass er zittert. Die Verkäuferin murmelt eine Entschuldigung, ruft nach einer Kollegin. Nachdem er endlich bezahlt und das Geschäft verlassen hat, bricht es aus ihm heraus: Mit zusammengepressten Lippen eilt er über die Straße zur Tiefgarage, umklammert im Wagen das Lenkrad, sinkt mit dem Kopf darauf, merkt, wie Tropfen auf seine Knie fallen. Minuten verstreichen. Eine Viertelstunde, eine halbe, ohne dass er aufhören könnte zu weinen. Und auf einmal ist es ihm egal, ob Vonaesch ihn so sieht, am liebsten ließe er den Motor an und führe einfach irgendwohin; vielleicht gibt es ja doch irgendwo einen Ort, an den es sich zu fahren lohnt, und er spürt eine perverse Sehnsucht nach Margrits Seemusik, hebt den Kopf und starrt minutenlang auf das Autoradio, ohne dass er es fertigbrächte, die Hand auszustrecken. Alles, was er hört, ist ein gelegentliches, leises Klackern aus dem Armaturenbrett.

••••••••

Den Nachmittag verbringe ich allein im Garten, während Jan in seinem Arbeitszimmer sitzt und schreibt. Wir müssen das Bett abziehen, hat er gesagt, es mich dann aber allein machen lassen. Ich hab die Wäsche nach unten getragen, hab die Waschküche gefunden und alles vor die Maschine gelegt. Unsere Kaffeeschalen stehen noch auf dem Terrassenboden. Durch sein offenes Fenster klingt das Geklacker von Jans Tastatur zu mir herunter, er schreibt extrem rhythmisch, rattata-ta-bamm, rattata-ta-bamm, man könnte eine Melodie darüberlegen, ein ganzes Stück daraus bauen, am liebsten würde ich es aufnehmen, ihn fragen, was er schreibt. Ich überlege, Christian anzurufen, ihn zu fragen, wie es läuft, wo er ist, wann er wiederkommt, mache es dann doch nicht. Ich mache gar nichts. Sitze nur hier und atme die Luft ein, die anders schmeckt als in Frankfurt, vielleicht wegen dem See. Vom Nachbargrundstück hört man Kinderstimmen; für die Leute, die hier leben, ist das ein ganz normaler Tag.

••••••••

Vonaesch begrüßt ihn mit einem verbindlichen Händedruck, lässt Wasser und Kaffee servieren und legt, nachdem die Tür sich geschlossen hat, ein einzelnes Papier vor ihn hin.

»Ist das alles?«

»Schätzen Sie sich glücklich, dass wir weiter nichts zu unterzeichnen haben. Dies ist eine Angelegenheit zwischen Ihnen und mir, und wir beide werden sie umgehend wieder vergessen.«

Zweimal 30 Millionen. Vergessen. »Selbstverständlich.« Zwanzig Minuten später verlässt er Vonaeschs Garage, den Laderaum voller Kartons mit Kopierpapier, copy, laser, inkjet à 5 x 500 Blatt mit weißem Original-Umreifungsband. 600 Kilogramm, fast die Hälfte dessen, was die Karre leer wiegt, und das Maximum an Zuladung. An der Ausfahrtrampe muss er Vollgas geben, um überhaupt aus der Garage zu kommen, beim Weiterfahren ist ihm, als fahre er zum ersten Mal: Seine gesamte Erfahrung versagt, weil nicht er den Wagen fährt, sondern der Wagen ihn, und die Geschwindigkeitsbeschränkung wird zu einer vollkommen irrelevanten Dimension.

Den Grenzposten passiert er wie einen Zebrastreifen, nur ein leichtes Herzklopfen, nach ein paar hundert Metern überkommt ihn Fassungslosigkeit über diesen Umstand und ein Anflug von Zorn, du Idiot hast darüber nachgedacht, das Zeug portionsweise via Zermatt nach Italien zu schleppen. Der Rest der Strecke zieht sich, er klemmt zwischen Lkws auf der rechten Spur, einmal nur wagt er ein Überholmanöver, kommt beim Einscheren ins Schlingern, danach hämmert ihm für Kilometer der Puls durch den Körper. Es ist Nachmittag, als er das Dorf erreicht. Alles erscheint ihm unverändert, dabei müssen es zehn Jahre sein, dass er hier nicht mehr war. Wieso bist du eigentlich mit Charlotte niemals hergekommen? Er parkt den Wagen rückwärts vor der Eingangstür. Während des Aufsperrens überlegt er, ob der Vater seinen Jagdschein überhaupt noch erneuert. Die Läden sind geschlossen, er versucht, sich in Erinnerung zu rufen, wo der Sicherungskasten hängt, sein Vater besteht darauf, dass während der Abwesenheiten stets der Strom abgeschaltet wird. Doch zu seiner Überraschung geht das Licht an, als er den Schalter drückt. Reglos steht er in dem stillen Haus, das nach Holz riecht, nach Lederfett und nach jenen kleinen, in grünliches Seidenpapier eingewickelten Seifen, die die Mutter in allen Schränken verteilt hatte. Ob dort noch immer welche liegen? Mit einem Mal kann er die Schritte seines Vaters auf der Treppe hören, die Stimme seiner Mutter und Wilhelms, als wäre er dreißig Jahre jünger und das Haus belebt, das Klacken des Riegels der Toilettentür neben dem Eingang, sämtliche Türen des Hauses kann er am Geräusch verorten, und als wäre er wieder der kleine Junge, überkommt ihn Furcht, die Pakete in den Weinkeller zu tragen, wie damals, wenn der Vater ihn des Abends hinuntergeschickt hatte, um eine neue Weinflasche zu holen. Mit Nachdruck öffnet er die Küchentür, sieht die Mutter am Herd, riecht die Käsknöpfle, die sie nur hier zubereitet hat, hört das Zischen der Zwiebeln in der Pfanne, das Brummen des Kühlschranks, bis er merkt, dass der tatsächlich brummt. Die Mutter hat vergessen, ihn abzustellen, wie sie vergessen hat, die Sicherungen herauszudrehen, und er erinnert sich an den Kochlöffel, den sie stets in den geleerten Kühlschrank geklemmt hat, damit er nicht zufallen und zu müffeln beginnen konnte. Entschlossen zieht er am Griff, doch statt des erwarteten Hygienedesasters findet er frische Milch, Butter, Brotaufstrich, eine angebrochene Packung Schwarzbrot und Bier in Pfandflaschen, wer zum Teufel hat sich hier eingenistet? Eilig läuft er durchs Haus, öffnet alle Türen, auf dem Sofa in der Stube Zeitungen neueren Datums, in Wills ehemaligem Zimmer ist das Bett gemacht, über dem Stuhl hängt ein Jeanshemd, ein Laptop mit einem Internetstick steht auf dem kleinen Tisch am Fenster, daneben ein Gerät, das ein Solarcharger sein könnte.

»Hallo?« Er hält den Atem an, bis er die Stille im Haus dröhnen hört. »Hallo, ist hier jemand?« Keine Antwort. Er öffnet den Schrank, Männerkleidung rustikaler Art, Gärtner, fährt es ihm durch den Sinn, aber das ist unmöglich, niemals würden die Eltern es jemandem gestatten, sich im Haus einzuquartieren. Also hat er es unerlaubt getan. Instinktiv zieht er sein Handy aus der Tasche, dann fällt ihm das im Auto deponierte Geld ein, hast du den Wagen abgeschlossen? Mit hämmerndem Puls läuft er hinaus, vergewissert sich; wählt, noch während er die Fenster nach Einbruchspuren absucht, die Nummer seines Vaters. »Christian, was gibt es?«

»Ich bin im Jagdhaus. Wer hat alles einen Schlüssel?«

»Ist etwas passiert?«

»Allerdings. Irgendwer campiert hier unbefugt.«

Der Vater antwortet nicht, nur sein Atem ist zu hören.

»Hast du jemandem den Schlüssel überlassen? Dem Gärtner? Offenbar ist niemand eingebrochen, er muss also einen Schlüssel …«

»Das hat alles seine Ordnung. Warst du bei Vonaesch?«

»Sonst wäre ich nicht hier. Wer bitte haust hier?«

»Hat alles gut geklappt? Dann bringst du es unter wie besprochen.«

»Wie bitte? Ich lasse doch nicht ... Wenn hier ein Fremder ein- und ausgeht!«

Ein langsames, schweres Atemgeräusch, als müsse der Vater Luft holen.

»Vater?«

»Es ist kein Fremder.«

»Sondern?«

»Dein Bruder wohnt vorübergehend dort.«

Nun ist es an ihm, nach Luft zu schnappen. »Willem ist hier? Mit deinem Einverständnis?«

»Er ist erst seit ein paar Wochen wieder in Deutschland.«

Wieder in Deutschland. Seit Jahrzehnten hat der Vater sich nicht um Wilhelm geschert, kein Mensch wusste, wo er sich aufhielt und was er trieb. Zumindest ist Christian immer davon ausgegangen, dass Wilhelm für den Vater nicht mehr existierte. Und nun? Ist der verlorene Sohn zurückgekehrt? Er könnte nicht sagen, ob ihm der Gedanke, Wilhelm in den nächsten Minuten hier anzutreffen, behagt oder Scheu einjagt. Es dauert, bis er sich so weit gefasst hat, dass er sprechen kann. »Und das ... Material?«

»In den Weinkeller, wie ich es dir aufgetragen habe.«

»Das kann nicht dein Ernst sein.«

»Mach bitte, was ich dir gesagt habe. Ich weiß, was ich tue.«

Unschlüssig steht er auf halber Treppe mit dem Gefühl, beobachtet zu werden. »Will?«

Weiß Wilhelm von dem Geld? Weiß er, dass du hier bist? Stille. Langsam geht er nach draußen, öffnet die Heckklappe des Wagens, sieht sich in alle Richtungen um, ehe er das erste Paket herausholt und in den Keller trägt. Es sind 58, zunächst erscheint es ihm vollkommen logisch, 29 davon wieder mitzunehmen, aber die kriegst du niemals in den Porsche; mit jedem Treppauf, Treppab sinnt er nach möglichen Depots, verriegelt den Wagen stets aufs

Neue, du wirst Stunden brauchen, wenn du so weitermachst, und wenn Wilhelm tatsächlich kommt? Für Momente ersehnt er ein Zusammentreffen und mahnt sich doch mit jedem Gang mehr zur Eile, nimmt schließlich zwei auf einmal, obwohl sie kaum zu tragen sind. Jedes Mal, wenn er aus dem Haus tritt, lauscht er auf Schritte oder einen herannahenden Wagen, doch alles, was er hört, ist gelegentliches Knacken aus dem nahen Wald, und das Gefühl, überwacht zu werden, wird so übermächtig, dass er schließlich überzeugt ist, den Bruder zu spüren, irgendwo im Gebüsch, wo er auf dein Verschwinden wartet. Als er den letzten Karton verstaut hat, holt er sich ein Bier aus der Küche und geht nochmals in Wilhelms Zimmer. Er nimmt den Kragen des Jeanshemds zwischen seine Finger, findet aber kein Etikett, bloß ein zusammengefaltetes Stück Zeitungspapier in der Brusttasche: Die ausgerissene Todesanzeige eines ihm unbekannten Mannes, nur wenige Jahre älter als er selbst. Er steckt sie in das Hemd zurück, tippt eine Taste des Laptops an. Ausgeschaltet. Auf dem Nachttisch ein Stapel Bücher, teils auf Englisch; daran gelehnt die Fotografie dreier junger Mädchen mit Schultertaschen, Teenies, vielleicht 15 Jahre alt. Unter den Büchern der Prospekt einer Umweltorganisation. Bevor er abfährt, ruft er Wills Namen in den Wald. Es wird schon dunkel, als er den Motor anlässt. Unterwegs beginnt es, leise zu regnen.

••••••••

Am frühen Abend kommt Margrit nach Hause, mit den Kindern und drei Einkaufstüten, ich helfe ihr beim Einräumen. Sie schimpft auf Jan, weil er mich den ganzen Nachmittag im Garten sitzengelassen hat, man merkt, dass sie ihm wirklich böse ist. Ich bringe es nicht fertig, ihn in Schutz zu nehmen, deswegen halte ich einfach den Mund. Wir kochen zusammen Spaghetti für die Kinder, Jan kommt kurz dazu, brummt etwas von Schreibfluss und verschwindet nach dem Essen sofort wieder nach oben. Ich versuche, Christian anzurufen, aber sein Telefon scheint ausgeschaltet zu sein. Ich wünschte, ich könnte beamen. Sage Margrit, wie leid es mir tut, dass ich sie störe, aber sie meint, ich störe sie nicht, sie würde nur schnell die Kinder ins Bett bringen. »Dann trinken wir zwei ein schönes Glas Wein zusammen.«

Es kommt nicht dazu, weil Christian aufkreuzt. Er hat eine Riesentüte Geschenke für die Kinder dabei. Jan hat ihn klingeln gehört und kommt mit unseren Koffern die Treppe hinunter, woraufhin Margrit mit ihrem Mann zu streiten anfängt, sie will, dass wir noch eine Nacht bleiben. Ich muss für einen Moment die Augen schließen, weil ich es nicht aushalte, hier zu sein, mich irgendwo hin wünsche, von mir aus in die nächstbeste Klinik. Christian besteht darauf, ins Hotel zu fahren, wir sind euch schon viel zu lange zur Last gefallen, ich hab das Gefühl, er meint mich.

Unterwegs ist er wortkarg. Bestellt im Hotel eine Flasche Wein und ein Clubsandwich beim Roomservice, schaltet den Fernseher an. Ich lege mich ins Bett und lese, das Buch habe ich bei Jan aus dem Regal genommen und am Nachmittag damit angefangen, hab es dann einfach in die Tasche gesteckt und mitgenommen, geschieht ihm recht. Nach einer Weile mache ich das Licht aus und stelle mich schlafend, bin aber hellwach. Das Schlimme ist, dass ich ihn vermisse, mit dem Kopf und mit dem Körper. Ich hätte am Morgen einfach auf den Hügel laufen sollen.

••••••••

Sie fahren mit offenem Verdeck, ab und an hält sie ihre Hand über die Windschutzscheibe hinaus in den Fahrtwind. Er kann nicht sehen, ob sie die Augen hinter der Sonnenbrille geschlossen hat, und fährt langsam, weit unterhalb des Limits, am liebsten wäre ihm, wenn er ewig so mit ihr weiterfahren könnte. Sie erreichen Frankfurt am Nachmittag, schon vor Darmstadt hat ihn die Beklemmung eingeholt. Zwei Tage noch bis zur Fusionsabstimmung, hey, du wirst das durchziehen; so, wie du alles durchgezogen hast. Johannes ist sechsundsechzig und wollte längst in Pension gehen. In ein paar Monaten denkt kein Mensch mehr daran.

»Hör mal«, sagt sie, als sie stadteinwärts fahren, und legt ihre Hand auf seinen Arm.

»Was denn?«

»Die Autos. Das hört sich an wie ...« Sie legt den Kopf zur Seite, als wolle sie ihr Ohr aus dem Fenster halten. »Wie aus dem Sturmstück, weißt du, was ich meine?«

»Aus dem was?«

»Sturmsonate. Von Beethoven.«

Um ihn herum Verkehrslärm, ein Lkw auf der rechten Spur. »Ich weiß nicht.« Definitiv nicht. Er schüttelt den Kopf.

»Ich zeig's dir nachher.«

Er trägt die Koffer in den Aufzug, schweigend fahren sie nach oben. Mitten in der Wohnung bleibt sie stehen und sieht sich um, als wäre sie zum ersten Mal hier. Behutsam legt er seine Hand an ihre Schulter. »Wir könnten zu Gaspare gehen. Ab sechs hat er die Küche offen.« Er zieht sie an sich. »Magst du?« Und auf einmal hat er das Gefühl, dass es ganz einfach ist. Dass er nur mit ihr dort sitzen und ihr alles erzählen muss. Was immer sie ihm rät, er wird es tun.

Reglos sieht sie aus dem Fenster, sie scheint ihn gar nicht wahrzunehmen.

»Angel?«

»Was?«

»Komm, lass uns was essen gehen, unten beim Italiener, ja?«

Sie sieht ihn an wie einen Fremden, dann wieder aus dem Fenster. »Hm, ist mir jetzt nicht so danach. Hab auch gar keinen Hunger. Geh ruhig allein, wenn du willst.

Würd lieber duschen, ich fühl mich total verklebt von dem Fahrtwind.« Doch statt ins Bad geht sie zum Flügel und beginnt zu spielen, ohne Vorwarnung und mit einer Wucht, die ihn erschreckt. Beinahe wütend kommt sie ihm vor, bis er sieht, dass ihr Gesicht vollkommen entspannt ist. Entspannter als in den Stunden zuvor. Jäh nimmt sie die Hände von den Tasten und schaut ihn an, als erwarte sie ein Statement von ihm.

»Und?«

»Schön.«

»Schön?« Er hört sie tief ausatmen. »Das ist es, was ich gemeint habe. Vorhin im Auto. Von Beethoven. Die Sturmsonate. Kennst du doch, oder?«

»Sorry«, quetscht er heraus. »Ja, glaub schon.« 30 Millionen würde er geben für ein Stückchen Musik. Aber nicht mal das kannst du dafür haben.

Sie haben ihm einen Boxster gegeben, am Abend könne er den 911 wiederhaben. Er hat ihnen erklärt, dass es an der Uhr liege, sie die Elektronik aber nicht zu ersetzen brauchten, er wolle mit dem Fehler leben. Wie Sie meinen, hat der Werkstattleiter gesagt und die Brauen nach oben gezogen.

Sowohl in der Tiefgarage als auch in der Kanzlei ist es wie immer, dennoch kommt ihm alles verändert vor. Er bittet Sylvia um Kaffee, erklärt ihr, dass er bis zur Partnersitzung ungestört sein möchte. Absolut ungestört. Ob sie hören kann, wie sehr seine Stimme dabei zittert?

»Herr Doktor Rathenow wollte Sie aber dringend sprechen.«

Statt einer Antwort schließt er die Tür hinter sich. Greift in seine Jackentasche und holt das zusammengefaltete Papier heraus, spürt dabei das Päckchen mit den Ohrringen. Heute Abend. Heute Abend wird er es ihr geben und sie fragen. Dann wird alles überstanden sein. Er faltet die Blätter auseinander und legt sie vor sich ab. Nur drei Seiten, aber an denen hat er nächtelang gefeilt, sie immer wieder umformuliert, ausschließlich mit der Hand, die verworfenen Exemplare umgehend vernichtet.

We do not care how you deal with it, the only matter is you do.

Also hat er sich entschieden, es auf die direkte Art zu machen. Das ist er Johannes schuldig: *Als Off Counsel haben Sie Anspruch auf ein Büro, einen Parkplatz, eine Sekretärin, jedoch keine Verpflichtung, Leistung für die Sozietät zu erbringen. Wir begrüßen, wenn Sie Ihre Kontakte und Ihre bisherige Expertise in die neue Kanzlei auf opportunistische Weise einbringen.* Mehrfach liest er den Vertrag durch, tippt ihn schließlich offline in sein Laptop und schließt den Drucker direkt am Gerät an. *An Entscheidungsmöglichkeiten, die den Partnern vorbehalten sind, partizipiert der Off Counsel nicht. Beide Parteien verpflichten sich, über diesen Vertrag Stillschweigen zu bewahren.* Seine Hände zittern, als er das Papier in eine Mappe schiebt. *Sie sind unser Mann.* Den Entwurf seines neuen Gesellschaftsvertrags hat er bereits gesehen, *Managing Partner Europe,* niemand, der dir dann noch im Weg stehen wird. Sein Mund fühlt sich pappig an, nicht einmal den Kaffee bekommt er runter, also bittet er Sylvia um Wasser. Stilles Wasser.

»Ist Ihnen nicht gut?«

»Alles in Ordnung.« Sein ganzer Körper zittert, er legt sich die Hand an die Stirn. Eiskalt. Vielleicht nicht das Schlechteste, ein kühler Kopf ist das, was du jetzt brauchst. Als einer der Letzten betritt er den Board Room, setzt sich auf den Platz neben Johannes. Zwingt sich zu einem entspannten Lächeln, versucht, tief und ruhig zu atmen. Dutzende Male hat er es durchgerechnet, hat alle möglichen Abstimmungsergebnisse mit den Stimmanteilen verglichen: Was auch immer sie tun, du bist auf der sicheren Seite. Du allein entscheidest, wie diese Abstimmung ausgeht, und ihm ist klar, dass das auch Johannes weiß. *Ich verlasse mich auf dich, mein Junge.*

Johannes eröffnet die Sitzung, erwartungsgemäß mit einem Plädoyer über Berufsehre, Werte und Nachhaltigkeit, schließt mit dem Appell, die gesamte Partnerschaft möge sich dieser Werte besinnen. Schweigen, während Johannes sich zurücklehnt. Und wie aus heiterem Himmel sieht er sich wieder in Zürich stehen, im Spielzeuggeschäft, vor sich die Russin, Haarspangen vom Ständer raffend.

»Ich bitte um Handzeichen.«

Wie ferngesteuert steht er auf und geht zum Fenster. Sieht hinaus, über die Stadt, die horizontlos im Mittagslicht liegt, und mit einem Mal ist es ihm egal, wie sie abstimmen. Er betrachtet einen Baukran, der seinen Ausleger um 180° schwenkt, die monströsen Betonteile, die ihn am Boden verankern und die von hier oben wie Bauklötzchen aussehen. Wie viel Wind wäre nötig, ihn umzuwerfen?

»Christian?«

Er schließt die Augen, sieht ihr Lachen, sieht, wie sie sich aus dem Wagen beugt, die Hände wie Trichter hinter den Ohren.

»Christian! Wir warten auf dich.«

Er atmet durch. Das Zittern ist verschwunden. »Wusstet ihr eigentlich, dass sich Verkehrslärm bei 80 km/h anhört wie Ludwig van Beethoven?« Ohne eine Antwort abzuwarten, dreht er sich um und geht.

»Angel?«

Keine Antwort. Auch im Gang zum Schlafzimmer bleibt alles ruhig.

»Angel?«

Er könnte nicht sagen, was ihn mehr enttäuscht: Dass sie offenbar nicht zu Hause ist oder die auffällige Ordnung in der Wohnung. Blitzblank und leer sieht die Küche aus, dabei wäre er gerade jetzt zu einer nie gekannten Nachsicht fähig. »Angel?« Er öffnet die Schlafzimmertür, auch das Bett ordentlich gemacht, erst mit Verzögerung bemerkt er, dass nur auf seiner Seite Bettzeug liegt. Reglos bleibt er stehen. Registriert, dass sich das Fehlen überall in der Wohnung breitgemacht hat: keine Schuhe, keine Tassen, keine Kleidungsstücke, keine losen Zeitungsseiten. Er rennt ins Bad, reißt Schränke und Schubladen auf. »Angel!« Er schreit es, als sei es nur eine Frage der Lautstärke. Auf dem Küchentresen liegt etwas Gelbes. Als er näher tritt, sieht er, dass es ein Schlüssel ist. Dein Wohnungsschlüssel mit einem gelben Keymarker. Er wagt nicht, ihn zu berühren.

Ihr Gesprächspartner ist nicht erreichbar. Bitte versuchen Sie es zu einem späteren Zeitpunkt noch einmal. Er sitzt auf der Kante des Sofas, drückt die Wahlwiederholung. Zehn-, zwanzigmal. Wieso spricht sie nicht wenigstens mit ihm?

Nach einer Ewigkeit lässt er das Telefon sinken, starrt in das seltsam graue Licht draußen, für 19 Uhr hat er den Tisch reserviert, dekoriert mit roten Rosen, kitschig, aber so was macht man schließlich nur einmal im Leben, und jetzt? Es dämmert, als er den Autoschlüssel nimmt und zu Fuß in die Tiefgarage geht.

Nie zuvor ist er in dieser Gegend gewesen. Mehrstöckige Mietshäuser, die sich die ganze Straße entlangziehen, hie und da ein Laden oder ein Stehimbiss, offenbar weitgehend in türkischer Hand. Dunkelhaarige junge Männer in Turnschuhen und Lederjacken sehen dem Porsche nach, rufen ihm etwas hinterher. Achtzehn. Ein schmutziggelbes Haus mit einer Reihe Sträucher als Vorgarten, in einigen Fenstern brennt Licht. Er sieht auf die vergilbten Klingelschilder, nur das oberste fällt ihm sofort ins Auge, weil das Papier neu ist. NIEMANN PETRA. Schwarz auf weiß.

Er wird sich später nicht erinnern können, wie lange er dort gestanden hat. Vor diesem Klingelschild einer Frau, die er zu kennen glaubte. Ohne seinen Finger darauf zu drücken. Ohne die jungen Männer wahrzunehmen, die sich um seinen Porsche scharen werden. Ohne den leichten Nieselregen zu bemerken, der irgendwann einsetzen wird.

»Hey, Sie, 'tschuldigung.«

Bis er die Hand an seinem Oberarm spüren wird. »Hallo? Sie! Ich glaub, das regnet grad in Ihr Auto rein.« Er wird sich umdrehen, fast dunkel wird es sein, das Gesicht des jungen Mannes mit der Kapuze kaum noch zu erkennen. »Ich wollt Ihnen nur sagen. Ist bestimmt nicht so gut für das Auto, wenn das reinregnet.«

»Ja, danke. Wahrscheinlich ist das wirklich nicht so gut.«

Und dann wird er an ihm vorbeigehen. In den Regen. Ein Fahrradfahrer mit Cape wird ihm ausweichen müssen, in einer Querstraße wird er einen Bus vorbeifahren hören.